THE LION'S LADY
by Julie Garwood
translation by Mihou Suzuki

精霊が愛したプリンセス

ジュリー・ガーウッド

鈴木美朋［訳］

JN285324

ヴィレッジブックス

精霊が愛したプリンセス

おもな登場人物

クリスティーナ	本編の主人公
ライアン(アレクサンダー・マイケル・フィリップス)	ライアンウッド侯爵
パトリシア・カミングズ	クリスティーナのおば。伯爵夫人
ローン	ライアンの親友
ダイアナ	ライアンの妹
ハリエット	ライアンのおば
ブラウン	ライアンの執事
ブリーク・ブライアン	酒場の店主
グレイ・イーグル	ダコタ族の首長
メリー	グレイ・イーグルの娘
ブラック・ウルフ	メリーの夫。ダコタ族の戦士
ホワイト・イーグル	メリーとブラック・ウルフの息子
フェントン・リチャーズ	ライアンの元上官
ジェシカ	クリスティーナの母親
エドワード・スターリンスキー(バロン)	クリスティーナの父親

プロローグ

一七九七年　アメリカ、ブラック・ヒルズ

夢を見にいく頃合いだ。

シャーマンは、偉大なる精霊《グレイト・スピリット》のお告げを待っていた。ひと月が過ぎ、ふた月が過ぎたが、精霊たちはなにも語りかけてこなかった。だが、シャーマンは粘り強かった。日々、黙って祈りつづけ、ささやかな願いが通じるのを待っていた。

四夜つづいて月が濃い靄《もや》に隠れた晩、シャーマンはそのときが訪れたのを確信した。グレイト・スピリットに願いが届いたのだ。

ただちに準備に取りかかった。さまざまな種類の聖なる粉、ラトル、ドラムを携え、ゆっくりした足取りで山の頂をめざした。高齢であるうえに、きっと邪悪な精霊たちが彼の決意を試そうとしているのだろう、濃い霧が立ちこめているため、険しい道のりがますます困難なものとなった。

山頂に到達すると、年老いたシャーマンはレウィシアの繁る谷を見おろす岩棚の中央で小さな火を焚《た》いた。太陽の方角を向き、焚き火の前に腰をおろした。聖なる粉を取り出す。最初にセージの粉を炎の上にまいた。シャーマンは、どんな邪悪な精霊もこのほろ苦い香りを嫌うのを知っている。この香りによって、精霊たちは悪さをやめ、山から逃げてゆく。

翌朝、山頂の霧は晴れた。よこしまな者たちはいなくなったというしるしだ。シャーマンは残ったセージをしまうと、焚き火に香をまきはじめた。香には神聖なバッファローグラスが含まれていて、甘いにおいがする。空気を清め、善意の聖霊を呼ぶといわれている香りだ。

三日三晩、シャーマンは焚き火のそばを離れなかった。食事もとらずに祈り、四日目の朝にラトルとドラムに手を伸ばした。それから、グレイト・スピリットを招き寄せる歌を歌いはじめた。

四日目の真っ暗な晩、命がけの祈りが報われた。グレイト・スピリットが夢を見せてくれたのだ。

眠っているシャーマンの意識が、不意に映像を捉えた。夜空に太陽が現れた。小さな黒い点がだんだん大きくなってゆくのが見え、やがてその点は魔術のしわざのようにバッファローの大群に変わった。堂々たる獣《けもの》たちは蹄《ひづめ》の音をとどろかせ、雲を越えて向かってくる。翼の先だけが白い灰色の鷲《イーグル》が、バッファローの群れの先頭を飛んでいる。

群れが近づいてくるにつれ、そのうち何頭かがあの世へ旅立った親族の顔をしているのがわかった。父、母、兄弟の顔もあった。やがて、群れが割れた。まんなかに誇り高きマウンテン・ライオンがいる。雷の精霊の御業《みわざ》か、その毛並みは稲妻のように真っ白い。瞳にはグレイト・スピリットが空の色を与えていた。

バッファローの群れがふたたびマウンテン・ライオンを取り囲んだところで、夢は唐突に終わった。

次の朝、シャーマンは村へ帰った。妹が食事を用意してくれた。腹が満たされると、ダコタ族の首長である勇猛な戦士、グレイ・イーグルのもとを訪れた。グレイ・イーグルには、いままでどおり一族を治めるようにとだけ伝えた。夢の全容は胸にしまっておいた。すべての意味を解明できていないからだ。それから、自分のティピ（北米のネイティブ・アメリカンが住居にした円錐形のテント）へ戻り、染料で夢を再現した。柔らかい鹿革に、バッファローの群れを示す円を描く。そのまんなかにマウンテン・ライオンをかたどり、記憶しているとおりに毛並みは真っ白く、瞳の色は夏の空のように青く塗る。絵が完成すると、シャーマンは染料が乾くのを待ち、鹿革をていねいにたたんでしまった。

それからずっと、シャーマンは夢のことばかり考えた。首長を力づけるようなメッセージを夢に見いだそうと努力した。グレイ・イーグルは悲しみにうちひしがれている。周囲の者たちが、もっと若く責務に耐えうる戦士を首長にしたがっていることは、シャーマンも承知していた。娘と孫が連れ去られてからというもの、首長の心は村人から離れてしまった。彼の胸にあるのは怒りと恨《うら》みだけ。

シャーマンでさえ、首長を励ますことができずにいた。どんなに力を尽くしても、首長の憤りをやわらげることもできなかった。

耐えがたい悲しみの果てに、首長の娘と孫は死んだことになった。

そのころ、グレイ・イーグルの娘メリーとその息子ホワイト・イーグルは、死の国からの帰途にあった。メリーには、ふたりとも死んだものと家族に思われているのはわかっていた。しばらく前に、一族から追放された者たちを束ねているグレイ・クラウドという卑劣漢《ひれつかん》が、川のほとり一帯を襲撃した。メリーの夫が、妻子は村人たちと急流に呑まれたと思いこむよう、グレイ・クラウドは彼女の服の切れ端を川岸に残した。

一族はまだ喪《も》に服しているにちがいない。襲撃以来、メリーにとっては永遠のときが流れたようだったが、実際には十一カ月しかたっていなかった。メリーは葦《あし》の茎《くき》を使って正確に数えていた。まだ十一カ月。ダコタ族の暦《こよみ》で丸一年に達するまで、あと二カ月ある。

故郷に帰れば、面倒なことになりそうだ。一族は、ホワイト・イーグルが家族のもとに帰ってきたことはよろこんでくれるはず。彼のことは心配ない。なんといっても、彼は首長グレイ・イーグルの初孫なのだから。そう、ホワイト・イーグルの帰還はおおいに祝ってもらえるにちがいない。

心配なのは、クリスティーナだ。

思わず、メリーは新しい娘を抱きしめる腕に力をこめた。「もうすぐよ、クリスティーナ」幼子に優しくささやく。「もうすぐおうちに着きますからね」

クリスティーナは、メリーの言葉などまったく聞いていない様子だった。この元気いっぱいの二歳児は兄のとなりを歩きたがり、駁毛《ぶちげ》の馬から飛びおりようとメリーの膝でもがいている。六歳のホワイト・イーグルが、谷をめざして雌馬《めすうま》の手綱を引いていた。

「我慢して、クリスティーナ」メリーは小声でいい、もう一度クリスティーナをそっと抱きしめた。

「イーグル」クリスティーナが兄の名を叫んだ。

妹の声を聞いて、ホワイト・イーグルは振り返った。笑顔で妹を見あげ、ゆるゆると首を振った。「母さんのいうとおりにするんだ」

クリスティーナは聞いていなかった。すぐにまた、メリーの膝から飛びおりようとした。幼いので、危険だとわからないのだ。馬上から硬い地面までは相当の距離があったが、すこしも怖がっていない。

「あたしのイーグル」クリスティーナは大声をあげた。

「お兄さんがわたしたちを村まで連れていってくれるのよ、クリスティーナ」メリーはいらだっている娘をなだめようと、穏やかな声でいった。

クリスティーナが不意に振り向き、メリーの顔を見あげた。その青い瞳はいかにも勝ち気そうだ。メリーはふくれっつらを見て、ついほほえんだ。「あたしのイーグル」クリスティーナはどなった。

メリーはゆっくりとうなずいた。「あたしのイーグル」クリスティーナはしかめっつらでメリーをにらみ、また声をあげた。

「あなたのイーグルよ」メリーはため息をついた。ああ、どうすればクリスティーナが小さな声をまねしてくれるのだろう。これまでのところ、レッスンはうまくいっていない。こんなに小さいのに、木の葉を枝からすっかりふるい落としてしまいそうな声を出す。

「あたしのママ」そのとき、クリスティーナがぽっちゃりした手でメリーの胸を突いて叫んだ。

「あなたのママよ」メリーは答えた。クリスティーナにキスをして、小さな顔を縁取るくしゃくしゃのプラチナブロンドの巻き毛をそっとなでた。「あなたのママよ」もう一度いい、クリスティーナをきつく抱きしめた。

クリスティーナは優しい腕に安心し、メリーの胸にもたれると、彼女のおさげ髪に手を伸ばした。一方の手で三つ編みの先をつかみ、もう一方の手の親指をくわえて目を閉じると、三つ編みの先でそばかすの浮いた鼻梁《びりよう》をなではじめた。やがて、ぐっすり眠ってしまった。

メリーは夏の真昼の日差しから敏感な肌を守るため、バッファローの革でクリスティーナを覆った。クリスティーナは長旅で疲れきっているはずだ。しかもここ三カ月、大変な苦難にさらされている。メリーは、よく眠れるものだとクリスティーナに感心した。

クリスティーナはホワイト・イーグルのあとを追ってばかりいる。彼女が兄の一挙一動をまねしながら、たえずメリーの様子をうかがっていることは、メリーも気づいていた。一度母親を失ったクリスティーナは、メリーとホワイト・イーグルもいなくなってしまうのを恐れている。後追いがひどくなっていたが、メリーはそのうちおさまるだろうと楽観していた。

「ぼくたち、木の上から見張られてるよ」ホワイト・イーグルがメリーにいった。足をとめ、母の返事を待った。

メリーはうなずいた。「このまま進みなさい。いちばん背の高いティピに着くまでとまらないで」

ホワイト・イーグルはにっこりした。「おじいちゃんのティピがどこにあるか、ちゃんと覚えてるよ。離れてたのはたったの十一カ月だもの」そういって、葦の茎を指さした。

「覚えていてくれてうれしいわ」メリーはいった。「お父さんとおじいさんを大好きだってことも忘れてないわね？」

ホワイト・イーグルはうなずいた。それから、ふと真顔になった。「お父さんはなかなかわかってくれないだろうね」

「お父さんは立派な方よ」メリーはきっぱりといった。「たしかに、なかなかわかってくれないでしょうけど、そのうちきっと正しいことだと認めてくださるわ」

ホワイト・イーグルは胸を張って向き直り、ふたたび斜面をくだりはじめた。

戦士のような足取りだった。堂々とした凛々《りり》しい歩き方が父親そっくりだ。誇らしさに、メリーの胸は疼《うず》いた。ホワイト・イーグルは、いずれ修行を終えれば首長になる。戦士を統率するのが彼の定めであるように、腕のなかで安心しきって眠っている白い肌の子どもを育てるのは、もはやメリーの定めなのだ。

メリーは、きたるべき対立のことだけを考えるようにした。村の中心へ雌馬を引いていく息子の肩に視線を集中させる。シャーマンに教わった、不安を払いのける祈りを心のなかで唱えた。

百人以上のダコタ族の人々がメリーとホワイト・イーグルをじっと見ていた。だれもひとことも発しなかった。ホワイト・イーグルはまっすぐに歩きつづけ、首長のティピの前でぴたりと立ち止まった。

年長の女たちがじわじわと近づいてきて、メリーと馬を取り囲んだ。顔に驚愕《きょうがく》が表れている。幻《まぼろし》かどうかさわって確かめようと、数人が手を伸ばしてメリーの脚に触れた。

女たちはメリーの脚をそっとなで、安堵《あんど》のため息をついた。メリーは、女たちが愛情を示してくれたことに顔をほころばせた。目をあげると、夫の妹であるサンフラワーがいた。よき友でもあるサンフラワーは、人目をはばかることなく泣いていた。

突然、雷のような音が静けさを破った。谷へおりてくる馬の蹄の音に大地が揺れた。メリーが帰ってきたと戦士たちに伝わったらしい。戦士たちを率いるのは、夫のブラック・ウルフにちがいない。

男たちが馬を降りたと同時に、首長のティピの幕があいた。メリーは父親を見つめた。グレイ・イーグルがティピの入口に立ち、長いあいだメリーに目をこらした。なめし革のような顔には衝撃が浮かんでいたが、温かく優しい瞳はじきに感激に潤んだ。

いまや、だれもが首長に注目していた。首長が合図するのを待ちかまえている。メリーとホワイト・イーグルをふたたび一族に迎え入れるのは、グレイ・イーグルのつとめである。

グレイ・イーグルが振り向いてメリーの夫をとなりへ呼び寄せた。とっさに、メリーはうつむいた。両手が震えはじめ、メリーは自分の鼓動の音にクリスティーナが目を覚ましてしまうのではないかと思った。いま夫と目が合えば、絶対に取り乱してしまう。泣き出してしまいそうだ。もちろん、泣いてはみっともない。そんなふうに感情をあらわにしては、誇り高い夫に恥をかかせてしまう。

それに、いま夫に泣きつくわけにはいかない。ブラック・ウルフを愛しているとはいえ、離ればなれになってからというもの、いろいろなことがあった。夫に重い決断をしてもらうまでは、彼の腕にふたたび抱かれることはできない。

不意に、首長が天のグレイト・スピリットに向かって両手をあげた。手のひらは太陽に向いている。

合図が出た。谷じゅうに歓声がとどろいた。人々にどっと取り囲まれ、ホワイト・イーグルがまず祖父に、それから父親に抱きしめられた。

メリーの腕のなかでクリスティーナが身動きした。バッファローの革に隠れているのに、数人の女がその動きに気づき、はっと息を呑んだ。

ブラック・ウルフは息子を抱きしめながらも、視線は妻に注いでいた。メリーは思いきっておどおどと顔をあげると、うれしそうな笑顔を目にし、なんとか笑みを返そうとした。

グレイ・イーグルが、よく帰ってきたとよろこびを示すように何度もうなずくと、ゆっくりとメリーに近づいてきた。

儀式用のティピの前で、シャーマンは父と娘の再会を眺めていた。これで、夢にメリーとホワイト・イーグルの顔が出てこなかった理由がわかった。だが、それをのぞけば、夢の意味は謎のままだった。「わたしは気が長い」シャーマンは精霊たちにささやいた。「すこしずつ教えていただきます」

シャーマンが見守っていると、首長の前に道ができた。戦士たちはメリーに目もくれず、ブラック・ウルフとその息子を取り囲んでいた。ふたたび女たちが前に出てきた。首長が娘にどんな言葉をかけるのか、聞きたかったからだ。

興奮した戦士たちの数人が、よろこびの雄叫びをあげはじめた。その声で、クリスティーナが目を覚ました。

クリスティーナは暗いところに閉じこめられて怒っていた。顔を覆っているバッファローの革を押しのけたとき、グレイ・イーグルがメリーのとなりにたどりついた。

メリーには、グレイ・イーグルとクリスティーナが同じくらい驚いているように見えた。クリスティーナは、大柄な男にじっと見つめられてぽかんとしていた。すこし心細くなったのか、また親指をくわえてメリーの胸にくっついてきた。

グレイ・イーグルは驚きを隠そうともしなかった。長いあいだ目を丸くしてクリスティーナを見つめたあと、娘の顔を見あげた。そして、言葉を発した。「娘よ、長い話があるようだな」

メリーはほほえんだ。「説明することがたくさんありますわ、お父さま」

クリスティーナは母親の笑顔に気づいた。とたんに親指をしゃぶるのをやめ、興味津々であたりを見まわした。見知らぬ人々に兄が囲まれているのを目にすると、そちらへ向かって両手をのばした。「イーグル」と大声で呼んだ。

グレイ・イーグルは一歩あとずさり、孫のほうへ振り向いた。

クリスティーナは、兄が来て抱いてくれるものと信じきっていた。ところが、兄がすぐにいうことを聞いてくれないので、母の膝から降りようともがいた。そして、「あたしのイーグルよ、ママ」とどなった。

今度は、メリーもクリスティーナに返事をしなかった。夫を見据えた。ブラック・ウルフの表情は硬く、冷たかった。足を広げて踏ん張り、胸の前で腕を組んでいる。クリスティーナの「ママ」という言葉を聞いてしまったのだ。クリスティーナはダコタ族の子どもと同じようにスー語を話し、村じゅうに聞こえるような大声で要求を叫ぶ。

サンフラワーが駆け寄ってきて、メリーが馬を降りるのを手伝った。メリーはサンフラワーにクリスティーナを託すと、しっかりつかまえているように注意しようとしたが、手遅れだった。クリスティーナはやすやすとサンフラワーの腕をすり抜け、おしめをしたお尻で着地した。サンフラワーとメリーにつかまる前に、小さなクリスティーナはグレイ・イーグルの両脚にしがみついて立ちあがり、兄のもとへ駆け出した。あどけない笑い声を残して。

この美しい白い肌の子どもをどう扱ったものか、だれもがとまどっていた。何人かの年長の女が好奇心を抑えきれずに、手を伸ばしてクリスティーナの金色の巻き毛に触れた。クリスティーナはいやがらなかった。ホワイト・イーグルとそっくり同じ姿勢でぴったり寄り添い、兄の手を握りしめた。

クリスティーナは自分がさわられるのは平気だったのに、兄に人の手が触れるのをあからさまにいやがった。首長がもう一度孫を抱きしめようとしたとき、クリスティーナはその手を払いのけようとした。「あたしのイーグルよ」首長を見あげてどなった。

メリーは娘のふるまいにあわてた。クリスティーナをつかまえ、遠慮がちに父親に笑みを向けると、息子にささやいた。「お父さんと一緒に行きなさい」メリーの夫はさっと身を翻し、グレイ・イーグルのティピのなかへ消えた。

兄から引き離されたクリスティーナは泣き出した。メリーが抱きあげてなだめても泣きやまなかった。メリーの肩に顔をうずめ、悲しそうな声をあげつづけた。

メリーの友人たちがそばに集まってきた。白い子どもについてまず説明を受けるのは首長とメリーの夫であり、それまではあれこれ尋ねてはならないきまりだが、女たちはクリスティーナに目を細め、柔らかい肌をなでた。子守歌を歌ってやる者もいた。

しばらくして、メリーはシャーマンに気づいた。急いで彼の前に走って行き、いささかぎこちないお辞儀をした。

「お帰り、わが子よ」シャーマンは歓迎の言葉を発した。

クリスティーナが泣きわめくので、メリーにはシャーマンの声がほとんど聞こえなかった。「ワカンさま、やっとお会いできてよかった」泣き声はもはや耳をつんざくほどになり、メリーはクリスティーナをそっと揺すった。「静かにして、ね」シャーマンに向き直る。「娘はライオンのような大声を出すのです。きっとそのうち……」

はっとしたようなシャーマンの顔を目にし、メリーは口をつぐんだ。「具合でも悪いのですか、ワカンさま？」声を曇らせて尋ねた。

シャーマンは首を振った。メリーは、クリスティーナにさしのべた彼の両手が震えているのに気づいた。「この子の髪は、白い稲妻の色だ」シャーマンはつぶやいた。

クリスティーナが急に振り向き、シャーマンをまじまじと見つめた。悲しかったことも忘れ、頭に派手な羽根飾りをつけた、不思議な格好の男に笑みさえ見せた。

メリーは、シャーマンが息を呑む音を聞いた。ほんとうに具合が悪そうだ。「新しい娘はクリスティーナといいます」メリーはいった。「ここに住むことを許されるのであれば、この子にはダコタ族の名前が必要です。そして、あなたの祝福も」

「この子があのライオンだったのだ」シャーマンは断言し、顔をほころばせた。「ここに住まわせなさい、メリー。なにも心配はいらない。バッファローが守ってくれる。精霊たちが父上やご主人を説得してくれる。しばし待て、わが子よ。待つのだぞ」

メリーはもっと詳しい話を聞きたかったが、待つようにというシャーマンの指示には従わなければならない。彼がクリスティーナを見てなぜ驚いたのか気になったが、サンフラワーに彼女のすみかへと引っぱっていかれ、それ以上頭を悩ませているひまはなかった。

「とっても疲れているみたいね、メリー。おなかもすいているんでしょう。わたしのティピにいらっしゃいな。一緒にお昼を食べましょう」

メリーはうなずいた。サンフラワーにつづいて広場を突っ切った。サンフラワーのティピに着き、柔らかな毛布の上に腰をおろすと、メリーはクリスティーナに食事をさせ、それからティピのなかを自由に探検させた。

「ほんとうに久しぶりに帰ってきたというのに」メリーは小さくつぶやいた。「あの人はわたしに近づこうともしない」

「ブラック・ウルフはいまでもあなたを愛しているわ」サンフラワーが答えた。「あなたがいなくなって兄は悲しんでいたのよ、メリー」

メリーがなにもいわずにいると、サンフラワーは言葉を継いだ。「あなたたちは死の国から帰ってきたようなものよ。あの襲撃のあと、あなたもホワイト・イーグルも見つからなくて、川に流されたと見なされた。でも、ブラック・ウルフはあきらめなかった。あなたたちが追放者の村に囚《とら》われていると思って、攻撃をしかけたのよ。結局はあなたたちを連れて帰れなくて、悲しみに暮れていた。ところが、メリー、あなたはやっと帰ってきたのに、よその男の子どもを連れているんですもの」

サンフラワーはクリスティーナに目をやった。「わかっているでしょう、メリー、兄は白人を憎んでいる。だから、あなたのそばへ行かなかったのよ。なぜあの子を連れて帰ったの？ あの子の母親はどうしてるの？」

「亡くなったの」メリーは答えた。「話せば長くなるし、まず父とあの人に説明しなければならないわ。あなたにはあとできちんと話す」そして、断固とした口調でつけくわえた。「部族のみんながクリスティーナを受け入れないと決めたら、わたしが出ていく。あの子はもう、わたしの娘だもの」

「でも、白い肌の子じゃないの」サンフラワーはメリーの強気な言葉にあわてたようにいいかえした。

「そんなこと、見ればわかるわ」メリーは笑って答えた。

そのおどけた口調に、サンフラワーは声をあげて笑った。その声を、すぐにクリスティーナがまねた。「ほんとうに美しい子ね」サンフラワーはいった。

「優しい心の持ち主になるわ、実の母親に似て」メリーは答えた。

サンフラワーは、クリスティーナがひっくり返した陶器の壺を片づけにいった。メリーは、クリスティーナが床にばらまいた薬草を拾うのを手伝った。「この子、なんにでも手を出さずにいられないの」メリーは娘のかわりに謝った。

サンフラワーはまた笑った。ティピのなかは、強風が吹いたあとのようなありさまだ。今度もクリスティーナが笑い声をまねた。

「こんなにほがらかな子、嫌いになんかなれない」サンフラワーはいった。だが、その笑みはすぐに消え、彼女はつけくわえた。「でもメリー、兄はちがう。この子を受け入れるはずがない」

メリーは反論しなかった。それでも、サンフラワーのいうとおりにならないようにと祈った。ブラック・ウルフにはクリスティーナを娘と認めさせなければならない。夫の協力がなければ、クリスティーナの母親とかわした約束は果たせない。

サンフラワーはどうしてもクリスティーナを抱いてみたくなった。クリスティーナのほうへ手を伸ばしたが、クリスティーナは逃げてメリーの膝に座りこんだ。

「しばらく眠りたいから、クリスティーナを見ててね」サンフラワーがいそいそとうなずくと、メリーは急いでつけくわえた。「いっておくけれど、この子、いたずらばかりするわよ。好奇心が強くて怖いものなしなんだから」

サンフラワーはティピを出て、メリーとクリスティーナを泊める許しをもらいに夫のもとへ行った。戻ってくると、メリーは熟睡していた。クリスティーナがメリーのおなかにくっついて丸くなっている。その体を、メリーが片方の腕でゆったりと抱いていた。クリスティーナも眠っている。親指をくわえ、メリーのおさげ髪が一本、顔にかかったままだ。

メリーとクリスティーナはしばらく眠った。太陽が沈むころ、メリーはクリスティーナを川へ水浴びに連れていった。ふたりのあとを、サンフラワーがきれいな服を持って追いかけた。クリスティーナは川に入って大喜びだった。蒸し暑い一日だったので、冷たい水をはねかすのが気持ちよいらしい。なんと、おとなしく髪を洗わせた。

メリーがクリスティーナと一緒に川からあがると、思いがけずブラック・ウルフがそこにいた。川岸で、両手を腰に当てて立っている——挑むような立ち姿だが、メリーはまなざしに優しいものを見てとった。

いまごろになってこんなふうに愛情を示され、メリーはとまどった。夫から顔をそむけ、服を身につけ、クリスティーナにも着せた。

ブラック・ウルフは、メリーがクリスティーナに服を着せるまで待ち、サンフラワーに子どもを連れていくよう命じた。サンフラワーは、メリーにしがみついているクリスティーナを無理やり引き離した。クリスティーナが不満の叫び声をあげたが、メリーは黙っていた。サンフラワーにまかせれば心配ない。

ふたりきりになると、メリーは夫に向き直った。追放者たちに囚われてからのいきさつを語る彼女の声は震えていた。

「最初のうちは、首領のグレイ・クラウドがわたしたちをさらったのは、あなたと取引するのが目的だと思っていました。あなたたちが激しく憎み合っているのは知っているけれど、殺されることはないと信じていたの。何日か馬で移動して――月が出ていれば夜も移動したわ――あげくに、白い道のある茶色い低地を見おろす場所にテントを張った。グレイ・クラウド以外の者はわたしたちに指一本触れなかった。グレイ・クラウドが、自分の手でわたしたちを殺すと仲間にいいわたしていたから。あなたに名誉を汚されたと恨んでいたわ」

言葉を切ると、うなずきだけが返ってきた。メリーは深呼吸して話をつづけた。「グレイ・クラウドは、ホワイト・イーグルが動かなくなるまで打ちすえて、あの子が死んだと思いこんだ。それから、わたしに挑みかかってきた」

声がとぎれた。メリーは川のほうを向いた。「男がいやがる女を食い物にするやりかたで、わたしを食い物にしたわ」

不意に恥辱《ちじょく》に耐えきれなくなり、メリーは泣き出した。あのときのことを思い出すと、胸が張り裂けそうだった。ブラック・ウルフが背後から抱きしめてくれた。夫に抱きしめられると、すぐに気持ちが落ち着いた。彼の胸にもたれた。振り向いてブラック・ウルフにすがりつきたいが、慰めを求める前に説明を終えなければならない。

「突然、連中がいいあらそいを始めた。幌馬車隊が下の道をやってくるのが見えたの。グレイ・クラウドは反対したけれど、ほかの全員の意見が一致して、白人たちを襲って馬を奪うことに決まった。グレイ・クラウドは残ったわ。みんなが自分のいうことを聞かなかったから、すねていたのよ」

それ以上は気力がつづかなかった。メリーは声もなく泣いた。ブラック・ウルフは、メリーが話を再開するのをしばらく待っていたが、やがて優しい手つきで彼女を振り向かせた。メリーは目をきつく閉じていた。ブラック・ウルフが頬の涙をぬぐってくれた。「つづきを聞かせておくれ」そよ風のように穏やかな声だった。

メリーはうなずいた。あとずさろうとしたが、ブラック・ウルフが腕にますます力をこめた。「ホワイト・イーグルが目を覚まして、うめき声をあげはじめたの。ああ、ほんとうに苦しそうに。すると、グレイ・クラウドがあの子に襲いかかった。ナイフを抜いて、あの子を刺し殺そうとしたの。わたしは悲鳴をあげて、手足を縛られたまま、できるだけ近づいていった。グレイ・クラウドをこっちに引きつけようとののしった。グレイ・クラウドは引っかかったわ。わたしを黙らせようと拳で殴りかかってきたの。その勢いが強くて、わたしはあおむけにひっくり返り、衝撃で意識を失ってしまった。気がつくと、小柄で肌の白い女の人がわたしのかたわらに膝をついていた。ホワイト・イーグルを抱いていたわ。その人の娘がクリスティーナで、そのときはそばで眠っていた。ブラック・ウルフ、わたしは幻を見ているのだと思っていたのだけど、やがてホワイト・イーグルが目をあけてこちらを見たの。生きていたのよ。その人が救ってくれたの。彼女のナイフが、グレイ・クラウドの背中に突き刺さっていた。

最初は彼女がどこから来たのか見当もつかなかったけれど、そのうち谷間を幌馬車隊が進んでいたのを思い出した。初めからこの人はいい人だと思った。ホワイト・イーグルをしっかり抱いていてくれたもの。それで、グレイ・クラウドの手下たちが襲撃から戻ってくる前に、あの子を連れて逃げてと頼んだの。でも、どんなに頼んでもわたしを置き去りにしなかった。わたしを馬に乗せて、ホワイト・イーグルを抱きあげてわたしに渡すと、自分の子どもを抱いて森へ馬を引いていった。そのあと口をきいたのは、何時間もたって休憩したときだった。

あの日、神々はわたしたちの味方をしてくれた。グレイ・クラウドの手下たちは追いかけてこなかった。わたしたちを助けてくれたジェシカは、襲った白人たちに反撃されて殺されたのではないかといっていた。わたしたちは山をかなりのぼったところに小屋を見つけて、そこで冬を越した。ジェシカがあれこれ世話をしてくれた。宣教師みたいに英語を話したけれど、まったく聞き慣れない訛《なま》りがあった。彼女にそういうと、イギリスという遠い国から来たからだと教えてくれた」

「その女はどうなった？」ブラック・ウルフは真剣な顔で尋ねた。

「春が来ると、ホワイト・イーグルはまた旅ができるほどに快復した。わたしはホワイト・イーグルをあなたのもとに連れ帰り、ジェシカはクリスティーナと一緒に谷へおりるはずだった。明日出発するという日、ジェシカは前日にしかけた罠《わな》を取りにいったの。そして、戻らなかった。わたしはジェシカを捜しにいった。彼女は死んでいた」メリーはささやいた。「熊に襲われたの。むごたらしい死にかただった。遺体はめちゃくちゃで、かろうじて彼女だと見分けがついた。彼女があんな死にかたをするなんて、ひどすぎる」

「だから、あの白い子どもを連れて帰ったのか?」ブラック・ウルフは、返事を聞く前からひとり合点してうなずいていた。

「ジェシカとわたしは、心で結ばれた姉妹だった。ジェシカは生い立ちを洗いざらい話してくれて、わたしも自分の過去を彼女に話した。そして、ひとつの約束をしたの。わたしに万一のことがあったら、彼女がなんとかしてホワイト・イーグルをここへ連れてくる。わたしも同じ約束をしたわ」

「あの白い子を白人のもとへ連れていくと?」ブラック・ウルフが尋ねた。

「それまで、クリスティーナを育てるの」メリーは断言した。

ブラック・ウルフは、その言葉に声も出ない様子だった。メリーはひと呼吸おいて話をつづけた。「ジェシカは、クリスティーナが大人になってからイギリスへ帰ってほしいと考えていたの。ねえあなた、わたしたちでクリスティーナを強い子に育てましょう。あの子がふるさとへ帰っても生きてゆけるように」

本音をいった。

「よくもそんな約束をしてしまったものだ、あきれるな」ブラック・ウルフはかぶりを振って

「ジェシカの家族のことは、すべて教えてもらった。彼女は夫から逃げてきたのよ。腹黒い夫に殺されそうになったんですって」

「白い連中は腹黒いと決まっている」ブラック・ウルフがいった。

メリーはうなずいた。ほんとうはそう思わなかったけれど、いま夫の機嫌を損なうわけにはいかない。「ジェシカは毎日、日記と呼んでいるノートをあけて、なにか書いていた。わたしはそれをとっておいて、クリスティーナがふるさとへ帰るときに渡す約束をしたの」

「なぜその女は夫に殺されそうになったのか？」

「それは聞いていないの」メリーは正直にいった。「ジェシカは、自分が弱い人間だと思っていた。いつもそういって、クリスティーナを戦士のように強くしてほしいとわたしに頼んだ。わたしは彼女にあなたのことをなんでも話したけれど、彼女はご主人のことをほとんど教えてくれなかった。ジェシカは予期していたわ。大人になったクリスティーナには会えないと、ずっと思っていたの」

「その約束に反対したらどうする？」ブラック・ウルフが尋ねた。

「わたしがここを出ていきます」メリーは答えた。「あなたが白い連中を憎んでいるのは知っています。けれど、あなたの息子を救ったのは、白人の女性なのよ。わたしの娘も同じように勇敢な魂の持ち主だと、きっとわかるわ」

「白い女の娘ではないか」ブラック・ウルフは、ぴしゃりと正した。

メリーは首を振った。ブラック・ウルフは彼女の横を通り過ぎ、岸辺に立った。長いあいだ闇を見つめていたが、ついにメリーのほうへ振り返った。その表情は硬かった。そして、はっきりといった。「その女との約束を果たそう」

メリーが感謝の気持ちを示そうとすると、ブラック・ウルフは片手をあげてさえぎった。

「サンフラワーが結婚して三度目の夏を迎えたが、まだ夫に子を産んでいない。あれに、あの白い肌の子どもを育てさせる。サンフラワーがいやがれば、ほかを探す」

「いいえ、わたしたちであの子を育てるのよ」メリーはいいはった。「あの子はもう、わたしの娘なのよ。あなたも協力してくださらなければいけないわ、ブラック・ウルフ。クリスティーナを戦士のように強い人間に育てると約束したんですもの。あなたが協力してくれなければ――」

「おまえには帰ってきてほしいのだ、メリー」ブラック・ウルフがいった。「だが、あの子をわが家に入れるわけにはいかない。まったく、とんでもない頼みだ」

「だったら、しかたがないわね」メリーはつぶやいた。あきらめたように肩を落とした。

ブラック・ウルフは長いあいだメリーと暮らしていたので、彼女がこうと決めたら変えないことをよくわかっていた。「おまえが育てようが、他人が育てようが、たいしたちがいはなかろう?」

「ジェシカは、あなたとわたしがクリスティーナを育てると信じて死んでいったのよ。あの子には、白人の世界で生き抜いていく力を授けなければいけない。わたしはジェシカにあなたの強さをさんざん自慢したの、だから——」

「それなら、子どもを白人の世界に帰さなければよい」ブラック・ウルフが口を挟んだ。

メリーは首を振った。「わたしならあなたに約束を破ってと頼んだりしない。それなのに、あなたはいま、わたしに大事な約束を破れとおっしゃるのね?」

ブラック・ウルフの顔が険しくなった。メリーはふたたび泣き出した。「こんなことになっては、もうあなたの妻ではいられないわ。わたしはあなたの敵に食い物にされたのよ。ホワイト・イーグルがいなければ自決していました。しかもいまとなっては、もうひとり育てなければならない子がいる。あの子をほかの人に育てさせるわけにはいかない。あなただって、心のなかではわたしが正しいと思っているのでしょう。わたしがクリスティーナを連れてここを出ていくしかない。あす出発するわ」

「だめだ」ブラック・ウルフはどなった。「おまえを忘れたことはなかった、メリー。今夜こそわたしのもとへ戻ってこい」

「クリスティーナは?」メリーは尋ねた。

「おまえが育てろ」ブラック・ウルフはしぶしぶ許した。「おまえは自分の娘などといっているが、わたしの子にはしない。わたしの子はひとりだけ。ホワイト・イーグルだけだ。クリスティーナがティピに住むのは許してやる、母親がわたしの息子の命を救ってくれたのだからな。だが、わたしはあの子に関わりたくない。あくまでも無視するからな」

夫の決定をどう受けとめたものか、メリーにはわからなかった。それでも、その夜クリスティーナとともに夫のティピへ帰った。

ブラック・ウルフは意固地な男だった。言行が一致していた。言葉どおり、クリスティーナを完全に無視した。

だが、日がたつにつれ、ブラック・ウルフもクリスティーナを無視できなくなった。毎晩、クリスティーナはホワイト・イーグルのとなりで眠った。だが毎朝、ブラック・ウルフが目覚めると、クリスティーナは彼とメリーのあいだで心地よさそうに寝そべっている。いつも先に目を覚まし、彼の顔をじっと見あげていた。

クリスティーナは、ブラック・ウルフに無視されているのがまったくわかっていなかった。ブラック・ウルフは、クリスティーナに信頼しきった目で見つめられているのに気づくたびに、顔をしかめた。すると、クリスティーナもすかさずしかめっつらになる。クリスティーナがもっと年長だったら、わざとまねをしているように見えただろう。だが、彼女はまだ赤ん坊に毛が生えたようなものだ。それに、肌が白くなければ、ホワイト・イーグルを追いまわす様子もほほえましく映ったかもしれない。いや、ふんぞりかえった歩きかたさえかわいらしく思えたかもしれない。

そんなとき、ブラック・ウルフは、自分の頭のなかではクリスティーナなど存在しないのだと思い出すようにした。彼女に背を向け、雨雲のようにどす黒い気分でティピを出るのだった。

いつしか数週間が過ぎ、そのあいだ一族は、首長が集会にメリーを呼ぶのを待っていた。だが、グレイ・イーグルは、娘の夫がクリスティーナを受け入れるかどうか、じっと見守っているだけだった。

ブラック・ウルフがホワイト・イーグルをクリスティーナから引き離してしまうと、メリーはなにか手を打たなければならないと考えた。クリスティーナはむろんわけがわからず、目が覚めているあいだはほとんど泣いてばかりいた。ふさぎこみ、ついにはなにも食べなくなってしまった。

途方に暮れたメリーは父のもとを訪れ、悩みを打ち明けた。グレイ・イーグルが首長としてクリスティーナを公式に受け入れなければ、女と子どもはブラック・ウルフにならってあの子をいつまでも無視しつづけると訴えた。

グレイ・イーグルは、メリーの言い分はもっともだと考えた。その夜に集会をひらくと約束すると、シャーマンに助言を求めにいった。

シャーマンもクリスティーナを心配している様子だった。グレイ・イーグルは意外に思った。ブラック・ウルフと同じく、シャーマンも白人を憎んでいるのは、周知の事実だ。

「さよう、そろそろ戦士たちを集める頃合いだ。ブラック・ウルフには、その子どもに対する考えをあらためてもらわねばならぬ」シャーマンはいい、つけくわえた。「だが、もし彼が態度を変えぬようなら、わたしがどんな夢を見たか、集会ですべて語ろう」

グレイ・イーグルがどんな夢かと尋ねようとすると、シャーマンは首を振った。そして、たたんだ鹿革を持ってきて、グレイ・イーグルに渡した。

「それまで、このひもを解いてはならぬ、なかの絵を見てはならぬぞ」

「ワカン、これはなにが描いてあるのだ?」グレイ・イーグルは尋ねた。ささやくような声に変わっていた。

「グレイト・スピリットが見せてくださった夢だ」

「どうしていままで見せてくれなかったのか?」

「わたしも、この夢の意味するところのすべてをつかんでいなかったからだ。鷲《イーグル》に率いられたバッファローの夢だったことは話したが、覚えているか?」

グレイ・イーグルはうなずいた。「覚えている」

「まだいっていなかったが、何頭かのバッファローの顔が来世へ行った者の顔に変わったのだ。グレイ・イーグル、その死者たちのなかに、メリーとホワイト・イーグルはいなかった。あのときはその理由がわからず、解明するまでは伏せておこうと思った」

「いまは、われわれふたりともわかっている」グレイ・イーグルは力強くいった。「ふたりは死んでいなかったからだ」

「だが、夢に出てきたものはそれだけではないのだ。わたしはまず、バッファローの群れが豊富な獲物を表していると考えた。そう、そんなふうに考えたのだよ」

「いまはどうなのだ、ワカン?」

シャーマンはふたたび首を振った。「ブラック・ウルフが集会で考えを述べるまで、その革をひらいてはならぬ。もし彼があの子どもを引き受けることを拒んでも、この絵を見れば、かならず考え直す。われわれは、彼が精霊にあらがうのを許してはならぬ」

「では、ブラック・ウルフが子どもを引き受けることにしたといったらどうなるのだ？　その絵は秘密のままなのか？」

「いや、どっちにしろ公開する。だが、まずはブラック・ウルフに正しい道を選ばせる。それからわたしの話を聞けば、彼が賢明な判断をしたとあらためてわかるだろう」

グレイ・イーグルはうなずいた。「今夜はわたしのそばに座ってくれ」きっぱりといった。

ふたりは抱擁《ほうよう》した。それからグレイ・イーグルは、鹿革を持ってティピに戻った。好奇心が疼いたが、なんとかこらえた。今夜の話し合いの前にやるべきことがたくさんある。準備をしているうちに、いつのまにかグレイ・イーグルは、革に描いてある絵の意味がなにか考えるのをやめていた。

首長と戦士たちが焚き火を囲んでいるあいだ、メリーはティピのなかをうろうろと歩きまわった。クリスティーナは、もう兄のいない寝床でときどき目を覚ましながらも眠っていた。

若い戦士のひとりが呼びにくると、メリーはひとりでティピを出た。クリスティーナは、くたびれて朝までぐっすり眠っているにちがいない。

男たちは長い楕円《だえん》形を作って地面に座っていて、楕円の一方の端に首長がいた。首長の左どなりにシャーマン、右どなりにブラック・ウルフがいる。

メリーはゆっくりと円の外側を歩き、父親の前にひざまずいた。去年のできごとについて手短に話し、ホワイト・イーグルの命がジェシカによって救われたことをことさらに強調した。

グレイ・イーグルは話を聞いているあいだ、表情ひとつ変えなかった。メリーが話を終えると、さがってよいとそっけなく合図した。

メリーはクリスティーナのところへ戻る途中、サンフラワーに呼びとめられた。ふたりは広場の隅にたたずみ、首長の決断を待った。

次に呼ばれたのはホワイト・イーグルで、彼から見たいきさつを語った。説明を終えると、父親のまうしろへ行ってそこに立った。

突然、クリスティーナがホワイト・イーグルのとなりへ走ってきた。メリーは、クリスティーナが兄の手を握るのを目にした。駆け出そうとするメリーを、サンフラワーが制した。「手を出さないほうがいい」サンフラワーはいった。「いま邪魔をしたら戦士たちに怒られる。クリスティーナにはホワイト・イーグルがついてるわ」

サンフラワーのいうとおりだ。メリーは、クリスティーナをティピに連れていくように合図しようと、こっちを向いてと念じながらホワイト・イーグルを見つめた。

ホワイト・イーグルは、戦士たちの熱心な議論に耳を傾けていた。戦士たちの大半は、ブラック・ウルフへの忠誠を示そうと、子どもを放っておくという彼の姿勢を支持した。

首長はうなずくと、おもむろに、ラフィング・ブルックという老女に子どもを育てさせてはどうかと提案した。ブラック・ウルフは即座に首を振り、首長に反対した。

「それでは子どもが苦労します」ブラック・ウルフは断言した。「わたしは反対です。あの子に罪はない」

グレイ・イーグルは笑みを噛み殺した。あのもうろくした老女にまかせるのを反対するとは、内心ではクリスティーナを気にかけている証拠ではないか。

要は、ブラック・ウルフにそのことを自覚させればよいのだ——難題ではあるが。義理の息子は気位が高く一徹な男だ。

そろそろ話し合いを終わらせようと、グレイ・イーグルは鹿革に手を伸ばしたが、シャーマンが首を振ってとめた。

グレイ・イーグルはシャーマンに従った。戦士たちが意見をかわすあいだ、たたんだ革に両手をかけたまま、これからどうするかじっくりと考えた。

結局、みなの議論に決着をつけたのは、兄に優しく励まされたクリスティーナだった。

ホワイト・イーグルは、クリスティーナの今後に関する激しいやりとりのあいだ、ずっと耳を傾けていた。まだ六度の夏を過ごしたにすぎないけれど、早くも父親ゆずりの気位の高さをのぞかせている。あとで罰を受けることも恐れず、彼はいきなりクリスティーナの手を引いて父親の正面にまわった。

クリスティーナは兄のうしろに隠れ、険しい目で兄を見据えている怖い顔の男をこっそりと見た。

首長ただひとりが、クリスティーナがブラック・ウルフのしかめっつらをまねて、ホワイト・イーグルの膝の裏に顔を押しつけたのに気づいた。

「お父さん」ホワイト・イーグルははきはきといった。「ぼくがここに帰ってこられたのは、白人の女の人が助けてくれたからこそです」

そのひたむきな口調に、すぐにあたりは静まりかえった。「クリスティーナはぼくの妹になりました。兄は妹を守るもの。ぼくもこの子を守ります」

ブラック・ウルフは、息子が生意気にも自分に意見したことに動揺してしまった。なにもいいかえせずにいると、ホワイト・イーグルは母親のほうを向いた。母親を指さしてクリスティーナを見おろすと、「ぼくのお母さんだ」といった。

ホワイト・イーグルはその後のなりゆきを見越していた。クリスティーナはどこまでも独占欲が強い。兄のものも自分のものなのだ。もう一度ぼくのお母さんだと繰り返すと、クリスティーナがあわててとなりへ来た。口から親指を出して「あたしのママ」と叫ぶと、また指をくわえた。そして、この新しい遊びがつづくのを期待し、にっこりと兄を見あげた。

ホワイト・イーグルはうなずいた。よくやったというようにクリスティーナの手を握り、父親に向き直った。ゆっくりと手をあげてブラック・ウルフを指さし、「ぼくのお父さんだ」と、はっきりといいきった。

クリスティーナは親指を吸いながらブラック・ウルフをじろじろと見ていた。

「ぼくのパパだよ」ホワイト・イーグルはそういい、もう一度クリスティーナの手を握った。

出し抜けに、クリスティーナは親指を口から出した。「あたしのパパ」大声をあげてブラック・ウルフを指さした。それから、そうでしょといわんばかりに兄を見あげた。

ホワイト・イーグルは、祖父をちらりと見やった。祖父が首を縦に振ったので、クリスティーナにうなずいてみせた。

クリスティーナは兄さえうなずいてくれれば満足だった。ホワイト・イーグルの手を離すと、くるりと向きを変えていきなりうしろに倒れこんだ。信頼しきった様子でブラック・ウルフの膝に尻餅《しりもち》をつく。

その場のだれもが、クリスティーナがそこに落ち着くのを見守った。クリスティーナが手を伸ばしてブラック・ウルフの三つ編みをつかむと、彼は傍目《はため》にもわかるほど体をこわばらせた。だが、子どもの手を払いのけはせず、首長のほうを向いた。

グレイ・イーグルは会心の笑みを浮かべた。

メリーは夫に駆け寄り、正面にひざまずいてこうべを垂れた。ブラック・ウルフは、妻が震えているのを見てとった。気持ちを押し殺し、長々とあきらめのため息をついた。

「これ以上、わたしの子どもたちを集会に残すな。ふたりをティピに連れて帰りなさい」

メリーはすぐさま両腕をさしのべ、クリスティーナを抱き取った。夫の三つ編みから娘の手を引きはがしているうちに、夫がたったいま発した言葉の衝撃がおさまってきた。

わたしの子どもたち。

メリーは懸命に笑みをこらえたが、夫の顔をちらりと見あげると、こちらのうれしい心の内をわかってくれているのが伝わってきた。きっと、彼への愛情もわかってくれているはず。

ブラック・ウルフは尊大にうなずき、彼女のよろこびと愛情を受け入れた。

メリーが子どもたちを連れていってしまうと、グレイ・イーグルは初めて口をひらいた。「わたしに孫娘ができたということだな？」念を押すようにブラック・ウルフに尋ねた。

「そのとおりです」ブラック・ウルフは答えた。

「よかった」グレイ・イーグルはいった。そしてシャーマンのほうを向き、どんな夢を見たのか全員に説明するように頼んだ。

シャーマンは立ちあがり、戦士たちに夢の話をした。鹿革のひもをおもむろにほどき、みなに見えるように革を掲げた。

驚きのつぶやきがそこここであがった。シャーマンは手を力強くひとふりし、全員を黙らせた。「バッファローはわれわれだ」胸に手を当てていった。「普通、マウンテン・ライオンはバッファローと共存しない。地上では、両者は敵同士。白人がダコタ族の敵であるのと同じだ。だが、いま、精霊はわれわれを試しておられる。青い瞳のマウンテン・ライオンをわれわれのもとに遣わされたのだ。あの子がここを去るときが来るまで、守ってやらねばならぬ」

ブラック・ウルフはシャーマンの言葉にあっけにとられていた。「なぜもっと早く教えてくれなかったのですか、ワカンさま？」

「まず、おまえが心で真実を悟らねばならなかったからだ」シャーマンは答えた。「ブラック・ウルフよ、このマウンテン・ライオンはおまえの娘なのだ。まちがいない。髪は白い稲妻の色、瞳はグレイト・スピリットのおられる空の色だ」

不意に、クリスティーナのどなり声が村じゅうに響きわたった。シャーマンはほほえんだ。

「それに、声までライオン並みときている」

ブラック・ウルフはみなと笑みをかわし、うなずき合った。

シャーマンは、絵を描いた革を高々と掲げた。「メリーの約束はかならず果たされる。精霊の定めだ」

この夜、クリスティーナは正式に一族に受け入れられた。

彼らダコタ族は心優しい人々だった。だれもが青い瞳のライオンに心をひらき、価値のはかれない宝物を与えた。

そして、その形のない贈り物がクリスティーナの人となりを形作っていった。

祖父からは、状況を認識する力という贈り物を授かった。すばらしい自然の美と不思議についても教わった。ふたりはいつも一緒にいるようになった。グレイ・イーグルはクリスティーナに惜しみなく愛情を与え、際限なく時間をさいた。なぜ、なぜ、どうして、とひっきりなしに質問し、すぐに答を知りたがる孫娘に知識を分け与えた。クリスティーナは辛抱強さも祖父に学んだが、なによりも大きな宝となったのは、どうにもならないことを笑い飛ばし、亡くなった者のために涙を流し、尊い生を受けたことによろこびを見いだす力だった。

父からは、どんなつとめもまっとうし、あらゆる困難を克服する意志の強さと勇気を受け継いだ。クリスティーナは、どんな戦士にも負けないほど――いや、だれよりもうまく、といってもよいほど――ナイフを使いこなし、馬を操るようになった。彼女はまさにブラック・ウルフの娘らしく、父親を見て、なにごとにも完璧を求めて努力した。父親をよろこばせ、よくやったとうなずいてもらい、誇りに思ってもらうように心がけた。

優しい母からは、慈悲と思いやり、そして敵味方のへだてなく接する公平な姿勢を譲り受けた。クリスティーナは母のふるまいをまね、やがて完全に自分のものにした。メリーは家族に対して率直に愛情を示した。ブラック・ウルフは決して人前で感情をあらわにしなかったが、それでもメリーの愛情あふれる性質を愛して伴侶に選んだことは、クリスティーナもすぐに気づいた。ブラック・ウルフはその気位の高さゆえ、ほかの戦士たちの前では妻にぶっきらぼうになる。だが、家族とティピにいるときは、メリーの愛撫や甘い言葉をいやがらなかった。むしろ、それらを求めたほどだ。そのまなざしは温かみを帯び、娘が寝入ったのを確かめると、腕を伸ばして妻の背中を抱き、彼女に教わった優しい愛の言葉をありったけ並べた。

クリスティーナは、伴侶を決める時期が来たらブラック・ウルフのような男を選ぼうと心に決めていた。父のように誇り高く堂々としていて、強引だが家族を大事に守り、愛に貪欲《どんよく》な戦士を選ぶのだ。

父のような人でなければ結婚はしないと、クリスティーナは兄にいった。

ホワイト・イーグルはクリスティーナにとってなんでも話せる相手だった。彼は妹の無邪気な決意に異を唱えたくはなかったけれど、彼女の将来が不安だった。結婚のことなど考えないようにとクリスティーナを諭した。この隔絶した村のだれもが知っていることだが、クリスティーナはいつか白人の社会に帰らなければならない。

ホワイト・イーグルは、そのことでひそかに心を痛めていた。イギリスという国に父のような戦士はいない、と信じて疑わなかったからだ。

いるはずがない。

1

一八一〇年　イギリス・ロンドン

　レティの悲鳴が弱々しくなっていく。

　ライアンウッド侯爵夫人レティに付き添っている医師、ウィンターズは、夫人の上にかがみこみ、両手をつかまえようと躍起になっていた。美しい夫人は、猛烈な痛みにのたうちまわっている。もはや明らかに正気を失っていて、ふくらんだ腹を引き裂こうとしているようにしか見えない。

「落ち着いて、レティ」ウィンターズは、優しい声になっていればよいのだがと思いながらささやきかけた。「すぐによくなる。もうすこしがんばれば、ライアンに元気な赤子を授けられるぞ」

　レティがその言葉を理解しているとは思えなかった。エメラルドグリーンの瞳は苦痛に濁っている。彼の背後を見つめているかのようだ。「わたしはライアンも取りあげたのだよ。知っているかね、レティ？」

　また耳をつんざくような悲鳴があがり、ウィンターズはレティをなだめるのをあきらめた。目を閉じて、どうすればよいのか教えてほしいと祈った。ウィンターズのひたいには汗の粒が浮かび、両手は震えていた。

　これほどの難産は見たことがなかった。すでに長い時間がたっている。候爵夫人の体力は限界で、手の施しようがない。

　そのとき、寝室のドアが音をたててあき、ウィンターズははっとした。戸口に、ライアンウッド侯爵アレクサンダー・マイケル・フィリップスが立っていた。ウィンターズは、ほっとため息をついた。「やっと帰ったか、ライアン」と大きな声をあげる。「間に合わないかと心配したぞ」

　ライアンはベッドに駆け寄った。その顔には懸念がにじんでいた。「いったいどうしたんですか、先生、もう生まれるとは早すぎはしませんか」

「赤ん坊が出てくる気になったんだ」ウィンターズは答えた。

「こんなに苦しんでいるじゃないですか」ライアンはどなった。「なんとかしてください！」

「できるだけのことはしている」ウィンターズは焦燥を抑えきれずにどなりかえした。レティがまた痙攣《けいれん》して金切り声をあげたので、ウィンターズは注意を引き戻された。肩で息をしながらレティを押さえつけようとした。レティは決して小柄ではない。かなり上背があり、肉付きもよい。その彼女が、激しく抵抗してくる。

「レティは正気を失っているのだ、ライアン。ベッドの支柱に手を縛りつけるから、手を貸してくれ」ウィンターズはいった。

「だめだ」ウィンターズの指示にあきれ、ライアンはどなった。「おれがレティを押さえます。それでなんとかしてください、先生。レティは限界だ。ああ、いつからこんなに苦しんでいるんです？」

「もう十二時間以上たつ」ウィンターズは正直に答え、声をひそめてつけくわえた。「しばらく前に助産婦が来た。だが、赤ん坊が逆子だと知ると、あたふたと帰ってしまった。このまま、赤ん坊が向きを変えてくれるのを祈るしかない」

ライアンはうなずき、妻の手を取った。「おれだ、帰ったぞ、レティ。もうすこしだ。すぐに終わるからな」

レティが聞き覚えのある声のほうに振り向いた。瞳は濁り、生気がない。ライアンは励ましの言葉をかけつづけた。レティが目を閉じたので、ライアンは彼女が眠ったものと思い、ふたたびウィンターズに話しかけた。「予定より二カ月も早いから、こんなに難産になったんですか？」

ウィンターズは返事をしなかった。ライアンに背を向け、洗面器から新しい布を取りあげた。その手つきには怒りがこもっていたが、とにかくそっと、レティのひたいに冷たい布を置いた。「熱が高くなったらまずいな」ひとりごとをつぶやく。

突然、レティの目があいた。彼女は目を見ひらいてウィンターズを見あげた。「ジェイムズ？　ジェイムズね？　助けて、お願い、助けて。あなたの子におなかを引き裂かれそう。神さまの罰なのよ、わたしたちが罪を犯したから、そうでしょう、ジェイムズ？　いざとなったらこの子を殺して、わたしを楽にしてちょうだい。ライアンには絶対にいわないから。お願いよ、ジェイムズ、お願い」

決定的な告白の最後は、ヒステリックな泣き声になった。

「なにをいっているのか、自分でもわかっていないのだよ」われに返ったウィンターズは、とっさにいった。レティの唇から血を拭き取り、言葉を継いだ。「奥方はうわごとをいっているだけだ、ライアン。痛みで錯乱しているのだ。ただのうわごとを気にするな」

ウィンターズは、ライアンにちらりと目をやった。彼の顔を見れば、いまのせりふを信じていないことは明らかだった。やはり事実には勝てない。

咳払いをすると、ウィンターズはいった。「ライアン、部屋から出てくれ。これからひと仕事しなければならない。きみは書斎で待て。終わったら呼びにいく」

ライアンはまだ妻を見つめていた。ようやく顔をあげると、苦悩の浮かぶ目でウィンターズにうなずいた。それから、たったいま聞いたことを黙って打ち消そうとするかのようにかぶりを振り、足早に部屋を出ていった。

部屋を出ていく彼のうしろで、愛人を呼ぶ妻の金切り声が響いた。

三時間後、すべてが終わった。ウィンターズは、図書室でライアンを見つけた。「ライアン、手は尽くした。残念だが、ふたりとも救えなかった」

しばらく待ったのち、ウィンターズはふたたび口をひらいた。「聞こえたのか、ライアン?」

「赤ん坊は二カ月分、小さかったのですか?」ライアンが尋ねた。

ウィンターズは、すぐには返事ができなかった。抑揚のない無気力なライアンの声に、なかなか言葉が出なかった。「いや、そうではなかった」ようやく答えた。「嘘はもうたくさんだろう。わたしもあのふたりの罪を増やしたくはない」

彼はそばの椅子に崩れるように座った。ライアンが静かに飲み物を注ぐのを見守り、手を伸ばしてグラスを受け取った。「きみはわたしにとって息子同然だ、ライアン。この悲しみを乗り越えるために、わたしにできることがあればいってくれ」

「先生は真実を教えてくれた」ライアンは答えた。「それで充分です」

ウィンターズは、ライアンがゴブレットを持ちあげ、中身をいっきにあおるのを見ていた。

「無理をしないでくれ、ライアン。きみがレティをどんなに愛していたか、わたしはよく知っている」

ライアンは首を振った。「おれならすぐに立ち直りますよ。いつもそうでしょう、先生?」

「そうだな」ウィンターズは、疲労のこもったため息をついた。「きっと、あの兄を持ったために、きみはなにがあっても受けとめられるようになったのだろうな」

「ひとつだけお願いがあります」ライアンはインク壺とペンを取った。

長い時間をかけ、ライアンは一枚の便箋に文をしたためた。ウィンターズは沈黙に耐えきれなくなり、口をひらいた。「なんでもするぞ」

ライアンは手紙を書き終えると、便箋を折りたたんでウィンターズに渡した。

「先生、これをジェイムズに。兄に、愛人が死んだと伝えてください」

2

一七九五年八月一日の日記

クリスティーナ、あなたの父親は大変見目麗わしい人でした。あの人なら、イギリスのどんな女性でも選ぶことができた。それなのに、わたしを選んだのです。このわたしを！あのときは、こんな幸運があるなんてという気持ちだった。わたしの容姿は、社交界ではまずまずという程度でしたし、ひどく内気で、世間知らずで、あの人とは正反対だったもの。彼はとても粋で垢抜《あかぬ》けていて、そのうえ優しくて愛情豊かでもあった。だれもが申し分のない男性だと思っていました。けれど、それはおそろしいまちがいだったのです。

一八一四年　イギリス・ロンドン

長い夜になりそうだった。

ライアンウッド侯爵は押し殺したため息をつき、カールトン卿の広間のマントルピースに寄りかかった。くつろいでいるからではなく、必要に迫られてのことだ。軽くはないこの体重をマントルピースにあずければ、脚の痛みをすこしはやわらげることができる。膝のけがのあとがいまだにずきずきと疼き、そこから鋭い痛みが広がるせいで、うっとうしい気分はいっこうに晴れなかった。

このパーティには無理やり連れてこられた。妹のダイアナに、エスコートするのが兄のつとめだとうるさくせがまれ、連れ出されたのだ。いうまでもなく、パーティなどおもしろくもなんともなかった。せめて楽しげな顔をすべきかとも考えたが、そんな芸当はどうにもできそうにない。脚が痛くてたまらず、内心のいらだちを他人に気づかれようが、かまっていられなかった。楽しげな顔どころか、ここ最近の癖になっている渋面を作ると、どうにでもなれといわんばかりにたくましい胸の前で腕を組んだ。

ライアンのとなりへ、オックスフォードの学生時代からの親友、ローン伯爵がやってきた。ふたりは評判の美男子だった。ローン伯爵は黒髪に白い肌、身の丈は六フィート。どちらかといえば細身の体に、いつも一分《いちぶ》の隙もないいでたちで、片頬をゆがめてほほえめば、若い娘たちは彼の鼻が曲がっていることなどすっかり忘れてしまう。だれもがうらやむ緑色の瞳に見とれ、欠点など目に入らなくなるのだ。

ローンは根っからの女たらしだった。娘を持つ母親たちが彼の風評にやきもきし、父親たちがあの男に結婚するつもりはあるのかと心配する一方で、うぶな娘たちは親の忠告にはまったく耳を貸さず、彼の気を惹こうとかしましく競い合った。蜂蜜が飢えた熊を誘うように、ローンは女を惹きつけた。困った男にはちがいないが、その魅力にはだれもがあらがえなかった。

ところがライアンはといえば、果敢な娘たちさえ悲鳴をあげて逃げ出すほど、見るからに危険な風貌をしていた。ライアンウッド侯爵が氷のような目でひとにらみすれば部屋から人っ子ひとりいなくなるとは、だれもが認める事実である。

ライアンはローンより優に三インチは背が高い。胸や肩や太腿に分厚い筋肉がついているせいで、実際よりずっと大きく見える。もっとも、体が大きいというだけでは、侯爵夫人の座をねらう剛胆な娘たちが震えあがったりしない。その顔だちも、ひとつひとつを見ればさほどおそろしくはなかった。髪は濃い金色の巻き毛。社交界の流行にさからうように長く伸びている。横顔は、カールトン邸に並ぶ古代ローマの兵士たちの彫像そっくりだった。それらの彫像のように、頬骨がいかにも貴族的で、鼻筋が通り、唇は完璧な形をしている。

だが、温かみのある髪の色をのぞき、彼の容貌に優しげなところはひとつもなかった。茶色の瞳は、辛辣《しんらつ》な冷笑をたたえていた。すべてに幻滅したような仏頂面がすっかり身についている。しかも、ひたいの傷跡がすごみを添えていた。ぎざぎざの細い筋がひたいを走り、右の眉のもっとも高いところで唐突にとぎれている。その傷跡のせいで海賊のような容貌になっていた。

噂《うわさ》好きの女たちは、ローンは女たらしでライアンはまるで海賊だといいあったが、むろんふたりの前では黙っていた。愚かな彼女たちは、ふたりがそのような中傷をおもしろがるとは思ってもいないのだ。

使用人がライアンのそばへ来た。「ご注文のブランデーでございます」初老の使用人は、銀の盆に載せた二個の大きなゴブレットを倒さないようにしながら、慇懃《いんぎん》にお辞儀をした。ライアンはゴブレットを二個とも取って一個をローンに渡し、礼をいって使用人を驚かせた。使用人はもう一度お辞儀をすると、背を向けて立ち去った。

ライアンは、いっきに酒を飲み干した。

ローンはその様子に目をみはった。「脚が痛むのか？」心配そうに眉をひそめて尋ねた。「それとも、さっさと酔っぱらってしまおうってつもりか？」

「おれは酔っぱらったりなどしない」ライアンはいった。「脚も治りかけている」肩をすくめてつけ足し、質問に遠回しに答えた。

「今回は運がよかったぞ、ライアン。たっぷり半年は、いや、ひょっとするともっと長く任務を離れていられる。ありがたいことだ。リチャーズ卿は、可能なら明日にでもおまえを危ない任務へ引き戻す。おまえの船がだめになって、よかったじゃないか。新しいのができるまではどこにも行けないからな」

「危険を承知で引き受けた仕事だ」ライアンは答えた。「おまえはリチャーズ卿が嫌いらしいな、ローン？」

「おまえを危険な任務につけるからだ」

「個人の事情より国家の事情を優先しなければならないからだ」

「われわれ個人の事情より、というべきだな」ローンは正した。「わたしがやめたとき、おまえも一緒にやめればよかったんだ。おまえがそこまで重要な役目をしていなければ――」

「おれもやめたよ、ローン」

ローンは驚きを隠しきれない様子だった。彼がいまにも大声をあげそうなので、ライアンはいま話すべきではなかったと後悔した。「そんなに驚くな、ローン。ずいぶん前から、仕事をやめろとせっついていたくせに」

ローンは首を振った。「せっついていたのは、わたしはおまえの友人だし、ほかにはおまえのことを心配しているやつがいないらしいからだ。なまじ有能なせいで、おまえは普通の男なら耐えられないほど長くあの仕事をしてきた。正直いって、わたしにも無理だ。いまいったことは嘘じゃないな？　ほんとうにやめたのか？　リチャーズに伝えたのか？」

ローンは声をひそめていたものの、興奮していた。真剣な目でライアンを見据えている。

「ああ、伝えた。不満そうだったが」

「彼もおまえがいないことに慣れなければいけないんだ」ローンは非難がましくいった。乾杯のしるしにグラスを掲げた。「寿命が延びたことに乾杯だ。おまえに幸福と平穏が訪れるように。それくらいの報いを受けてもいいさ、ライアン」

グラスがからだったので、ライアンは乾杯に応えなかった。どのみち、ローンの誠意のこもった願いがかなうとは思えなかった。幸福なら――まあ、つかのまの幸福なら――味わえないこともないだろう。だが、平穏は……無理だ、過去が平穏な生活など許してはくれない。そう、平穏とは愛と同じく、自分には手の届かないもの。そういうめぐりあわせなのだとライアンは受け入れていた。彼としては、やらねばならないことをやってきたまでで、罪悪感などみじんも抱いていないつもりだった。だが、暗い夜、ひとりきりでよるべない気持ちになると、過去に相まみえた顔が次々とよみがえり、いつまでも消えなかった。そう、平穏など訪れはしない。悪夢が解放してくれることはない。

「いいかげんにしろ」ローンはいい、ライアンの腕を突いて注意を惹いた。

「なんだ？」

「おまえがそんな怖い顔をしているから、ご婦人方がみんな部屋から出ていってしまう」

「そりゃよかった、おれもまだまだ捨てたもんじゃないな」

ローンは首を振った。「やれやれ、今夜はずっとそんな顔をしているつもりか？」

「まあな」

「おまえの愛想のなさにはあきれるね。わたしの心は弾んでるぞ。社交の季節が来るたびに血が騒ぐんだよ。きっと、おまえの妹も胸ときめく体験を待ちこがれているんだろうな。ああ、あのおちびさんがもうそんな年になったとはね、信じられないよ」

「たしかにダイアナは興奮している」ライアンは認めた。「あいつも夫を探しはじめる年頃だ」

「いまも……自由奔放なのか？　最後に会ってから一年以上たつが」

ローンの下手ないいまわしに、ライアンはにやりとした。「あいつがあいかわらず慎みなどいっさい見せず、なんにでも首を突っこむのかという意味なら、たしかにそのとおり、いまも自由奔放だ」

ローンはうなずくと、室内を見まわしてため息をついた。「見てみろ。味見してくださいといわんばかりの、生きのいい美しい令嬢ばかりだ。正直なところわたしは、怪盗ジャック一味がうろついているから、母親たちは娘を外出させないだろうと思っていたよ」

「先週、ウェリンガムのところを襲ったらしいな」ライアンはいった。

「大騒ぎになったぞ」ローンは、心から愉快そうに笑ってまくしたてた。「ウェリンガム夫人は、エメラルドが返ってくるまで起きないと誓って、床に臥《ふ》せってしまったそうだ。わたしにいわせればおかしいね。亭主は賭博《とばく》でさんざんひとさまの金を搾り取っているんだぞ。あの男はとんでもないペテン師だ」

「ジャックはウェリンガム邸の金品を奪っただけと聞いている。客には手を出さなかったそうだが」

ローンはうなずいた。「そのとおり。やはり、急いでいたんだろう」

「よほど捕まりたいと見える」ライアンはいった。

「そうかな」ローンは異を唱えた。「やつはこれまでのところ、わたしもこらしめてやりたいと思うような連中をねらっている。実際、たいした男だと思うね」

ライアンが怪訝《けげん》そうに見やると、ローンはあわてて話題を変えた。「おまえがにこにこすれば、ご婦人方が寄ってくる。そうしたら、そっちはそっちで楽しめ」

「おまえもついに乱心したな。このばか騒ぎを楽しむふりなどできるか」

「みなはおまえが乱心したと思ってるぞ、ライアン。まあ、おまえが長いあいだ社交界に無沙汰をしていたのは事実だ」

「おまえがくだらない社交界に何年もつきあっているのも事実だ」ライアンは切り返した。

「だから、脳味噌が溶けてしまったんだ」

「なにをいう。わたしの脳味噌が溶けたのは、学生時代、おまえと一緒にまずいジンを飲んでいたからだ。それでも、おおいに楽しんでるぞ。おまえも楽しめ。社交など、ただのゲームだと思えばいい」

「おれはゲームをしないのでね」ライアンはいった。「それに、この状況はゲームというより戦いだ」

ローンは声をあげて笑い、周囲から不審そうな視線を集めた。「つまりこういうことか。われわれは令嬢たちと戦っているというわけか」

「そのとおり」

「では、彼女たちの目的はなんだ？　われわれからなにを勝ち取ろうというんだ？」

「結婚に決まっているだろう」

「ふむ」ローンはもったいぶった口調でいった。「体を武器にするんだな。われわれを欲望のとりこにして、なんでも差し出させるのが戦略というわけか」

「女にはそれしかないからな」

「まったく、みなのいうとおり、ひねくれたやつだ。おまえの考え方がこっちにうつらないか、心配だよ」

ローンはそういいながら身震いしたが、にやにやと笑っているので、すこしも心配そうには見えなかった。

「それほど心配じゃないようだが」ライアンはそっけなくいった。

「お嬢さん方が求めているのは結婚だ、われわれの人生じゃない」ローンはいった。「ゲームに加わりたくないのなら、加わることはないさ。もっとも、わたしはしがない伯爵だ。ところがおまえは、再婚して家系を絶やさないようにしなければならない」

「おれに再婚する気がないのは、おまえもよく知っているはずだ」ライアンの声は、寄りかかっている大理石のように固かった。「この話はやめよう、ローン。結婚のこととなると、冗談がわからなくなる」

「おまえはそもそも、冗談がいっさい通じない男だよ」ローンが愉快そうにいいはなったので、ライアンはつい頬をゆるめた。

ローンはライアンの欠点をあげつづけていたが、ふと、赤毛の美人に目をとめた。彼女にじっと視線を送っていたが、しばらくしてライアンの妹が近づいてくるのに気づいた。

「仏頂面はやめろ」ローンは忠告した。「ダイアナがこっちへ来る。おっと、セリンガム伯爵夫人を肘で押しのけた」

ライアンはため息をつき、なんとか笑顔を作った。

ダイアナは、ふっくらした頬のあたりに短く切った茶色い巻き毛を揺らしながら、兄の前で急停止した。茶色い瞳が興奮に輝いている。「まあ、お兄さまが笑顔だなんて、うれしい。楽しんでるのね」

兄の返事を待たず、ローンのほうを向き、膝を曲げてお辞儀をした。「またお目にかかれて光栄です」すっかり息切れしている。

ローンは会釈を返した。

「今夜はお兄さまをなだめすかしてここへ連れてきましたの、すごいでしょう？　お兄さまったら、パーティが大嫌いですのよ」

「ほんとうかい？」ローンが信じられないといわんばかりに尋ねたので、ライアンは笑ってしまった。

「妹をからかわないでくれ」ライアンはいった。「楽しんでいるか、ダイアナ？」妹に尋ねた。

「ええ、とっても」ダイアナは答えた。「お母さまもよろこぶわ。わたしたちが帰るころまで起きてらっしゃるといいのだけど。そうしたら、今夜のことを全部話してさしあげられるわ。たったいま聞いたのだけど、プリンセス・クリスティーナがいらっしゃるんですって。正直いってわたし、お会いしたくてうずうずしているの。とてもすてきな方らしいのよ」

「プリンセス・クリスティーナとは何者だ？」ライアンは尋ねた。

その質問に答えたのはローンだった。「彼女の噂を聞いたことがないとは、ずいぶん長いあいだ引きこもっていたんだな、ライアン。まあ、わたしも会ったことはないんだがね。ただ、とても美しい方とは聞いている。しかも、謎めいた雰囲気を漂わせているそうだ。父上は、オーストリア辺境のさる公国の君主だったらしい。過激な革命で国王の座を追われたそうだ」ローンはさらに話をつづけた。「レディ・クリスティーナは世界じゅうを転々としていた。いや、母上のお家柄からいえばレディと呼ぶべきなのだ。だが、ブラメルは会ったとたんに彼女のとりこになったらしい。プリンセスと呼びはじめた。彼女はそう呼ばれて、否定も肯定もしなかったそうだ」

「お母さまはどうなさったの?」ダイアナが尋ねた。

ダイアナはプリンセスの話にすっかり魅了されているようだった。ローンはダイアナの熱心な様子に顔をほころばせた。「悲しいできごとがあったと聞いた。母上は病気で――」

「病気って、どんな?」ダイアナが口を挟んだ。

「心の病を抱えていたのだよ」とローン。「妊娠に気づくと失踪してしまった。三カ月前まで、母子ともに亡くなったと考えられていた」

「プリンセス・クリスティーナのお父さまはどうなさったの?」

「奥方が失踪してすぐにイギリスを発った。それ以来、だれも消息を知らない。いまごろはきっと亡くなっているだろう」ローンは肩をすくめた。

「なんておかわいそうな方」ダイアナはつぶやいた。「ご家族と呼べる方はいらっしゃるのかしら、それとも、ひとりぼっちなの?」

「いいかげんにしろ、ダイアナ。会ったこともない人間のために、いまにも泣き出しそうじゃないか」ライアンはいった。

「だって、こんなに悲しいお話なんですもの」ダイアナは弁解がましくいった。ローンに向き直ると、言葉を継いだ。「いまでも覚えてるわ、ジェイムズお兄さまが亡くなったとき、わたしたちみんな、ほんとうにつらかった。お母さまはいまだに立ち直っていない。思いつくかぎりの仮病を使ってお部屋にこもりっきり。ずっと悲しんでいらっしゃる」

ローンはライアンの冷淡な顔をちらりと見やり、早く話題をもとに戻そうと、思ってもいないことを口走った。「ああ、そうだね、みんなジェイムズを亡くしてさびしがっている。それより、わたしもぜひプリンセス・クリスティーナにお会いしたいよ、ダイアナ。プリンセスの過去をすこしでも知ることのできた者はまだいない。だからこそ、ますます謎を解き明かしたくなる」

ローンが片目をつぶってみせると、ダイアナは頬を赤らめた。ライアンの妹はいまだにこんなに純情なのか。それに、なかなかの美人だ。ローンはしゃべるのをやめ、ダイアナをじっくりと観察した。最後に会ったときにくらべ、体つきが女らしくなったようだ。そう気づくと、ローンはなぜか焦りを感じた。「おちびさん」いきなり口走ってしまった。「今夜はやけにきれいだな」ひどくぶしつけないいかたになってしまい、顔をしかめた。

ダイアナは気にもとめていない様子だった。ローンのほめ言葉ににっこり笑うと、もう一度膝を曲げてお辞儀をしていった。「ありがとうございます。お優しいのね」

ローンはライアンをにらんだ。「ドレスの胸元があきすぎだ。人前でこんな格好をさせるとは、いったいどういうつもりだ？　もっとしっかり妹を見張っていろ」

「おまえさえ見張っていれば、ダイアナは安全だ」ライアンは答えた。

「いや、それでも……」ローンは広間の入口にふと目をやり、口をつぐんだ。そして、低く口笛を鳴らした。ローンの目を奪ったのはなにかと、ダイアナがさっと振り返った。

「プリンセス・クリスティーナだわ」ダイアナは畏敬《いけい》の念に満ちた声で、だれの目にも明らかなことをささやいた。

最後にライアンが振り向いた。部屋の反対側にいる彼女の姿が目に入った瞬間、文字どおりはじかれたように体を起こした。とっさに全身が緊張して戦闘体勢になった。

しばらくして、やっとわれに返った。戦闘に備えるように体の脇で拳を握り、足を踏ん張っている自分に気づき、なんとか緊張を解いた。急に動いたため、膝がまた痛みはじめた。その痛みも、激しい胸の鼓動も、抑えようがなかった。

そして、どんなに気力を振り絞ろうとも、プリンセス・クリスティーナから目をそらすことができなかった。

プリンセスはたいそう美しかった。頭からつま先まで銀色に包まれている。銀色は天使にふさわしい色であり、淡い金色の髪を引き立たせていた。

ライアンは、たしかに彼女ほどの美人に会ったことがなかった。一見、肌はしみひとつなく、これほど離れていても瞳の色がわかる。息を呑むほどあざやかなブルーだ。

プリンセス・クリスティーナは、笑顔でもなく不機嫌そうでもなかった。軽い好奇心だけをのぞかせている。ライアンは、この女は自分の美しさを自覚しているにちがいないと決めつけた。いつものように斜に構えたのは、心臓発作を起こさないようにするためだ。いまだに動悸《どうき》がおさまらないのが、われながら情けなかった。

「ブラメルのいうとおりだ」ローンがいった。「なんとも美しい」

「ああ、ぜひお話ししてみたい」ダイアナがいった。教会にいるかのように小さな声だった。

「みなさんをごらんになって。ひとり残らずプリンセスに見とれているわ。わたしとお話ししてくださるかしら?」

「落ち着いて、ダイアナ」ローンはいった。「プリンセス・クリスティーナがきみを邪険にするわけがないだろう。きみのお兄さまがだれか、忘れてしまったのかい?」

おずおずとうなずくダイアナに、ローンはいいきかせた。「お嬢さん、胸を張って、手を揉《も》みしぼるのをおやめ。みっともないよ。だれか、プリンセスを正式に紹介してくれる人を探してあげるから」

その言葉の後半部分は、ダイアナの耳に届かなかったらしい。ダイアナはすでにスカートをつまみ、入口のほうへ駆け出していた。ローンはあとを追いかけようとしたが、ライアンに腕をつかまれた。「放っておいていいのか?」

「様子を見よう」ライアンは答えた。声にいらだちがにじんでいる。

「おまえの妹はせっかちすぎる」ローンは首を振ってぼやいた。「これまで何度も失敗しているのに――」

「あれもいいかげんに慎みを身につけなければ」

「苦行にならなければいいがね」

ライアンは返事をしなかった。あいかわらず、美しいプリンセスに気を取られていた。初老の男女がプリンセスの前に立ったと同時に、突進してきたダイアナが三人のわずか一インチほど手前で立ち止まった。

ダイアナはもうすこしでクリスティーナを突き飛ばすところだった。ローンは長々とうめき声をあげた。唐突に割りこまれ、初老の男女はあからさまに顔をしかめた。ダイアナたちに背を向け、いかにも当惑した様子で顔を見合わせた。

「やれやれ、ダイアナは公爵夫妻の邪魔をしてしまったよ」ローンはいった。

ライアンは妹のふるまいにかっとした。これ以上恥をかく前にとっつかまえてやろうと足を踏み出したとき、プリンセスが事態をおさめにかかった。しかも、見事なやりかたで。見るからに心のこもった笑顔をダイアナに返し、両手を取って話しかけたのである。ダイアナと親しい友人同士だと周囲に見せかけるためにそうしていることは、ライアンにもわかった。

そのままライアンが見ていると、クリスティーナはダイアナをとなりに引き寄せ、デヴンウッド公爵夫妻に挨拶した。そして、ダイアナを夫妻との短い会話に加わらせ、先ほどの彼女の失態をうまくかばった。

ローンは安堵の息を吐いた。「おい、見てみろ。プリンセスはまだダイアナの手を握っているぞ。なるほど、賢明な手だ、あれじゃあダイアナもうっかりプリンセスを殴ったりできない」

ライアンはふたたびマントルピースにもたれ、ローンの言葉ににやりと笑った。「たしかに、ダイアナはしゃべりながら手を振りまわす癖があるからな」

「プリンセスは優しい人だな。ああ、恋してしまいそうだ」

「おまえはいつもそうだろうが」

ライアンはつい、声にいらだちをにじませていた。思いがけず、なぜかローンの言葉が気に障った。プリンセス・クリスティーナには、ローンの征服する女のひとりになってほしくない。そんなふうに思うのはどうかしている。だが、ローンが彼女を口説くのがこれほど気に入らないのはなぜだ？

すぐには答が見つからず、ため息が出た。とにかく気に入らない。いてもたってもいられないほどに。正直にそう認めると、ますます腹が立った。女にのぼせあがるほど、自分は青くないし、余分な元気もない。

一方、クリスティーナは、自分が巻き起こした騒ぎにまったく気づいていなかった。戸口のまんなかで、おばのパトリシアがこの家の主人と話を終えるのを辛抱強く待った。となりで興奮した若い娘がしゃべっているが、おそろしく早口なので、クリスティーナにはついていけなかった。それでも、耳を傾けているふりをして、適当なところでほほえみ、そのダイアナという娘がひと息つくたびにうなずいた。

レディ・ダイアナが友人を連れてくるといった。クリスティーナは、またひとりで残された。穏やかな微笑を浮かべ、あからさまにこっちをじろじろと眺めている連中を見わたした。

ここの人たちには、いつまでたってもなじめそうにない。イギリス人なんて、変人ばかり。ロンドンへ来て三カ月近くたつけれど、白人たちがこだわる妙な習慣の数々には、いまだに慣れることができない。

女たちだけではなく、男たちも愚かだ。それに、みんなそっくり同じ黒い服を着て、見分けがつかない。白い首巻きは硬く糊《のり》付けされていて、あれでは窒息してしまうのではないだろうか。赤ら顔だから、ますますそんな感じがする。いいえ、ちがう。クリスティーナは心のなかで訂正した。あれは首巻きではなくて……クラヴァットというのだった。そう、それが首巻きの正しい名前。しっかり覚えておかなければ。

覚えなければならないことはいくらでもあった。クリスティーナは、一年前にボストンのパトリシアおばの家で暮らしはじめたときから、こつこつと勉強してきた。フランス語と英語で会話することはできた。ブラック・ウルフがとらえた宣教師が、きちんと教えてくれたからだ。

ボストンでの勉強は、上流のレディにふさわしい行儀作法を身につけることに重点が置かれた。クリスティーナはおばを満足させ、心配させないように努力した。気難しいおばは、たったひとりの母方の親戚だった。だが、文字が読めるようになり、母の日記の内容が理解できるようになると、勉強の目的は変わった。まったくちがうものになった。とりあえず、この奇妙な社会に仮の居場所を手に入れなければならない。約束を果たすまで、しくじりは許されない。

「クリスティーナ、準備はいい？」

パトリシアおばだった。年老いたおばはクリスティーナのとなりへ来て、鉤爪《かぎづめ》のような手で彼女の腕を握った。

「ええ、だいじょうぶです」クリスティーナは答えた。後見人であるおばにほほえむと、前を向いて見知らぬ人々の群れのなかへ足を踏み出した。

そのクリスティーナに、ライアンはさっきから視線を注いでいた。彼女は、腕にすがりついている皺《しわ》だらけの老女をかばっているようだった。それに、やけに礼儀正しい。まるで機械仕掛けだ、とライアンは思った。だれかを紹介されるたびにわざとらしい笑顔で挨拶を返すが、目は笑っていない。挨拶につづいて短い会話をし、最後は要領よくさっさとその場を離れる。

ライアンは、つい感心してしまった。たしかにあっぱれな女だ。ブラメルが夢中になるのも無理はない。彼女はやることなすことそつがない。だが、ローンは勘ちがいしている。彼女は特別ではない。特別なものか。社交界のほかの女たちと同様、お堅くてお上品で、見てくれはいいがそれだけだ。ブラメルは、うわべの美しさに飛びついている。そんなのは大嫌いだ。

そう決めつけても、さびしくはなかった。それどころか安心した。プリンセスをひとめ見たときから、自分が自分ではなくなったような気がしていたからだ。これで気分がすっかり落ち着くだろう。ライアンは安堵に頬をゆるめた。そのとき、ローンが人込みをかきわけてプリンセスへ近づいていくのが見えた。ライアンは思った。何カ所もある領地を賭けてもよい、きっと彼女はローンを特別扱いする。ローンの家柄はロンドンじゅうに知れ渡っている。彼はここにいる紳士のなかでは爵位が高いほうではないけれど、かなり裕福ではある。

　賭けはライアンの負けだった。ローンもほかの男と同様に当たり障りのない待遇を受けた。意地の悪い満足感が湧きあがり、不覚にも笑みを漏らしてしまった。

「腕が落ちたな」ライアンは、戻ってきたローンに声をかけた。

「なんのことだ？」ローンはとぼけた。

　それが演技であることは見え見えだった。ライアンは、ローンの顔がかすかに赤くなったのを見逃さなかった。

　なんだか、ほんとうに愉快になってきた。親友らしく、傷口に塩をすりこんでやることにする。「おれの思いちがいか？　おまえもほかの男同様、プリンセス・クリスティーナに軽くあしらわれたようだが。おまえの魅力も通じなかったな」

「おまえが行っても同じさ」ローンはきっぱりといった。「彼女はまさに謎の女性だ。とりわけ心に残っているのが、わたしはいくつか質問をしたのだが、彼女から離れたとき――」

「彼女が離れていったんだろう？」

　ローンはライアンに顔をしかめてみせ、肩をすくめた。「そう、彼女が離れていったとき、質問にひとつも答えてもらっていないことに気づいたんだ。とにかく、答えてもらった覚えがない」

「彼女の見てくれに気を取られていたからだ」ライアンはいった。「おまえはいつも、きれいな女の前ではぼうっとしている」

「そうかな」ローンはもったいぶった声をあげた。「よし、それでは、おまえが質問に答えてもらえるか、賭けようじゃないか。賭けるのは、最高級のブランデーだ」

「よかろう」ライアンは答えた。部屋を見まわすと、プリンセス・クリスティーナはすぐに見つかった。部屋のだれよりも背が高いライアンにとって、そこでただひとりのブロンドの女性を捜すのは簡単だ。

プリンセス・クリスティーナは、ライアンの父親の旧友、レイノルズ卿と一緒にいた。彼女の気難しそうな後見人が部屋の反対側の椅子に座っているのを見て、ライアンは安心した。レイノルズ卿がライアンに会釈し――気持ちが悪いほどうれしそうに――かがんでプリンセスの耳元でひとことささやいた。彼女はライアンに背を向けていたが、ごく小さくうなずいたのがライアンにもわかった。しばらくして、長いあいだプリンセスに話をしていた女がようやく言葉を切り、息を継いだ。すかさず、レイノルズ卿は別れの挨拶を始めた。ライアンの見たところ、卿はあわただしい挨拶のなかで、これからライアンを紹介すると告げたらしい。太った女はおびえた顔でライアンを見やると、スカートをつまみ、反対の方向へ逃げ出した。猫に追われている鼠《ねずみ》のようだった。

ライアンの笑みが大きくなった。先ほどローンに大口をたたいたが、まんざらいいすぎではなかった。こっちの腕は落ちていない。

プリンセス・クリスティーナが目の前にやってきたので、ライアンはつまらない女のことを頭から追いやった。レイノルズ卿が、神経質な保護者よろしくプリンセスのとなりに付き添っていた。ライアンはおもむろに身構え、彼女がほかの客たちにしたのと同じ、完璧なお辞儀をするのを辛抱強く待った。

プリンセスはうつむいていたが、実際は完璧な肌ではないのが見てとれた。鼻梁にそばかすが散っている。そのため、かえって磁器の人形のような感じがやわらぎ、ずっと親しみが持てた。

背丈はライアンの肩にやっと届くくらい。ライアンは、こんなに細くて華奢《きゃしゃ》な女は好みではないと思いこもうとした。そのとき、プリンセスが顔をあげてライアンを見た。まっすぐで揺らがず、相手を魅了する視線だった。

ライアンは自分の名前さえも忘れた。

気がつくと、ありがたいことにレイノルズ卿があいだに入ってくれていた。ライアンのおびただしい称号を次から次へと並べている。えんえんと紹介がつづいているあいだに冷静さを取り戻すことができた。

こんなふうに度を失ったのは初めてだった。彼女の純粋なまなざしに心を奪われてしまった。そして、この瞳の色に。不本意だが、そう認めるしかない。彼女の瞳は、ライアンが見たこともないブルーだった。

しっかりしなければ。ライアンは視線を落として彼女の口元を見たが、すぐさま失敗だとわかった。またもや体が反応している。

レイノルズ卿がようやく長い紹介を締めくくった。「プリンセス、たしかローン伯爵とはもうお話をされましたね？」

「そうですね」ローンが割りこみ、クリスティーナにほほえみかけた。

「ライアン、プリンセス・クリスティーナを紹介しよう」レイノルズ卿が、ひどくあらたまっていった。

プリンセスが目をみはった。卿の言葉に、なぜか驚いたらしい。それでも、まもなく平静な顔に戻った。ライアンは、目つきが変わったのに気づくほど彼女を凝視していたのか、と思った。

「お会いできて光栄です」クリスティーナは小声でいった。

その声はライアンの興味をかきたてた。柔らかく、官能をくすぐる声。それに、風変わりな訛りが耳につく。どこの訛りか、さまざまな国へ旅したライアンにも見当がつかなかった。同じくらい気になるのが、このわけのわからない衝動だ。彼女の腕を取って無理やりにでも外へ連れ出し、誘惑したい。

プリンセスがこちらの心の内を読めなくてよかった。そうでなければ、悲鳴をあげて助けを求めていただろう。彼女をおびえさせたくない。いまはまだ。

「ローンはライアンの長年の友人でして」レイノルズ卿が、気まずい沈黙を破った。

「たったひとりの友人なのですよ」ローンがにやりと笑ってつけくわえた。

「そうだろう？」ローンにつつかれ、ライアンはわれに返った。

その質問には答えず、プリンセスに尋ねた。「あなたはほんとうに王女《プリンセス》なのですか？」

「みなさん、そうお考えのようです」プリンセスはそう答えた。

答になっていない。ローンが咳払いをした——笑いをこらえているな、とライアンは考えて顔をしかめた。

クリスティーナがローンに目を向けた。「今夜は楽しんでいらっしゃいますか？」

「それはもう」ローンは答えた。ライアンを見て、「プリンセスにお訊きしたいことがあるだろう？」といった。

「訊きたいこと？」クリスティーナは眉をひそめた。

「お国《ホーム》はどちらですか」ライアンはいった。

クリスティーナは答えた。「パトリシアおばの家です」

「ライアン、アルフレッド・カミングズ伯爵のことは覚えているだろう」レイノルズ卿がやけに熱心な口調で割りこんだ。「お父上もご存じだった」

「たしかに、聞き覚えがあります」ライアンは答えた。ずっとクリスティーナから目をそらそうとしてそらせず、レイノルズ卿のほうを向くことができなかった。わざとではなかったけれど、不作法には変わりない。

「そのアルフレッドだが」レイノルズ卿はつづけた。「何年か前にアメリカに赴任したのだが——神よ、彼を安らかに眠らせたまえ——ボストンで亡くなったのだ。二、三年前のことだ。それで、カミングズ伯爵夫人はこちらの美しい姪御《めいご》さんと一緒に、イギリスへ戻ってこられたんだよ」

「では、この国へ来て二年ほどになるのですね？」ライアンは尋ねた。

「いいえ」

たっぷり一分後、彼女がそのそっけない返事になにもつけ足す気がないのをライアンは悟った。「アメリカでお育ちになったのですね」質問というより断言する口調になり、ライアンは返事を待たずにうなずいた。

「いいえ」

「アメリカで生まれたのでは？」

「いいえ」クリスティーナはかすかな笑みを浮かべてライアンを見あげた。

「でも、ボストンにお住まいだったと？」

「はい」

「はい？」

声を荒らげるつもりはなかったが、プリンセス・クリスティーナにはひどくいらいらさせられた。ローンの押し殺した笑い声がして、ますます腹が立った。

とたんに、いらだちをあらわにしてしまったことが悔やまれた。これではプリンセスに逃げられてしまう。他人に怖がられていることは重々承知している。

出し抜けに、プリンセスが尋ねた。「あの、わたしがアメリカで生まれたのではないのがお気に召さないのでしょうか？　そんなに怖いお顔をなさって」

その声に、ライアンは楽しげな響きを聞き取った。瞳の輝きも見まがいようがない。どう見ても、プリンセスはすこしも怖がっていなかった。声をあげて笑いそうに見えたが、もちろんそんなことはしない。

「いや、腹を立てたのではありません」ライアンはいった。「だが、こちらの質問に、はいかいいえでしか答えないおつもりか？」

「そうですね」プリンセスは、作り物ではない笑みを浮かべてライアンの出方を待った。

ライアンのいらだちはおさまった。プリンセス・クリスティーナの率直さはすがすがしく、笑顔にはつい見とれてしまう。ライアンは遠慮なく笑い声をあげた。大きな声は部屋じゅうに響きわたり、何人かの客がぎょっとした。

「ライオンの咆哮《ほうこう》のような笑い声ですね」プリンセスがいった。

その言葉に、ライアンは面食らった。妙なことをいうものだ。「ライオンの咆哮を聞いたことがあるのですか、クリスティーナ？」プリンセスとつけるのも忘れて尋ねた。

「ええ、何度も」すかさず答が返ってきた。

冗談をいっているようには聞こえなかった。やはり、さっぱりわけがわからない。「ライオンの声など、どこでお聞きになったのか？」

突然、プリンセスの笑みが消えた。用心していたのに、うっかり口を滑らせてしまったという風情。

ライアンは返事を待った。プリンセスはライアンに警戒するような視線を投げ、レイノルズ卿のほうを向いた。それから、今夜はおばと別のパーティにも顔を出さなければならないといい、いとまごいした。もう一度ライアンとローンを一瞥《いちべつ》すると、女王さながらにさっそうと去っていった。

ライアンは、こんなふうに拒絶されたことはなかった。

そういおうとしたときには、プリンセス・クリスティーナはいなくなっていた。

クリスティーナは、ライアンという男から逃げなければと感じていた。自分が浮き足立っているのがわかる。おばは壁際の椅子に腰かけている。堂々とした足取りで歩くよう自分にいいきかせ、なんとかおばのそばへたどりついた。

「そろそろおいとましましょう」そっと声をかけた。

パトリシアはしばらくクリスティーナと一緒に暮らしていたので、なにか不都合なことが起きたのを察した。年老いたとはいえ、頭も鈍っていなければ、体力も衰えていない。椅子からはじかれたように立ちあがると、クリスティーナの腕につかまり、ドアへ向かった。

ライアンは、ローンとレイノルズ卿と立ちつくしていた。三人は、クリスティーナとおばが主人にそそくさと別れの挨拶をするのを見守った。ローンがライアンをつついていった。「明日、おまえのところにブランデーをもらいにいく」

「ローン、今度おれをつついたら、その肘をへしおってやるからな」ライアンはすごんだ。

ローンはすこしもひるんだ様子ではなかった。ライアンの肩を強くたたいた。「ライアン、おまえのかわりにダイアナのお目付役をしよう。おまえにはつとまらないらしいからな」

彼が行ってしまうと、ライアンはすぐにレイノルズ卿に向き直った。「パトリシア・カミングズ夫人とは親しいのですか？　ありていに、はぐらかさないで教えてください」

「はぐらかすとはひどいな、ライアン」レイノルズ卿は、言葉とは裏腹ににやりと笑っていた。

「あなたは有名な駆け引き上手ですから」ライアンは答えた。「さあ、クリスティーナの後見人について教えてください。お若いころからご存じなんでしょう？」

「知っているとも」レイノルズ卿はいった。「よくパーティで顔を合わせた。事実を教えてやろう、ライアン、もちろんここだけの話にしてくれ。あれはいやな女だ。わたしは昔からよく思っていなかったし、いまもそうだ。昔はきれいだったよ……あの性格を補うほどにな。アルフレッドと結婚したのは、彼の兄が病気になってからだ。パトリシアは、義兄がまもなく死ぬと決めつけていた。ハゲワシのように、財産が転がりこむのを待っていたのだよ。だが、思いどおりにはいかなかった。みなの予想を裏切って、アルフレッドの兄はたっぷり十年生きながらえた。しかも、アルフレッドはアメリカへ赴任しなければならなくなった。そうしなければ、借金が払えずに逮捕されていたよ」

「夫人の父親はどうしたのですか？　娘の夫の債務を肩代わりしてやらなかったんですか？　払ってやろうと思うのが普通でしょう。もちろん、それだけの金がなかったのなら話は別ですが」

「いや、かなり裕福だった」レイノルズ卿はきっぱりといった。「だが、そのころには父娘の縁を切っていたのだ」

「アルフレッドと勝手に結婚したから、とか？」

「いや、そういうわけではなかったようだ」レイノルズ卿は首を振った。「パトリシアは昔から欲が深くていやな女だった。いろいろとひどいこともした。彼女の冗談が悲劇を招いたこともある。からかわれた若い婦人が自殺したのだよ。これ以上は話すのを控えるが、ライアン、何年たってもあの女は変わっていないようだとだけいっておこう。姪をじっと見張っているのを見たか？　ぞっとしたよ」

ライアンは、レイノルズ卿の激しい口ぶりに驚いた。父の旧友だった卿は、だれからも穏やかで寛大だと思われていた。その卿が文字どおり怒りに震えている。「あなたもひどい目にあったんですね？」ライアンは尋ねた。

「そのとおりだ」レイノルズ卿は認めた。「クリスティーナは、優しくはかない花のような娘だ。あのおばに育てられたのではないな。まちがいない。それにしても、気の毒だ。これから、あの老いた性悪女を満足させるのに苦労しなければならないのだから。きっと、伯爵夫人はいちばん高い値をつけたものに姪を売るつもりだぞ」

「そんないいかたをなさる卿は初めてだ」ライアンは、レイノルズ卿と同じく小声でいった。「こんな話をしていると気が滅入るでしょうが、最後にもうひとつだけ教えてください」

レイノルズ卿はうなずいた。

「伯爵夫人の父親は裕福だったということですが、その財産を受け継いだのはだれです？」

「さだかではない。父親はパトリシアの妹に愛情を注いでいた。ジェシカという名前だった」

「ジェシカがクリスティーナの母親ですね？」

「そうだ」

「噂のとおり、ジェシカは精神を病んでいたんですか？」

「それはわからないな、ライアン。わたしは何度かジェシカに会ったことがある。姉とは正反対のようだった。おっとりして内気で――ほんとうに内気だった。ジェシカが結婚したとき、父親はたいそうよろこんだよ。おんどりよろしく胸を張っていたものだ。知ってのとおり、ジェシカは一国の王を射とめたのだからな。いまでも覚えているよ、祝いの舞踏会は華々しかった。信じられないほど豪華だったよ。だが、幸せはつづかなかった。その後のいきさつは、だれも知らんのだ」レイノルズ卿は長いため息をついた。「謎なのだよ、ライアン、おそらく永遠にな」

最後の質問といっておきながら、ライアンは興味に駆られてまだ話を打ち切ることができなかった。「それでは、卿はクリスティーナの父親もご存じなのですね？　一国の王とおっしゃいましたが、おれは今日初めて聞きました」

「会ったことはあるが、よくは知らないのだ。たしか、エドワードといった」レイノルズ卿はうなずいた。「だが、姓は思い出せない。よい人物だったよ。みんなに好かれていた。じつに親切だった。それに、偉ぶったところがなかった。大きな顔をせずに、王ではなくバロンと呼んでほしいとみなに頼んでいた。まあ、そのころにはもう国王ではなかったからな」

ライアンはうなずいた。「まったくの謎ですね。そのジェシカという女性には興味をそそられます」

「どうして？」

「国王と結婚したのに、なぜ逃げてしまったんでしょうか」

「ジェシカが逃げた理由は、いまごろ彼女とともに墓のなかだよ。クリスティーナを産んですぐに亡くなったのではないかな。ジェシカについては、それ以上のことは知られていないのだ。それに、先ほどのずいぶん一方的な会話からして、あのかわいらしいプリンセスも、なにも話してはくれないようだ」

「おれがその気になればしゃべりますよ」ライアンは自信たっぷりにいい、にやりと笑った。

「ほう、では、きみが興味を持ったのはプリンセスか」レイノルズ卿はいった。

「ちょっとした好奇心です」ライアンはおおげさに肩をすくめた。

「それは本心か、ライアン、それともはぐらかしか？」

「本心ですよ」

「そうかね」レイノルズ卿のわざとらしい笑顔を見れば、信じていないことがわかった。

「このあと、クリスティーナたちがどこへ行くのかご存じですか？　先ほど、クリスティーナが今夜はほかに行くところがあるといっていましたが」

「ベイカー卿のお宅だ」レイノルズ卿は答えた。「きみも行くのか？」涼しい顔で尋ねた。

「レイノルズ卿、妙な勘ちがいをしないでください」ライアンはいった。「おれはただ、プリンセスについて知りたいだけです。あすの朝には、好奇心もおさまっていますよ」

ライアンのとげとげしい口調に、レイノルズ卿はそろそろからかうのをやめたほうがいいと察した。「妹御にまだ挨拶をしていなかった。ちょっと行ってこよう」

「ではさっそく」ライアンはいった。「まもなくダイアナとここを出ますので」

ライアンはレイノルズ卿のあとから人込みに入っていった。ダイアナに卿としばらく雑談させてから、そろそろ帰ると告げた。

ダイアナは見るからにがっかりしていた。「そんなに悲しそうな顔をしないで。もう一軒行くところがあるそうだよ」レイノルズ卿はいい、くすくす笑いはじめた。

ライアンはすこしもおもしろくなかった。「そのとおりだ、ダイアナ、ベイカー卿のお宅に寄ってから帰る」

「でもお兄さま、ベイカー卿のお招きはお断りしたじゃありませんか」ダイアナはいいかえした。「とっても退屈な男だって」

「気が変わったのだ」

「退屈な方ではないの？」ダイアナは、さっぱりわからないという顔で尋ねた。

「いいかげんにしろ、ダイアナ」ライアンは低い声で叱《しか》り、レイノルズ卿にちらりと目をやった。

兄の口調の厳しさに、ダイアナはびっくりしていた。よほど驚いたのだろう、怪訝そうに眉をひそめている。

「さあ、ダイアナ。遅れたくないからな」ライアンは声をやわらげていった。

「遅れる？　お兄さま、ベイカー卿はわたしたちが来ないと思っていらっしゃるのよ。遅れるもなにもないわ」

ライアンがただ肩をすくめると、ダイアナはレイノルズ卿のほうへ振り返った。「兄はどうしたのでしょう？」

「ちょっとした好奇心に襲われているそうだよ」とレイノルズ卿は答えた。ライアンのほうを向き、「年寄りのおせっかいを許してほしいのだが、妹御をもうしばらくここにいさせてあげてもよいのではないかな。帰りはわたしがお送りする」

「ああ、お願い、お兄さま、もうすこしいてもいいでしょう？」

おねだりをする子どものような口ぶりだった。いまにも手をたたきだしそうだ、とライアンは思った。「どうしてそこまで残りたいんだ、なにかわけでもあるのか？」

妹の頬が染まったのを見れば、答は明らかだ。ライアンは問いつめた。「男の名前は？」

「お兄さまったら」ダイアナは恥ずかしそうにささやいた。「レイノルズ卿の前で、恥ずかしいからやめてください」

ライアンはいらいらと息を吐いた。ベイカーが退屈な男だといったことを暴露しておいて、恥ずかしいからやめろなどとよくもいえたものだ。ライアンはダイアナをにらんだ。「では、あとで話そう。レイノルズ卿、ダイアナから目を離さないようにお願いします」

「お兄さま、お目付役などしていただかなくてもだいじょうぶよ」とダイアナが抗議した。

「いいや、おまえを見ていると、絶対に必要だ」ライアンはいい、レイノルズ卿に会釈をして広間を出た。

とたんに、退屈な男の家に着くのが待ちきれなくなった。

3

一七九五年八月十日の日記

エドワードは、ほんとうは早く自分の国へ帰りたいけれど、父上がきみの誕生日を一緒に祝えるようにといって、しばらくイギリスにいました。大切な父の気持ちを思いやってくれたのだと、わたしは思いました。

十七歳の誕生日の翌日、わたしはエドワードとともに彼の国へ向けて出発しました。泣いてしまって、なんて身勝手なのだろうと自分を責めたのを覚えています。父が恋しくなるのはわかっていた。けれどももちろん、夫に従うのがわたしのつとめです。

それでも、気のすむまで泣くと、未来を思って胸が高鳴ってきました。そう、クリスティーナ、わたしは、エドワードがすばらしいところへ連れていってくれると信じていたの。

クリスティーナは気分が悪かった。息が詰まりそうだったが、このつらい馬車での移動が終わりさえすれば気分もよくなると、何度も自分にいいきかせた。

ひどく揺れる狭い馬車に閉じこめられるのは大嫌いだった。カーテンは閉まり、ドアにはかんぬきがかかっていて、パトリシアおばの濃厚な香水のにおいで車内はむせかえるようだ。クリスティーナは、おばに見えないよう、体の両脇でスカートのひだに隠して拳を握っていた。背中は詰め物をした茶色の革のシートに押しつけている。

パトリシアは、そんなクリスティーナにまったく気づいていなかった。馬車のドアが閉まるや、クリスティーナが返事をするひまもないほど矢継ぎ早に質問しはじめた。どの質問でも、カールトン卿のタウンハウスで会ったばかりの招待客を手厳しくこきおろした。パトリシアにとって、人を中傷するのはこのうえない楽しみのようだった。顔は意地悪そうにゆがみ、薄い唇は突き出て、瞳は凍傷にかかったように灰色になった。

クリスティーナは、目には魂が表れると信じていた。おばを見ていると、やはりそのとおりだとうなずけた。おばは怒りっぽくわがままで、恨みがましい。クリスティーナにいわせれば、そんな欠点を姪に隠そうともしないのだから愚かでもある。あきれるほど愚かだ。欠点を見せれば相手につけこまれる。だが、パトリシアおばはそのような基本原則もわかっていないらしい。それどころか、これまでに受けた不当な仕打ちについてばかりしゃべりたがる。それもひっきりなしに。

けれど、おばのひねくれた性質を気にするのはとうにやめた。そして、おばをいたわることにした。とにかく親族なのだから。親族というだけでもいたわってあげるべきだが、理由はほかにもあった。おばを見ていると、ラフィング・ブルックを、鞭《むち》を持って子どもたちを追いかけまわしていた、故郷のあの老女を思い出すのだ。ラフィング・ブルックは自制できない。おばも同じだ。

「クリスティーナ、聞いているの?」パトリシアおばが声をとがらせたので、クリスティーナはわれに返った。「カールトン家のパーティから急に帰りたがるなんて、どうしたのかと訊いているのよ」

「ある殿方に会ったからです」クリスティーナはいった。「ほかの方とはぜんぜんちがいました。ライアン《ライオン》と呼ばれていました」

「ライアンウッド侯爵ね」パトリシアはうなずいた。「怖かったでしょう? まあ、気にしなくていいわ。みんな、あの男を恐れているのよ、このわたしもね。あれは無礼で鼻持ちならない男ですよ。身分のおかげで、あんなにいばっていられるんです。ひたいの醜い傷跡のせいで、悪党みたいだわね」

「あら、怖くはありませんでしたわ」クリスティーナは正直にいった。「その反対です、おばさま。あの傷もすてきだと思ったくらいです。でも、レイノルズ卿があの方をライアンと呼んだとたん、ふるさとがひどく恋しくなって、なにもいえなくなったんです」

「何度いったらわかるの、あの恐ろしい連中のことは忘れておしまい」とパトリシアはわめいた。「おまえが社交界に受け入れられるように、さんざん苦労したんですからね、そうすれば遺産が……」

パトリシアははっと口をつぐんだ。どう思われただろうかと、クリスティーナを探るように見つめ、いいわたした。「とにかく、連中のことなど考えないように。過去は忘れなさい」

「あの方は、なぜライオンと呼ばれているのですか？」クリスティーナはうまく話題を変えた。腕をきつく握っているおばの手を、そろそろと離した。「ちょっと知りたいだけです、イギリス人は動物の名前をつけないとおっしゃったでしょう――」

「ええ、あたりまえでしょう、ばかな娘ね」パトリシアはつっけんどんにいった。「ライアンウッド侯爵も、動物にちなんで名付けられたわけではないわ。綴《つづ》りがちがうでしょう」パトリシアは、ゆっくりと綴りを発音した。そして、すこし声をやわらげて話をつづけた。「爵位を尊重して、ライアンウッド侯爵と呼ぶのです。もちろん、親しい友人はライアンと縮めて呼んでもいいの」

クリスティーナは眉をひそめて尋ねた。「あの方は結婚相手にふさわしくないのですか？」

「ふさわしくないに決まっています」パトリシアは答えた。「抜け目がないし、お金持ちですからね。あの男に近づいてはなりません。いいこと？」

「わかりました」

パトリシアはうなずいた。「あんな男がよいと思うなんて、わたしにはさっぱり理解できないわ。あれほど扱いにくい男はいませんよ」

「それほどよいとは思っていません」とクリスティーナは答えた。もちろん嘘だったが、これ以上おばの機嫌を損ねたくなかった。それにどのみち、おばにはとうていわかってもらえない。傷跡は戦士のしるしなのに、それを醜いと思いこんでいる人に、わかるはずがない。本心を話せば、きっとあきれられる。

そう、正直いって、あのライオンは魅力的だった。濃い茶色の瞳が金色にきらめくのが美しかった。たくましい体つきは戦士のもので、あの力強さに思わず惹かれた。威厳のオーラをまとっていた。その名のとおり、ライオンを思わせる人だった。けだるそうな、ほとんど倦《う》み疲れているような態度だったけれど、いざというときには敏捷《びんしょう》に動けることはなんとなくわかった。

ああ、あの人はすてきだった。いつまでも眺めていたかった。

だけど、なによりもすばらしかったのは、あのにおいだ。そういったら、おばはどう思うだろうか。クリスティーナはかすかに苦笑した。そう、おばは寝室のドアに鎖をもう一本取りつけるかもしれない。

なぜ彼に惹かれるのか説明しても、パトリシアおばには理解できないだろう。ふるさとの村のシャーマンなら、きっとわかってくれる。そして、心から祝福してくれるはず。

「あのライアンという男が、おまえに興味を持つ心配はありませんよ」パトリシアは断言した。「相手にするのは、ふしだらな女ばかりだからね。噂によれば、いまはレディ・セシルという女といい仲らしいわ」下品に鼻を鳴らしてつづけた。「レディが聞いてあきれる。あのあばずれの正体は娼婦ですよ。自分の二倍半も年を取った男と結婚していたのだけど、別れる前から浮気をしていたのはまちがいないわ」

「ご主人は、さぞお怒りでしょう――」

「死んだのよ。最近のことらしいわ。レディ・セシルは再婚相手にライアンをねらっていると
いう噂ですよ」

「あの方が評判の悪い女性と結婚するとは思えません」クリスティーナは首を振っていいきった。「それにその女性がほんとうにレディなら、ふしだらなはずがない。そうではないのですか?」

「あの女が社交界にいられるのは、レディの肩書きがあるからこそですよ。それに、結婚している女の大半は浮気をしているわ。男も例外なく愛人を作っているものよ」とパトリシアはいった。「道徳の乱れにはあきれるけれど、男というものはいやらしい本能に身をまかせると決まっているわ、そうでしょう?」

クリスティーナの意見など求めていない口ぶりだった。クリスティーナはため息をつき、

「そうですね、おばさま」と答えた。

「ライアンウッド侯爵は、このところめったに人前に出てこなかったのよ」パトリシアはつづけた。「奥方が死んでからずっと、引きこもっていたの」

「まだ奥さまの死を悼《いた》んでいらっしゃるのね。さびしそうな方だった」

「ふん」パトリシアは鼻であしらった。「あの男はよく噂の種になるけれど、さびしそうなんていわれたことはないわ。奥さんを亡くして悲しむ男がいるものですか。男なんて自分の楽し

みを追いかけるのに夢中で、奥さんなどかまいやしないんだから」

ベイカー卿のタウンハウスの前で馬車がとまり、会話はそこでとぎれた。使用人がようやく馬車のドアをあけてくれたとき、クリスティーナは心底ほっとした。何度か深呼吸してから、おばにつづいて煉瓦《れんが》造りのタウンハウスの階段をのぼった。

なまぬるいそよ風が、ほてった顔を冷ましてくれた。クリスティーナは、髪のピンをすべてはずして、豊かな巻き毛をおろしたくなった。けれど、おばが許してくれるはずがない。短く切った巻き毛か、複雑に結いあげた髪型が流行だからだ。クリスティーナは、思いどおりにまとまらない髪を切りたくなかったので、ピンの拷問に耐えるしかなかった。

ドアをたたく前に、パトリシアはいやみっぽくいった。「おまえならしっかりやってくれると信じているわよ」

「おばさまのご期待に添ってみせます」クリスティーナには、それがおばの求めている唯一の返事だとわかっていた。「心配なさらないで。わたしは気丈ですから、相手がだれでも、たとえライオンでも平気です」

しゃれは通じなかった。パトリシアは唇を突き出し、クリスティーナを頭のてっぺんからつま先までざっと検分した。「たしかに、おまえは気丈ね。母親のいやな性質を受け継いでいないのはたしかだわ。ありがたいこと。ジェシカはほんとうに意気地なしだったもの」

クリスティーナはかろうじて憤りを抑えた。ジェシカの悪口を聞くと腹が立つけれど、おばに怒りを見せてはならない。おばと暮らして一年あまりがたつけれど、姉が妹をこんなにあしざまにののしるなんて、いまでもあきれるばかりだ。パトリシアはジェシカが日記をつけていたのを知らない。日記のことを話すつもりはないが――いまはまだ――日記を読ませたら、おばはどうするだろうか。きっと、平然としているにちがいない。おばは根っからひねくれているから、自分の考えを曲げないはずだ。

しとやかな娘のふりをするのも疲れてきた。もともと、辛抱強いたちではない。メリーとブラック・ウルフにも、癇癪《かんしゃく》を起こさないようにと厳しくいわれていた。白人に気を許すな、とも。両親は、クリスティーナがたったひとりで歩んでいかなければならないのを承知していた。ブラック・ウルフは、娘に危害が加えられるのではないかと案じた。メリーは、心に傷を負うのを心配していた。それでも、クリスティーナがふたりのそばを離れたくないとどんなに頼んでも聞いてくれなかった。たとえ多くの命が失われようと、多くの心が傷つけられようと、果たさなければならない約束があったから。

約束を果たしたときにまだ生きていれば、ふるさとに帰ろう。

クリスティーナは、いつのまにか顔をこわばらせていたことに気づいた。急いで笑顔を作ったちょうどそのとき、ベイカー卿の執事が玄関のドアをあけた。次々と客を紹介されるあいだ、クリスティーナは一度も笑みを絶やさなかった。パーティの出席者はせいぜい二十人ほどで、ほとんどが老人だった。話題そのものが伝染性なのか、ひっきりなしに流行病の話ばかり聞かされたあげく、やっと軽食の合図があった。

パトリシアはベイカー卿に誘われ、しぶしぶクリスティーナのとなりを離れた。クリスティーナは、三人の善良そうな紳士に食堂へ誘われたが、階上の化粧室へ行くといいわけしてうまく断った。一階に戻ってくると、応接間にはだれもいなかった。ひとりきりになれるのが、これほどありがたいとは。クリスティーナは背後をさっとうかがい、だれも見ていないのをたしかめると、細長い応接間の奥へ足早に向かった。丸天井のアルコーブの奥にフランス扉があり、そのむこうはバルコニーになっている。ほんのしばらくでもいいから、だれかが呼びにくるまで貴重な静寂を楽しもう。

その願いはかなわなかった。アルコーブに入ったとたん、不意にだれかに見られているような気がした。危険な気配にたじろぎ、つかのま体を固くした。そして、気配のするほうへそろそろと振り向いた。

そこに立っていたのは、ライアンウッド侯爵だった。入口にゆったりともたれ、クリスティーナをじっと見ていた。

ライオンがわたしをねらっている。クリスティーナは、首を振ってそんなばかげた考えを追い払いながらも、思わずあとずさった。あたりにたちこめている不穏な気配が消えず、とまどいつつ身構えた。

ライアンは、長いあいだクリスティーナを見つめていた。思いつめているような、真剣な顔だった。クリスティーナは、彼の暗い視線にからめとられたような気がしていた。突然、ライアンが体を起こして近づいてきたので、警戒してもう一歩あとずさった。

彼の動きは肉食動物のようだった。ライアンはゆったりとした足取りで、クリスティーナをアーチ形の出口から暗いバルコニーへと追いやり、彼女の前で立ち止まった。

「どうされたのですか？」クリスティーナは、つとめて不安を隠し、心外だといわんばかりにささやいた。「こんなことをなさるなんて、マナーに反していません？」

「たしかに」

「ほら、こちらのご主人にご挨拶をなさっていないのでしょう？」クリスティーナはつかえながらいった。「礼儀をお忘れになりましたの？」

「べつに」

クリスティーナはライアンの脇をすり抜けようとした。だが、逃げられなかった。あいかわらず真剣な顔のライアンに、大きな両手で肩をつかまれ、とっさにいった。「ベイカー卿にご挨拶をしていないのでしょう？」

「ああ」

「まあ」クリスティーナは、息もつけずに答えた。「そんな、失礼でしょう」

「そうだな」

「あの、もうお部屋に戻らなければ」ライアンのぶっきらぼうな答えかたに、ますます不安がつのっていく。それに、こんなに近寄られると落ち着かない。このままでは自分を見失ってしまう。動揺して、修行で身につけたことをすべて忘れてしまう。

「手を離してください」クリスティーナはきっぱりといった。

「いやだ」

ふと、彼の思惑がわかった。クリスティーナは笑いをこらえようとしたけれど、我慢できなかった。「さっき、わたしが失礼な返事ばかりしたから、仕返しなさるつもりなのね」

「おれはいつもこうでね」とライアンは答えた。「はいといいえだけで答えられるのがお好きか？」

「無駄がありませんもの」クリスティーナはライアンの胸をじっと見つめた。

発音がまちがっていた。訛りもいつもより目立っている。ライアンは、クリスティーナの声に心細げな響きを聞き、怖がっているのだろうと考えた。ゆっくりと彼女のあごを持ちあげ、こちらを見よと言葉ではなく態度で示した。そして、ささやいた。「怖がらないでくれ、クリスティーナ」

返事はなかった。長いあいだ彼女の瞳を見つめているうちに、ライアンは気づいた。「おれのことがすこしも怖くないのか」

クリスティーナには、その声ががっかりしているように聞こえた。ほほえんで、「ええ」と正直に答えた。あごの手を払おうとしたけれど、ライアンが離そうとしないので、もう一歩あとずさった。ぐらついているバルコニーの手すりに背中が当たる。

うかつにも罠にはまってしまった。ライアンがほくそえんでいる。クリスティーナは頼んだ。「お部屋に戻らせてください」

「まともな会話をしてからだ」ライアンがぴしゃりといった。「こうしよう、クリスティーナ。おれがきみに質問する。きみも質問していい。だが、おれたちのどちらも、そっけなくひとことで返事をしてはならない」

「なぜ？」

「おたがいをよく知るためだ」

ライアンはかたくなで、いざとなればこのバルコニーに朝までいるにちがいない。クリスティーナは、早くこの場を切り抜けなければと考えた。

「わたしがあなたを恐れていないから、お怒りになったの？」と尋ねた。

「いや」ライアンは、けだるい笑みを浮かべた。「腹を立ててなどいない」

「あら、怒ってらっしゃるわ」とクリスティーナはいった。「心のなかで怒ってらっしゃるのがわかります。それに、あなたが強いことも。ライオンのように強そう」

ライアンはかぶりを振った。「妙なことをいう」クリスティーナから手を離したくなかった。彼女のふっくらした下唇を親指でゆっくりとなぞった。その柔らかさはライアンを陶然とさせ、誘惑した。

「妙なことなど申しあげていません」クリスティーナは眉をひそめた。「あなたをからかうなんて無理です」顔をそむけてささやいた。「パトリシアおばに、あなたに近づくなといわれているのです。あなたとここにいるのを知ったら、おばの機嫌を損ねてしまいます」

それを聞いて、ライアンは片方の眉をつりあげた。「では、おば上には機嫌を損ねていただこう」

「あなたは抜け目がないといっていました」

「だからおれのことが気に入らないのか？」ライアンは眉根を寄せた。

「それに扱いづらいとも」クリスティーナはおばの言葉をそっくり引用した。

「そのとおりだ」

「つまり、おばのいうとおりなのね」クリスティーナはライアンに向き直った。「あなたはほかの殿方とはちがう、そうでしょう？」

「ちがうとは？」

クリスティーナはその質問には答えなかった。「わたしはふしだらではありません。おばがいうには、あなたは身持ちの悪い女性にしか興味がないそうですが」

「それを信じると？」ライアンは、ふたたびクリスティーナの肩にそっと手をかけた。いまなにを話していたのかもわからなくなってきた。ドレスの布地越しに彼女の体温が伝わってくる。信じられないほど心地よい。

クリスティーナを味わってみたい！　こちらの瞳をじっと見あげるとは、なんと大胆な。しかも、この無邪気な顔。彼女のせいで、女の見方があっけなく変わりそうだ。だが、こちらもばかではない。この女はおもしろいし、もうすこしだけゲームにつきあってもいいだろう。それくらい、かまわないはずだ。

「いいえ」クリスティーナの声に、ライアンはわれに返った。

「いいえ、とは？」ライアンは、自分がなにを尋ねたのか思い出そうとした。

「おばのいうとおりとは思っていません。わたしはふしだらな女ではないけれど、あなたはわたしに興味をお持ちのようですから」

　ライアンが低く笑った。優しい愛撫のような笑い声だった。クリスティーナは、鼓動が速くなるのを感じた。やはり危険だ。この人の魅力に心の壁を崩されてしまう。ほんとうの自分を見抜かれるのは、怖いくらいわかりきっている。とっさに「ほんとうに、もうお部屋に入らなければ」と口走った。

「きみのせいで、おれがひどくとまどっているのがわかるか？」ライアンは、彼女の言葉を無視して尋ねた。「なかなかのやり手だな、クリスティーナ」

「どういう意味かしら？」

「おっと、わかっているはずだ」ライアンはけだるそうにいった。「どういうわけか、きみの前では、おれはまるで世間知らずの若造になってしまう。きみはとても謎めいている。それは演出か？　おれの気を惹くためか？」

　気を惹くですって？　クリスティーナは笑い出したくなった。わたしの正体を知ったらびっくりするくせに。やはりおばのいうとおりだ。ライアンウッド侯爵はほんとうに抜け目がなくて、だましとおすのは無理だ。

「そんなに不安そうな顔をしないでくれ、かわいい人」ライアンがささやいた。

　その瞳に楽しげな色が浮かんでいるのを、クリスティーナは見逃さなかった。「わたしをそんなふうに呼ばないでください」声が震えてしまったのは、ずっとしとやかなふりをして疲れているだけ。クリスティーナは、力強くうなずいてつけくわえた。「しきたり《ロウ》に反しています」

「法律《ロウ》に反している？」ライアンには、クリスティーナがなにをいっているのか理解できなかった。もどかしさがいらだちへとふくらむ。無理やり大きく息を吸い、気を静めた。「クリスティーナ、初めからやりなおしだ。簡単な質問をするから、率直に返事をしてくれ。だがまず、かわいい人と呼ぶのが法律に反するというのはどういう意味なのか教えてくれないか」

「あなたを見ていると知り合いを思い出します。それに、ふるさとが恋しくなるから、もうこの話はおしまいにしたいのです」さびしく悲しげなささやき声だった。

「愛する男がいるのか？」ライアンは尋ねたが、ついとげとげしい口調になってしまった。

「いいえ」

ライアンは待ったが、クリスティーナがそれ以上はなにもいおうとしないので、長々と息を吐いた。「まったく、いいかげんにしてくれ」クリスティーナの肩をつかんだ手に力をこめて「さあ、もっと詳しく」とつけ足した。「クリスティーナ、初めて会ってから二時間とたっていないのに、おれはきみのことが気になってしかたがない。こんなことはいいたくなかったが。ひとつの話題を深く話し合うことはできないのか？」

「そのようです」クリスティーナは答えた。「あなたのそばにいると、すべてのしきたりを忘れてしまうのです」

ライアンには、クリスティーナも自分と同じようにとまどっているように聞こえた。それに、また法律がどうのこうのという。彼女の話はさっぱりわからない。「あきらめないぞ。絶対にあきらめない。気のすむまでおれの質問をはぐらかせばいい、だがかならず……」

突然、クリスティーナが手を伸ばし、ライアンのひたいのぎざぎざした傷を指先でなぞった。ライアンは、なにをいおうとしていたのかを忘れた。彼女に軽く触れられたところから、衝撃の波が心臓へ達した。

「戦士のしるしをお持ちなのですね」

ライアンは力なく両手をおろした。クリスティーナと離れ、全身の血管を駆けめぐる熱いものを冷まそうと、一歩あとずさる。彼女は無邪気な目をしていて、自分がどれほどの刺激を与えたのか、気づいていないらしい。

それはあまりに唐突で、あまりに力強かった。ライアンは、欲望がこれほどあっというまに爆発することを初めて思い知った。

クリスティーナはこの機を逃さなかった。会釈をして、ライアンから目を離さずにじりじりと部屋へ近づいた。そして、くるりと身を翻して歩きはじめた。

アルコーブへたどりついたとき、ライアンの声がした。「傷跡のある戦士はお嫌いか?」

クリスティーナはさっと振り向いた。足首のあたりでスカートがふわりと揺れた。そんなばかげたことを訊かれて、思わず驚いた顔をしてしまった。

「嫌いか、ですって? ご冗談でしょう」

「冗談などいうものか」うんざりだといわんばかりの口調だったが、まなざしには彼の傷つきやすさが見てとれた。

クリスティーナは、ひとつだけ真実を明かさなければならないと覚悟した。「あなたの魅力にはほとんどあらがえない、そう思います」

大胆にも本心を打ち明けてしまったことがひどく恥ずかしく、クリスティーナはライアンと目を合わせることができなかった。顔が赤くなっているかもしれないと思うと情けなく、ふたたびライアンに背を向けた。

ライアンはライオンさながらに敏捷だった。たったいまバルコニーの端にいたはずなのに、次の瞬間にはアルコーブの入口の脇で煉瓦の壁にクリスティーナを押しつけていた。全身で、ねらったとおりに彼女をとらえている。クリスティーナは、彼の両脚に下半身を挟まれ、肩は両手でしっかり押さえられていた。彼がすばやく手を伸ばしてフランス扉を閉めたとき、ふたりの太腿が触れ合った。とたんに、ふたりはあわてた。クリスティーナはライアンから離れようと壁際で縮こまった。ライアンのとった行動は、クリスティーナとは反対だった。もっと体を密着させようとのしかかってきたのだ。

ライアンはクリスティーナが困っているのを知っていた。弱々しい月明かりのなかでさえ、彼女が顔を赤くしているのがわかった。「はかない花のようだな」彼女の肩や首筋をさすりながらささやく。「肌は熱い絹だ」

クリスティーナの頬の色がさらに赤みを増した。ライアンはそれを見てほほえんだ。「目をあけて、クリスティーナ。おれを見るんだ」そよ風のように柔らかい声でいった。

クリスティーナは、ライアンの優しい言葉に腕が粟立つのを感じた。愛の言葉。ブラック・ウルフが、子どもたちが眠っていると思ったときだけメリーにささやいていた言葉とそっくり同じ。ライアンもブラック・ウルフのように愛の言葉をくれた。つまり、わたしと結ばれたいということと？　クリスティーナはうっかりそう尋ねそうになったが、思いとどまった。ライアンはイギリス人なのだ。しきたりがちがう。

そう、それを忘れてはならない。「ライオンとはたわむれません」出し抜けにいった。「危険ですもの」

ライアンはクリスティーナの首に両手をかけた。彼女にキスをしたいのか、首を絞めたいのか自分でもわからない。クリスティーナが妙なことばかりいうので、ライアンはすっかり困惑していた。彼女の激しい動悸が指に伝わってくる。「きみの目には恐れが見られないが、心臓が本心を語っている。おれに惹かれるのが怖いか？」

「傲慢《ごうまん》な方ね」クリスティーナはいった。「ああ、いますぐその手を離してくださらなければ、怖くて気を失ってしまいそうです」

そんな嘘を信じるものかといわんばかりに、ライアンは声をあげて笑った。身をかがめ、クリスティーナの口元へ息がかかるほどに唇を寄せた。「おれの魅力にはあらがえない、そういったじゃないか、クリスティーナ」

「いいえ」クリスティーナは小声で答えた。「ほとんどあらがえない、といったのです。ぜんぜんちがいます」

ほほえもうとしたが、まるでうまくいかなかった。彼に身をあずけたい、彼をきつく抱きしめて肌触りを確かめ、味わってみたい、という衝動と必死に闘った。ライアンのにおいと自分のにおいを溶け合わせてみたかった。

けれど、それは危険で禁じられた望みであるのはわかっていた。ライオンの成獣とたわむれるのは、仔をじゃらすのとはわけがちがう。それに、ライアンの暗い目を見れば、彼が飢えたライオンのように本気になっているのがわかる。しっかり自衛しなければ、食べられてしまうのは必至。

クリスティーナは、自戒の念と欲望に引き裂かれつつ、小さく声をあげた。「お願いですから、一緒に誘惑と闘ってください。あなたが力を貸してくれなければ、わたしはなにもかも忘れてしまいます」

クリスティーナがなにをいいたいのか、ライアンには見当もつかなかった。なにを忘れるというのだろう？ きっと聞きちがえたのだ。彼女の訛りはきつくて、聞き取るのがむずかしい。「キスをさせてくれ、クリスティーナ」ライアンは首を振るクリスティーナのあごを持ちあげた。

「一度だけだ」と約束する。クリスティーナの頭にあごをこすりつけ、甘い香りを吸いこみ、そっと満足のため息をついた。そして、彼女の両手を取り、自分の首を抱かせた。

ああ、なんという柔らかさだ。彼女の腕に両手を滑らせると、肌が粟立ったのがわかった。そのことに励まされ、貪欲に彼女の腰に手をまわして引き寄せた。

ライアンはなかなかやめようとしない。クリスティーナは、もはや誘惑に屈服していた。ほんのすこし唇を合わせれば、好奇心が満たされるはず。そうしたら、部屋に戻って、ライアンのことなどきっぱり忘れるのだ。

　クリスティーナはつま先立ちになり、すばやくライアンのあごにキスをした。一瞬だけ唇を合わせると、彼が体をこわばらせたのがわかった。体を引くと、ライアンの笑顔が目に入った。クリスティーナの大胆さを気に入ったらしい。

　だが、ライアンの微笑は、クリスティーナが彼の下唇に舌を這《は》わせたとたんに消えた。ライアンは、雷に打たれたかのように、びくりとした。クリスティーナを荒々しく引き寄せ、太腿をぴったりと合わせる。股間のいきりたったものに彼女がおびえようがかまわなかった。絶対に逃がさないよう、がっちりとクリスティーナを抱きしめた。腕をゆるめないかぎり、彼女は逃げられない。

　すぐさまクリスティーナは顔をそむけようとしたが、ライアンは彼女の体がわなないたのを感じ、降伏は間近だと考えた。「ああ、どうか――」

　ライアンはクリスティーナの唇を唇でふさぎ、抗議の言葉をたくみに封じた。彼女を誘ってはじらし、口をあけるように促す。甘い催促に、クリスティーナが応えた。彼女の指が髪に滑りこんできて、ライアンの全身に情熱のさざなみが広がった。ライアンはくちづけしたままうめき、舌を深く差しこみ、きみがほしいとかすれた声で求めた。

　クリスティーナは自制心を捨てた。ライアンの肩を強く抱く。いつのまにか腰を動かしているうちに、ふたりの体温が溶け合っていた。よろこびのあえぎ声をあげると、ライアンがさらに腰を押しつけてきた。クリスティーナはライアンのまねをして、彼の温かい口のなかを舌で探り、心地よい感触を味わった。

ライアンの下腹で炎が燃えあがった。ライアンはこらえきれず、クリスティーナにふたたび熱く荒々しいキスをした。クリスティーナの奔放な反応は至福の責め苦だ。いつまでも終わらないでほしい。彼女のキスは、男を知らないとはとても思えない。かまうものか。一刻も早く彼女と結ばれたい、それだけだ。

こんなふうにひりつくような欲望を感じたのは初めてだった。クリスティーナが喉の奥で低いうめき声をあげた。その声に、ライアンはわれを忘れそうになった。暴走してしまいそうな自分に気づき、唐突に唇を離した。「いまここでは無理だ」と息をはずませてささやく。

深呼吸して、懸命にクリスティーナの唇から目をそむけようとした。とても柔らかく、とても刺激的な唇。いまでは、さんざんキスをされたようなありさまだが、実際そうなのだから当然だ。彼女もなかなか冷静になれないらしい。

そのことが、ライアンにはひどくうれしかった。クリスティーナがこちらをじっと見あげているばかりで動こうとしないので、ライアンは肩にかかっている手をはがした。クリスティーナの瞳が深い藍《あい》色に変わっている。情熱の色だ、とライアンは思い、彼女の指先にキスをしてから手を離した。

「きみの秘密を知りつくしてみせるぞ、クリスティーナ」ライアンは、クリスティーナとベッドでたがいに与え合う快楽を思い描きながらささやいた。

その言葉は、短剣のように鋭くクリスティーナの心に突き刺さった。この人は、わたしの過去を調べるつもりなのだ。「わたしのことは放っておいてください」と小声でいった。足早に彼の脇をすり抜け、アルコーブへ入ると、振り向いてライアンを見据えた。「好奇心が過ぎると、命を失うわ」

「命を失う？」

クリスティーナは、これ以上はいえないというように首を振った。「一度のくちづけで、おたがい満足しました。もう充分です」

「充分だと？」

居間に入ったクリスティーナを、ライアンの大声が追いかけてきた。その声に怒りを聞き取り、クリスティーナは顔をゆがめた。心臓が激しく鼓動する。ありがたいことに、パーティの招待客たちはまだ食堂にいた。おばのとなりの席が空いていた。すかさずそこに座り、おばとベイカー卿夫妻の退屈な会話になんとか耳を傾けた。

しばらくして、食堂の入口にライアンが現れた。ベイカー卿は有頂天でライアンを出迎えた。食堂にいるだれもが、ライアンウッド侯爵はいま到着したばかりだと思っているようだった。

クリスティーナはライアンにそっけなく会釈し、すぐに背を向けた。パトリシアはクリスティーナの無愛想な態度に満足したらしい。手を伸ばし、クリスティーナの手を軽くたたいた。パトリシアがクリスティーナに肉親らしい情を見せたのは、それが初めてだった。

ライアンも、クリスティーナを完全に無視していた。爵位と富を兼ね備えた彼は、むろん注目の的だった。すぐさま男たちが彼を取り囲んだ。女たちの多くも席を立った。彼女たちはウズラのように群れ、ライアンがすこしでも自分たちのほうに目をやろうものなら、いっせいに会釈をし、睫毛《まつげ》をぱちぱちさせた。

クリスティーナは目の前のくだらない茶番にうんざりし、応接間へ引き返した。ライアンは興奮気味のベイカー卿につかまり、作物の輪作について話を聞かされていた。ほとんど口を挟まずに聞き役に徹し、そのあいだに落ち着きを取り戻そうとした。顔つきこそ冷静だったが、内心では怒りに震えていた。

いまいましいことに、クリスティーナに二度も拒絶された。それも、ひと晩に二度も。記録的な偉業ではないか。しかも、彼女はたくみだった。ああ、むこうも熱くなっていると思ったのに。なんという思わせぶりな女だ。

ライアンは、まるで雪の吹きだまりに放り出されたような気分だった。たしかにクリスティーナのいったとおりだった。好奇心は満たされた。だが問題は、認めるのも癪《しゃく》だが、彼女の味わいだ。熱く野性的な蜂蜜のような味。あれしきのキスではものたりない。となりではベイカー卿が大麦の利点を熱心に語っていたが、耳に聞こえるのはクリスティーナの切ないあえぎ声ばかり。きっと演技にちがいないが、あの声を思い出すと、いまだに鼓動が速まった。

そのころ、応接間のクリスティーナのもとにパトリシアが戻ってきた。彼女はクリスティーナのとなりに陣取り、たったいまたらふく平らげておきながら、料理がまずかったと悪口をいいはじめた。クリスティーナがこれで安全だと思ったとたん、パトリシアは化粧直しに二階へ行き、入れちがいにライアンが入ってきた。

ふたたび、クリスティーナはにわかに心細くなった。ライアンが大股で近づいてくる。ほかの客にほほえみかけているが、目は怒っている。クリスティーナはすばやく席を立ち、目の端で油断なくライアンを見張りながら、ベイカー卿のそばへ行って話しかけた。

「ほんとうにすてきなお宅ですね」と早口でいった。

「ありがとう。わりに住み心地がよいのですよ」ベイカー卿は、また得意気に胸を張った。そして、室内の棚にごちゃごちゃと並んでいる美術品をそれぞれどこで手に入れたか、とうとうと語りはじめた。クリスティーナは彼の話に集中しようとした。ライアンは困っているだろうと思うと、つい頬がゆるむ。

「じつは、ほとんどを選んだのは家内なのですよ。なかなかの目利きでしてね」ベイカー卿がいった。

「はい？」クリスティーナは、なぜベイカー卿はこちらをじっと見つめているのだろうと思い、訊き返した。どうやら、返事を待っているらしい。あいにく、クリスティーナは卿の話をまったく聞いていなかった。

ライアンがどんどん近づいてくる。こんなに気が散るのは彼のせいだ。しっかりしなければ、ベイカー卿の前で恥をかく。クリスティーナはわざとライアンに背中を向け、ふたたび卿に笑顔で話しかけた。「マントルピースに飾ってあるあの美しいピンクの花瓶は、どこでお求めになりましたの？」

ベイカー卿はまたふんぞりかえった。太ったウサギみたい、とクリスティーナは思った。

「わたしの収集品のなかでも、あれはもっとも価値ある逸品です」とベイカー卿は自慢げにいった。「それに、あれだけはわたしが選んだのですよ。家内の宝石をすべて合わせても、あの花瓶ひとつの値段には届きません」と小声でいってうなずく。「家内を説得するのが大変でしたよ。つまらない品だといいはりましてね」

「あら、とてもきれいな花瓶ですのに」とクリスティーナはいった。

「ベイカー卿、プリンセス・クリスティーナと話がしたいのですが。できれば、ふたりきりにしてもらえませんか」クリスティーナの背後で、ライアンの声がした。一歩あとずされば彼の胸にぶつかるほどそばにいる。クリスティーナはうろたえ、断る口実がすぐには思い浮かばなかった。

「結構ですとも」とベイカー卿はいい、ライアンに勘ぐるような視線を投げた。ライアンは、好都合だと思った。これで、自分がクリスティーナに興味を持っていることが、明日の午《ひる》までにロンドンじゅうに知れ渡るだろう。不思議なことに、まったくいやではなかった。噂を聞いてほかの男たちがクリスティーナに寄りつかなくなれば、願ったりかなったりだ。

「結構じゃないわ」クリスティーナは思わず口走った。不作法な口調になってしまったのを取り繕《つくろ》うように、ベイカー卿にほほえみかけ、彼が助けてくれるよう祈った。

祈りは無駄に終わった。ベイカー卿がぎょっとしてまごついていると、ライアンがなにくわぬ顔で口を挟んだ。「プリンセスはすばらしいユーモアのセンスをお持ちだ。ベイカー卿、あなたも彼女と親しくなればおわかりになりますよ」

ベイカー卿は、ライアンの低い笑い声にすっかりだまされた。クリスティーナはだまされなかった。ライアンがすこしもおもしろがっていない証拠に、彼に握られた手が痛い。

ライアンはあきらめてくれそうにない。これ以上いうことを聞かなければ、騒ぎ出すにちがいない。周囲にどう思われようが、気にもとめていないらしい。そういうところには、やはり惹かれてしまう。

だけどそれは、ライアンには自分を偽る必要がないからだ。クリスティーナは自分にいいきかせた。爵位のおかげで、だれもが彼に従う。そう、彼はダコタ族の首長のように気位が高く自信にあふれている。

手を振りほどこうとライアンの顔を見やると、彼はベイカー卿にほほえみながら、ますます手に力を入れてきた。さからうなという無言の命令だ。ライアンは卿に背を向け、クリスティーナを引っぱって歩きはじめた。

クリスティーナはあらがわず、背筋をのばしてライアンのあとを追った。その場の全員がじっとこちらを見ているので、会ったばかりの男に部屋の奥へ引っぱっていかれることくらい平気だとばかりに、懸命に笑顔を繕った。だが、だれかがうっとりした声で「あのおふたり、とってもすてき《ストライキング》だわ」といったのが聞こえた瞬間、クリスティーナは笑みを引っこめた。たしかにライアンをひっぱたいてやりたいとは思っているけれど、「あのふたり、殴り合い《ストライキング》をするわよ」とは、なんて失礼な。きっと、ライアンにも聞こえているはず。自信たっぷりの笑みを見ればわかる。ライアンもわたしをひっぱたいてやろうと思っているのかしら？

アルコーブの前で、ライアンは足をとめた。クリスティーナはバルコニーまで引きずり出されずにすんで、ほっと体の力を抜いた。ここなら応接間の全員の目が届く——ありがたいことに。みんなに一挙一動を見張られていては、いくらライアンでもこちらがなにも考えられなくなるようなキスはできない。そう、優しい抱擁と甘いささやきは、男と女がふたりきりになったときのもの。

ライアンは何人かの紳士に会釈をしてから、クリスティーナに向き直った。クリスティーナが一歩踏み出せば体が触れ合うほど、そばにいた。ライアンは手を離してくれたものの、かがみこんできた。クリスティーナは彼と目が合わないよう、うつむいたまま顔をあげなかった。これで、しとやかで従順に見えるはずだ。わざとそうしているとはいえ、内心はいらいらした。

いつもの欺瞞《ぎまん》、いつもの仮面。こんな自分を兄のホワイト・イーグルが見たら笑うにちがいない。自分がすこしも従順ではないことは、ホワイト・イーグルも、ふるさとのみんなも、よく知っている。

ライアンはいかにも粘り強く、ひと晩じゅうでもこちらをじっと見つめていそうだ。話を聞く姿勢を見せるまで、いつまでも黙っているつもりらしい。クリスティーナはなんとか穏やかな笑みを浮かべると、ついに顔をあげてライアンを直視した。

やはり、ライアンは怒っていた。瞳の金色のきらめきがなくなっている。クリスティーナはうっかり口走った。「あなたの瞳、カラスの目のように真っ黒よ」

そんな奇妙な言葉を投げかけられても、ライアンはまばたきさえしなかった。「いいかげんにしろ、クリスティーナ」と、怒りのこもった声でささやいた。「二度とお世辞は通用しないぞ、思わせぶりな小悪魔め。誓っていうが、またおれを冷たく追い払おうものなら――」

「あら、お世辞じゃありませんわ」クリスティーナは、いらだちもあらわにライアンの言葉をさえぎった。「お世辞と勘ちがいするなんて、思いあがってるわ。カラスは敵なのに」

ああ、またやってしまった。ライアンが相手だと調子が狂う。クリスティーナは、スカートをつまんで玄関めざして逃げ出したい衝動をこらえた。そのとき、はたと気づいた。ライアンはわかっていない。あのとまどうような顔からして、いまの言葉に面食らっているらしい。

「鳥が敵だと？」ライアンは不思議そうに尋ねた。

クリスティーナはにっこりした。「いったい、なんのことでしょう？」無邪気なふりをして尋ねる。「鳥のお話をなさりたかったのかしら？」

「クリスティーナ」ライアンが低い声でいった。「きみには、たとえ聖人でも腹を立てるぞ」

彼が飛びかかってきそうな剣幕だったので、クリスティーナは用心深く一歩あとずさった。

「でも、あなたは聖人ではないでしょう？」

突然、悲鳴があがり、ライアンはそちらに目をやった。クリスティーナも振り向こうとしたが、ライアンにつかまえられ、彼の背後へ手荒く押しやられた。その力強さに、クリスティーナはあっけにとられた。彼の動きはすばやく、クリスティーナにはなぜそんなことをするのだろうと考える余裕もなかった。

ライアンの広い背中にさえぎられ、前が見えない。彼が身構えていることから、危険を感じているらしいと察しがつく。おめでたい女だったら、ライアンが守ってくれていると勘ちがいしていたところだ。

なにが起きたのか、知りたくてたまらなくなった。危険な事態には思えなかったけれど、ライアンの体の脇からそっとのぞくと、武装した男たちが部屋の入口に立っているのが見えた。驚きに目をみはる。ひと晩のうちに、二度も思いがけないできごとに遭遇するなんて。最初はライオンに出くわし、今度は盗賊が押し入ってきた。ああ、めったにないほどおもしろい夜になりそう。

クリスティーナは盗賊団をもっとよく見たかった。だが、ライアンは彼女に見せたくないらしい。クリスティーナが彼のとなりへ動こうとすると、すかさずうしろへ押し戻した。

やはりライアンは守ってくれているのだ。クリスティーナは、たちまち温かい気持ちに包まれた。ライアンの揺るぎない態度がうれしく、うっかり頬をゆるめてしまった。ライアンの邪魔はしないことにして、彼の背中を支えにしてつま先立ち、肩越しに居間の様子をうかがった。

盗賊団は全部で五人。四人がナイフを持っている。いかにも切れ味が悪そうだ。クリスティーナはあきれて首を振った。五人目の男は、右手にピストルを構えていた。全員が顔の下半分をマスクで覆い隠している。ピストルを持った男が――クリスティーナの見たところ、盗賊団の首領らしい――部屋の入口から大声であれこれと指示した。低くしわがれた作り声だった。そのとき、クリスティーナは悟った。首領は招待客のだれかの知り合いにちがいない。正体を見破られるのを恐れて声を作っているのだ。それに、手下の四人と同じように農民風の服を着て、サイズの合わない帽子をかぶっているものの、ブーツだけはちがった。手下のものと同じように古ぼけてすりきれてはいるが、クリスティーナには、ひとめで質のよい革だとわかった。

そのとき、首領が振り向いてクリスティーナのほうを見た。その目が驚きに見ひらかれた。クリスティーナは、思わずはっと息を呑んだ。信じられない、この男とはたった一時間前に会ったばかりじゃないの。

ライアンは、クリスティーナが息を呑む音を聞きつけた。彼女がおびえていると思いこみ、ますます表情を険しくした。一歩さがり、クリスティーナを暗がりに押しやった。彼女をアルコーブに閉じこめ、危険が生じたらバルコニーへ逃がすつもりだった。

そのとき、ベイカー卿夫人が、盗賊団のひとりにダイヤモンドのネックレスを差し出すよう要求されて気を失った。倒れこんだのは、うまい具合にソファの上だ。クリスティーナは懸命に笑いをこらえた。気絶するふりをするなんて、ばかみたい。

突然、パトリシアおばが騒ぎのさなかに戻ってきた。強盗に気づいていないらしい。首領が振り向き、おばへ銃口を向けた瞬間、クリスティーナは行動に出た。

おそろしくわがままとはいえ、パトリシアおばは親族なのだ。だれにも手出しはさせない。

一瞬のできごとで、だれひとり身動きもできなかった。ライアンがナイフの飛ぶヒュッという音を聞いたとたん、首領が悲鳴をあげた。ライアンは、金属のきらめきが右肩をかすめて飛んでいったのを見ていた。新たな危険からクリスティーナを守ろうと振り向いたが、彼女のうしろにはだれもいなかった。ナイフを投げた人物はバルコニーへ逃げたにちがいない。かわいそうなクリスティーナ。必死に気丈な態度を崩さないようにしているのだろう。かわいらしく両手を握りしめ、どうしたのかというようにライアンを見あげている。ライアンが振り向いたとき、彼女も自分の背後をうかがったが、まさか外の闇に危険がひそんでいるとは思ってもいないようだった。

ライアンは、クリスティーナの背中を壁で防護すべく、急いで隅へ追いやった。だれも背後から彼女に近づくことができないのを確認し、盗賊団のほうへ向き直った。背中でクリスティーナを壁に押しつける。

クリスティーナは、狭い場所に押しこめられても抗議しなかった。ライアンの意図はわかっていた。彼女を守ると同時に、バルコニーからだれも入ってこないように用心しているのだ。隙がない、とクリスティーナは思った。

もちろん、そこまで警戒しなくてもよいのだけれど。背後にはだれもいないのだから。そのことは、ライアンにはいえなかった。彼が守ろうとしてくれているのが、ほんとうにうれしかった。

首領は玄関から出ていった。手下たちも人々をナイフで脅しながらあとずさりし、立ち去った。

　ピストルとナイフが床に落ちていた。

　ライアンがクリスティーナのほうに振り返った。「だいじょうぶか？」と問いただす。ひどく心配そうな声だった。クリスティーナは、おびえているふりをすることにした。こくりとうなずくと、ライアンに肩を抱かれて引き寄せられた。彼が怒っているのが伝わってきた。

「わたしに腹を立てているの？」とクリスティーナは尋ねた。

　その質問に、ライアンは驚いた。「いや」といったものの、つっけんどんになってしまった。これでは信じてもらえそうにない。「腹を立てているわけがないだろう？」

　ライアンが無理をしているのがわかり、クリスティーナはほほえんだ。「だったら、そんなふうにきつく抱きしめないでください」

　彼はすぐに手を離してくれた。「いたずら者を見ているしかなかったから、はがゆいのでしょう？」

「いたずら者？　いや、あの連中がしようとしていたことは、いたずらどころではないぞ」

「でも、ほんとうは戦いたかったのでは？」

「まあそうだ」ライアンは、にやりと笑って認めた。「でしゃばりたくてしかたがなかった。昔の癖はなかなか抜けないものだ」

「あなたは死ぬまで戦士なのよ」

「なんだと？」

いけない、ライアンがまたとまどっている。クリスティーナは、あわてて話を戻した。「ここにはお年を召した方が大勢いらっしゃるわ。あなたが手を出していたら、おおごとになっていたかもしれない。けが人が出たかもしれないわ」

「心配しているのは年寄りだけか？」

「ええ」

ライアンは苦々しげな顔になった。クリスティーナは、彼が自分のことも心配だといってほしかったのだと気づいた。心配しているといえば彼を侮辱することになるとわからないのだろうか？　彼の能力を疑っていることになるのに！　もっとも、ライアンはイギリス人だ。イギリス人は変わっている。

「あなたのことは心配していません。あなたはご自分の身を守れますもの」

「それだけおれの強さを信じている、ということだな？」

彼の自信たっぷりな口調に、クリスティーナは顔をほころばせた。「ええ、そうです」彼が称賛を求めているようなので、そうささやいた。さらにほめてあげようとしたとき、けたたましい泣き声があがった。

「女主人が目を覚ましたようだ」ライアンがいった。「ここにいてくれ、クリスティーナ。すぐに戻る」

クリスティーナはいわれたとおり、その場にとどまったが、ライアンから目を離さなかった。彼がひざまずいて自分のナイフを拾いあげるのを見たとたん、心臓の鼓動が速まった。深く息を吸ってとめる。ライアンがナイフをテーブルに置き、ピストルに注目したので、ほっと息を吐いた。

部屋のなかは大騒ぎだった。だれもがいっせいにしゃべっている。わたしも失神してみようかしら、とクリスティーナは思った。だめだ、ソファは空いていないし、床に倒れこむのは遠慮したい。とりあえず、手を揉みしぼることにする。動揺しているふりをしたくても、せいぜいこんな演技しかできない。

ふたりの紳士がなにか深刻そうに相談していた。ひとりがライアンを手招きした。ライアンが食堂へ向かうと、クリスティーナはじりじりとテーブルへ近づいていった。だれもこちらを見ていないのを確かめ、ナイフをぬぐって鞘《さや》にしまった。

それから、急いでおばのもとへ行った。パトリシアは、ソファで泣き崩れている女主人に、辛辣な言葉を次々と浴びせていた。

クリスティーナはようやくおばに気づいてもらうと、「今夜はもう充分楽しんだと思います」と声をかけた。

「そうね」パトリシアは答えた。「そろそろ帰りましょう」

ライアンは食堂に閉じこめられ、怪盗ジャック一味をとらえようという老人ふたりの埒《らち》もない計画に耳を傾けていた。

十分もたつと、話に飽きた。先ほど手にした風変わりな短剣のことが気になってしかたがなかった。あのような短剣は見たことがない。素朴な作りだったが、切っ先は針の先ほどに鋭かった。柄は平たかった。まちがいなく、イギリスで手に入るものではない。

ライアンは、ナイフを持ち帰ることにした。無性に興味をそそられ、ナイフを投げた男をなんとしても捜しだしたかった。

「連中をとらえる計画は、おふたりにおまかせします」ライアンは老紳士たちに声をかけた。

「わたしは、プリンセス・クリスティーナとおば上をご自宅へお送りしなければならない。失礼いたします」

老紳士たちが抗議の声をあげないうちに、足早に応接間へ引き返した。クリスティーナには、戻るまで待つようにいってある。彼女をひとりにするんじゃなかった。きっと、おびえて慰めを必要としているだろうに。ぜひ、そうであってほしい。彼女を慰めてやるところを思い浮かべると心が弾む。

ライアンは、どうやってクリスティーナをおばから引き離そうかと、早くも考えをめぐらせていた。ほんのしばらくでも彼女とふたりきりになり、もう一度キスをしたかった。

「くそっ、やられた」ライアンは、クリスティーナがいないことに気づいて悪態をついた。ナイフを置いたテーブルに目をやり、またののしりの言葉を吐く。

ナイフもなくなっていた。ライアンはむしゃくしゃしてきた。客たちになにか知らないか尋ねてみようかと考えたが、みながみな、先ほどの事件の衝撃をいまだに夢中でしゃべっているので、やめておいた。

ライアンはもう一度、事件のあいだずっとクリスティーナとふたりでいたアルコーブに目をやった。ふと、ある考えが頭に浮かんだ。まさか、と自分にいいきかせる。そんなことがあるはずがない。

おもむろにアルコーブへ歩いていき、バルコニーへ出て手すりの前に立った。

バルコニーから、眼下のゆるやかに傾斜したテラスまで、優に二十フィートはある。よじのぼることはできない。手すりはぐらつき、ロープをかけてのぼるにはたよりない。

たちまち、突飛な結論にたどりつく。

ライアンはかぶりを振った。「ありえない」と声に出してつぶやいた。とりあえず、この謎は置いておき、目下の問題だけを考えることにした。

不機嫌なまま、ベイカー卿の家を出た。むかっ腹が立ち、話をする気分ではない。明日まで待つことにした。

明日、ローンとじっくり、厄介な話をするとしよう。

4

一七九五年八月十五日の日記

エドワードはいつも白い服を着ていました。色がついたものは嫌いだったの。わたしにも、長く流れるような形のギリシャ風の白いドレスを着せました。宮殿の壁は月に一度、漆喰《しっくい》を塗らせ、調度品には一点のしみさえありませんでした。わたしは、エドワードのそういう変わったところがおもしろくて、彼の望むとおりにしたわ。あの人はとても優しくしてくれた。ほしいものがあればなんでも与えてくれたし、なにも苦労することはなかった。ただ、エドワードはひとつだけきまりを作りました。わたしの安全のため、あの真っ白な宮殿の塀《へい》の外へ出てはいけない、というの。

わたしは半年近く、そのきまりを守っていた。ところがそのうち、塀の外側の様子をちらほらと耳にするようになった。それでも、エドワードの敵が民衆の不満をかきたてるために、彼が暴君であるという噂を流しているのだと信じていた。

しばらくして、わたしはメイドと農民に扮し、いちばん近くの村へ出かけました。ささやかな外出がまるで冒険のように思えたわ。

そして、ああ、わたしはこの世の地獄へ足を踏み入れてしまったのです。


火曜日の午前十時、アクトン伯爵の財産を管理している弁護士二名がパトリシア・カミングズ伯爵夫人のもとを訪れた。ミスター・ヘンダーソンとミスター・ボートンは、約束の時刻をきっちりと守った。

パトリシアは、はやる気持ちを抑えきれなかった。白髪まじりの紳士ふたりをいそいそと書斎へ案内し、ドアを閉めると、傷だらけの机の前に座った。

「みすぼらしい調度品ばかりですけど、お許しくださいね」パトリシアは弁護士たちに引きつった笑顔を向けると、言葉を継いだ。「たくわえの残りは、姪のクリスティーナの衣装をととのえるのに使わなければなりませんでしたの。これから社交の季節でしょう。それに、たくわえはたいして残っていませんでしたし。ああ、姪にいただいたご招待も、ずいぶんお断りしたんですのよ――おわかりでしょう、貧乏暮らしをひとさまに知られるなんて、ほんとうにお恥ずかしいんですけれどね。でも、クリスティーナは評判の的になっています。きっと、よい方にもらっていただけるわ」

パトリシアはふと、おしゃべりがすぎたと気づいた。小さく咳払いし、ばつが悪いのをごまかした。「それで、あの、このタウンハウスをあとひと月しか借りられないということは、あなたがたもご存じね。ここの売り出し価格は、そちらにも届いているでしょう？」

ヘンダーソンとボートンは、そろってうなずいた。ボートンは、なんともいえない気まずそうな顔でヘンダーソンのほうに振り向いた。ヘンダーソンはクラヴァットをいじった。ふたりの失礼な態度に、パトリシアは目をつりあげた。「いつ、わたしのお金をいただけるのかしら？」ときつい口調で問いただす。「充分なお金がなければ、やっていけないわ」

「しかし、あなたのお金ではありませんよ、伯爵夫人」ボートンが、ヘンダーソンの同意を得てきっぱりといった。「そのことは、あなたもご存じのはずですが」

パトリシアが気色ばんだのを見て、ボートンは青ざめた。それ以上、彼女を見ていられなかった。床を見つめながら「きみから説明してくれ、ヘンダーソン」と頼んだ。

「よかろう」ヘンダーソンはいった。「伯爵夫人、姪御さんとわれわれだけでお話しさせてください。そうすれば、誤解が解けると思います」

ヘンダーソンは、パトリシアのあからさまな怒りにもひるんだ様子を見せなかった。声は上等のジンのようになめらかだ。激怒しているおっかない老婦人を前に微笑を絶やさない。ボートンは感心した。

パトリシアは、机に拳をたたきつけた。「どうしてクリスティーナを呼ばなければならないの？　わたしはあの子の後見人ですよ。だから、あの子のお金を管理するのもわたしです。そうじゃないの？」とわめいた。

ヘンダーソンが答える前に、パトリシアはまた机をたたいた。「お金を管理するのはわたし、そうでしょう?」

「いいえ、奥さま。あなたではありません」

パトリシアの大声は、上の階にいるクリスティーナにも届いた。おばがなぜあんなに怒っているのか確かめようと、クリスティーナは急いで寝室を出て階段をおりた。ずいぶん前から、おばの叫び声にもいろいろな種類があることがわかっている。今日の声は、罠にかかったフクロウの抵抗する声に似ているから、なにかにおびえているわけではないらしい。たんに怒っているのだ。

書斎のドアの前で、裸足だと気づいた。しまった、これではますますおばの機嫌を損ねてしまう。あわてて階段を駆けあがり、歩きづらい靴を見つけ、すばやくはいた。

それからまた下の階へおりるあいだ、金切り声が五回あがった。どうせおばの声で聞こえないから、あえて書斎のドアをノックしなかった。勢いよくドアをあけ、書斎に駆けこむ。

「どうなさったの、おばさま?」クリスティーナは尋ねた。

「こちらが姪御さんですか?」ヘンダーソンがさっと椅子から立ちあがった。

「クリスティーナ、部屋に戻りなさい。この悪党たちは、わたしが相手をします」

「伯爵夫人、お父さまが遺言状に書き残された遺産相続の条件について、あなたにお話しすることはできません」ボートンがいった。「姪御さんを残して、この部屋から出ていってください。遺言状に書かれていますが、お父さまがそうお望みだったのです」

「そんな条件があるはずがないわ」パトリシアがどなった。「父はジェシカが身ごもっていることも知らなかったのよ。この子が生まれたことを知っていたはずがない。わたしはちゃんと確かめたの」

「妹さんはお父さまに手紙をお送りになり、孫が生まれると伝えたのです。たしか、ボストンのお宅にいらっしゃったときのことですよ。それに、イギリスを離れる前にも、お父さまにメッセージを残されました。お父さまは、妹さんが失踪した一年後にそのメッセージを見つけたのです」

「ジェシカが父に手紙を書いたなんてありえない」パトリシアは下品に鼻を鳴らしていいきった。「あなたは嘘をついてるわ。わかってたのよ。わたしは、どちらの手紙も読んだのですからね」

「どちらの手紙も始末したという意味ですか、伯爵夫人？」ヘンダーソンは、パトリシアの怒りのこもった目を見返して尋ねた。「財産の相続人がいることをお父上に知られたくなかったから、そうしたのですか？」

パトリシアの顔は炎のごとく真っ赤になった。「よくもそんなことを」と低くつぶやく。

クリスティーナは、おばの逆上ぶりが心配になった。おばのとなりへ行き、肩に手をかけた。「祖父がわたしのことをなぜ知っていたか、もうどうでもよいではありませんか。過ぎたことです。そっとしておきましょう」

ふたりの弁護士はあわててうなずいた。「賢明なお考えですね」ヘンダーソンがいった。

「ですが、遺言状に書かれた条件によって、遺産についてはあなただけにご説明することになっています」

パトリシアが反論しようとしたので、クリスティーナは彼女の肩をぎゅっと握った。「では、わたしがおばにいてほしいといえば、承知してくださいますか？」

ふたたびヘンダーソンがうなずくのを見て、ボートンが答えた。「もちろん結構です」

「それでは、おかけになって、説明してください」クリスティーナはいい、パトリシアが力を抜いたのがわかったので、肩からゆっくりと手を離した。

「お母さまの手紙をアクトン伯爵に届けたのは、ハマーシールドという船長でした」とヘンダーソンが切り出した。「伯爵夫人、反論なさるなら申しあげますが、その手紙はわれわれが保管しています。それから、ジェシカさんがわれわれに残した手紙もあります。詳細については、ここではお話しするのはやめておきましょう。プリンセス・クリスティーナがおっしゃったように、過ぎたことですからね。手紙を受け取って、おじいさまはただちに遺言状を書きかえました。伯爵夫人、お父さまはすでにあなたとは縁を切っておいでてでしたし、妹さんのおこないにもひどく腹を立てていらっしゃいました。ですから、財産をたったひとりのお孫さんに残すことにしたのです」

ボートンが身を乗り出して言葉を挟んだ。「その時点では、お孫さんが男か女かはわからなかった。ですから、もちろん、男の子が生まれた場合と女の子が生まれた場合と、それぞれに条件を設けました。ここでは、女の子が生まれた場合についてのみお話しします」

「なぜ祖父は母に腹を立てたのでしょう？　とても仲がよかったはずなのに」クリスティーナ

は尋ねた。

「そうよ、あのできた妹が父に嫌われるなんて、いったいどうして?」パトリシアがあざわらうようにいった。

「ご主人を置いて失踪し、伯爵の面目をつぶしてしまったからです。プリンセス・クリスティーナ、おじいさまはひどくお怒りでした。あなたのお父さまを気に入っておいででしたから、お母さまのふるまいは……どうかしているとお考えになったのですよ」ボートンは、きまり悪さを隠そうと肩をすくめた。

「知ってるくせにいいたくないのだろうけど、要するに、最後は父もジェシカがまともじゃなかったと納得したってことでしょ」パトリシアがいった。

「悲しいことですが」ボートンがいった。クリスティーナに、同情するような視線を投げた。

「では、財産はクリスティーナがもらうのね?」パトリシアが尋ねた。

ヘンダーソンは、パトリシアの目に狡猾《こうかつ》な光が宿ったのを見てとった。あやうく声をあげて笑いそうになる。アクトン伯爵は長女の性格をよくわかっていたようだ。ヘンダーソンは、急いで説明をすませることにした。いつまでもパトリシアの顔を見ていると、昼食がまずくなりそうだ。

「プリンセス・クリスティーナ、財産は、あなたの十九歳のお誕生日まで相続者を決定できないことになっています。あなたが十九歳のお誕生日までに結婚なされば、財産はご主人のものとなります」

「あと二カ月もない」パトリシアがいった。「そんなに早くは結婚できないわ。後見人としていわせていただきますけど——」

「最後までお聞きください」ヘンダーソンはぴしゃりといった。「アクトン伯爵は、ジェシカさんのご主人をお気に召していましたが、慎重を期することにしました。ご主人に対するジェシカさんのさまざまな非難が、ひょっとすると妄想ではなかったかもしれないからです」

「そうです、そうです」ボートンがここぞとばかりに口を挟んだ。「伯爵はじつに慎重な方でした。ですから、莫大な財産の扱いにさらなる条件を加えたのです」

「だから、それをさっさと話してちょうだい」とパトリシアがいった。「わたしまでジェシカのようにおかしくなる前に、そのいまいましい条件とやらを教えなさい」

ふたたびパトリシアが興奮してきた。クリスティーナは、もっと柔らかい口調でおばに加勢した。「わたしもお聞きしたいので、どうぞつづきをおっしゃってください」

「わかりました」ヘンダーソンは答えた。プリンセスの美しいブルーの瞳にうっかり見とれてしまうと、なにを話しているのかわからなくなりそうなので、わざと彼女と目を合わせないようにした。プリンセスと伯爵夫人がほんとうに血のつながりのある間柄であるのが信じられない。伯爵夫人は姿も内面も意地悪な醜い老女そのものだが、そのとなりに立っている美しい娘は、天使のように愛らしいうえに、優しい性格のようだ。

ヘンダーソンは、机の上をじっと見つめながら話をつづけた。「あなたが十九歳の誕生日に結婚なさっていない場合は、お父さまに遺産の管理をおまかせします。プリンセス・クリステイーナ、お父さまには、お母さまを捜してイギリスをお発ちになる前に、遺言書の内容についてお伝えしました。ですから、あなたの十九歳のお誕生日までは遺産に手をつけられないことをご存じで――」

「この子の父親は死んでいるはずよ」パトリシアが声をあげた。「もう何年も消息が途絶えているもの」

「それが、ご存命なのです」ボートンがいった。「一週間前、ご本人から手紙をいただきました。北フランスにお住まいで、プリンセスの十九歳の誕生日が過ぎたら、遺産相続の請求をしにイギリスへいらっしゃるとのことです」

「クリスティーナが生きていると知っているの？　この子がこのロンドンにいることを？」とパトリシアが尋ねた。その声は憤りに震えていた。

「いいえ。われわれも、お知らせするまでもないと考えました」ヘンダーソンが答えた。「プリンセス・クリスティーナのお誕生日まで、あと二カ月もありません。もちろん、プリンセスがお知らせしたいとお考えならそうします――」

「やめてください」クリスティーナは、つとめて声を抑えた。ほんとうは大声でそういいたかった。胸が苦しく、必死に息を継いだ。笑顔を作って「そのほうが、お父さまもびっくりなさるわ、そうでしょう？」とつけ足した。

ふたりの弁護士がそのとおりだとほほえんだ。クリスティーナはいった。「弁護士さん、おばは疲れています。いまのお話では、わたしは自分のお金を管理できないのですね。結婚すれば夫が遺産を管理し、結婚しなければ父のものになる」

「そのとおりです」ボートンが答えた。「おじいさまは、財産を女性にゆだねたくなかったのです」

「こんなはずでは……」パトリシアはぐったりと椅子にもたれた。「父の勝ちね」

クリスティーナは、おばが泣き出すのではないかと思った。ほどなく、弁護士ふたりに帰るように告げた。ヘンダーソンは、父上が帰ってきて後見人になるまでの生活費を引き出してあげましょう、といかにも寛大な口ぶりで申し出た。

クリスティーナはつつましく礼をいった。玄関で弁護士たちを見送り、おばのいる書斎へ戻った。

パトリシアは、クリスティーナが動揺していることに気づいていなかった。「なにもかも失ったわ」クリスティーナが足早に部屋へ入ってきたとたん、パトリシアは叫んだ。「あんな父親、地獄に堕ちてしまえばいい」

「もう興奮なさらないで」クリスティーナはいった。「お体に障ります」

「わたしはすべてを失ったのよ、それなのに、興奮するなですって?」パトリシアはわめいた。「わたしのかわりに、エドワードに頼んでちょうだい、クリスティーナ。おまえが頼めば、わたしにもいくらかくれるわ。エドワードはわたしを嫌っていた。もっと親切にすればよかったのだろうけど、幸運にもあんな男を射止めたジェシカがうらやましくて、エドワードにも八つ当たりしてしまったの。なぜわたしではなくジェシカを選んだのか、いまでも解せないわ。

ジェシカはあんなに不器量だったのに。わたしのほうがずっときれいだったのよ」

クリスティーナは、おばの繰り言に返事をしなかった。差し迫った問題で頭がいっぱいで、机の前を行ったり来たりしはじめた。

「エドワードが生きているのを知って驚いているの？」パトリシアが尋ねた。

「いいえ」クリスティーナは答えた。「父は生きていると、ずっと思っていましたから」

「クリスティーナ、わたしを見捨てないでおくれ」パトリシアは哀れっぽく訴えた。「エドワードが面倒を見てくれなかったら、わたしはどうすればいいの？　どうやって生きていけばいいの？　社交界の笑いものになってしまうわ」

「わたしがお世話すると約束します、おばさま。ボストンを発つ前にわたしがいったことをお忘れになったの？　約束は守ります」

「おまえはけなげなことをいってくれるけれど、エドワードが反対するかもしれないわ、クリスティーナ。エドワードがわたしのお金を管理するようになるのよ、あのいまいましい男が」

「ええ、わたしには一シリングもくれるものですか」

クリスティーナは、おばの前でぴたりと足をとめた。「遺産を父に渡すわけにはいかないわ」ときっぱりいう。「絶対に渡さない」

パトリシア・カミングズは、姪がこれほど険しい顔をするのを見たことがなかった。うなずくと、相好を崩した。この愚かな娘は、わたしの肩を持って腹を立てている。「そんなにわたしを心配してくれるなんて、優しい子ね。もっとも、心配してくれて当然だわ。わたしは父にひどい仕打ちをされたうえに、おまえの衣装をととのえるのにたくわえを使い果たしてしまったのだもの。それもすべて無駄になってしまった。こんなことなら、退屈なボストンに残ればよかった」

おばの自己憐憫《れんびん》に浸りきった口ぶりに、クリスティーナはうんざりしていた。いらだちを静めようと深呼吸してからいった。「まだすべてを失ったわけではありません。どうすればよいのかはわかりきっています。父がイギリスへ戻ってくる前に、わたしが結婚すればよいのです」

静かだが決然とした口調に、パトリシアは耳を疑った。目を丸くし、椅子の上でさっと体を起こした。「エドワードがいつ帰ってくるかわからないのよ。明日にでも、この部屋に入ってくるかもしれない」

クリスティーナはかぶりを振った。「いいえ、まだ時間はあります。父はわたしが死んだと思いこんでいるはず。わたしに会った方みんなが驚いたくらいですもの。できるだけ早く結婚します」

「間に合うものですか。心当たりの殿方もいないのに」

「候補になりそうな方の名簿を作ってください」とクリスティーナはいった。

「そんな、とんでもない」パトリシアが反対する。

クリスティーナは反論しようとしたが、おばの目がきらりと光ったのに気づいた。どうやら、おばもクリスティーナの案に考えてみる価値があると思い直したらしい。クリスティーナは説得を重ねた。「急がなければ間に合いませんよ」

「なぜなの？　なぜこんなふうに自分を犠牲にしようとするの？」パトリシアはクリスティーナを疑わしそうに見やった。「それになぜ、父親より夫に遺産を渡すほうがましだと思っているの？」

「おばさま、さっき申しあげたとおり、父にお金を渡したくないだけです。さあ、わたしのいうとおりにするしかないと認めてください。それとも、まだなにか反対する理由がありますか？」

「エドワードはまたお金持ちになったかもしれないわ。遺産なんかほしがっていないかもよ」

「よくお考えになって。父が裕福なはずがありません。お金を持っているなら、弁護士に連絡してくるはずがないじゃありませんか。そう、父はイギリスへ帰ってくるのよ、おばさま」

「おまえがそこまでいうなら、そうなんでしょうよ」

「よかった」クリスティーナはいった。「わたしの知っている女性のなかでも、おばさまほど賢明な方はそうはいらっしゃらないわ」とおばをおだてる。「わたしが結婚を急ぐもっともらしい口実を考えてくださるわね」

「もちろんよ」パトリシアはうなずいた。「わたしは賢明ですからね」背骨がぽきりと折れそうなほど背筋をのばした。「だけど、結婚して、どうやってわたしを助けてくれるつもり？」

「相手の殿方に、おばさまに相応の額を渡すようにお願いするの。結婚する前に、同意書に署名していただきます」

「だったら、いいなりになってくれる男がいいわね」パトリシアがつぶやく。「そんな男はいくらでもいる。結婚を急ぐ口実を考えなければね。さあ、クリスティーナ、わたしをひとりにしてちょうだい、結婚相手の候補を見繕うから。おまえの美貌の前には、だれだって条件を呑むわよ」

「名簿のひとりめは、ライアンウッド侯爵にしてください」クリスティーナは、反対されるのを承知のうえで切り出した。

「とんでもない」パトリシアがつっかえながらいった。「あの男は裕福だからお金は必要ないし、そもそもわたしの思いどおりになるような男ではないわ」

「同意書に署名させることができれば、わたしがもうしばらくイギリスにいるあいだは、あの方に結婚してもかまわないでしょう?」

「あの方に、ではなくて、あの方と、が正しいいい方よ、クリスティーナ。ええ、わかりました、クリスティーナ、おまえがそこまで犠牲になりたいというのなら、あのいやな男に近づくのを許しましょう。もちろん、あの男がおまえと結婚したがるはずはないけれど、とりあえず試してみなさい」

「ありがとうございます」

「おまえはまだ、あの恐ろしい連中のところへ帰ろうなどと考えているの?」

「恐ろしい人たちではありません」クリスティーナは小さな声でいった。「家族のもとへ帰るのです。おばさまにお金が入れば、帰ってもいいでしょう?」

「だけど、結婚相手にそんなことをいってはだめよ。反対されるに決まっていますからね、クリスティーナ」

「ええ、おばさま」クリスティーナは答えた。

「さあ、自分の部屋へ行って、着替えなさい」パトリシアは厳しい口調でいった。「そんな黄色い服はぜんぜん似合わないわ。それに、髪も手入れしなければ。早くなんとかしなさい」

クリスティーナはばかばかしい小言を聞き流し、さっさと書斎を出た。

寝室に入ってドアを閉めると、それまでつけていた仮面がはがれた。いまや、傍目にもわかるほど震えていた。胃袋が硬くよじれているような気がし、頭がずきずきと痛んだ。認めたくはなかったけれど、正直なところ、怖くてたまらなかった。初めて味わうこの気持ちは、まったく気に入らない。

自分がおびえているわけはわかっていた。悪党《ジャッカル》がイギリスへ帰ってくるからだ。彼はきっと殺しにくる。それくらい執念深いはずだ。ジャッカルは何年たっても変わらない。

もう一度、父親に自分を殺す機会を与えなければならない。そして神が味方してくれるなら、殺される前に殺してやる。

5

一七九五年八月十二日の日記

この世には、ほんとうに悪魔がいるのよ、クリスティーナ。民を服従させるために、罪のない子どもたちを拷問し、手足を切り落とし、殺す連中をこの目で見て、わたしは初めて悪魔のような人間がいることを知りました。無防備な農民たちが、武装した役人たちに無惨に殺されていた。夫は独裁者だったのです。危険分子と疑われた者は死刑になったわ。死体や死にかけている人で路地はいっぱいで、夜ごと荷車が死体を回収していた。宮殿では、夕方になると悪臭がするので扉を閉めていたけれど、あのにおいは大量のゴミのせいではなかった……そう、死体を燃やすにおいだったの。

民はいつも飢えていて、反乱を起こす気力もなかった。水さえ配給制だった。わたしは残虐な行為を見て胸が悪くなり、呆然としていました。忠実なメイド、ミララは、エドワードに刃向かってはいけないといったわ。わたしの身を案じてくれたの。

ミララのいうとおりにすべきでした。そう、わたしは世間知らずな愚か者だった。面と向かってエドワードを非難してしまったの。

クリスティーナ、わたしの失敗を教訓にしなさい。それが唯一、生き延びる手段なのよ。

ライアンは机の前で、ブランデーをなみなみとたたえたゴブレットを握り、熱い湯たんぽを膝に載せてうつむいていた。

奇妙だ、古傷は夕方までなんともなかったのに。もう午前四時をとっくに過ぎている。ずきずきする痛みのせいで――そして、もちろん、悪夢のせいで――眠れず、書斎に戻ってきて、地所の問題を処理していた。ロンドンの街に曙光《しょこう》が差すまで休めそうにない……頭が疲れはてて記憶を失うまでは。

どうにも憂鬱《ゆううつ》な気分だった。薹《とう》の立った戦士だからな、と自嘲の笑みを浮かべる。クリスティーナはおれのことをそういわなかったか？　戦士、そう、そんなふうにいった……もっとも、薹の立った、とはいわなかったが。

ライアンが悪夢を見るのは、過去のせいだった。何年も国のために働いてきた結果だ。ライアンはいまでも恐れられている――それどころか、フランス系のいかがわしい連中のあいだでは彼の有能さが語り種になっている。ライアンはずっと、もっとも困難かつ慎重さを要する任務を与えられてきた。イギリスに対する裏切り行為がおこなわれ、証拠が固まってから、彼に指令がくだる。任務はたったひとりで遂行しなければならないが、失敗して信望に傷をつけたことは一度もない。ライアンウッド侯爵は、イギリスでもっとも危険な男といわれていた。いや、世界一という者さえいた。

ライアンは、反逆者がどこに隠れていようとも捜し出し、冷血なまでに手際よく、音もたてずに命を奪った。

任務に失敗したことはなかった。一度たりとも。

国に忠節を尽くした結果、ふたつのものを得た。勇気に対してナイトの爵位を、そして、罪に対して悪夢を。引退後の生活にはすぐになじんだ。ひとりで暮らしているので、悪夢に悩まされていることはだれにも知られていない。悪夢に襲われ、みずからの手にかけた者たちと再会してうなされているときも、そばにはだれもいない。

ジェイムズのことも、レティのことも、いまではめったに思い出さなくなったが、いまだに皮肉なめぐりあわせを思うと首を振らずにいられなかった。ライアンが国外で裏切り者から祖国を守っていたとき、イギリスにいる兄は彼を裏切っていたのだ。

いや、もはやジェイムズのことはすっかり忘れていた。プリンセス・クリスティーナと会ってからというもの、頭がひどく混乱し、理性的にものを考えられなくなっている。

そもそも、ライアンは謎解きに夢中になるたちだ。難解な謎を差し出されると、ひたすら解き明かそうとする。だが、クリスティーナはあまりにもつかみどころがなかった。彼女がなにをたくらんでいるのかわからない……いまはまだ。そっけなくされたせいで――ローンも軽くあしらわれていたが——かえって興味をそそられる。ライアンは、彼女とかわした奇妙な会話の内容を思い返してみたが、しばらくしてやめた。クリスティーナにもう一度会わなければならない。まだ充分な手がかりがない。

それにしても、クリスティーナはいったいどこでライオンの咆哮を耳にしたのだろう？　ライアンはクリスティーナの過去を解明することばかり考えている自分に気づいていた。なぜこれほど彼女にこだわるのかわからない。こんなふうにだれかに心を掻き乱されることはないはずだった。ひとりの女がこれほど気になるのは初めてだ。そう認めるのは、しつこい膝の痛みよりもはるかにいまいましかった。

かならず、クリスティーナの秘密を知りつくしてやる。彼女はきっと秘密を抱えている——どんな女だってそうだ——その秘密がわかれば、好奇心はおさまる。それから、そう、次はこちらから拒絶してやるのだ。

そうすれば、彼女のことばかり考えている状態から解放されるはずだ。

そう決めこむと、ライアンは社交界の噂好きな連中に手紙を送った。もちろん、あからさまにプリンセスの過去を知りたいと書いたのではなく、妹のダイアナを社交界に紹介するために〝いま評判の方〟の詳細を教えてほしいということにした。

ライアンは、嘘の手紙でなにかわかると信じきっていた。ところが、手紙を送った全員から返信が戻ってくると、ますますいらだちがつのった。事情通の全員が、プリンセス・クリスティーナの過去をいっさい知らなかったのだ。

彼女は三カ月前までこの世にいなかったというのか。

ライアンは、こんな結果で納得するつもりはなかった。忍耐も限界に近づいている。ほんとうの答がほしい……もう一度、クリスティーナに会いたい。次の土曜日にクレストン邸でおこなわれる舞踏会で彼女をつかまえようかと考えたが、それまで待つのはやめることにした。

礼儀などそっちのけで、午前九時というとんでもない時間にベイカー・ストリート六番地を訪ねた。前もって手紙を送りもしなかった。訪問するのを先に知らせれば、あの短気な伯爵夫人に追い返されるに決まっている。

運はライアンに味方した。ドアを開けたのは、真っ黄色いモップのような髪をしたよぼよぼの老人だった。服装は執事らしいが、態度は尊大な司教のようだ。

「奥さまはたったいま出かけましたが。あと一時間は帰りません」

ライアンはほくそえみたいのをこらえた。「用事があるのは伯爵夫人じゃない」と告げる。

「では、だれに会いたいのですか?」執事は横柄な口調で尋ねた。

ライアンは目をむいてみせた。老執事はガーゴイルのように戸口を守っている。ライアンは、執事が抗議するひまも与えず脇をすり抜け、肩越しにいった。「プリンセス・クリスティーナとお話ししたい」要求を通そうと、できるだけ怖い声でいった。「早く」

出し抜けに執事が相好を崩し、気難しそうな顔がくしゃくしゃの笑顔に一変した。「奥さまがご立腹しますよ」そういいながら、廊下の左手にある観音開きのドアの前へライアンを案内した。「まちがいない、かんかんだ」

「そうなっても、おまえはさほど気にしないようだが」ライアンがそっけなくいうと、執事は高笑いした。

「旦那がいらっしゃったことは、奥さまには黙っておきますよ」執事は胸を張り、階段のほうへ向き直った。「ここでお待ちを」と手で示す。「お客さまが見えたと、お嬢さまに伝えてきます」

クリスティーナに断られるかもしれないので「こちらの名前は伏せてくれるとありがたい」と指示した。「彼女をびっくりさせたい」とつけくわえる。

「旦那のお名前をまだ聞いてませんから、伏せるしかありませんがね」

ライアンには、執事が廊下を歩いていくのが永遠にも思われた。ドアの枠にもたれて執事を見送る。不意に、質問が口をついて出た。「おれが何者か知らないのに、どうして伯爵夫人が立腹するとわかるんだ？」

執事はふたたび、長い爪で黒板をひっかく音そっくりの笑い声をあげた。腹を抱えて笑っている。階段の手すりにつかまり、ライアンに返事をした。「あなたがだれだろうと同じことです。奥さまの気に入る方などいやしません。あのガミガミ婆《オールド・バット》さんは、なんだって気に入らないんですよ」のろのろとした足取りで階段をのぼってゆく。

賭けてもいい、執事が三段のぼるのに十分はかかる。

「おまえを雇ったのは、伯爵夫人ではないようだな」ライアンはいった。

「そのとおりです」執事は、あえぎあえぎ答えた。「要するに、プリンセス・クリスティーナが、溝で倒れていたあたしを見つけてくれたんです。あたしを助け起こして汚れを払い、新しいきれいな服までくださった。あたしは大昔、ここまで落ちぶれていなかったころは執事をしていたんです」深呼吸してつけくわえる。「お嬢さまは、伯爵夫人をガミガミ婆さんと呼ぶなとおっしゃる。立派な態度とはいえないと」

「立派な態度ではないかもしれないが、ガミガミ婆さんとは、うまくいったものだな」

執事はうなずき、また手すりにすがった。長いあいだ、その姿勢のまま動かなかった。ひと休みしているのだろう、とライアンは思った。だが、そうではなかった。執事はようやく手すりを離すと、階上に向かって文字どおりどなった。「お嬢さま、お客さまです。応接間にお通ししました」

ライアンは、たったいま目にしたものが信じられなかった。執事がもう一度同じ言葉を叫ぶと、ライアンは声をあげて笑いだした。

執事は振り向いて、ライアンにいいわけした。「お嬢さまが無理をするなとおっしゃるんです。ガミガミ婆さんの用を足す分の体力をとっておかなければなりませんからね」

ライアンはうなずいた。執事がまた主人を大声で呼んだ。突然、階段の上にクリスティーナが現れ、ライアンは目を奪われた。この先、何度会っても彼女の姿を見飽きることはなさそうだ。どんどん美しくなっていく。今日は髪をおろしている。見事だ。ライアンが思いついた言葉はそれだけだった。天使のような顔を縁取るプラチナブロンドの豊かな巻き毛は、見事としかいいようがなかった。

クリスティーナが階段をおりはじめると、彼女の髪がほっそりした腰の盛りあがったところまで届いているのがわかった。

彼女は淡いピンクのドレスを着ていた。深い襟ぐりから、胸のふくらみがほんのすこしのぞいている。つつましい服装はどことなく奇妙な感じがしたが、ライアンは彼女が執事にほほえみかけるのに見とれていて、どこがおかしいのか考えることができなかった。

クリスティーナはまだライアンのほうを見ていない。「ありがとう、エルバート。休んでいらっしゃい。もうすぐおばさまがお帰りになったら、また立ちっぱなしでいなければならないもの」

「お嬢さまはあたしに優しすぎますよ」とエルバートは小さな声でいった。

「そんなふうに思ってくれるなんて、あなたこそ優しいのね」クリスティーナはそういってから、ふたたび階段をおりはじめた。そして、応接間のドアにもたれているライアンに気づいた。

ライアンには、クリスティーナが驚いているのがわかった。目が大きく見ひらかれている。

「まあ、おばが――」

「腹を立てる、か」ライアンはクリスティーナのかわりにいい、いらいらとため息をついた。

それがエルバートの耳にも届いたらしい。応接間へ入るクリスティーナの背後で、彼の耳障りな笑い声があがった。ライアンは、応接間のドアを閉めるときだけ足をとめ、クリスティーナのあとを追った。「クリスティーナ、こんなことをいっても信じられないだろうが、この街では、おれはいちおう、まともな紳士ということになっている。それなのに、おば上はなぜおれを嫌うのだろうか」

　クリスティーナは、ライアンの声にいらだちを聞き取ってほほえんだ。まるで、嫌われてはいないと励ましてほしがっている子どものような口ぶりだ。ライアンがとなりに座れないように金襴《きんらん》の長椅子のまんなかに腰をおろし、彼には脇の椅子をすすめてから口をひらいた。「もちろん、あなたは立派な紳士です。おばのことは気になさらないで。失礼ですけど、ご気分を害されているようね。だから率直にいいます、おばの気に入る人なんてめったにいません」

「きみは誤解している」とおもむろにライアンはいった。「おば上になんと思われようが、どうでもいい。解せないのは……」

　クリスティーナが警戒するような視線をよこしたので、ライアンは途中で話題を変えた。「きみも、おれがここへ来たのを迷惑に思っているのか？」つまらないことを尋ねてしまったと思い、顔をしかめた。

　クリスティーナはかぶりを振った。作法を思い出し、「よくいらっしゃいました」と出し抜けに口走った。だが、もちろん迷惑に決まっている。今日のライアンも、このうえなく魅力的だ。若い鹿の色をしたバックスキンの乗馬ズボンをはき、たくましい太腿に革がぴったりと張りついている。シャツは白で、見たところ絹らしい。きちんと磨かれた膝までのブーツの色合いによく合う、秋の森のような茶色の上着を重ねていた。

「わたし、あなたを眺めるのが好きです」

「おれも、きみを眺めるのが好きだ」ライアンは含み笑いをしながら答えた。

クリスティーナは、膝の上で両手を重ねた。「こんなふうに、あなたから自殺的にいらっしゃるなんて、ご用件はなんでしょう?」

「自殺的? どういう意味か……」

「自発的、です」クリスティーナはあわてていいなおした。

「ああ、そうか」

「それで、ご用件は?」

「忘れてしまった」ライアンは、にやりと笑って答えた。

クリスティーナは、ためらいがちに笑みを返した。「なにか召しあがります?」

「いや、結構」

「では、なにを忘れてしまったのか、教えていただけますか」

クリスティーナは、ごくあたりまえの質問をしたといわんばかりに、返事を待ってライアンの顔を見た。「忘れてしまったものを教えようがないだろう」とライアンがいった。「また、わけのわからないことをいいだしたな」

彼のほほえみは雪も溶かす。クリスティーナは、じっと座っていられなくなった。頭にあるのは、この前のライアンのキスだけ。いまは、どうすればもう一度彼とキスできるか、それだけを考えたい。

けれど、もちろんレディがそんなことを考えてはならない。クリスティーナは両手をじっと見おろしながらいった。「暖かくなりましたね。秋なのにこんなに暖かいのは数年ぶりだと聞きました」

目に見えて落ち着きを失っているクリスティーナを見て、ライアンは頬をゆるめた。彼女との対決に備え、長い脚をゆっくりと伸ばした。そわそわしている彼女が相手なら、知りたいことをたやすく聞き出せそうだ。

ライアンのブーツのつま先がクリスティーナのドレスの裾《すそ》に触れた。クリスティーナはとっさに身を引き、足元を見おろして小さく息を呑んだ。あわててライアンに目を戻す。「なにか召しあがります？」と、不自然なほど大きな声で尋ね、もぞもぞと浅く腰かけなおした。

クリスティーナは捨てられた仔猫のように不安そうな顔をしている。ライアンがいった。「さっきもそう訊いたが。なにもいらない。おれがいると緊張するのか？」もしそうなら愉快だといわんばかりに、にやりと笑った。

「なぜそうお思いになるの？」クリスティーナは尋ねた。

「そんなふうに浅く腰かけて、いまにも逃げ出しそうに見えるからだ、かわいい人」

「わたしの名前はクリスティーナです、かわいい人ではありません。それに、もちろん緊張しています。あなたのそばでは、バッファローだって緊張するわ」

「バッファロー？」

「あなたが怖い顔をすれば、だれだって緊張するということよ」クリスティーナは華奢な肩をすくめた。

「そりゃうれしい」

「うれしい？　まあ、変なことをおっしゃるのね」

「きみがそんなことをいうのか……」ライアンは大きな声でいい、笑い声をあげた。「クリスティーナ、初めて会ったときから、そっちこそわけのわからないことばかりいう。会うたびに、今度こそまともな話を引き出そうと意気込むのに——」

「まだ何度もお会いしていません」クリスティーナはライアンの言葉をさえぎった。「これでまだ二度目——いいえ、三度目だわ、ひと晩に二度会ったとして——」

「ほら、まただ」ライアンがいった。

「またって、なにが？」

「いつもおれの揚げ足を取ろうとする」

「あなたの足を取って倒すなど無理です。こんなに大きな方ですもの。自分の力くらいわきまえています」

「なんでも文字どおりに受け取るのか？」

「あら。そうかしら？」

「そうとも」

「ひょっとして、おかしいのはそっちでは？　ええ、そうよ」クリスティーナはすかさずうなずいた。「だって、とんちんかんな質問ばかりなさるもの」

ライアンが眉をつりあげたので、クリスティーナは笑った。そして、もう一度尋ねた。「ご用件はなんですか？」

クリスティーナはふたたび両手に視線を落とした。頬がかすかに染まった。急に気恥ずかしくなったのだ。

ライアンには、クリスティーナがなぜ赤くなったのか、見当もつかなかった。とはいえ、驚きはしなかった。彼女の不自然な行動にも慣れてきた。もう、なにがあっても動じないでいられそうだ。この調子なら、帰るまでにクリスティーナのたくらみを突きとめられるにちがいない。

「なぜここへいらしたのか、どうしてもお聞きしたいのです」クリスティーナがおどおどとささやいた。

「ほう。どうして知りたい？」ライアンは尋ねた。

「あなたは、わたしと一緒にいたいのでしょう？」クリスティーナは、ライアンがどんな顔をするかと思いきって目をあげた。単刀直入にいわれても気分を害した様子がなかったので、勢いづいて言葉を継いだ。

「運命を信じていますか？」

ああもう、また彼を混乱させてしまった。クリスティーナは長いため息をついた。「あの、わたしと一緒にいたいというのは認めるでしょう？」

「認めるが、なぜかはわからない」とライアンは正直にいった。身を乗り出し、膝に肘をつく。

「ええ、わかるのはグレイト・スピリットだけですもの」

「グレイト・スピリット？」ライアンはかぶりを振った。「まったく、これではまるでこだまだ。よし、質問だ。そのグレイト・スピリットとは何者か？」

「神さまのことよ。文化がちがえば、全能の神の呼び名も変わる。それはご存じでしょう。まさか、神を信じてらっしゃらないの？」そう思うと、声に不安がにじんだ。

「いや、おれも神を信じている」

「あの、気を悪くなさらないで。ただ訊いただけですから」

ライアンは長いあいだ、黙ってクリスティーナを見つめていた。やがて、立ちあがった。クリスティーナは、彼がなにをしようとしているのか気づく前に抱き寄せられていた。ライアンはクリスティーナを抱きしめ、彼女の頭にあごを載せた。「きみを絞め殺そうか、それともくちづけをしようか。選ぶのはそっちだ」

クリスティーナはため息をついた。「くちづけを選びます。でもその前に、わたしの質問に答えてください。大事なことなの」

「質問とは？」

「運命を信じるか、尋ねたでしょう」クリスティーナはライアンから体を離し、彼の顔を見あげた。「ほんとうに、頭はだいじょうぶですか？」

不服そうにそんなことをいうとは人を食っている。ライアンはいいかえした。「だいじょうぶに決まっている」

クリスティーナが信じられないという顔をした。彼女は魔女だ、魔法の呪文をかけようとしている。このうえなく魅惑的な瞳でじっと見つめられ、ライアンは、にやけたろくでなしのようにのぼせあがり、子どものように小さくなった気がした。

「どうなの?」

「どうって、なにが?」とライアンは訊きかえした。こちらを見あげている妖精に、間の抜けた受け答えばかりしている自分にあきれ、首を振る。前髪がひと房はらりと垂れ、ひたいの傷跡の一部を隠した。クリスティーナはライアンから離れようとしていたのをやめ、手を伸ばして彼の垂れた前髪をもとに戻した。柔らかな感触に、ライアンはわれに返った。

「いや、運命は信じない」

「残念だわ」

まるで、ライアンが許しがたいほど深刻な罪を告白したかのような口ぶりだった。「よし」ライアンはいった。「訊いてもしかたがないのはわかってるが、とにかく訊こう。運命を信じないと、なぜ残念なんだ?」

ライアンがにやにやしているのに気づき、クリスティーナは尋ねた。「わたしのことがおもしろい?」

「とんでもない」とライアンは心にもないことをいった。

「まあ、かまいませんけれど」

「きみを笑っても?」

「そうではなくて、あなたが運命を信じていなくてもかまわないということよ」

「なぜ？」

「あなたが運命を信じようと信じまいと、なるようにしかならないから。簡単なことでしょう？」

「なーるほど」ライアンは声を引き延ばした。「きみは哲学者《フィロソファー》だな」

ライアンの腕のなかで、クリスティーナは体をこわばらせ、ふたたび彼の顔を見あげた。彼女の態度が急に変わったので、ライアンは面食らった。「気に障るようなことをいったか？」と尋ねる。

「わたしは尻軽ではありません。よくもそんな侮辱をおっしゃるわね。もっとも、ばか正直だったわたしがいけなかったのよ。あなたを眺めるのが好きだとか、キスしてほしいとか、恥ずかしげもなくいったりして。たしかに哲学者だわ」

彼女につきあっているとこっちまでおかしくなりそうだ、とライアンは思った。「クリスティーナ、哲学者とは、さまざまな思索にふける人のことだ。哲学者と呼んでも、侮辱にはあたらないが」

「では、綴りを教えてください」クリスティーナは、ひどく疑い深い顔つきでいった。

ライアンはいわれたとおりにした。「ああ、そうだったのね」とクリスティーナ。「わたし、その思索にふける人という言葉を、男たらし《フィランダー》と勘ちがいしていたみたい。ええ、勘ちがいしていました。そんな、変なお顔はやめてください。よくあるまちがいでしょう」

「よくあるまちがい？」ライアンは、それ以上訊くなと自分にいいきかせた。だが、今度も好奇心に負けた。「よくあるまちがいか？」

「だって、綴りが似ているわ」とクリスティーナは答えた。

のみこみの悪い子どもに教え諭すような口調だった。ライアンは即座に反論した。「そんなわけのわからない説明は、まず聞いたことがない。もちろん……英語を覚えたてだというなら話は別だが。そうなのか、クリスティーナ？」

ライアンがそう思いこんで満足している様子なので、クリスティーナは、そうではないとはあえていわずにおいた。英語というややこしい言語を話せるようになったのは、何年か前のことだ。

「ええ、そうなの」クリスティーナは嘘の返事をした。「いくつかの言語を話せるんだけど、ときどき混乱してしまって。といっても、べつに勉強家というわけではないんです。ただ、あなたといると、話しかたを忘れてしまうみたい。ほんとうは、フランス語のほうが得意なの。英語より簡単ですもの」

ライアンは頭のなかで独り合点した。謎が解けたつもりだった。「どうりで、きみの話がわからないわけだ、クリスティーナ。英語を話せるようになったばかりだから、話がわからない。そうだろう？」

なにもかもわかったと思うとうれしく、ライアンはもう一度、同じことをいった。

クリスティーナは首を振った。「いいえ。ほかの方は、わたしの話をわかってくださるもの。

あなたこそ、英語を覚えたばかりなのでしょう?」

　平然とやりかえされ、ライアンはふたたびクリスティーナを抱きしめ、声をあげて笑った。頭の隅で、このままこの応接間で午まで彼女を抱きしめていたい、と思っていた。

「あの、わたしがほんとうは勉強好きだといったらどう思います? おばがいうには、読書も不粋なんですってね。だからわたしは、無知なふりもしなければならないの」

「無知なふりもしなければならない、とは?」ライアンは、クリスティーナの奇妙な言葉が気になって尋ねた。

「ほんとうは、読書が好きなの」ライアンの質問を無視し、クリスティーナは告白した。「好きな本は、この国のアーサー王の物語。読みました?」

「ああ、読んだ。トーマス・マロリー卿が著した本だな。これで、きみがどこから突飛なことを思いつくのかわかったぞ。騎士に戦士——似たようなものだ。クリスティーナ、きみは空想が大好きなんだろう」

「わたしが?」クリスティーナはほほえみながらいった。ライアンがうなずくと、「うれしいわ」とつけくわえた。「空想好きというのは、しとやかな女性らしい、すてきな長所でしょう?」

「いかにも」ライアンは気取った口調で答えた。

「もちろん、パトリシアおばには内緒です、きっとおばは——」

「その先をいおうか」とライアンはさえぎった。「おば上は気を悪くする、そうだろう?」

「ええ、たぶん。そろそろお帰りください。ご用件を思い出したら、またおいでになるといいわ」

ライアンには帰るつもりなどなかった。だが、いつまでもクリスティーナのおしゃべりにはつきあっていられない、と自分にいいきかせた。キスをして一時休戦だ。そうすれば、彼女はおとなしく質問に答えてくれるにちがいない。もちろん、どんな質問かこちらが思い出せれば、だが。彼女の過去は、すこしだけ明らかになっている。どうやらフランスか、フランス語圏で育ったらしい。今度は、なぜその程度のことをひた隠しにしているのかを知りたい。恥だ、不名誉だと思っているからか？　フランスとの戦争が、彼女が過去を隠す理由かもしれない。

また逃げられないように、ライアンはクリスティーナの背中を優しくなでた。その手をとめず、なだめるようにさすりながら、かがんで彼女の唇に鼻をすりよせる。クリスティーナが腕のなかに戻ってきた。彼女の両手がそろそろとライアンのうなじを探り当てる。

どうやら、クリスティーナはこの戯れを気に入ったらしい。ついにライアンがじらすのをやめて唇を求めると、彼女はつま先立ちになった。髪を指で梳《す》くように抱えられ、ライアンは身震いした。クリスティーナを抱きあげ、たがいに唇の高さを合わせる。

クリスティーナにとって、そんなふうに抱きあげられるのは新鮮だった。それより、ライアンが感覚に訴えてくるものはもっと新鮮だ。彼のにおいに、クリスティーナはわれを忘れた。とても男らしく、とてもたくましいにおい。さらに激しいキスを求めてライアンの舌が口のなかに滑りこんできたとき、欲望が熱い波となって体を駆け抜けた。

ライアンと同じくらいクリスティーナが大胆になるまで、時間はかからなかった。最初はためらいがちに、しだいに情熱的に舌をからめる。その大胆さをライアンが気に入ったのが、クリスティーナにもわかった。ライアンは荒々しいほどにクリスティーナの唇をむさぼり、よろこびのうめき声をあげた。

ライアンは、クリスティーナほど感じやすい女性を知らなかった。彼女の激しさは衝撃だった。彼の知るかぎり、たいていの女は清純なふりをする。だが、クリスティーナは、すがすがしいほど欲望に正直だった。ライアンも見る間に高ぶった。彼女から唇を離したとき、信じられないことに震えていた。息は弾み、切れ切れだ。

だが、彼女は離れてくれなかった。ライアンの腰に腕をまわし、驚くほど力強く抱きしめた。「わたしにキスをするのがお好きですか？」

たったいま、あんなキスをしたばかりなのに、よくもそんなにおどおどした声を出せるものだ。だいたい、そちらの舌のほうが奔放だったじゃないか。「好きだ、それはよくわかっているだろう」ライアンは彼女の耳元で低くいった。「これも芝居か、クリスティーナ？　おれの前ではうぶなふりをしなくてもいい。何人の男と寝ていようが、こっちはかまわないんだから。とにかく、きみがほしいだけだ」

クリスティーナはゆっくりと目をあげ、ライアンの瞳を見つめた。そこには情熱が、クリスティーナをわがものにしたいという欲望があった。不意に喉が詰まって声が出ない。ライアンは戦士のように強引だ。

ああ、このイギリス人に、こんなにあっけなく恋をしてしまうなんて。

ライアンは、クリスティーナの目がたじろいだのを見逃さなかった。彼女がひるんだのは、ほんとうのことをいいあてられたからにちがいない。ライアンはクリスティーナの髪をからめとり、ふたたび彼女の乳房がつぶれるほど強く抱きしめた。それから、そっと彼女をあおむかせる。顔を寄せ、唇に息がかかる距離からいった。「ほんとうにどうでもいいんだ。約束しよう、クリスティーナ。おれのベッドのなかでは、ほかの男のことなど思い出させないぞ」

約束のしるしに、もう一度キスをする。あからさまに官能的なキス。貪欲《どんよく》なキス。だが、つかの間だった。クリスティーナが応えようとすると、ライアンは唇を離した。

とたんに、クリスティーナはライアンの視線にとらえられた。

欲望にかすれた声で、ライアンは尋ねた。「きみを抱きたい、ずっとそればかり考えていた。そっちもそのはずだ、クリスティーナ」

拒まれるのを覚悟していた。拒まれて当然だ。だが、それは勘ちがいだった。クリスティーナの返事を聞き、ライアンは言葉を失った。「ええ、わたしもあなたと結ばれたいと思っていました。きっとすてきでしょうね」

ライアンが答えることもできないうちに、クリスティーナは腕のなかから逃れた。ゆっくりと部屋のむこうへ歩いていく。その足取りと同じようにすました笑みを浮かべ、髪をさっと払いながら振り向いた。それから、ライアンに背を向けて玄関の間に通じるドアをあけた。「もうお帰りください。ごきげんよう」

またＤだ。また追い払うつもりか。ライアンは不満の声をあげた。「クリスティーナ、戻ってくれ。まだ話は終わっていない。訊きたいことがあるんだ」

「なんでしょう？」クリスティーナは、じりじりと部屋を出ながら答えた。

「そんなふうに、構えるのはやめてくれないか」ライアンはいい、胸の前で腕を組み、彼女をにらんだ。「まずは、今度のオペラにきみをエスコートしたいんだが――」

クリスティーナはかぶりを振って、ライアンの言葉をさえぎった。「あなたとおつきあいしてはならないと、おばに禁じられてるの」

よくも笑顔で拒絶できるものだ。ライアンはため息をついた。

「まるでカメレオンだな。いまのいままでしかめっつらをしていたのに、もう笑っている。いつまでたっても理解できそうにない」

「それは侮辱なの？」

「侮辱ではない」クリスティーナの声はおもしろそうだったが、ライアンは気づかないふりをして語気を強めた。なんとクリスティーナは、今度は無邪気な顔でこちらを見ている。うんざりしたライアンは、歯を食いしばった。「わざとおれを混乱させようとしているんだろう？」

「わたしをトカゲ呼ばわりして気を惹こうと考えているのなら、残念ながら見当ちがいです」

ライアンはその言葉を黙殺した。「明日、公園で馬に乗らないか？」

「いえ、乗馬はしないの」

「乗馬をしない？　習ったことがないのか？　おれでよければ手ほどきしよう、クリスティーナ。おとなしい馬なら……おや、またなにかおかしなことをいったか？　なぜ笑う？」

クリスティーナは懸命に笑いをこらえようとした。「いいえ、あなたのことを笑ったんじゃありません」と嘘をつく。「わたし、乗馬は嫌いなの」

「なぜ？」ライアンは尋ねた。

「鞍《くら》がどうにも邪魔で」クリスティーナは正直にいった。それから身を翻し、早足で玄関の間を歩いていった。ライアンはあとを追ったが、階段の下にたどりついたときには、クリスティーナはすでに半分ほどのぼってしまっていた。

「鞍が邪魔といったか？」ライアンは、聞きまちがえたのだと思い、彼女の背中に問いかけた。

「ええ」

正直なところ、クリスティーナがなぜそんな突拍子もないことをいったのか、ライアンにはわからなかった。

降参だ。今日のところは彼女の勝ち。

だが、最終的な決着をつけるのはこれからだ。

ライアンは首を振って立ちつくしていた。今回はクリスティーナの揺れる腰を見送るだけで満足してやることにした。彼女の姿が見えなくなったとき、今日、会ったときからなにが気になっていたのか、やっと悟った。

プリンセス・クリスティーナは裸足だったのだ。

訪問先から帰ってきたパトリシアは上機嫌だった。姪の婚約者候補のもとを訪れたのはたしかにはしたないけれど、結果にはおおいに満足できたので、パトリシアはこのことが表沙汰になったらどうしようかと案ずるのをやめ、ひとりくすくすと笑った。

エメット・スプリックラーは、パトリシアが見込んだとおりの人物だった。パトリシアは、エメットが父親のいやらしさを受け継いでいるのを期待していた。期待は裏切られなかった。エメットは愚か者の腰抜けで、形《なり》も野心もちっぽけだった。父親に似て、股間のものに頭を支配されている。彼はたちまち、クリスティーナをものにしたいという欲望をむき出しにした。パトリシアが訪問の理由を説明するや、ほんとうによだれを垂らしたほどだ。クリスティーナとの縁談を持ちかけられたとたん、エメットはパトリシアの思うがままになった。クリスティーナさえもらえるなら、なんにでも署名すると約束した。

クリスティーナがエメットを気に入らないのは目に見えている。エメットはいやになるほど小心だから。クリスティーナを丸めこむために、ほかにも候補者を何人か選んでおいた。あの不愉快なライアンウッド侯爵も、名簿のひとりめに入れた。もちろん形だけの名簿だが、クリスティーナに文句をいわせず、先行きに疑いを抱かせないようにするには必要だ。

パトリシアは周到に準備した。なにがあっても、クリスティーナをライアンウッド侯爵のような潔癖な人物と結婚させるわけにはいかない。

理由は単純。パトリシアは、父親の財産の一部を受け取るだけでは満足できなかった。丸ごと相続するつもりだった。

そこでパトリシアがスプリックラーに持ちかけた案は、蛇のように狡猾な者から見ても破廉《はれん》恥《ち》きわまりないものだった。クリスティーナを誘拐し、駆け落ちした男女がめざす村として有名なグレトナ・グリーンで無理やり結婚してほしいと静かに告げると、エメットは青くなった。結婚証明書に署名する前にエメットがクリスティーナを手籠《てご》めにしようがかまわない。パトリシアにとってはどうでもよいことだった。

エメットのほうが、悪事が明るみに出るのを恐れた。パトリシアが、二、三人の男を仲間に引きこんで、クリスティーナを押さえつければよいと提案すると、愚かなエメットは計画に難癖をつけるのをやめて同意した。パトリシアは、エメットの股間のふくらみが大きくなるのに気づき、またクリスティーナを犯すところを想像しているにちがいないと思った。この調子なら、きっと躍起になって役目を果たすだろう。

だが、パトリシアは不安でたまらなかった。エメットが怖じ気づき、クリスティーナをあきらめる可能性がわずかながら残っている。邪魔が入れば、計画は失敗してしまう。

だからこそ、クリスティーナのインディアンの家族にはいなくなってもらわなければならない。万一、クリスティーナがエメットと結婚せず、ライアンウッド侯爵のようなわがままな男と結ばれることになれば、結婚生活は長続きしないに決まっている。遅かれ早かれ、クリスティーナの過去は明らかになる。素性をいつまでも隠してはおけないからだ。正常な男が、愛とか名誉とかいう、クリスティーナのばかばかしい幻想につきあえるものか。あの娘の本性を知れば、いやになるはず。離婚という大それたことはできないにしても、クリスティーナに背を向け、ほかの女を求めるようになるのはまちがいない。

夫に見捨てられれば、クリスティーナは育ての親であるインディアンのもとへ逃げ帰ってしまうだろう。あのあさはかな娘は、あいかわらずアメリカへ帰るといいはっている。とんでもない。クリスティーナは、パトリシアが社交界へ返り咲くための足がかりだ。パトリシアの過去の所業を覚えている者でさえ、クリスティーナに夢中になり、しかたなくパトリシアを受け入れたのだから。

もっとも大きな不安材料は、クリスティーナの父親、エドワードだ。娘に出し抜かれてはおもしろくないだろう。パトリシアが覚えているかぎり、エドワードは好人物だったけれど、遺産の分け前を求めるかもしれない。そうなったら、クリスティーナがなんとかしてくれる、とパトリシアは決めつけた。

そう、なんとしても、あの小娘には用が終わるまでイギリスにいてもらわなければならない。なんとしても。

6

一七九五年八月二十日の日記

エドワードは、宮殿の本館に隣接した離れを自分だけの住まいにしていました。わたしは、彼の臣下の所業をただちに伝えることにしました。そう、夫がなにも知らないと信じていたのです。臣下が悪いのだと思いたかった。

側面の入口から離れに入ったわたしは、目の前の光景にあぜんとして声も出なかった。エドワードが愛人と一緒にいたのです。ふたりは服を脱ぎ捨て、床で獣《けもの》のように交わっていたわ。愛人の名はニコール。彼女は、馬にまたがるようにエドワードに乗っていた。エドワードは恍惚《こうこつ》にきつく目を閉じ、みだらな言葉をわめいて愛人を煽《あお》っていました。

女のほうは、気配を感じたのでしょう。いきなり振り向いて、わたしを見据えた。見られているると大声をあげるかと思ったら、そうしなかった。いやらしい動きをつづけながら、わたしに笑ってみせたのです。あれは勝ち誇った笑みだった。

どのくらいそこに立ちつくしていたのでしょうか。わたしは自室に戻ると、逃げる手だてを考えはじめました。

「お兄さまったらどうしたの？　嘘みたい、マシューズに笑顔を見せたりして。しかも、マシューズのお母さまの具合まで尋ねるなんて。だいじょうぶなの？」

そう訊いたのは、ライアンの妹、レディ・ダイアナだった。寝室のある階へ階段をのぼっているライアンを追いかけてくる。

ライアンは足をとめ、ダイアナのほうへ振り向いた。「おまえは、おれが不機嫌な顔をすればいやがり、愛想よくすれば騒ぎ立てるんだな。どっちにすればいいのか決めてくれ、おまえの意向に合わせるから」

兄のからかうような口調に、ダイアナは目をみはった。「やっぱりおかしいわ。また膝が痛むの？　そんな、わたしに頭がふたつ生えたような目で見るのはやめてください。お兄さまがご機嫌だなんて、珍しい。それも、お母さまに会いにいらしたのにご機嫌だなんて。わたしだって、お母さまのお相手が疲れるのは知ってるわ。だって、お兄さま、お母さまと暮らしているのはわたしよ。お母さまがどうしても元気になれないのはしかたがないと思うけれど、ときどき、お兄さまのタウンハウスへ引っ越してしまいたくなるの。こんなことをいうのは恥知らずかしら？」

「兄に正直な気持ちを話しても、恥知らずには当たるまい。ジェイムズが死んでから、おまえはずっと我慢してきたからな」

兄の思いやりのこもった声に、ダイアナは目を潤ませた。ライアンは、いらだちを隠した。家族のことになると、ダイアナはやたらと感情的になる。ライアンは正反対だ。感情を表すのは苦手だった。つかのま、妹の肩を抱いて慰めてやろうかと考えたが、そんな気恥ずかしいまねはしないことにした。肩を抱いてやったりすれば、きっとダイアナは仰天して号泣しはじめるだろう。

ライアンは、今日は涙につきあってやる気分ではなかった。ただでさえ、これから母に会うという苦行に耐えなければならないのに。

「わたしが社交界にデビューするために、お兄さまがこのタウンハウスを準備してくれたときは、お母さまも元気を取り戻されるだろうと思っていた。でも、ロンドンに着いた日から、ずっと部屋にこもりっきりなの」

ライアンはうなずいただけで、歩を進めた。

「お母さまはすこしもお元気になっていない」ダイアナは声をひそめた。兄の影を追う。「わたしは、出席したパーティの話をしてさしあげたいの。だけど、お母さまは耳を貸そうともしない。ジェイムズお兄さまのことばかり話したがって」

「下で待っていてくれ、ダイアナ。あとで話がある。それから、そんなふうに心配そうな顔をするのはよせ」ライアンは片目をつぶってつけくわえた。「母上の機嫌を損ねるようなことはしないから。できるだけ優しくする」

「お兄さまが？」ダイアナは甲高い声をあげた。「やっぱり変だわ」

ライアンは笑い出した。「まったく、おれは鬼か？」

ダイアナが、それは当たらずとも遠からずだという言葉を思いつく前に、ライアンは母親の部屋のドアをあけた。ブーツのかかとでドアを閉め、空気のよどんだ暗い部屋の奥へ進んだ。

ライアンの母親は、黒いサテンの上掛けの上で横になっていた。いつものように、白髪まじりの髪をおおう絹の帽子から、足を包む木綿の靴下まで、全身黒ずくめだった。黒装束から青白く不健康な顔がのぞいていなければ、どこにいるかわからないだろう。

彼女がひたすら悲しみに暮れているのは事実だ。ライアンが思うに、その意固地なことといったら、甘やかされた子どもが癇癪を起こしたようだ。これだけ長いあいだ嘆き悲しんでばかりいれば、嘆きの達人になれる。

あまりに長いあいだ悲しんでいるので、死んだ人間が起きあがって文句をいってもおかしくない。ジェイムズが死んだのは三年前なのに、母親は、前日にあの恐ろしい事故が起きたばかりのように、あいもかわらずふさぎこんでいた。

「ごきげんよう、母上」ライアンはいつものように挨拶し、ベッドの脇の椅子に腰をおろした。

用事はこれで終わり。ライアンがいとまごいするまで、ふたりのあいだに会話はない。理由は単純だ。ライアンはジェイムズの話をしたくないが、母親はジェイムズの話しかしたがらない。ライアンが帰るまで、沈黙が三十分間つづく。ライアンは『モーニング・ヘラルド』紙を読んで時間をつぶそうと、蠟燭《ろうそく》を灯した。

お決まりの儀式だ。

普段のライアンなら、この苦行が終わるころには不機嫌になる。だが、今日は、母親のみっともない態度がさほど気にならなかった。

ダイアナは、玄関の間で待っていた。おりてきた兄の顔に笑みが浮かんでいるのを目にすると、やはり具合が悪いのではないかとますます心配になった。やっぱりお兄さまは変！

最悪の事態が次々と頭に浮かんだ。「お兄さま、お母さまとわたしを田舎へ帰すつもりなのね、そうでしょう？　お願い、考え直して」ダイアナは泣き声をあげた。「たしかにミルトンおじさまは案外役立たずだったわ、でも、また肝臓を悪くして寝ていなければならないんだから、しようがないでしょう。それに、クレストン家の舞踏会にはどうしても出たいの」

「ダイアナ、そのパーティにはおれが連れていってやる。それから、おまえたちを田舎に帰そうなどとは考えていない。おまえは社交界にデビューしたのだし、シーズンが終わるまでここにいていい。おれが一度いったことを翻したことがあったか？」

「あら……いいえ」とダイアナ。「でも、お兄さまが笑っているなんて、いままでにないことですもの。ああ、さっぱりわけがわからないわ。お兄さまはいつも、お母さまにお会いになったあとはいらいらしているのに。今日のお母さまは、いつもよりご機嫌がよかったの、お兄さま？」

「いや」ライアンはいった。「だがダイアナ、話というのはほかでもない、おまえの目付役のことだ。だれかに頼まなければならない。ミルトンおじが臥せっていて、奥方もおじと一緒でなければ外出しないから、ハリエットおばに頼もうと思っている。おまえはどう思う――」

「ああ、お兄さま、名案だわ」ダイアナはライアンの言葉をさえぎった。両手を握りしめている。「ご存じでしょう、わたし、お父さまの妹のおばさまが大好きなの。とってもおもしろい方ですもの。おばさまは引き受けてくださるかしら？」

「引き受けてくれるとも」ライアンは答えた。「すぐに使いをやる。ところで、おまえに頼みがある」

「なんでもおっしゃって。わたし――」

「プリンセス・クリスティーナをここへお茶に招待してくれ。明後日だ」

ダイアナはいきなりくすくすと笑いはじめた。「お兄さまがおかしかったわけがわかったわ。プリンセスにのぼせていらっしゃるのね」

「のぼせる？　くだらない言葉だ」とげとげしい声だった。「おれはのぼせてなどいない」

「とにかく、よろこんでプリンセスをご招待するわ。でも、ご招待するより、あちらへお邪魔したいとお願いしたらどうなの？」

「クリスティーナのおば上が、おれはプリンセスにふさわしくないと考えているらしい」

「ライアンウッド侯爵がふさわしくないですって？」ダイアナは、ひどく驚いた様子だった。

「お兄さまはこの国でだれよりもたくさんの称号を持っているのに。まさか、ご冗談でしょう」

「それよりも、おれもここに来ることは、クリスティーナには伏せておいてくれ。おまえとふたりきりだと思わせろ」

「プリンセスのお宅へ招待されたらどうするの?」

「その心配はない」ライアンはいいきった。

「やけにはっきりおっしゃるのね」

「あちらに客をもてなす余裕はないはずだ。ダイアナ、ここだけの話だが、プリンセスはひどく金に困っているらしい。タウンハウスはいささかみすぼらしかったし——調度もそうだ——聞いたところでは、伯爵夫人が訪問客をみんな追い払ってしまうそうだ」

「まあ、おかわいそう」ダイアナはかぶりを振りながらいった。「でも、お兄さまが来るのを隠すのはなぜ?」

「それは気にするな」

「わかりました」ダイアナは答えた。

ダイアナの顔つきを見れば、わかっていないのは明らかだった。ライアンがにらむと、ダイアナはあわてていった。「わたし、プリンセスが大好きなの」

「おまえは、変だと思わなかったのか?」

「どういう意味かしら。変って?」

ライアンは説明した。「話をしたとき、プリンセスはまともな受け答えをしてくれたか?」

「もちろんよ、決まってるじゃない」

ライアンはいまいましい気持ちを押し隠した。妹のような浮ついた娘にそんなことを尋ねたのがまちがっていた。ダイアナは子どものころから風のように気まぐれだ。愛してはいるが、妹がなにを考えているのかは死ぬまで理解できないだろう。ライアンはいった。「おまえたちはすぐに友達になれそうだな」

「いけませんか？」

「悪いとはいっていない」ライアンは答えた。ダイアナにそっけなくうなずくと、玄関を出た。

「あら、お兄さまったら、どうしてまた怖い顔をなさるの？」背後からダイアナが大声でいった。

ライアンはあえて返事をしなかった。青毛の馬にまたがり、ひと走りしに街はずれに向かった。頭を冷やすには、激しい運動がいちばんだ。いつもなら、よけいな事柄を切り捨てて、肝心な事実だけに集中することができる。つまらないことに惑わされなければ、イギリスでもっとも風変わりな女性に惹かれている理由がわかるにちがいない。このとんだ災難を乗り越えるには、冷静にならなければ。

まさに災難だ、とライアンは思った。このままクリスティーナに思考のすべてを、行動のすべてを左右されるのはまっぴらだ。それに、不可解だ。

不可解といえば、ライアンの前ではバッファローでさえ緊張する、という言葉だ。クリスティーナはいったいどこでバッファローを見たのだろう？

ローン伯爵は、机の前で絨毯《じゅうたん》の上を行ったり来たりしていた。書斎は乱雑に散らかっていたが、使用人に掃除させる気はなかった。けがをしてからというもの、痛みのせいで、家の様子まで気がまわらなかった。

手首の傷は治りかけていた。傷口を湯で洗い、清潔な白いガーゼを巻いてある。ガーゼを隠すために、父親のクローゼットから持ち出したサイズの大きい服を着ていたが、傷が完全に癒えるまではタウンハウスにこもっているつもりだった。万一、だれかに傷を見られてはいけない。まだ多くの仕事が残っている。

けがより気がかりなのが、プリンセス・クリスティーナだった。彼女に気づかれたかもしれない。驚いたように、疑うように目をみはっていたのは、仮面に隠れた怪盗ジャックの正体を見破ったからではないだろうか。

ライアンは気づいたのだろうか。ローンはしばらく考えたあげく、ライアンはプリンセスを守るのに必死で、こちらをよく見ていなかったにちがいないと決めつけた。

それにしても、ナイフを投げたのはいったいだれだ？　まったく、びっくりしたせいでピストルを取り落としてしまったではないか。ナイフの腕前はたいしたことがなかったようだが、おかげで助かった。やれやれ、あやうく命拾いした。

もっと用心しなければ。まだ強盗をやめるわけにはいかない。標的リストの名前は四人、ひとり残らずこらしめてやらねばならない。父のかわりに報復するには、この方法しかないのだ。

使用人がためらいがちにドアをノックし、ローンは立ち止まった。「なんだ?」大声で答え、ドア越しに機嫌が悪いことを知らせる。邪魔をするなとあれほどいったのに。

「ライアンウッド侯爵がお見えです」

ローンはあわてて机の前の椅子に座った。けがをしていないほうの腕を書類の山に載せ、傷を負った腕を膝に載せて隠すと、ぶっきらぼうに命じた。「お通ししろ」

ブランデーを脇に抱え、ライアンが悠然と入ってきた。壜《びん》を机に置き、ローンの正面にある革張りの椅子に腰をおろした。くつろいだ様子で両足を机に載せる。「機嫌が悪そうだな」

ローンは肩をすくめた。「おまえがみやげを持ってくるわけがない」と無遠慮にいう。「このブランデーはなんだ?」

「賭けをしただろうが」

「ああ、そうだったな。プリンセス・クリスティーナだ」ローンはにやりと笑ってみせた。

「おまえの質問も、すべてのらりくらりとかわされたな?」

「そうだ。だが、彼女については、かなりのことがわかった。フランスか、その近辺で育ったようだ」とライアンは断言した。「気になる矛盾がいくつかあるが、それもまもなく解決するはずだ」

「なぜそこまで興味を持つんだ、ライアン?」

「いまとなってはわからない。最初はただの好奇心だと思ったが――」

「最初は、か。ライアン、もう何カ月も前から彼女を知っているような口ぶりだな」

ライアンは肩をすくめた。サイドボードに手を伸ばし、グラスを二個取り出すと、それぞれにブランデーを注いだ。ローンが酒をたっぷり口に含むのを待ち、やおら切り出す。「手の具合はどうだ、ジャック？」

いうまでもなく、ライアンは友の反応にこのうえなく満足した。ローンはむせて咳きこみながらも、否定しようとしている。なんとも滑稽《こっけい》だ。だが、これではっきりした。ライアンはそう思ってため息をついた。

ローンが落ち着いてから、ライアンはふたたび口をひらいた。「金に困っているのなら、なぜそういってくれなかった？　おれを頼ればいいじゃないか」

「金に困る？　なにをいう」ローンは抵抗した。見え透いた嘘だ。「だめだ」とつぶやく。

「昔から、おまえには嘘をつけない」

「どういうつもりだ？　それほどまでにニューゲート監獄に入りたいのか、ローン？　捕まるのは時間の問題だぞ」

「ライアン、これにはわけがある」ローンは口ごもりながらいった。「父が全財産を失った。わたしは自分の財産を残りの負債の担保にした、だが……」

「おまえと父上の負債は、おととい片づいた」ライアンはいった。「怒るなら怒ってもいいが、あとで機嫌を直せ」厳しさのまじった声だった。「おれが金を払っておいた。ただし、おまえの名前でな」

「よくもそんなおせっかいを――」ローンはどなった。顔が真っ赤だ。

「だれかが仲裁しなければならなかっただろうが」ライアンはきっぱりいった。「おまえの父上を大事に思っているのは、おれも同じだ、ローン。子どものころ、何度おれの父からかばってもらったことか」

ローンはうなずいた。いくぶん戦意をそがれた。「金はかならず返す、ライアン、できるだけ早く――」

「返すことはない」ライアンは声を荒らげた。不意に、友に腹が立った。気持ちを落ち着けるために深呼吸し、言葉を継いだ。「レティが死んだとき、おれがどうなったかを覚えているか？」

話が唐突に変わり、ローンは面食らった。ゆっくりとうなずく。「覚えている」

「あのとき、おまえはそばにいてくれた、ローン。ジェイムズのことを知っているのはおまえだけだ。その友情に、金で借りを返すとおれがいったか？」

「いや。そんなことをいわれたら、侮辱されたと思うだろうな」

ふたりのあいだに、長い沈黙が降りた。やがて、ローンが笑みを浮かべた。「せめて、おまえが助けてくれたと父に話しても――」

「だめだ」ライアンは静かに反対した。「父上がお困りだったことは知らないふりをしたい。父上には、事情を知っているのは息子だけだ、援助したのはおまえだと思っていただきたい」

「だが、ライアン、それでは――」

「それでいいんだ、ローン。父上は誇り高い方だ。誇りを奪うな」

ローンはふたたびうなずいた。「どこまで知っているのか、教えてくれ」

「もちろん、ベイカー卿のパーティで、ジャックがおまえだと気づいた」とライアンは切り出し、ローンがぎょっとすると、満足の笑みを浮かべた。「迂闊《うかつ》なやつだ――」

「おまえは来ないはずだっただろう？」とローンはぼやいた。「なぜ顔を出した？　わたしだけではなく、おまえもベイカーを嫌っていたはずだぞ」

ライアンは低く笑い、おもむろにいった。「まったく、連中のたくらみは巧妙だった。父上はすばらしい方だが、いささか人がよすぎるのかもしれないな、ローン。むろん、ベイカーたちはそこにつけこんだ。ベイカーがいかさま賭博の首謀者だろう。さて、おれの読みが正しいか、聞いてくれ。ベイカーは、バックリー、スタントン、ウェリンガムを仲間に引きこんだ。腹黒い輩《やから》ばかりだ。やつの仲間はこれで全部か、ローン？」

ローンは愕然《がくぜん》としていた。「なぜわかった？」

「おれが連中のくだらないクラブを知らないはずがないだろう。餌食《えじき》になったのは、父上だけではないんだぞ」

「父のことは知れ渡っているのか？」

「いや。父上の名前は一度もあがっていない。噂《うわさ》になっていれば、おれも耳にしたはずだ」

「おまえはずっと引きこもっていたじゃないか、ライアン。父のことが噂になっていないと、どうしてわかる？」

ライアンは、いらだたしげにローンを見やった。「おれがどんな仕事をしていたのか知っているくせに、本気でそんなことを訊くのか？」

ローンはにやりと笑った。「おまえの腕もすこしさびついたと思っていたのでね。父はあいかわらず田舎の屋敷に閉じこもっている。自分の愚かさを恥じて、人前に出ようとしない。だまされたことは知られていないと伝えれば、安心するだろう」

「そのとおり、もう出てきていただいてもだいじょうぶだ。おまえも、このばかげた仕返しをやめろ。そのうち捕まるぞ」

「おまえは密告しないだろうな」ローンは確信に満ちた声でいった。

「まさか、するはずがない」ライアンは認めた。「ところで、どんなやり口だったんだ、ローン？　ベイカーはカードにしるしでもつけていたのか？」

「そうだ。すぐにばれるようないかさまだった。だからこそ、父は恥じ入った。だまされた気がしているのだ」

「いや、だまされたんだ。ローン、強盗はやめるんだろうな？」

ローンはしわがれたうめき声を漏らした。「だめだ、ライアン。どうしても仕返ししてやりたい」

ライアンは、ブランデーをひとくち飲んだ。「やれやれ」と気取った声でいう。「それはおれの専門分野だぞ。こうしよう、ローン、仕返しの方法は賭博だ」

「つまり、連中と同じ手口で報復する、ペテン師をペテンにかける、というわけだな」ローンがようやく悟ると、ライアンは満足の笑みを浮かべた。

「楽勝だ」

ローンは机を手のひらでたたき、うめき声をあげた。「けがをしているのを忘れていた。ライアン、わたしも手伝おう。作戦はおまえにまかせる。たしかに、おまえのほうがわたしより悪巧みに通じているからな」

ライアンは声をあげて笑った。「ほめ言葉と受け取っておこう」

ふたたびノックの音がして、ふたりは口をつぐんだ。「今度はなんだ?」ローンがどなる。

「ご主人さま、お邪魔して申し訳ありませんが、プリンセス・クリスティーナがいらっしゃいました」使用人が大声で返事をした。

それを聞いて、ローンはぎくりとした。ライアンも不機嫌な顔になった。ローンをにらむ。

「クリスティーナを追いまわしているのか、ローン? ここへ呼びつけたのか?」

「いや」とローン。「やはり、彼女もわたしの魅力が忘れられないのだよ、ライアン」ライアンがますます怖い顔になったので、ローンは頬をゆるめた。「思ったとおりだ。われらがプリンセスに、おまえも少々どころかおおいに興味を持っているのだろう」

「われらがプリンセスではない」ライアンはぴしゃりといった。「おれのものだ。いいな?」

ローンはうなずいた。「ほんの冗談なのに」とため息をつく。「お通ししろ」大声で使用人に命じた。

ライアンは座ったままだった。ドアがあいたとたん、クリスティーナが足早に入ってきた。すぐにライアンに気づき、ぴたりと足をとめた。「あら、お邪魔をするつもりではなかったの。

出直してまいります」

　クリスティーナはむずかしい顔でライアンを一瞥《いちべつ》すると、身を翻してドアへ向かった。

　ライアンは、押し殺したため息を長々と吐いた。グラスを机にそっと置いてから立ちあがった。クリスティーナが目の端で彼のほうを見た。帰らないでくれと頼むローンにかまわず、玄関へ歩いていく。

　クリスティーナがドアの取っ手に手を伸ばしたとき、ライアンは彼女をつかまえた。クリスティーナの頭を挟むように、ドアに両手をつく。胸に彼女の背中が触れた。クリスティーナの肩がこわばったのに気づき、ライアンはほほえんだ。彼女の耳元でささやく。「お願いだ、帰らないでほしい」

　彼の熱い吐息に、クリスティーナは身を震わせた。ゆっくりと振り返り、ライアンを見据える。「お願いですから、帰してください」

　ライアンを追い払おうと、片手で彼の胸を押した。

　彼はびくともしなかった。不埒な笑みを浮かべ、身をかがめてクリスティーナにキスをした。

　ローンの押し殺した笑い声がして、ライアンはしらけてしまった。

　クリスティーナはにわかに顔を赤らめた。人前で愛情をあらわにすべきではないと、ライアンにはわかっていないのだろうか？　わかっていないらしい。ライアンはクリスティーナに片目をつぶると、彼女の手を取って書斎へ引っぱっていった。

今日のクリスティーナは、淡いブルーのドレスを着ていた。ライアンは、彼女が靴をはいているか、じっと観察した。靴をはいていたのがわかり、ほっとする。

ローンが急いで椅子に戻った。包帯を巻いたほうの手を膝に置いて隠した。

クリスティーナは座ろうとしなかった。つとめてライアンに目をやらないようにして、彼の脇に立った。ライアンは、ブーツに包まれた両足をまたローンの机に載せ、グラスに手を伸ばした。クリスティーナは、険しい目で彼を見た。ライアンは、いまにも眠ってしまいそうなほどくつろいでいる。

すぐに気まずい沈黙が流れた。ローンが待ち受けるようにクリスティーナを見つめている。クリスティーナは左手でブルーのハンドバッグを抱え、右手をライアンの手から引き抜こうとした。さっきから彼に手を握られたままだった。

「わたしになにかお話でもあるのですか？」ローンは優しく促した。クリスティーナの気を楽にしてやりたかった。かわいそうに、ひどく不安そうだ。

「ふたりでお話ができるものと思っていたのですけれど」クリスティーナはいった。出ていってほしいといわんばかりに、ライアンのほうを向いた。「お帰りになるところだったのでしょう？」

「いや」

そっけない返事だが、やけに楽しげな声だったので、クリスティーナは笑みを浮かべた。

「よろしかったら、ローン伯爵とふたりきりでお話しさせてください」

「いいや、よくない」ライアンは間延びした声でいった。クリスティーナの手をさらにきつく握り、いきなりぐいと引っぱった。

クリスティーナはライアンの思いどおりの場所に座りこんだ。すぐさま、ライアンの膝から立ちあがろうともがいた。ライアンは片腕でクリスティーナの腰を抱いて、立てないようにした。

ローンは驚いた。ライアンがこのように勝手気ままにふるまうのを見たことがなかった。あからさまに独占欲を見せるとは、彼らしくない。ローンはいった。「プリンセス・クリスティーナ。ライアンの前では、なんでも遠慮なくお話しください」

「いいのですか」とクリスティーナは尋ねた。「聞かれてしまっても?」

クリスティーナが躊躇《ちゅうちょ》しているので、ローンはいった。「こいつはわたしの秘密をなんでも知っています。さあ、ご用件はなんですか?」

「あの、気になっていたのです、その、お加減はいかがかと」

ローンは何度かまばたきし、ぎこちなく答えた。「いや、いたって元気ですが。お話とは、それだけですか?」

このままではいつまでたっても肝心の話題にたどりつけない、とライアンは考えた。「ローン、クリスティーナは、おまえのけがの具合を尋ねているのだ。そうだろう、クリスティーナ?」

「あ、あ、あなたもご存じなのか?」ローンがうわずった声をあげた。

「ご存じだ」ライアンは、ローンの泡を食った様子に低く笑い声を漏らした。

「まったく、知らない者はいるのか？」

「しっかりしろ」ライアンはローンにいった。

クリスティーナはローンに目を戻した。「瞳の色でわかりました。とてもきれいな緑色ですもの、すぐに思い出しました」そこでひと息つき、申し訳なさそうにローンを見た。「こちらをまっすぐごらんになったでしょう。あなただと見破るつもりはなかったんです。偶然、わかってしまって」小さく肩をすくめた。

「おたがい、手持ちの札をすべて見せましょう」ローンは身を乗り出し、クリスティーナをじっと見つめた。

「なんのことでしょう？」クリスティーナはいった。「わたし、札など持っていません」

「クリスティーナはなんでも言葉どおりに受け取るんだ、ローン。そのせいで、いつも調子が狂う。ほんとうだ」

「よけいなお世話です」クリスティーナはライアンをねめつけた。「わたしがなんでも言葉どおりに受け取るとおっしゃるけれど、どういう意味かしら。たぶん、それもまたわたしが腹を立てるような侮辱なんでしょう？」

「ローンは、包み隠さず話をしようといっているんだ」ライアンはクリスティーナに教えてやった。「まったく、おれは通訳か」

「もちろん、包み隠さずお話しくださっても結構です」クリスティーナは答えた。「べつに、首にナイフを突きつけて無理やり聞き出そうというわけじゃありませんけれどね。お薬を持ってきました。傷を見せてください。きちんと手当なさっていないのでしょう?」

「まさか、医者を呼ぶわけにはいきませんからね」

「ええ、あなたがジャックだと知られてしまいますもの」クリスティーナは、ライアンの膝から降りてローンのかたわらへ行き、いいかげんに巻いてある包帯をほどきはじめたが、ローンは抵抗しなかった。

ライアンとローンが見ていると、クリスティーナはひどいにおいのする軟膏《なんこう》の入った小さな容器の蓋《ふた》をあけた。ローンはいった。「うっ、それはなんですか? 枯葉ですね?」

「ええ」とクリスティーナ。「それに、ほかのものも入っています」

「冗談だったのに」

「冗談じゃありません」

「こんなにおいをさせていては、外に出られない」ローンはぼやいた。「ほかにはなにが入っているのですか?」もう一度、その臭い薬のにおいを嗅ぐ。

「知らないほうがいいわ」

「クリスティーナに質問するのはやめておけ、ローン。答を聞いても面食らうだけだ」

ローンはライアンの助言に従った。クリスティーナが茶色の軟膏を傷口にたっぷり塗り、包帯を巻き直すのを見守った。「ローン伯爵はよいにおいがしますのね。もちろん、じきにこの軟膏のにおいでかき消されるでしょうけれど」

「わたしがよいにおいですって？」ローンは、イングランド王の冠を授けられたような顔になった。クリスティーナにほめ言葉を返さねば、と考えた。「あなたも花のような香りがします」といったそばから、そんなことを口走ったのがおかしくて笑い出した。嘘ではないが、およそ紳士らしくない言葉だ。「あなたこそとてもきれいな瞳をお持ちだ、クリスティーナ。そんな美しいブルーは見たことがありません」

「いいかげんにしろ」ライアンが割りこんだ。「クリスティーナ、さっさと仕事をすませるんだ」

「なぜ？」とクリスティーナ。

「あなたがわたしのそばにいるのが気に入らないのですよ」ローンはいった。

「うるさい、ローン」ライアンの声がとげとげしくなった。「クリスティーナのことはあきらめろ、おまえの魅力とやらは別のだれかにとっておけ」

「レディ・ダイアナが、あなたの魅力に夢中でいらっしゃるわ、ローン伯爵」クリスティーナは出し抜けにいった。ローンとライアンの反応を見てほほえむ。ローンは怪訝《けげん》な顔をし、ライアンはあぜんとしていた。「ライアン、わたしはあなたのものではありません。ですから、あなたがそんなふうにほかの殿方に指図するのは筋ちがいです。もし、わたしがローン伯爵をお慕いしていれば、いいよっていただくのはうれしいもの」

「ライアンの妹がわたしを慕っているとおっしゃりたいようですが、なぜそうお思いになるのです？」とローンは尋ねた。クリスティーナの奇妙な言葉に、やけに興味をそそられた。

クリスティーナは薬壜をハンドバッグにしまってから、ローンの質問に答えた。「イギリスの方は、ときどき視野が狭くなるのですね。どう見ても、レディ・ダイアナはあなたに恋しているわ。目を見れば、あの方の思いに気づくはずです。それに、あなたもレディ・ダイアナを目で追っていらっしゃったのを考えれば、おふたりは相思相愛に決まっています」

「やめてくれ」うめいたのはライアンだ。

クリスティーナもローンも、ライアンを無視した。「そうでしょうか？」ローンはクリスティーナに尋ねた。「あなたはダイアナに一度お会いになっただけで、しかも十五分も一緒にいなかったはずだ。そう、あなたの思いこみではありませんか。ダイアナはまだ子どもですよ、クリスティーナ」

「お好きなようにお考えになればいいわ」クリスティーナは答えた。「なるようにしかならないのですから」

「なんですって？」

ローンはふたたび当惑顔になった。ライアンはかぶりを振った。自分だけがクリスティーナのいうことを理解できないわけではないとわかったのは幸いだ。「運命ということだ、ローン」と言葉を挟んだ。

「ほんとうに、もうおいとましなければ。じつは、おばには部屋で休むといってきたんです。わたしの度胸を分けてさしあげますね、ローン伯爵。それとも、ジャックとお呼びしましょうか？」

「やめてください」

「ほんの冗談です。そんなに困った顔をなさらないで」

ローンはため息をついた。それから、クリスティーナを引きとめて、あらためて手当の礼をいおうと手を伸ばした。

だが、クリスティーナの動きはすばやく、ローンの手は宙をつかんだ。まばたきするまもなく、彼女はライアンの椅子の脇に立っていた。

驚いたのはライアンも同じだ。驚いただけではなく、悦に入っていた。たとえ、彼女がなにげなく自分のとなりへ戻ってきただけで、意図してそうしたのではないとしても満足だった。彼女がそこを選んだということは、ささやかな勝利ではないか？

「クリスティーナ、ジャックがわたしだと見抜いたのに、ベイカーたちに黙っていたのはなぜですか？」ローンがいった。

クリスティーナは答えた。「あの人たちが自力で解決すればよいことです。秘密はだれにもいいません」

「だれにもいうなとは頼んでいませんよ」ローンはあわてていった。

「彼女を理解しようと思わないことだ、ローン。自滅するだけだぞ」ライアンは笑いながらいった。

「だったら、これだけ教えてください」ローンはクリスティーナにいった。「わたしにナイフを投げた人物を見ましたか？」

「いいえ。正直申しあげて、怖くてうしろを見ることができなかったんです。ライアンに守ってもらわなかったら、気を失っていたわ」

ライアンはクリスティーナの手をさすった。ローンは不服そうにいった。「ピストルに弾はこめていなかったのですよ。まさか、わたしが人を傷つけるとお考えだったのか？」

ライアンは、怒るなと自分にいいきかせた。「空砲で強盗をしようとしていたとは、あきれたな」

「弾の入っていない銃を使うなんて、いったいどうして？」クリスティーナは尋ねた。

「ベイカーたちを脅すのが目的で、殺そうとしていたわけではないから」ローンはぶつぶつといった。「ふたりとも、そんな目でわたしを見るのはやめてくれ。強盗は成功したんだぞ、忘れたのなら思い出させてやる」

「いま思い出しました」とクリスティーナ。

ローンはいった。「ライアン、わたしにナイフを投げた人物を捜し出せるか？」

「いずれは」

クリスティーナは眉をひそめた。ライアンは自信たっぷりだ。「ナイフを投げたのがだれかなんて、どうでもいいでしょう？」

「ライアンは難問を解くのが好きなのですよ」とローンがいった。「記憶にあるかぎり、ベイカーの家のバルコニーから下のテラスまで、優に五十フィートはあった。ナイフを投げた人物は――」

「せいぜい二十フィートだ、ローン」ライアンが口を挟んだ。「それに、バルコニーによじのぼることは不可能だった。手すりがぐらついていた」

「では、隠れていたにちがいない……おまえとプリンセスの背後に」ローンはそういい、肩をすくめた。「いや、それはありえないな。まあ、やつの腕前が悪かったのは幸運だ」

「腕前が悪かった？」クリスティーナは尋ねた。

「わたしを殺しそこねたでしょう」

「あら、ねらいどおりだったんじゃないかしら」クリスティーナはいった。「あなたを殺そうと思えば殺せたはずです。あなたの手からピストルを落とすのがねらいだったのよ」

　クリスティーナはふと、不自然なほど自信たっぷりに断言してしまったと気づいた。ライアンが、やけに真剣な顔でこちらを見ている。「いまのは、そうではないか、というお話です」クリスティーナは急いでつけくわえた。「もちろん、わたしの思いちがいかもしれません。ナイフを投げた男がねらいをはずしたとも考えられます」

「なぜ、ローンのけがの手当をしにきた？」ライアンが尋ねた。

「そうだ、なぜですか？」とローン。

「いけませんか？」クリスティーナは答えた。「ローン伯爵がけがをなさった。わたしはただ、助けてさしあげようと思っただけです」

「それだけか？」ライアンがいった。

「たしかに、ほかにも理由がありました」クリスティーナは正直にいった。ドアのほうへ歩いていく。「ローン伯爵、あなたは、ライアンのたったひとりのお友達とおっしゃいましたね？」

「いったかもしれない」ローンは認めた。

「おっしゃったわ。わたしはなにごとも忘れないもの」クリスティーナはきっぱりといった。

「それで、そのたったひとりのお友達を奪ってはいけないと思ったのです。あなたの秘密は守ります、だから、わたしがここへ来たことはだれにもいわないと約束してください。おばを怒らせてしまいますから」

「こいつもふさわしくないのか？」ライアンは愉快だといわんばかりに尋ねた。

「ふさわしくない？」ローンが尋ねた。「なににふさわしくないのです？」

クリスティーナは質問には答えず、ドアから外へ出ようとした。

「クリスティーナ」

ライアンの低い声に、クリスティーナは足をとめた。「なんでしょう？」

「おれは約束していないぞ」

「約束していない？」

「そうだ」

「あら、でも……あなたはおばのことを嫌いなんでしょう。わざわざおばに……」

「お宅へ送らせてくれ、かわいい人」

「あなたにかわいい人と呼ばれる筋合いはありません」

「いや、ある」

「ほんとうに、歩いて帰りたいの」

「ローン、あの伯爵夫人に、あなたの姪が街をぶらついたり、男の家を訪ねたりしていると教えてやったら、どうなるだろうな――」

「いつも汚い手をお使いになるのね。恥ずべきことだわ」

「正々堂々と戦ったことなどないのでね」

クリスティーナのあきらめのため息が、書斎に響いた。「ずるい方ね、廊下でお待ちしています」いかにも憤慨した様子で、クリスティーナは乱暴にドアを閉めた。

「外見とはまったくちがう方だな」ローンがいった。「ライアン、彼女はわれわれをイギリスの方と呼んだ。まるで外国人呼ばわりだ。妙じゃないか？」

「クリスティーナは妙なことばかりいう。もっとも、この国で育ったわけではないのだからしかたない」ライアンは立ちあがり、伸びをしてからドアへ向かった。「ブランデーを味わえ、ローン。おれは戦いに戻る」

「戦い？　なんの戦いだ？」

「それを訊くなら『なんの』じゃない、ローン。『だれとの』だ。答は、クリスティーナとの戦いだ」

ドアを出るライアンの背後で、ローンの笑い声があがった。クリスティーナは玄関のドアの脇で待っていた。胸の前で腕を組んでいる。いらだちを隠そうともしない。

「さて、行こうか、クリスティーナ」

「いいえ、わたしは馬車が大嫌いなの。一緒に歩いていただけますか。そう遠くありませんから」

「なるほど、馬車が嫌いか」ライアンはいった。好奇心に満ちた声だった。「おれとしたことが、なぜもっと早く気づかなかったんだろう」そういいながら、クリスティーナの腕を取った。半分引きずるようにしてクリスティーナを馬車に乗せる。たがいに向かい合って座ると、ライアンは尋ねた。「たぶん、馬車も鞍と同じように落ち着かないんだろう?」

「いいえ、そうじゃないわ」クリスティーナは答えた。「こんなふうに、閉じこめられるのが嫌いなの。息が詰まりそう。それより、おばに許しを得ないで外出したのを黙っていてくれますね?」

「黙っておく」ライアンは答えた。「おば上が怖いのか、クリスティーナ?」

「べつに怖がっているわけじゃないわ。いまではたったひとりの家族だから、心配させたくないだけです」

「フランスで生まれたのか、クリスティーナ?」ライアンは尋ね、身を乗り出してクリスティーナの手を握った。

その声は力強く、笑顔は優しかった。けれど、クリスティーナはすこしもだまされなかった。こちらを油断させて攻めこもうとしているのが見え見えだ。「あなたは、なにかを突きとめようと心に決めたら、絶対にあきらめないのね」

「そのとおりだ」

「いやな人」クリスティーナはずばりといった。「笑わないで。いま、わたしはあなたを侮辱したんだから」

「フランスで生まれたのか?」

「ええ」クリスティーナは嘘をついた。「さあ、もういいでしょう? 際限なく質問するのはやめてください」

「過去について訊かれるのを、なぜそんなにいやがる?」

「個人的な事情を詮索《せんさく》されたくないだけです」

「母上とは一緒に暮らしていたのか?」

まるでたくさん肉のついた骨をむさぼる犬のようだ、とクリスティーナは思った。このままでは、ライアンは質問をやめないだろう。いいかげんに、好奇心を静めてやらなければ。「サマートンという、とても親切なご夫婦に育ててもらったんです。イギリス人で、旅行がお好きだった。わたしも一緒に世界じゅうを旅したのよ。ミスター・サマートンが、フランス語が得意だったから、わたしもフランス語に慣れているの」

肩の緊張がじわじわとほどけていった。ライアンの同情するような顔つきから、いまの話を信じたのがわかる。「ご存じのとおり、おばはたしかに気難しい人よ。サマートン夫妻と仲違いして、わたしにも夫妻の話をするなというの。たぶん、おばは自分がわたしを育てたと思われたいのでしょう。わたしにも、嘘などつけないけれど」真顔でつけ足した。「おばはわたしに事実を話すなというし、わたしは嘘が苦手。それなら、過去についてなにも語らないのがいちばんでしょう。さあ、これで満足していただけた？」

ライアンは座席の背にもたれた。クリスティーナの告白に満足したらしく、うなずいた。

「そのサマートン夫妻とは、どうして知り合った？」

「母の親しいお友達だったの」クリスティーナは、またライアンにほほえんでみせた。「わたしが二歳のとき、母が病気になって。それで、信頼していた夫妻にわたしを預けたんです。姉、つまりパトリシアおばをわたしの後見人にしたくはなかったし、サマートン夫妻には子どもがいなかったから」

「母上は賢明だ。あのガミガミ婆さんに育てられていたら、いやな人間になっていたぞ、クリスティーナ」

「まあ、エルバートったら、あなたの前でおばをガミガミ婆さんといったのね？　もう一度、きちんといっておかなければならないわ。どうやら、おばをひどく嫌っているらしくて」

「おば上を好きな人間などいないさ」

「訊きたいことは、これで全部？」

「どこでライオンの声を聞いたのか、それに、どこでバッファローを見たのか、クリスティーナ？」

ライアンは、お菓子をもらえると約束された子どものように、いわれたことを覚えている。なにひとつ忘れない。「ミスター・サマートンのお仕事の関係で、長いあいだフランスにいたのだけど、ミスター・サマートンは奥さまを大切にしていたわ――わたしのことも、実の娘のようにかわいがってくれた。だから、旅行に出かけるときは、わたしたちも連れていってくださった。もう質問はやめてください」

「これで最後だ、クリスティーナ。土曜日のクレストン家の舞踏会に、きみをエスコートしてもいいか？　心配はいらない。ダイアナも一緒だ」

「おばが許してくれないのはわかってるでしょう」クリスティーナは抵抗した。

不意に、クリスティーナのタウンハウスの前で馬車がとまった。ライアンがドアをあけて馬車を降り、振り向いてクリスティーナを抱きおろした。すこしばかり、必要以上に長く抱きしめられたが、クリスティーナは文句をいわなかった。「おば上には、もう約束してしまったといえばよい。九時に迎えにくる」

「ほんとうのことをいえば、だいじょうぶだと思うわ。おばに知られることはないでしょう。病気のお友達のお見舞いに田舎へ行くので。わたしが舞踏会の話をしなければ、嘘をつかずにすむし。わたしがずっと家にいたとおばが勝手に信じていても、嘘をつくことにはならないでしょう？　それとも、わざと黙っているのは嘘と同じかしら？」

ライアンはほほえんだ。「ほんとうに、嘘が嫌いなんだな」

ああ、笑ってはだめ。ライアンに疑われてしまう。「ええ、嘘をつくのはいや」

「すばらしい。そのようなすばらしい人と知り合えて、おれがどんなによろこんでいるかわかるか、クリスティーナ？」

「ありがとうございます。今度は、わたしから質問してもいいかしら？」

そのとき、エルバートが玄関のドアをあけた。クリスティーナはそちらに目をやった。エルバートにほほえみかけ、手を振ってさがってよいと命じた。「ドアを閉めてね、エルバート。ありがとう」

ライアンは、クリスティーナが振り向くのを辛抱強く待っていた。「訊きたいこととは？」と優しく促す。

「ああ、そうだった。まず、木曜の夜、ハント卿のパーティに出席しますか？」

「あなたは？」

「出席します」

「ならば、おれも行こう」

「もうひとつ、訊きたいことがあるのですが」

「なんだ？」ライアンは笑いながら訊き返した。クリスティーナは急にひどく恥ずかしそうになった。頬がかすかに赤く染まり、ライアンの目を見ることもできないようだった。

「わたしと結婚してくださいますか？　しばらくのあいだだけでいいの」

「なんだと？」

ライアンは大声を出すつもりではなかった。だが、いま聞いたのは、とんでもない言葉だった。聞き損なったのだろうか。結婚？　しばらくのあいだだけ？　まさか、聞きまちがいだ。

「いまなんと？」もう一度、抑えた声で尋ねた。

「わたしと結婚してくださいますか？　よく考えて、返事を聞かせてください。では、ごきげんよう」

ライアンウッド侯爵がひとことも発することができないうちに、ドアは閉まった。

7

一七九五年九月一日の日記

ミララは三週間かけて、危険を冒してわたしたちの出国に手を貸してくれる船長を見つけました。この忠実なメイドがいなければ、わたしはなにもできなかった。ミララは、家族と友人を危険にさらしてまで、わたしを助けてくれた。ミララは何年も前からエドワードのもとで働き、彼のことをよく知っていましたから、わたしは彼女の助言に従いました。

わたしは、なにごともなかったかのようにふるまいました。そう、うわべでは愛情あふれる妻を演じていたけれど、夜ごとエドワードの死を願ったわ。ミララには、逃げるときに身のまわりのものは持たないように、といわれていた。出発の連絡が来たら、わたしはわずかな着替えだけを背負っていくことにしました。

船長から連絡が来る二日前の夜、わたしは、自室にいるエドワードに会いにいきました。またニコールがいるかもしれないから、今度も脇の入口から音をたてずに入りました。けれど、エドワードはひとりだった。机の前に座り、光り輝く大粒のサファイアを両手に載せていたの。机には、宝石があと二十個はころがっていた。エドワードは、ニコールを愛撫したのと同じ手つきで宝石をなでている。わたしは暗がりに立ちすくみ、じっと彼を見つめていました。あの人でなしは、なんと宝石に語りかけていたの。しばらくすると、エドワードは宝石を布に包み、黒塗りの小さな箱にしまった。壁板の一部がはずれるようになっていて、そのなかの暗く小さな空間に箱を隠しました。

部屋に戻ると、わたしは一部始終をミララに話しました。ミララの聞いた噂によれば、国庫は底をついているとのこと。革命は思いのほか間近に迫っているらしい。それで、エドワードは出国の際に簡単に持ち出せるよう、貨幣を宝石に変えたのです。

わたしは、宝石を奪おうと決意しました。自分にできる方法で、エドワードをこらしめてやりたかった。ミララにはとめられたけれど、わたしは聞く耳を持たなかった。宝石は民のもの。いつか民に返そう。わたしはそう誓ったのです。

ああ、その考えはたしかに立派だったけれど、わたしはなにもわかっていなかった。うまく逃げおおせると信じていたのだから。

クリスティーナは朝が好きだった。一日のうちで、静かで穏やかな時間帯。午前中、パトリシアはほとんど姿を見せず、あれこれ要求することもない。ベッドでビスケットと紅茶の朝食をとるのがきまりで、例外は大事な客がやむをえず午前中に来る日だけだった。

毎日、朝日が街のすみずみを暖める前に、クリスティーナは自分で身支度をすませる。たったひとりのメイド、ベアトリスは、パトリシアの世話だけで手一杯だ。そのため、クリスティーナは自分で服を着替え、ベッドを整える。正直なところ、それが楽しかった。自室にひとりでいるときは、ありのままの自分でいられる。ベアトリスが部屋に入ってくることはめったにないので、毎朝、いかにもベッドで寝たかのようにシーツをしわくちゃにしなくてもよかった。

侵入者に備えてドアに掛け金を取りつけてからは、すこし安心できるようになった。毎晩、観音開きの窓の前へ毛布を持ってゆき、そこで眠りについた。

ひとりでいるときは強がらなくてもよい。泣きたければ、声を殺して気のすむまで泣くことができる。涙を流すのは弱いことだけれど、だれにも見られていなければ、さほど恥ずかしくはなかった。

厨房の裏手の小さな庭も、クリスティーナだけの場所だった。クリスティーナはたいてい、午前中のほとんどをそこで過ごした。街の騒音や捨てられたゴミのにおいから離れ、靴を脱ぎ、よく肥えた茶色の土につま先をもぐらせる。そして、朝露が日差しに蒸発してしまうころ、にわかに騒々しくなってくる家のなかへ戻る。

太陽と再会する貴重なひとときのおかげで、残りの一日をやりすごせた。普段はこの平穏な場所に来れば、どんなにややこしい問題があっても忘れられる。ところが、ライアンウッド侯爵に会ってからというもの、なにも手につかなくなっていた。考えることといえば彼のことばかり。

初めて会った瞬間から、ライアンに惹かれていた。レイノルズ卿が彼の名を呼んだとき、この人だと悟った。そしてライアンの目を見あげ、とりこになってしまった。あの目に、あの暗い瞳にひそんだ傷つきやすさに気づくと、手を伸ばして彼に触れたくなった。

ライアンには愛情が必要だ、あの人もきっと孤独だ。けれど、なぜそんな気がするのかはわからない。ライアンには家族がいるし、社交界ではちやほやされ、羨まれ、すこし恐れられてもいる。ただし、ちやほやされているのは、身分と富のおかげだ。そんなものはうわべだけのものにすぎないのに、ライアンが育った世界では重視される。

でも、ライアンはほかのイギリス人とはちがう。上流社会の習慣など、意にも介していない。それどころか、なにがあっても自分自身の流儀を貫こうとしているように見えた。

彼に結婚を申しこんだのがこの国のしきたりに反していることは、わかっている。結婚は男性が女性に申しこむものであり、その逆ではない。それは重々承知しているけれど、父親がイギリスへ帰ってくる前に結婚するためには、やはりこのしきたりを破るしかないのだ。

けれど、あのとき結婚を申しこんだのはまずかったかもしれない。性急な申しこみに、彼は言葉を失っていた。あの驚いた顔が気になる。大声で笑おうとしていたのだろうか、それとも、怒りを爆発させようとしていたのだろうか。

だけど、最初の驚きがおさまれば、ライアンも結婚を承諾するはず。きみと一緒にいたい、きみに触れたい、とあれほどいってくれたのだもの。彼がそばにいてくれれば、この変な国での暮らしもずっとしのぎやすくなるにちがいない。

それに、結婚するといっても、ほんのいっときだけのこと……。パトリシアおばの言葉を借りれば、ライアンにしてもわたしという厄介者を死ぬまで押しつけられずにすむ。

そのうえ、彼に選択の余地はない、そうでしょう？

わたしはダコタ族のライオン。ライアンはわたしと結婚する。

それが彼の運命なのだから。

なかなか木曜日の夜にならないので、ライアンはじれていた。やっとハント卿のタウンハウスに入ったときには、いらだちは最高潮に達していた。

人をばかにしているようなクリスティーナの申しこみを思うたび、ライアンはむしょうに腹が立ち、次にはまぎれもない落胆に襲われた。これで、やっと彼女のもくろみがはっきりした。結局、彼女も結婚が目当てだったのだ——結婚と金。イギリスのほかの女たちと同じだ。

ライアンは自分にも腹を立てていた。どうやら、勘が眠りこけていたらしい。クリスティーナの思惑に、最初から感づくべきだった。ローンをとがめたくせに、自分もまったく同じまちがいを犯してしまった——きれいな顔と狡猾《こうかつ》な誘惑にだまされたとは。

むしゃくしゃして、だれかをどなりつけてやりたかった。そして、できるだけ早くクリスティーナにはっきりといってやりたかった。再婚する気はない、一度でたくさんだ、と。それでも、かならずクリスティーナをものにしてやる。ただし、自分のやりかたで。結婚までして、面倒を背負いこむことはない。女は結婚すれば変わる。そのことは経験でいやというほど思い知った。

あいにく、ハント卿のサロンに入って最初に顔を合わせたのは、妹のダイアナだった。すぐにライアンに気づき、スカートをつまんで駆け寄ってきて、お辞儀をした。

まったく、これではおとなしくしているしかない。

「お兄さま、レイノルズ卿にわたしのエスコートを頼んでくださってありがとう。卿はとっても優しくしてくださるわ。来週の月曜日にハリエットおばさまもいらっしゃるし、もうお兄さまにエスコートしていただかなくてもだいじょうぶよ。この新しいドレス、いかが?」ダイアナは黄色いスカートのひだを伸ばした。

「とてもきれいだ」ライアンは、ダイアナには目もくれずにいった。

広間は混雑していて、クリスティーナはなかなか見つからなかった。その場のだれよりも背が高いライアンでさえ、捜している金色の巻き毛を見つけられない。

「緑色って、わたしに似合うでしょう、お兄さま?」

「そうだな」

ダイアナが声をあげて笑い、ライアンはふと妹に目をやった。「ドレスは黄色よ、お兄さま。こちらをすこしも見ていないのはわかっていたわ」

「いまは遊んでやる気分ではないんだ、ダイアナ。いい子にして、みなに挨拶してこい」

「あの方はいらっしゃらないわよ、お兄さま」

「来ないのか？」あわてたような声が出た。

ダイアナはますますおかしそうに笑い出した。「プリンセス・クリスティーナはまだいらしてないってこと。昨日、プリンセスとお会いしたの、とてもうれしかったわ」

「どこで会った？」ライアンは尋ねた。思ったより、鋭い口調になってしまった。

ダイアナは平然としている。「お茶にいらしたの。もちろん、お母さまはいらっしゃらなかった。ちなみにお兄さまもね。まさか、お茶にご招待しろといったのをお忘れになったの？」

ライアンは首を振った。「邪魔をするのはよそうと思ったんだ」と嘘をつく。ほんとうは約束を忘れていたのだが、自分の非をクリスティーナのせいにすることにした。彼女に結婚を申しこまれてからというもの、ほかのことはなにひとつ考えられなくなっていた。

ダイアナは不思議そうに兄を見つめた。「約束を忘れるなんて、お兄さまらしくないわね」

ライアンが黙っていると、話をつづけた。「とにかく、プリンセスとお会いできて楽しかったわ。すてきな方だった。お兄さま、運命ってお信じになる？」

「なんだって？」

「変な声を出さないでください」

「運命など知らん」

「お兄さまったら、声が大きいわよ。みなさんが心配そうにこちらを見ていらっしゃるじゃないの。ほら、笑って。わたしは運命を信じます」

「やっぱりな」

「そのことが、なぜそんなにお気に召さないの？」ダイアナは尋ねた。兄に答えるいとまも与えずに、話しつづける。「プリンセスって、人間についておもしろいことをおっしゃるの。それでいて、絶対に人を悪くいわない。ほんとうに、上品で可憐《かれん》な方なの。そばにいると、守ってあげたくなるわ。とても優しくて、とても——」

「ガミガミ婆さんもついてきたのか？」ライアンは辛抱しかねて口を挟んだ。クリスティーナの美点をおとなしく聞いていられる気分ではなかった。聞けるものか、まだこんなに腹が立っているのに。

「なんですって？」ダイアナが尋ねた。

「伯爵夫人だ」ライアンは説明した。「伯爵夫人も来たのか？」

ダイアナは笑いをこらえた。「いいえ、いらっしゃらなかった。わたし、プリンセスのおばさまのことを悪くいってしまったの。もちろん、ガミガミ婆さんなんていわなかったし、悪気はなかったのだけれど。プリンセスは、年長の人をそんなふうにいうのは礼儀に反していると、とても優しくたしなめてくださった。それがあまり優しいいいかただったから、なんだかわたしも謙虚な気持ちになったわ、お兄さま。それで、いつのまにか、お母さまがジェイムズお兄さまのことでまだ悲しんでいらっしゃることまで話してしまったの」

「内輪の問題を他人に話すものじゃない」ライアンはいった。「そろそろ行きなさい——」

「プリンセスは、お母さまのことはお兄さまにも責任があると——」

「なんだと？」

「口を挟まずに、最後までお聞きになって。プリンセスは妙なことをいっていたわ。ええ、ほんとうに妙なの」

「そうだろうとも」ライアンは答え、長々とため息をついた。

まったく、これは伝染性のものだ。プリンセス・クリスティーナと午後の二、三時間を過ごしただけで、ダイアナもわけのわからないことばかりいうようになってしまった。

「意味はよくわからなかったのだけど、たしかにこうおっしゃったわ――それも、かなり確信がこもっていた――お母さまのことはお兄さまに責任があるから、お母さまが家族の輪に戻れるかどうかはお兄さましだいだって。まさにそうおっしゃったの」

ダイアナは、兄の表情から、彼も自分と同じくらい当惑しているのを見てとった。「ほんとうよ、お兄さま、まるで暗記している法則を繰り返しているようにすらすらとおっしゃった。プリンセスにおばかさんだと思われたくなかったから、どういう意味か尋ねなかったの。ほんとうはさっぱりわからなかったのだけど。プリンセスは、あたりまえのことを話しているような感じだったわ……」

「彼女のいうことなすこと、すべてわからない」ライアンはいった。「ダイアナ、レイノルズ卿のそばへ戻りなさい。おまえをみなに紹介してくれるはずだ。おれはここの主人と話をしてくる」

「レディ・セシルが来てるわよ、お兄さま」ダイアナが声をひそめていった。「すぐにわかるわ。はしたないくらい真っ赤なドレスを着ているから」

「はしたないくらい真っ赤、か」妹のおかしな口ぶりに、ライアンは笑った。

「あの人とはもう手を切ったのでしょう？　お兄さまがあんなに評判の悪い人とつきあっていたのを知ったら、プリンセス・クリスティーナはいやがるでしょうね」

「もうセシルとは別れた」ライアンはぼそりといった。「なぜおまえがそれを――」

「わたしだってゴシップに興味があるわ、だれだってそうでしょう」ダイアナは正直にいい、顔を赤らめた。「ひとりでへそを曲げてるといいわ。お小言はあとで聞きます」身を翻して歩きかけたが、ふと足をとめた。「お兄さま。今夜、ローン伯爵はいらっしゃるの？」

ライアンは、妹の声に一途な思いを聞き取った。「ローンが来ようが来まいが、おまえには関係ないだろう、ダイアナ。あいつは年上すぎる」

「年上すぎる？　お兄さま、あの方はお兄さまと同じ年よ。たった九歳しか離れていないわ」

「口答えはよせ、ダイアナ」

ダイアナは生意気にもふくれっつらになったものの、いわれたとおりに口を閉じた。ようやくダイアナが行ってしまうと、ライアンは玄関の間にある階段の手すりにもたれ、クリスティーナを待った。

しばらくして、ようやくクリスティーナが到着した。彼女がハント夫人とおばに挟まれて広間へ入っていったと同時に、レディ・セシルがライアンの腕に触れた。

「またお目にかかれてうれしいわ、あなた」

ライアンは大声をあげたかった。ゆっくりと振り向き、以前の愛人と対面する。

いったい、この女のどこがよいと思ったのだろう？　セシルとクリスティーナでは、あきれるほどちがう。ライアンはあとずさりしたくなった。

セシルは背が高く、堂々としているといえなくもないが、おそろしく下品だった。濃い茶色の髪を頭のてっぺんで高く結いあげている。頬は、突き出たふくよかな唇と同じ、ピンクに彩られていた。

クリスティーナは唇を突き出したりしない。媚《こ》びたりもしない。セシルへの嫌悪に、口のなかが酸っぱくなってきた。セシルはしきりに流し目を送ってくる。わざとらしく目を伏せた。

「おいでくださいと、何度もお手紙をさしあげたのよ、ライアン」彼の腕をつかんだ手に力をこめてささやいた。「ご一緒したあの夜から、耐えがたいほど長い月日がたったわ。さびしかった」

ありがたいことに、それまでライアンと話をしていた客たちはいなくなっていた。ライアンは、ゆっくりとセシルの手をのけた。「とうに話はついたはずだ、セシル。もう終わったんだ。それを受け入れて、別の男を探せ」

セシルは、ライアンの厳しい口調に気づかないふりをした。「本心ではないはずよ、ライアン。あたくしたち、あんなにぴったりだったじゃないの。あなたは意地を張っているだけ」

ライアンは、セシルのことを頭から追い払った。この女に腹を立てても無駄だ。そう、怒りはすべてプリンセス・クリスティーナに取っておかねば。ライアンはセシルに背を向け、これから拒絶するつもりの女の姿を捜し、すぐに見つけた。クリスティーナはハント卿のとなりで、卿にかわいらしく笑顔を向けていた。今夜の彼女は、申し分なくきれいだ。ドレスは青い氷の色。襟ぐりが深く、クリームのようになめらかでふっくらとした胸元が大きくのぞいている。セシルのドレスほど下品ではないとはいえ、ライアンには気に入らなかった。ハントがいやらしくクリスティーナの胸を盗み見ている。殺してやろうか。

パーティには大勢の男性客が来ていた。ライアンはサロンを見わたし、クリスティーナに露骨な視線を向けている男たちをにらみつけた。筋の通らないことをしているのはわかっている。クリスティーナと結婚する気がないのに、ほかの男に渡したくないとは。まったく筋が通らない。むろん、クリスティーナのせいだ。彼女のせいでおかしくなってしまった。

セシルは、そんなライアンを部屋の端から見つめていた。ライアンがプリンセスに夢中になっていることを悟るのに長くはかからなかった。腹立たしい。ほかの女とライアンを競い合うつもりはない。彼との結婚をだれにも邪魔させるものか。ライアンは強情だけれど、この美貌をもってすれば、最後にはうまくいく。いつもそうだ。そう、あからさまに迫らなければ、ライアンは戻ってくる。

ライアンがあの美しいプリンセスを眺めるまなざしを見れば、すばやく行動に移ったほうがよさそうだ。あのプリンセスは波乱の元。できるだけ早いうちに話をつけなければ。

だが、セシルが正式にクリスティーナを紹介されるまで、それからたっぷり一時間はかかった。そのあいだセシルは、ライアンがクリスティーナに熱をあげているという話を何度も聞いた。それどころか、結婚を申しこむのではないかという憶測まで耳にした。セシルのあせりは憤りへ変わった。事態は思ったよりずっと深刻らしい。

セシルは好機をうかがった。ようやくクリスティーナがひとりになると、セシルは彼女の腕をつつき、ふたりきりで大事な話をしたいと書斎へ誘った。

なにも知らないプリンセスは、不思議そうな顔をした。セシルはできるだけ優しそうにほほえんだ。頬がゆるむ。もうすぐ、この愚かな小娘を脅して、こっちのいいなりにしてやるのだ。

書斎はメインフロアの奥にあった。ふたりは廊下から書斎へ入った。

幅の広い机とはすかいに、背の高い椅子が三脚、置いてあった。クリスティーナはそのうち一脚に腰をおろし、両手をそろえて膝に置くと、話を待ち受けるように笑顔でセシルを見あげた。

セシルは椅子に座らなかった。敵を見おろすほうが有利だ。

「お話とはなんでしょう?」穏やかな声でクリスティーナが尋ねた。

「ライアンウッド侯爵のことよ」セシルはいった。いまや、声から優しさが消え失せている。「ライアンはあたくしのものなの、プリンセス。彼に手を出さないでちょうだい」

ちょうどそのとき、ライアンが書斎の脇のドアをあけ、セシルの言葉を聞きつけた。彼がここへ来たのは偶然ではなく、たまたま厨房から書斎へ通じるドアをあけたわけでもなかった。

ライアンは、以前この書斎でハント卿と会ったことがあり、二カ所ドアがあるのを覚えていた。今日はクリスティーナが到着したときから、ずっと目で追っていた。セシルが彼女の腕を取って廊下を歩いていくのを見て、あとをつけてきたのだ。

クリスティーナもセシルもライアンに気づいていない。ライアンは、盗み聞きは失礼だと承知のうえで、この際やむをえないと考えた。セシルの腕前はわかっている。おとなしい仔羊をなぶることくらい、わけないだろう。かよわいクリスティーナには、セシルのように狡猾で意地の悪い女にはたちうちできまい。とにかくクリスティーナを守らねば。美しい彼女は素直すぎる。

「では、ライアンはあなたに求婚したのですね？」出し抜けにクリスティーナが尋ねた。

「いいえ」セシルがとげとげしく答えた。「そんなふうに、なにも知らないふりをしてこっちを見るのはやめてちょうだい。知っているのでしょ、まだライアンがあたくしに結婚を申しこんでいないのは。でも、そのうち申しこんでくるわ」とせせら笑う。「あたくしたち、とっても親しいお友達なの。どういうことかわかるわね？　ほとんど毎晩、ライアンはあたくしのベッドに来るの。それがどういう意味かわかる？」意地の悪い口調で尋ねた。

「ええ、わかります」とクリスティーナ。「あなたはライアンの愛人なのね」

セシルが息を呑んだ。胸の前で腕を組み、獲物を見おろす。「あたくしは彼と結婚するの」

「それは無理だと思います、レディ・セシル。お話というのはそれだけですか？　それに、そんなに声を張りあげなくても結構です。ちゃんと聞こえていますから」

「まだわかっていないようね。あんたってばかなのか、そうでなければよっぽどのすれっからしだわ。あたくしの邪魔をするのなら、あんたをめちゃくちゃにしてやる」

ライアンは面食らっていた。セシルがクリスティーナを侮辱しはじめたとき、とめようかと考えたが、クリスティーナの表情を見て思いとどまった。

クリスティーナは、なにをいわれてもまったく動じていないようだった。それどころか笑みを浮かべてセシルを見あげ、のんびりした口調で尋ねた。「どんなふうにめちゃくちゃにするのかしら？」

「あんたを中傷するのよ。事実か嘘かなんてどうでもいいの」セシルはまくしたてた。「そうよ。あんたが何人もの男と寝ていると触れまわってやる。そうしたら、あんたの評判はぼろぼろになるわね。ライアンのことはあきらめなさい、クリスティーナ。どうせ、彼もあんたなんかにはすぐに飽きる。その容姿もあたくしの前ではかすんで見えるわ。ライアンはかならずあたくしのもとへ戻ってくる。この美貌のとりこなんだもの。いますぐ、彼に興味はないと伝えなさい。それから、完全に無視するの。そうでなければ――」

「どうぞお好きなように」とクリスティーナがいった。「この国の方々になんと思われようが、いっこうにかまいませんから」

楽しげなその口調に、セシルは血相を変えた。「なんてばかな女なの」とどなる。

「そんなに取り乱さないでください、レディ・セシル。お顔が台なしですよ。ほら、まだらになっているわ」

「よくも……よくも……」セシルは気を落ち着けようと深呼吸した。「よくもそんな嘘をいえるわね。人にどう思われてもかまわないなんて嘘よ。それに、きっと伯爵夫人も恥をかくわよ、まちがいない。あんたほどばかじゃないでしょうからね。あら、ようやくちゃんと話を聞く気になったようね。ええ、噂を流せば、伯爵夫人の名前も傷つくわ」

クリスティーナは椅子の上で背筋を伸ばした。怖い顔でセシルを見あげる。「あなたの流す噂で、おばが恥をかくとおっしゃるの？」

「あら、どこまでばかなの。あたりまえでしょう。噂が流れれば、伯爵夫人は人前に出られなくなるわよ。見てなさい」

セシルは勝利のにおいを嗅ぎ取った。クリスティーナに背中を向けると、彼女のまわりをまわりながら、どんなに汚い嘘を広めてやるか、得々と語りはじめた。

ライアンはこれだけ聞けば充分だと思った。ただちに書斎へ入ってセシルの卑劣なたくらみを阻止すべく、ふたりから目を離してドアを大きくあけようとした。

おれの天使を蛇から救ってやらなければ。

クリスティーナの動きはよほどすばやかったにちがいない。ライアンが目を離したのはせいぜい一、二秒だったが、向き直ったとたん、思いがけない光景を見て動けなくなった。

ライアンは自分の目を疑った。クリスティーナがセシルを壁に押しつけている。セシルは抵抗の声さえあげていない。声が出ないのだ。クリスティーナの左手が、セシルの首をがっちりとつかみ、動けないようにしていた。セシルの目玉が突き出てきた。クリスティーナはセシルを絞め殺すつもりなのか。

セシルはクリスティーナより二十ポンドは重い。それに身長もはるかに高い。それでも、クリスティーナはアクセサリーを品定めしているかのように、セシルを軽々と支えている。ライアンが守ってやるはずだった天使は、左手だけでセシルを押さえつけている。右手にはナイフ。刃先がセシルの頬に当たっている。

獲物が勝者になったのだ。

クリスティーナはじわじわとセシルの首を絞め、ナイフの切っ先を見せた。「わたしの一族が、嘘つきのうぬぼれやをどうするかご存じ？」と、低くささやく。「顔じゅうにそのしるしを刻みこむのよ、セシル」

セシルはすすり泣きを始めた。クリスティーナは切っ先でセシルの肌を軽く刺した。血が一滴、頬に現れた。クリスティーナが満足げにうなずく。いままでは、セシルがクリスティーナのいいなりだった。生きた心地もない様子。「あなたが一度でも嘘をつけば、かならずわたしの耳に入ります。そうなったら、セシル、あなたがどこにいようと捜し出す。この街には隠れられるような岩もなければ、あなたを守れるような男もいない。夜、あなたが眠っているときに会いにいくわ。目をあけた瞬間に、ふたたびこの刃が見えるはず。ええ、かならず行きます。そしてそのときは」クリスティーナは言葉を切り、セシルの頬を刃の側面でことさらゆっくりとなでた。「あなたの肌を切り裂いてリボンにしましょう。よろしいかしら？」

クリスティーナは、セシルが息を吸ってうなずくあいだだけ、左手の力をゆるめた。それからふたたびセシルを壁に押さえつけた。「伯爵夫人はわたしの家族です。だれにも手出しはさせません。それに、わたしがこんなふうにあなたを脅したといいふらしても、だれひとり信じませんからね。さあ、もうお帰りなさい。失礼ながら申しあげますけれど、ひどいお顔になっていますよ」

そういいすて、クリスティーナは卑劣な女から手を離した。

レディ・セシルには、ひとかけらの威厳も残っていなかった。涙でドレスがぐっしょり濡れている。クリスティーナの脅しを、一言一句、本気にしたらしい。

なんて愚かな人。クリスティーナは、いかめしい顔つきを崩さないようにするのに苦労した。笑いたくてたまらなかった。もちろん、笑うわけにはいかない。しばらくおびえたセシルを見つめていると、気の毒になってきた。セシルは身動きもできないようだった。クリスティーナはいった。「早くお行きなさい」

セシルはうなずいた。そろそろとあとずさりながらドアへ向かう。震える手で、ごつごつした膝があらわになるほどスカートを持ちあげると、荒っぽくドアをあけ、悪魔に追われているかのようなスピードで逃げていった。

クリスティーナは、うんざりした気分で長いため息をついた。ふくらはぎにつけた鞘《さや》にナイフをおさめてドレスの皺を伸ばし、優美な手つきで髪をなでつけた。「ほんとうに愚かな人」とひとりごち、部屋を出た。

ライアンは腰をおろしたくてたまらなかった。クリスティーナの姿が見えなくなるまで待ち、部屋に入ってハント卿の机に手を突いた。机の脇にあるワゴンのウイスキーをグラスにそそごうとしたが、すぐにあきらめた。大笑いしているせいで、こぼしそうだったからだ。

クリスティーナがほかの女と同じだとは、見当ちがいもいいところだ。それに、彼女はフランスで育ったわけでもないらしい。ライアンはかぶりを振った。かよわそうに見せかけておいて……いや、こちらが勝手にそう決めつけただけか。そう決めつけるのもしかたがない。クリスティーナはいかにも女らしく華奢《きゃしゃ》で、さも無邪気な顔をして……それが、脚にナイフをつけているとは。

あのナイフは、ベイカー卿のパーティでライアンが拾ったもの、つまりローンにけがを負わせたものとそっくりだった。クリスティーナは、どこまで狡猾な嘘つきなのだろう。ライアンは、だれがナイフを投げたのかと振り向いたときのことを思い出した。クリスティーナはひどくおびえているように見えた。そのうえ、振り返って背後の様子をうかがうふりまでした。暗がりにだれかがひそんでいると思いこんだライアンに合わせたのだ。そのあと、ライアンが老紳士たちにつかまっているあいだに、すばやくナイフを取り戻したにちがいない。

いまや、ライアンの勘は冴えわたっていた。ふたたび怒りがふつふつと湧いてきた。クリスティーナは、強盗事件の夜、怖さのあまり失神するかもしれないと思った、といっていなかったか？

彼女がローンのけがを手当しにいったのも当然だ。罪悪感からそうしたのだ。

ライアンはもう笑っていなかった。いますぐクリスティーナを絞めあげてやりたかった。

「嘘をつけない、だと？」ライアンはつぶやいた。そうだ、彼女はこちらの目をまっすぐ見つめながらそういった。嘘が苦手……そう、そんなふうにもいった。

絞めあげてやる。だがその前に、尋ねたいことがたっぷりある……あのこざかしい女戦士に説明してもらわなければならないことが山ほどある。

ライアンは空のグラスをトレイに乱暴に置き、クリスティーナを捜しにいった。

「楽しんでいるか？」

クリスティーナは傍目にもわかるほどぎくりとした。さっと振り向き、ライアンを見据えた。「いままでどこにいたの？」と、探るような声で尋ねた。それから、ライアンのうしろ、書斎のドアにちらりと目をやった。

ライアンには、クリスティーナの考えていることがはっきりとわかった。クリスティーナは心配そうな顔をしている。ライアンは、なんとか冷静なふりをした。「書斎だ」

「いいえ、わたしはいままで書斎にいました。あなたはいなかったわ」

ライアンは、嘘つきはそっちだ、と口走りそうになったが、かろうじて思いとどまった。

「いいや、おれも書斎にいた」

その言葉に、クリスティーナは驚いた。「ほかにもだれかいたのかしら？」と、ちょっと興味があるだけだといわんばかりの口調で尋ねた。

ライアンは、彼女に試されているのだと考えた。

「あの、書斎でわたしのほかにだれかを見かけたのかと思って」

ライアンはゆっくりとうなずいた。クリスティーナは、この人はまるでいたずらな悪魔だと思った。彼のいでたちも悪魔めいている。クラヴァットはもちろん白だが、それ以外は黒で正装していた。よく似合っている。その美しい姿に、クリスティーナの心は乱れた。

　クリスティーナは、ライアンはなにも見ていないし、聞いてもいないはずだと決めこんだ。ライアンは、とても穏やかなまなざしでこちらを見おろしている。だいじょうぶ。すこしも驚いた様子はない。でも、書斎にいたなどと嘘をつくのはなぜ？　きっと、レディ・セシルと書斎へ入るところを見たのだ。そして、気の毒に、愛人が自分にとって不都合なことを話したのではないかと気を揉《も》んでいる。そう、こちらがなにかいうのを待っている。

　それで一応は説明がつく。けれど、そのとおりかどうか、確かめなければならない。クリスティーナは、目を伏せてライアンの胴着を見つめた。そして、つとめてさりげない調子で尋ねた。「ひょっとして、わたしがレディ・セシルと話していたのを上聞きしたのね？」

「それをいうなら立ち聞きだ、クリスティーナ、上聞きじゃない」

　ライアンの声はこわばっていた。クリスティーナは、彼が笑いをこらえているのだと思った。おかしいのは質問そのものか、それともいいまちがいだろうか。けれども、ライアンが嘘をついた理由が気になって、腹は立たなかった。「教えてくださってありがとう。そうね、立ち聞きだわ、思い出しました」

　一方、ライアンは、クリスティーナが手を揉みしぼりはじめてもおかしくないと感じていた。明らかに彼女はあわてている。その証拠に、たったいまフランス語を使った。うっかりフランス語を話していることに気づいてもいない。

彼女に合わせて、フランス語で返事をすることにした。「いつでもよろこんで教えてあげよう」

クリスティーナは気づかない。「立ち聞きはしなかったのね？」

「もちろんじゃないか。立ち聞きなどするはずがないだろう」

クリスティーナは、安堵《あんど》を隠した。

「おれはけっしてきみには嘘をつかない。つねに嘘をつかず、正直でいてくれるから。そうだろう？」

「ええ」クリスティーナは答え、ちょっと笑ってみせた。「正直でなければ、一緒にいられないもの。おわかりでしょうけれど」

ライアンは、クリスティーナの首を絞めてやりたい衝動に駆られたが、体のうしろで両手を握りしめてなんとかこらえた。クリスティーナはすっかり落ち着き、自信を取り戻したらしい。ライアンは尋ねた。「正直であることの大切さは、サマートン夫妻から学んだのか？」

「だれですって？」

我慢に我慢を重ねる。「サマートン夫妻だ」憤りを抑えながら繰り返した。「忘れたのか、きみの育ての親を」

クリスティーナは、ライアンの目をまともに見ることもできずに返答した。彼に嘘をつくのがすこしつらくなってきた。「ええ、たしかに、つとめて嘘をつかないようにしなさいと教えてくださったのはサマートン夫妻です。もともと、わたしも嘘がつけないのだけれど。作り話は苦手なので」

紋め殺してやる、とライアンは思った。

「ところで、さっきレディ・セシルと書斎にいたそうだが」

クリスティーナは、やはり自分の読みは正しかったのだと考えた。ライアンは、セシルがなにをいったのかを気にしている。クリスティーナがセシルと書斎に入っていくのを見たのだ。それなら、不安を取り除いてあげよう。「ええ。レディ・セシルは感じのよい方ね。あなたのことも、ずいぶんほめていました」

いや、紋め殺すのはやめだ、とライアンは思った。まずはたたいてお仕置きだ。「それはうれしい」と、そよ風のように穏やかな声でいう。無理やりそんな声を出したので、喉が詰まった。「セシルはなんといっていた？」

「まあ、いろいろです」

「いろいろとは、具体的には？」ライアンはしつこく尋ねた。先ほどから両手をクリスティーナの肩にかけていたが、そうでもしなければ、なぜほんとうのことをいわないのかと彼女を揺さぶってしまいそうだった。

「ええと、わたしたちがお似合いだとか」

クリスティーナは、またライアンの胴着を見つめていた。この国の人々が概してお人好しなのはありがたいけれど、ライアンになに食わぬ顔で嘘をつく自分がだんだん恥ずかしくなってきた。

「もしかして、セシルも運命だといったのか?」ライアンが尋ねた。

クリスティーナは、彼の声が硬くなったことに気づいていなかった。「いいえ、運命だとはいわなかったわ。でも、それで思い出しました。わたしの申し出について、考えてくださった?」

「考えた」

「あら、なぜフランス語で話しているの? ここはイギリスでしょう。英語で話してください」

「願ってもない申し出だった」ライアンは低くいった。

「まあ」クリスティーナは、肩に置かれた手を振り払おうとした。廊下にはほかにだれもいないけれど、いつ人が出てくるかわからない。「わたしと結ばれてもいいの……つまり、結婚してくださるの?」

「きみと結ばれるのはかまわない。だが、結婚については、あいにくだが断る」

クリスティーナがいいかえす間もなかった。レイノルズ卿が大声でふたりを呼んだからだ。ライアンはクリスティーナの肩から手を離すと、彼女を自分の脇に引き寄せた。逃げられないように、片手で腰を抱く。

「ライアン、捜しまわったぞ。キンブル家のパーティにダイアナを連れていってもよろしいかな? ディナーが終わったら、ここを出るつもりだが」

「もちろんどうぞ」とライアンは答えた。「ダイアナのお目付役をしてくださって、ありがとうございます」

「なんの」レイノルズはいった。「こんばんは、プリンセス・クリスティーナ。お元気そうですね」

「ええ、おかげさまで」とクリスティーナは答えた。お辞儀をしようとしたが、ライアンが手を離してくれない。しかたがないので、ほほえむだけにとどめた。ライアンの返事の意味をようやく呑みこめたばかりだったので、弱々しい笑みを浮かべるのが精一杯だった。

彼と結婚できなくてもかまわないではないか、別の人を捜せばいいのだから、と自分にいいきかせつつも、それが偽りの気持ちであるのはわかっていた。かまわないなんて嘘。ああ、いまにも泣いてしまいそう。

「プリンセス」レイノルズ卿がクリスティーナに呼びかけた。「わたしがあなたをお宅へお送りすることになっているのですよ。おば上はお疲れだとおっしゃって、ひと足先に馬車でお帰りになった。明日から田舎にいらっしゃるそうだね。あなたはこちらに残るつもりだとうかがったが」

「ええ、そのとおりです」クリスティーナは答えた。「おばはご病気のお友達のお見舞いにいくことになっていまして。わたしにはロンドンに残っていてほしいそうなので、この国の美しい田園地帯は、また別の機会に見せていただきますわ」

「そういえば、あなたはついこのあいだ、こちらに着いたのだったね」レイノルズ卿がいった。「まさかひとりきりで一週間過ごすつもりではないでしょう？　土曜日の夜は、わたしの腕をお貸ししようか？　クレストン家の舞踏会には、もちろんいらっしゃるのだろう？　それとも、もうエスコート役は見つかったのですかな？」

「その舞踏会にはまいりません」クリスティーナは出し抜けにきっぱりといった。

「いや、行くとも」ライアンがいい、クリスティーナの腰をぎゅっと抱いた。「約束したじゃないか」

「気が変わったのです。あの、わたしも疲れてしまいました。よろしかったら――」

「おれが送る」ライアンの声は怒りで硬くなっていた。

レイノルズ卿は、ふたりのあいだの緊張を感じとった。どうやら喧嘩《けんか》でもしたらしい。プリンセス・クリスティーナはライアンの腕から逃れようとし、ライアンは絶対に放そうとしないところを見ると、まずまちがいない。ふたりのあいだに飛び散る火花が見えるようだ。

ふたりの仲裁をしつつライアンを助けるつもりで、レイノルズ卿はライアンに尋ねた。「ほんとうに、プリンセス・クリスティーナをお送りしてくれるか？」

「ええ」とライアンはぶっきらぼうに答えた。「何時までにお送りすればよいのですか、レイノルズ卿？　伯爵夫人はなにかいっていましたか？」

「いや、プリンセスもダイアナとわたしと一緒にキンブルのパーティに行くと考えていたようだ。きみには、すくなくとも二時間の猶予がある」レイノルズはにやりと笑っていった。

「わたしがいないみたいに、ふたりでお話を進めないでください」クリスティーナは割りこんだ。「ほんとうに疲れているので、いますぐ――」

「いますぐ帰ろう」ライアンがかわりにいい、息がとまるほどクリスティーナの腰をきつく抱きしめた。

「裏口から出たほうがよかろう」レイノルズ卿は、共謀者めいたささやき声でライアンにいった。「プリンセス・クリスティーナはおば上とお帰りになったといおう。もちろん、きみのかわりにここの主人に挨拶しておく」

「助かります」ライアンは満足そうに笑った。「いうまでもないでしょうが、このことはここだけの話に願いますよ、レイノルズ卿。クリスティーナは嘘をつくのが嫌いなのです。おば上に作り話をせずにすめば、彼女の名誉は傷つきません。そうだろう、クリスティーナ？」

クリスティーナは、眉をひそめてしばらくライアンを見つめた。これ以上、正直だといわれたくなかった。どうにもいたたまれない。ライアンは本気でほめてくれているらしい。

屋敷の裏手へ引っぱっていかれながら、クリスティーナは考えた。いまさらライアンに軽蔑されてもかまうものか。たったいま、結婚の申しこみは断られた。だからもう、彼にどう思われようが関係ない。

今夜を最後に、二度と彼に会うことはないのだから。そう思うと、信じられないことに、涙があふれてきた。「あなたは、またいけないことをしたわ」クリスティーナはライアンの背中に文句をいった。さびしそうな声にならないよう、怒ったようにいった。「こんな悪ふざけ、おばが知ったら怒ります」

「英語で話してくれないか」

「あら」

クリスティーナを馬車に乗せるまで、ライアンは黙っていた。クリスティーナのとなりに座ると、長い脚を前に投げ出した。

ライアンの馬車はパトリシアのものよりはるかに大きく、細部まで洗練されていた。

クリスティーナはそんな馬車でも好きになれなかった。大きかろうが小さかろうが、洗練されていようがいまいが、たいしたちがいはない。「ハイド・パークでよく見かけるような、天井のない馬車は持っていないのですか？　それから、体を押しつけるのはやめてください。もうすこしあちらへ行って」

「天井のない馬車なら持っている。フェイトンというんだ。だが、日が沈んでから使うものじゃない」ライアンはいらいらと説明した。忍耐も限界に近づいてきた。馬車の種類など、どうでもよい話をするのではなく、クリスティーナから真実を聞きたくてたまらなかった。

「変なきまりね」クリスティーナはつぶやいた。「あの、あなたの前でこんなことをいいたくはないけれど、もうお会いすることはないのだから思いきっていいます。わたし、狭くて暗い場所が苦手なの。窓のカーテンをすこしだけあけてください。なんだか息が詰まって」

心細そうな声に、ライアンは驚いた。彼女の震えが脇腹に伝わってきたとたん、怒りは消え失せてしまった。

「これで、わたしに対する武器を渡してしまったわ」

なんのことか、ライアンには見当もつかなかった。それでも、窓から入ってくる月明かりで、クリスティーナの瞳が緊張しているのがわかった。ライアンは、彼女が膝の上で両手を握りしめていることに気づいた。

「ほんとうに怖いんだな」クリスティーナを抱き寄せながらいった。

クリスティーナは、彼の声ににじんだ優しさに打たれた。「そうじゃなくて」とささやく。「ここが、胸が苦しくなるの」ライアンの手を取り、自分の胸に当てた。「心臓がどきどきしているでしょう？」

ライアンは声を出せず、返事ができなかった。彼女に触れただけで目がくらむような思いがした。

「不安をやわらげてあげよう」ふたたび声が出るようになると、ライアンはそうささやいた。身をかがめ、クリスティーナにキスをする。最初はゆっくりと静かに、それから激しく。やがて、クリスティーナが手を伸ばし、指先でライアンの頬をなでた。

ライアンの全身に震えが走った。心臓が激しく鼓動していた。クリスティーナを抱き寄せて尋ねた。「きみは自分の魅力をわかっているのか？　おれがきみをどうしたいのか知っているのだろう、クリスティーナ？」ドレスの胸元に手を差しこみ、柔らかな肌をそっとなでた。

禁断の熱い思いをクリスティーナの耳元でささやく。「これ以上は待てない。きみをおれのものにしたい。裸で哀願させたい。きみを抱きたいんだ。きみもおれがほしいんだろう、クリスティーナ？」

返事を待たず、もう一度深くキスをしようと柔らかい唇を奪った。唇を貪欲に動かし、舌でなかを探る。舌を差しこむたびに奥へ奥へと侵入する。やがてわざと舌を引くと、クリスティーナも求めてきた。

クリスティーナは、いつのまにかライアンの膝に乗って首に抱きついていた。「そんなことをいわないで」抗議はかすれたうめき声でしかなかった。「結婚しないのなら、同じ毛布を分かちあうことはできないのよ」そういって、ライアンの顔を両手で挟み、ふたたびくちづけをした。

馬車の狭さを忘れ、結婚の申しこみを断られたことを忘れ、あらゆる屈託を忘れた。ライアンのキスに、考える力を奪われていた。

もっと触れてほしくて乳房が疼《うず》いた。ライアンの股間に腰をせわしなく悩ましげにこすりつけた。ライアンの濡れた唇が首筋を這《は》い、温かい息とベルベットの舌がじらすように耳たぶを攻める。手の甲が乳首をかすめた。一度、二度、そしてもう一度。クリスティーナの内奥で熱いものが燃えあがった。

ドレスの胸元を押し広げられて乳房があらわになったとき、クリスティーナはライアンをとめようと試みた。「だめよ――」

「おれにまかせろ、クリスティーナ」ライアンが欲望にしわがれた声で求めた。さらに抵抗する間もなく、ライアンの唇が乳房をとらえた。とたんにクリスティーナは無力になり屈服し、あらがうのをやめた。

「すばらしい味わいだ」ライアンがささやいた。「ああ、なんと柔らかい」舌で片方の乳首をめてながら、もう片方の乳房を手でさする。クリスティーナはきつく目をつぶり、彼にしがみついた。ライアンが乳首を口に含んで吸いはじめると、小さなあえぎ声が漏れた。じれったくてたまらず、ふたたびライアンに腰を押しつけた。ライアンはうめき、そんなふうに応えてくれてうれしいといった。

この甘美な責め苦が永遠に終わらなければよいのに。

だが、クリスティーナの純潔は馭者《ぎょしゃ》によって守られた。ぼうっとした意識のなかに、目的地に到着したという馭者の大声がいきなり入ってきた。クリスティーナは張りつめた声をあげた。「ああ、もう着いてしまった！」

ライアンは、すぐには冷静になれなかった。しばらくして、ようやくクリスティーナの言葉の意味を理解した。呼吸が乱れ、耳障りな音をたてている。クッションにもたれて深呼吸し、懸命に落ち着きを取り戻したように見せようとした。

クリスティーナはドレスの胸元を引っぱりあげて乳房を隠し、ライアンのとなりに座り直した。片手をライアンの太腿に置く。ライアンは刺されたかのようにびくりとし、クリスティーナの手を押しのけた。「怒ったの？」とクリスティーナは小声で尋ねた。

ライアンは目を閉じていた。けれど、頰の外側がぴくぴくと動いていたので、クリスティーナは彼がほんとうに怒っていると思いこんだ。体の震えをとめようと、膝の上で両手を握り合わせた。「どうか怒らないで」

「頼む、クリスティーナ。頭を冷やす時間をくれ」ライアンはぴしゃりといった。

クリスティーナは恥ずかしさのあまりうつむいた。「ごめんなさい。あんなに激しいキスをするつもりではなかったの。でも、あなたのキスでなにも考えられなくなって、なにもかも忘れてしまった」

「悪いのはおれだ、きみじゃない」ライアンはぶっきらぼうに遠回しの謝罪を口にした。それから、やっと目をあけてクリスティーナを見おろした。ああ、こんなにしょげかえって。ライアンはもう一度彼女に腕をまわそうとしたが、クリスティーナはすばやく座席の端に逃げた。

「心配は無用だ」こちらを見あげているクリスティーナに、なんとかほほえみかけた。「部屋に入れてくれるか？」

クリスティーナは首を振り、小声で答えた。「いいえ、おばはすぐに目を覚ましてしまうの。見つかってしまうわ」

ライアンは彼女のそばを離れたくなかった。まだ離れたくない……こんなふうには。クリスティーナがほんとうに恥ずかしそうにしているのを見ると、ひどくうしろめたかった。もし彼女が泣き出したら、どうやってなぐさめればよいものか。

「くそ」ライアンはつぶやいた。クリスティーナに触れると、決まって自分はおかしくなる。なぐさめたりしようものなら、かえって泣かせてしまうことになりかねない。

ライアンは馬車のドアをあけ、クリスティーナが降りるのに手を貸した。「次はいつ会える？」そう尋ねたが、揉み合っているせいで聞こえなかったらしい。クリスティーナはライアンの手を振りほどこうとし、ライアンは彼女を抱きしめようとしていた。「クリスティーナ、次はいつ会える?」

クリスティーナは、ライアンが放してくれるまで返事をする気はなかった。

ライアンは、返事をもらえるまで放すつもりはなかった。クリスティーナにぐいぐい胸を押されながらいった。「朝までここにいてもいいんだぞ」

突然、クリスティーナがライアンの首にしがみついた。「わたしがいけなかったのよ。結婚をお願いしてはいけなかった。ほんとうに身勝手なことをしてしまった」

ライアンはその言葉に驚き、手を離した。クリスティーナは悲しい顔を見せないようにうつむいていたが、声の震えをとめることはできなかった。「どうか許して」

「いっておきたいことがある」ライアンはささやいた。もう一度、クリスティーナを抱きしめようとしたが、すばやく逃げられた。「結婚すれば人は変わる。おれは、きみだから断ったわけじゃない、クリスティーナ――」

クリスティーナはかぶりを振った。「それ以上はいわないで。ひょっとしたらこの先、あなたはわたしを愛してくれたかもしれない。けれどそうなったら、わたしが故郷へ帰る日が来たときに、あなたにつらい思いをさせてしまう。だからわたしは別の人を、愛情を持てない人を選んだほうがいいの」

「クリスティーナ、きみの故郷はここだ。どこにも行くな」ライアンはいった。「このままここで――」

「あなたもローン伯爵と同じね、そうでしょう?」

ライアンには質問の意味がわからなかった。クリスティーナはタウンハウスの階段を駆けのぼっていく。クリスティーナが振り向いて自分のほうを見た瞬間、ライアンは彼女が取り乱していたことを悟った。彼女の頰を涙がつたっていた。「でも、ローン伯爵が盗むのはたかが宝石。あなたの罪はもっと重い。気を許したら、あなたはわたしの心を盗んでしまう。けれど、そんなことはさせるわけにいかないの。さようなら、ライアン。もう二度と会いません」

別れの言葉を告げると、クリスティーナはタウンハウスのなかに入った。ドアがそっと閉まった。

ライアンは階段にひとり残された。「おれを忘れられるものか」とどなった。

腹が立ってしかたがなかった。いまの自分はイギリス一、むしゃくしゃしている男にちがいない。いったいなぜ、あんなややこしい女と関わり合いになろうとしたのだろう？

わたしを愛してくれたかもしれない、などとよくもいえたものだ。

だが、真実はこうだ。ああ、とっくに彼女を愛している。

そう認めるのはいうまでもなくいまいましかった。ライアンは馬車のドアをむしりとるようにあけて乗りこんだ。馭者に自宅へ向かうようにどなり、クリスティーナに近づくべきではない理由を考えはじめた。

彼女はとんでもない嘘つきである。

そして自分は嘘つきが嫌いだ。

彼女が何人の男を泣かせてきたことか、知れたものではない。

運命……こんな言葉は大嫌いだ。

タウンハウスに帰り着いたときには、いくら理由を挙げても無駄だとあきらめていた。望もうが望むまいが、クリスティーナに夢中なのだから。

8

一七九五年九月三日の日記

ミララは祖国を離れたがりませんでした。家族を置き去りにしたくないというのです。その気持ちはわかるけれど、わたしは彼女のことが心配だった。ミララはできるかぎり用心すると約束してくれました。エドワードが国王の座を追われるか亡命するまで、山中に隠れ、家族に守ってもらうことになりました。わたしは自分の宝石をすべてミララに渡しました。宝石といっても、エドワードから見れば取るに足らないものだったけれど。別れのとき、わたしたちは泣きました。二度と会うことはないと予期しているほんとうの姉妹のように。

ええ、ミララはわたしの妹だった。魂と心の妹。わたしにはなんでも話せる人がいなかったでしょう。実の姉のパトリシアさえ信用できなかったもの。あなたも気をつけなさい。大きくなって、まだパトリシアが生きていたら、会うことになるでしょうけれど、くれぐれも用心なさい。パトリシアを信用してはなりません、クリスティーナ。彼女は人をだますのが好き。他人の苦しみを食べて生きているの。そう、パトリシアがエドワードと結婚すべきだった。このうえなく気が合ったはず。ふたりは似た者同士でしたから。

金曜日の午後ずっと、ライアンはロンドンでもとりわけいかがわしい地区にあるブリーク・ブライアンの酒場にいた。もちろん酒を飲むためではなく、得意客の船長や船員から情報を集めるためだ。

このような場所にも、ライアンは気軽に出入りした。上等なライディング・ジャケットにバックスキンのズボンを身につけていても襲われる心配はなかった。だれもが彼を敬遠しているからだ。この界隈の者はみな、彼の評判をよく知っている。ライアンを恐れながらも尊敬し、彼のほうから手招きしないかぎり話しかけてこなかった。

いま、ライアンは壁を背に座っていた。となりに控えているブライアンは元船員で、ナイフを使った喧嘩で片手を失ったのがきっかけで船をおりた。ライアンはこの酒場を買いあげ、過去の誠実な働きの報酬としてブライアンに経営をまかせていた。

ライアンは客のひとりひとりに質問していた。時間がかかっても、相手の船員がもう一杯ただでエールをせしめようと嘘をついても、決して短気を起こさなかった。と、新顔の客がいばった足取りでテーブルに近づいてきて、自分にも一杯おごれと要求した。その大柄な男は、ライアンが質問していた男の首筋をつかんで無造作にどかした。

ブライアンは笑みを浮かべた。いまでも喧嘩は大好きだ。「ライアンウッド侯爵に会うのは初めてか？」と、新顔の船員に尋ねる。

船員は首を振って椅子に座り、エールのピッチャーに手を伸ばした。「そいつがだれだろうが知ったこっちゃないね」とすごむ。「おれの分をもらおう」

ブライアンは楽しげに瞳を輝かせた。ライアンのほうを向いて「自分の分がほしいそうですよ」といった。

ライアンは肩をすくめた。なにを期待されているのかはわかっていた。酒場の全員がこちらを見つめている。自分にも面子《めんつ》というものがあるし、午後を静かに過ごしたければ、このささやかな厄介ごとを始末しなければならない。

船員がピッチャーをテーブルに置くのを待ち、ライアンはブーツのかかとを彼の股間にたたきつけた。

あっというまのできごとで、船員は防御できなかった。苦痛の悲鳴をあげる間も与えず、ライアンは船員の喉をつかんだ。強く握りしめ、うしろへ投げ飛ばす。

ほかの客たちがどっと歓声をあげた。ライアンは見向きもしない。床で苦しげにのたうっている船員を見据えたまま、壁のほうへ椅子を傾けた。

「これがおまえの分だ、ろくでなしめ。さっさと出ていけ。うちはまともな客しか相手にしねえよ」笑い声に混じってブライアンがどなった。

そのとき、おどおどとしたやせっぽちの男がライアンに声をかけた。「旦那、アメリカからの船について情報を集めているそうですね」と口ごもりながらいった。

「座ってくれ、ミック」ブライアンが指示した。「こいつは正直で信用できる男ですよ」ブライアンはミックのほうにあごをしゃくってみせた。

ミックがブライアンと近況報告をかわすあいだ、ライアンは待った。そして、痛めつけてやった船員が出ていき、ドアを閉めるのを見送った。

それからやっと、ここへ来た目的に意識を戻した。

最初からやり直すつもりだった。筋の通った推測にもとづいて自分なりの結論を導くのは得意だ。だが、クリスティーナのこととなると、理屈は通用しない。クリスティーナの話はすべて信用しないことにした。事実とわかっているのは、伯爵夫人がおよそ三カ月前にイギリスへ帰ってきたということだけだった。

船員のだれかがあのガミガミ婆さんのことを覚えているはずだ。あれほど気難しいのだから、なにかにつけて文句ばかりいって目立っていたにちがいない。口うるさい乗客だったに決まっている。

案の定、ミックは伯爵夫人を覚えていた。しかもはっきりと。「カーティス船長ときたら、ひどい仕打ちをしてくれたものですよ。あのカミングズとかいう女の雑用をするくらいなら、げろを片づけたりおまるをあけたりするほうがましです。まったく、あの女には一日じゅうこきつかわれました」

「伯爵夫人に連れはいなかったか？」ライアンは尋ねた。ついに偽りではない情報が得られそうだと興奮していたが、ミックがエールのおかわりをもらおうと話を粉飾するかもしれないので、平静を装った。

「ええ、まあ」

「ええ、まあ？　それじゃあわからん、ミック。はっきりいえ」ブライアンがいった。

「ええと、紳士とほっそりしたきれいな娘と一緒に乗船してきたんです。その娘の顔はちらっとしか見てません。いつもケープの頭巾をかぶっていたんです。でも、婆さんに船室へ押しこまれる前に、まっすぐおれを見てにっこりしました。ええ、ほんとうに笑ったんです」

「瞳の色は見えたか？」ライアンは尋ねた。

「ブルーでした。海原のようなブルー」

「伯爵夫人と一緒にいた男のことで、なにか覚えていることがあれば教えてくれ」ライアンは命じた。ミックのグラスに二杯目をつぐよう、ブライアンに目顔で指示した。

「家族ではありませんでした」ミックはエールをひとくちあおってから答えた。「宣教師だといってました。フランス人のようでしたが、植民地の外の荒野で暮らしていたそうです。親戚に会うためにフランスへ帰るとのことでした。フランス人だろうが、いいやつでしたよ。あのきれいな娘をちゃんと守っている感じがしました。年の頃は娘の父親くらいで――ほんとうの娘みたいに接してましたよ。カミングズって女はたいてい船室にこもってましたけど、その宣教師は娘と一緒によく甲板を散歩してました」

ミックはひと息つき、手の甲で口元をぬぐった。「婆さんは変わり者でしたね。連れのふたりと関わらないようにしてました。しかも、船室のドアの内側にもう一本鎖をつけろというんですよ。カーティス船長が、船員はあなたには指一本触れないといいきかせたんですがね。はっきりいって、こっちはあんな婆さんなんか見るのもいやでしたよ。おれたちになにかされると思うなんて、まったくばかばかしい。だけどしばらくして、婆さんが鎖をつけろといったわけがわかりました。いや、ほんとうです。あのきれいな娘が入ってこられないように、ドアに鍵をかけていたんです。婆さんに怖がられているからといって悲しまないようにと、宣教師があの娘をなぐさめているのを仲間が立ち聞きしたんですよ。びっくりでしょう?」

ライアンはミックにほほえみかけた。その笑顔ひとつで調子づき、ミックは話をつづけた。「だけど、たいした娘でしたよ。ルーイを海に投げ捨てたんですからね。肩にかついで、ひょいとね、投げたんですよ。信じられませんでした――そりゃもう、自分の目を疑いましたよ。まあ、ルーイが悪かったんですけれどね。あの娘にうしろからこっそり近づいて抱きついたんです。そういえば、あのとき髪の色が見えました。すごく淡い黄色。四六時中、午後の暑いときでも頭巾をかぶっていました。あれじゃあひどく暑苦しかったはずです」

「男をかついで投げ飛ばしただと?」ブライアンが訊き返した。ライアンの邪魔をしてはならないのはわかっていたが、ミックがふと漏らした話が意外で黙っていられなかった。「頭巾のことはもういいから、その娘の話をしてくれ」

「そうだな、ルーイにとっては風が強くなかったのが幸いでしたね。おれたちも、たいして腰を痛めずにやつを引きあげることができた。このすごい一件のあと、あいつは娘のそばにも寄らなかった。もっとも、ほかの船員もそうだったがね」

「カーティス船長がロンドンに帰ってくるのはいつだ？」ライアンは尋ねた。

「せいぜい二カ月後には」ミックは答えた。「宣教師にも話を聞きたいですか？」

「そうだな」ライアンはどうでもよさそうな表情のままいった。ほとんど退屈そうな声を出した。

「もうすぐロンドンへ来ます。フランスにいるのはしばらくのあいだだけで、あのきれいな娘に会いにロンドンに寄って、それからアメリカへ戻るといってました。あの娘をそれは大事そうにしてましたよ。心配もしてたな。そりゃそうでしょう。連れがあの……」

「ガミガミ婆さんだからか？」ライアンはかわりにいった。

「そう、まさにガミガミ婆さんですよ」ミックは忍び笑いを漏らした。

「宣教師の名前は覚えているか、ミック？　名前を教えてくれたら、特別に一ポンドやろう」

「舌の先まで出かかってるんですがね」ミックはじっと顔をしかめた。「思い出したらいいにくるよ、ブライアン。それまで金は預かっておいてくれ」

「仲間に訊いてこい」ブライアンはいった。「だれかが宣教師の名前を覚えているだろうさ」

ミックはほうびがほしくて、あわてて酒場を飛び出して仲間の船員を捜しにいった。

ふたたびライアンとふたりになると、ブライアンは尋ねた。「これは国の仕事ですか？」

「いや」ライアンは答えた。「個人的なことだ」

「その娘ですね？　おれにはとぼけないでくださいよ。おれだってもうすこし若かったら、その娘に興味を持っていましたよ」

ライアンはほほえんだ。「会ったこともないのに？」

「会わなくてもわかります。ミックがいうには、青い目に金髪のほっそりした娘。まさにおれ好みの美人らしい。だけど、それだけでその娘の尻を追いまわしたくなるだろうといってるんじゃないんです。ルーイに会ったことがおありで？」

「いや」

「やつはおれと同じくらいの大男だが、体重は何ストーンか重いんです。あいつを海に投げこむことのできるご婦人なんて、とびきりおもしろいに決まってます。いやあ、この目で見たかった。おれはルーイが好きになれなくてね。あいつはひどくにおうんです。体だけじゃなく、心も腐ってる。ちくしょう、あいつが海にたたきこまれるのをこの目で見たかった」

そのあと、ライアンはしばらくブライアンと雑談し、帰ろうと立ちあがった。「なにかわかったら、すぐに連絡してくれ、ブライアン」

ブライアンは歩道の縁までライアンを見送りに出てきた。「ローン伯爵はお元気ですか？」と尋ねる。「あいかわらず、お戯《たわむ》れに熱をあげておいでですかね？」

「そのようだ」ライアンはものうげに答えた。「それで思い出した、ブライアン。再来週の金曜日、裏の部屋をあけておいてくれるか？　ローンとカードゲームをやる。詳しいことは追って連絡する」

ブライアンはライアンに探るような目を向けた。ライアンはいった。「おまえはいつもおれの思惑を読もうとするのだな、ブライアン」

「おれはいつも考えが顔に出てしまう」ブライアンはにやりと笑って答えた。「だから、旦那のような仕事はできないんですよ」

ブライアンはライアンのために馬車のドアをあけ、閉まらないように押さえた。ライアンがドアを閉めるのを待ち、大きな声でいつもの別れの挨拶を告げた。「お気をつけて」間髪を容《い》れず、さらに警告を発した。「心を盗まれないように気をつけてくださいよ。美人に海へ放りこまれないように」

ライアンにいわせれば、その警告はいささか遅すぎた。クリスティーナには不意をつかれた。一生、二度と女には深入りしないと、ずいぶん前に誓ったはずなのに。女とつきあうならあっさりと、すぐに終わらせるつもりだった。

それがこのざまか、とライアンはため息をつきながら思った。いまさら心を盗まれないように注意しても無駄だ。もう盗まれてしまったのだから。

クリスティーナの奇妙で不可解な発言の数々が次々とよみがえってきた。好奇心のせいで命を落とす、といわれたのを思い出す。あれははったりか、それとも本気だったのか？　どうにも判じかねる。

ロンドンに長くはとどまらない、まもなく故郷へ帰るといったときのクリスティーナは本気だった。いや、本気に見えた。

どこにも行かせるものか。彼女をかならず自分のものにしてみせる。だが、念には念を入れなければならない。もしクリスティーナが姿を消してしまっても、彼女の故郷がどこか知っていれば楽に捜し出せるはずだ。

「どこにもやらないぞ」ライアンはひとりごちた。そう、自分の目の届かないところへは絶対に行かせない。

新たないらだちのうなり声をあげ、ライアンは事実を受け入れた。クリスティーナをそばにとどめておく方法はたったひとつ。

ああ、彼女と結婚するしかない。

「いったいどこへ行っていたんだ？　こっちはおまえの書斎で何時間も待っていたのに」ライアンがタウンハウスの玄関の間に入ったとたん、ローンが大声でいった。「使いを出して、街じゅう捜しまわらせたんだぞ、ライアン」

「おまえに居場所をいちいち報告しなければならないのか、ローン」ライアンは答え、上着を脱ぎ捨てて書斎へ入った。「ドアを閉めろ、ローン。どういうつもりだ？　家にこもっているはずだぞ。その包帯をだれかに見られたらどうする。わざわざ危険を冒すまでもないだろうが。使いの者を待てばよかったじゃないか」

「とにかく、どこに行っていた？　もう外は暗いのに」ローンは不満げにいった。力が抜けたように、手近な椅子に座りこんだ。

「おまえは近頃、うるさい女房みたいな口のきき方をするようになったな」ライアンはくつくつと笑いながらいった。「どうした？　また父上がお困りなのか？」

「そうじゃない。まったく、わたしがロンドンじゅうおまえを捜しまわったといっているのに、笑うな。さっさと上着を着てくれ。仕事に出かけるぞ」

ローンの真剣な口ぶりに、ライアンは本腰を入れて話を聞く気になった。机の上に身を乗り出して胸の前で腕を組んだ。「詳しく話せ」

「クリスティーナだ、ライアン。彼女が危ない」

ライアンは稲妻に打たれたようにぎくりとした。すばやく席を立ち、ローンに息をつく間も与えず肩をつかんだ。「まだ時間はある、ライアン。わたしはただ、おまえが田舎の屋敷へ帰ってしまうのではと思っただけだ。連中が彼女をさらいにくるのは夜中の十二時だ、まだたっぷり時間がある……頼むから手を離せ」

ライアンは即座にローンを椅子に押し戻した。「連中とはだれだ？」と問いつめる。

その表情は恐ろしいまでに険しかった。ローンは心から、ライアンが敵でなくてよかったと思った。「スプリックラーと、やつが雇った男が数人」

ライアンは短くうなずくと、ふたたび玄関の間に出た。それから、馬車をまわせと大声で命じた。

ローンが玄関の外へついてきた。「馬のほうが速くないか？」

「あとで馬車が必要になる」

「なぜ？」

「スプリックラーだ」

悪党の名を告げたライアンの口調だけで、ローンはすべてを了解した。ふたりで馬車に乗りこんでから、ローンはさらに詳しく説明しはじめた。「わたしの手下が――というか、ジャックの手下が――相当な報酬を提示されて、クリスティーナをグレトナ・グリーンへさらうのを手伝わないかと誘われた。つまり、スプリックラーは無理やり彼女と結婚する気だ。この話を聞いたのは、手下たちにもう強盗はしないと伝えにいったときのことだ。手下にベンというまじめな男がいる――盗賊にしては、だがね。ベンは、スプリックラーに誘われて手を貸すと承知したそうだ。こんな楽しい仕事で金までもらえるなら、と思ったらしい」

ライアンは見る者をぞっとさせるような顔をしていた。

「スプリックラーはベンのほかに四人の男を雇った。わたしはベンに金を渡し、そのまま仲間になったふりをつづけろと命じた。ベンの言葉を信用すれば、やつはスプリックラーの加勢はしないはずだ」

「午前零時というのはまちがいないな？」とライアンが尋ねた。

「まちがいない」ローンはうなずいた。「まだ時間はたっぷりある、ライアン」長いため息をつく。「おまえが出張《でば》ってくれて、ほんとうにほっとした」と、正直な気持ちをいった。

「ああ、おれが片をつける」

ささやきのように低い声だった。その声に、ローンは背筋がぞくりとした。「なあ、ライアン、たしかにスプリックラーは蛇のような男だが、ここまでいやらしいまねをするとは思いもしなかった。このたくらみが表沙汰になったら、クリスティーナの名前に大きな傷がつく」
「表沙汰にはならない。おれが阻止する」

ローンはまたうなずいた。「だれかがスプリックラーをそそのかしたんじゃないだろうか、ライアン？　あいつには、こんなことを考えつくような頭はない」

「そのとおり、そそのかしたのは伯爵夫人だ。命を賭けてもいい」

「なんだって、ライアン、伯爵夫人はクリスティーナのおばだぞ。まさか本気でそんなことを――」

「本気だ」ライアンは低くいった。「伯爵夫人はクリスティーナをひとりで留守番させている。偶然にしては都合がよすぎると思わないか？」

「わたしの分のピストルは持っているのか？」ローンは尋ねた。

「ピストルは無用だ」

「なぜ？」意外な返事にローンは訊き返した。

「銃声が響く」ライアンは答えた。「それに、相手はたったの四人だ。おまえの手下の話を信用すればな」

「五人だぞ」

「スプリックラーは数のうちに入らない。まずいと察したとたんに逃げ出すはずだ。やつはあとでつかまえる」

「なるほど」とローン。

「ローン、クリスティーナのタウンハウスに到着したら、おまえはこの馬車で帰れ。道端に馬車を駐めておきたくない。スプリックラーに見つかって、計画を変更されてはいけない。馭者には午前一時に戻ってくるように命じておく」

「わたしも手を貸したい」ローンは不服そうにいった。

「貸そうにも、使える手は片方だけだろうが」ライアンは笑いながら答えた。

「ほんとうに口の達者なやつだ」

「冷静といえ、ローン。冷静と」

馬車が揺れて完全にとまるより先に、ライアンは外に出て馭者に新たな指示を与えた。ローンはどなった。「ひどいぞ、ライアン。わたしだって役に立つのに」

「役に立つどころか足手まといだ。早く帰れ。片がついたら連絡する」

やれやれ、すこしも気負いのないそぶりをして。わたしはだまされないぞ、とローンは思った。スプリックラーの仲間になった欲深い愚か者たちがいささか気の毒だ。連中は、ライアンウッド侯爵がなぜこれほどの評判を勝ち得たのか、思い知るはめになるだろう。

これから始まる大立ち回りを見逃してなるものか。「絶対に見逃さないぞ」ローンはひとりごちた。そして、好機をうかがった。やがて、曲がり角で馬車が速度を落としたと同時に、道路に飛びおりた。膝で着地してしまい、自分のぶざまさに悪態をついてから、汚れを払い落とし、クリスティーナのタウンハウスへと歩きはじめた。

ライアンがどう思おうが、この使えるほうの手を貸してやる。

一方、ライアンはひどく震えていた。クリスティーナの姿をひとめ見て無事を確認すれば落ち着くはずだった。だが、クリスティーナはなかなか玄関に現れなかった。ライアンの神経はいまにもぷつりと切れそうだった。このような事態に備えていつも携帯している特殊な道具で鍵を壊そうとしたとき、鎖がはずれる音がした。

ローンの前では怒りを抑えていたライアンも、クリスティーナがドアをあけたとたんにかっとなった。「ローブ一枚でドアをあけるとはなにごとだ。相手がだれか、確かめもしなかったじゃないか、クリスティーナ！」

クリスティーナはローブの襟をかきあわせ、ライアンの前からあとずさった。ライアンは興奮した馬のように、玄関の間に文字どおり突進した。

「どうしたの？」クリスティーナは尋ねた。

「なぜエルバートが出てこなかったんだ？」ライアンは問いつめた。薄物一枚で髪をふわりと垂らしている彼女が目に入るとのぼせあがってしまうので、頭のてっぺんをにらんだ。

「エルバートは彼のお母さまのところよ」クリスティーナはいった。「こんな遅い時間にいらっしゃるとは、礼儀に反しているんじゃないかしら？」

「彼のなんだと？」ライアンの怒りはにわかに消え失せた。

「お母さままでです。だけど、それがなぜそんなにおもしろいの？」クリスティーナは尋ねた。

「まるでトカゲね。わたしをどなりつけたかと思えば、次の瞬間にはほほえんでる」

「それをいうならカメレオンだ、クリスティーナ、トカゲではない」ライアンは教えてやった。「エルバートはどう見ても八十にはなっている。母親が生きているとは思えないが」

「あら、わたしはお会いしました。優しい方よ。それに、エルバートにそっくり。ところで、なぜここへいらしたの?」

「上で着替えてきてくれ。そんな格好でこれ見よがしにうろつかれてはまともに頭が働かない」

「これ見よがしにうろついたりしてません」クリスティーナは反論した。「じっと立ってるでしょう」

「もうしばらくすると、客が来る」

「お客さまが?」クリスティーナは首を振った。「わたしはだれもお招きしていません。それに、楽しくお話をする気分ではないの。ちょうどあなたを追悼しようとしていたところに、いきなり来られても――」

「追悼?」クリスティーナと同じく眉をひそめ、ライアンは繰り返した。「おれを追悼するとは、どういう意味だ?」

「たいしたことではありません」クリスティーナは答えた。「それより、そんなふうにぷりぷりするのはやめてください。これからだれが来るの?」

　落ち着きを取り戻すのに、ライアンは深呼吸しなければならなかった。それから、スプリックラー一味のたくらみを洗いざらい話した。クリスティーナを動揺させたくなかったので、伯爵夫人が関わっていることはあえて隠した。ひとつずつ問題を片づけるつもりで、あとで話すことにした。

「わたしにどうしろと?」クリスティーナは、玄関のドアにかんぬきをかけ、戻ってくるとライアンの目の前に立った。

ライアンは花の香りを吸いこんだ。手を伸ばしてクリスティーナを抱いた。「いいにおいだ」天使のような顔を両手で挟んだ。ああ、クリスティーナが信頼しきった目でこちらを見あげている。

「どうすればいいの?」クリスティーナはもう一度ささやいた。

「キスをしてくれ」ライアンは命じ、身をかがめて一瞬だけ唇を奪った。

ライアンが背筋を伸ばすと、クリスティーナはいった。「悪者たちの話よ。一分もしないうちに考えていたことを忘れるのね。ご家族みなさん、そうなのかしら?」

ライアンは首を振った。「まさか、そんなことはない。ただ、きみがドアをあけた瞬間から、この腕に抱きたいとばかり考えていた。その薄っぺらなローブの下にはなにも着けていないんだろう?」

クリスティーナはかぶりを振りたかったが、ライアンにがっちりと抱きしめられていた。

「お風呂に入ったばかりなので」ライアンは、ライアンの正直な言葉にほほえみながら答えた。

なんて率直な人。クリスティーナは、彼のほしがっているものを与えようとつま先立った。彼をまねてすばやくキスをするだけのつもりだった。だが、ライアンはちがった。クリスティーナのあごを親指で軽く押しさげ、舌を差しこんで彼女の舌を求めた。

膝が折れてしまいそうで、クリスティーナはライアンの上着の襟をつかんだ。これでもうみっともなく倒れることはないと確信してから、ライアンのキスに同じくらい激しく応えた。クリスティーナの反応に、ライアンはわれを忘れた。力強く、おれだけのものだといわんばかりに唇をむさぼった。クリスティーナも歯止めがきかなくなっている。そのことが、小さなあえぎ声、柔らかい唇、奔放な舌とともにライアンを興奮させた。

そう、こんなふうに反応してくれれば、なにもいうことはない。ライアンはふと思った。いまだけは彼女も嘘をついていないはずだ。

ライアンはしぶしぶ体を離した。クリスティーナがいった。「あなたのせいで手が震えてる。これでは、悪者たちがいまやってきても、わたしは役に立てないわ」

「きみがナイフの名手でないのは残念だ」ライアンはいった。

嘘が返ってくるのはわかっていた。彼女がナイフの扱いに慣れているのを認めるわけがない。

「ええ、ほんとうに」クリスティーナは答えた。「けれど、ナイフは殿方が扱うもの。女はけがをしてしまうわ。それに、わたしはピストルも持っていません。身を守るすべも知らない、がっかりしたでしょう？」

その口調に、ライアンは彼女が同意を求めているのを感じとった。

「いや、そんなことはない」と涼しい顔で答えた。クリスティーナの肩を抱き、階段をのぼりはじめた。「大切な女性を守るのは男のつとめだからな」

「ええ、たいていの社会ではそうね」とクリスティーナ。ためらいがちな、おずおずとした声でつけくわえた。「それでもあなたは、その大切な女が自分を守るすべを知っていたとしても、あきれたりしないでしょう？　つまり、レディらしくないと考えはしないでしょう……それともちがうのかしら？」

「ここがきみの部屋か？」ライアンはわざと答をはぐらかして尋ねた。最初のドアを押し、暗い色彩と古い香水のすえたにおいのなかに足を踏み入れると、返事を聞かずとも伯爵夫人の部屋であるのがわかった。

部屋は暗く、いかにも蜘蛛《くも》が気に入りそうだった。それに年を取った《オールド》コウモリ《バット》もな、とライアンは顔をしかめながら思った。

「おばの部屋よ」とクリスティーナはいい、なかを覗きこんだ。「ひどく陰気な部屋ね」

「驚いているようだな。なかに入ったことがないのか？」

「ええ」

ドアを閉めようとしたライアンは、内側にかんぬきや鎖が何本もとりつけられているのに気づいた。「おば上はたしかによく眠れないたちらしいな。ドアに鍵をつけているのは、だれの侵入に備えてのことだろうか、クリスティーナ？」

答はわかっていたので腹が立った。伯爵夫人がこのかわいらしい娘を恐れているという船乗りの話を思い出していた。

ライアンにいわせれば、鍵をとりつけなければならないのはドアの外側だ。クリスティーナが伯爵夫人から自分の身を守らなければならないのであって、その逆ではない。せっかく親族と再会して故郷へ戻ってきたというのに、どんな暮らしを強いられているのだろうか。きっと孤独にちがいない。それに、たったひとりの姪《めい》を避けるとは、伯爵夫人はなんとひどい女だ。

「おばは眠っているときに起こされるのを嫌うの」クリスティーナは弁解した。

その声にさびしげなものを聞き取り、ライアンはクリスティーナを抱き寄せた。「ふるさとへ帰ってきたのに、楽しく暮らしているわけではないのか」

クリスティーナが肩をすくめて手を振り払おうとしているのがわかった。「わたしの部屋はいちばん奥です。わたしの部屋を探しているんでしょう？」

「そうだ」ライアンは答えた。「それから、すべての窓を点検したい」

「わたしの部屋には二カ所あるわ」クリスティーナはライアンから離れ、手を取ると足早に部屋へ向かった。

ライアンはひとめで部屋全体を見てとった。女性の部屋にしては物がすくなく、ライアンはおおいに気をよくした。背の低い箪笥《たんす》二棹《さお》の上にも、安物の装身具が散らかったりしていない。それどころか、すみずみまで整頓されている。部屋の隅にひとり用の椅子が一脚、そのうしろに衝立《ついたて》、真っ白いカバーのかかった天蓋《てんがい》付きのベッド、そして小さな箪笥二棹。広々とした部屋にある家具はそれで全部だった。

クリスティーナはきちんと片づいた部屋が好みらしい。部屋はしみひとつなかったが、窓のそばの床にひとり用の毛布が落ちていた。

「窓の下は庭よ」クリスティーナがいった。「壁をよじのぼるのは簡単ね。窓のすぐそばに木があるから。木の蔓《つる》は、ひとり分の体重を支えられるくらい頑丈だもの」

「窓から侵入されてはまずい」ライアンはひとりごとのようにつぶやいた。窓枠を調べ、庭を見おろした。今夜だけは月にここまで奉仕してほしくなかった。これでは明るすぎる。

クリスティーナはライアンにちらりと目をやった。彼の表情も態度も、先ほどとはまるでちがう。すっかり厳しくなっている。

クリスティーナはほほえみたくなった。やはりライアンは本物の戦士だ。厳しい表情は勇敢な戦士のもの。いまなにを考えているのかはわからないけれど、険しい顔つきから戦いに備えているのが伝わってくる。

「たしか、応接間には表側に窓が二カ所あるだけだったな。玄関以外に表に入口はあるか？」

「いいえ」クリスティーナは答えた。

「よし。服を着て、クリスティーナ。片がつくまで応接間にいてくれ。応接間は安全だ」

「どうして？」

「これから窓とドアをふさぐ」

「それはだめよ。閉じこめられるのはいや」

その口調の激しさに、ライアンは驚いた。それから、閉ざされた馬車のなかで彼女が不安そうにしていたことを思い出した。とたんに彼女が気の毒になった。「ドアを内側からふさぐようにするから、出たくなったら出ても――」

「ああ、それならだいじょうぶ」ライアンがいい終わらないうちに、クリスティーナは勢いよくうなずいた。心からほっとした様子だった。「わかってくださってありがとう」

「だったら、なぜそんな苦い顔をしているんだ?」ライアンはいらだちもあらわに尋ねた。

「あなたがわたしに腹を立てたときに使える武器をまた渡してしまったから」クリスティーナは白状した。「弱みを見せてしまったということです」肩をすくめてつけ足した。

「ばかな」ライアンは一蹴《いっしゅう》した。「部屋に閉じこめられてよろこぶ者などいないのは、わかりきったことだろう、クリスティーナ。さあ、これ以上おれの気を散らさないでくれ。早く着替えろ」

クリスティーナは急いでいわれたとおりにした。「応接間に閉じこめられるなんて」とぼやきながら、最初に触れたドレスを取り、着替えるために衝立の裏へ行った。ローブを脱いでロイヤルブルーのドレスの袖に手を通したとたん、選択を誤ったと気がついた。

「ライアン。ボタンが背中にあるの」クリスティーナは声を張りあげた。「とめてください」

ライアンが窓際で振り向くと、そこにクリスティーナがドレスの胸元を押さえて立っていた。

彼女が背中を見せたときにまずライアンの目に入ったのは、しみひとつない肌だった。蠟燭の明かりのもとでは誘うように見え、ライアンは心を掻き乱された。

その次にライアンが気づいたのは、クリスティーナがドレスの下になにも着けていないことだった。やはり平静ではいられない。ライアンは震える手でドレスのボタンをとめようと身をかがめたが、なめらかな肌をそっとなでたくてたまらず、指が思うように動かなかった。

「メイドはどこにいるんだ、クリスティーナ？」彼女を抱いてベッドへ直行したいという紳士らしからぬ思いを振り払おうと尋ねた。

「一週間、わたしはひとりで留守番です。ベアトリスにも休暇をあげたから」

のんきな口ぶりが歯がゆい。ライアンはとげとげしくいった。「まったく、良家の女性がひとりになったりするものじゃない」

「わたしはひとりでだいじょうぶ。自分勝手《セルフ・サーヴィング》ですもの」

「それをいうなら、自立《セルフ・サフィシャント》している、だ」ライアンはため息をついた。最後のボタンがなかなかとまらない。絹糸のような髪が邪魔だ。

「なんですって？」

ライアンはクリスティーナの髪を持ちあげて肩にかけた。彼女の肌が粟立っているのを認めて笑みを漏らした。「自立しているというんだ、自分勝手ではない」

「そのふたつはちがうの？」クリスティーナは尋ねながら振り向こうとした。

「じっとして」ライアンは命じた。「そう、ちがう。自分勝手とは、おば上のことだ。きみの場合は、自立しているという」

「わたしが言葉をまちがえるのは、あなたがいるときだけです。ということは、あなたのせいね」

反論するのは時間の無駄だ。ライアンはドレスのボタンをとめ終わると、「行くぞ」と声をかけた。そして、クリスティーナの手を引っぱっていった。

クリスティーナは駆け足でついていかなければならなかった。「髪をまとめなければ」と早口でいう。「髪をまとめなければいけないわ。敵に利用されてしまうもの。わかるでしょう」

ライアンにはわからなかった。訊いてはならないとわかっていたが、やはり訊いてしまった。「髪を利用されるとは？」

「髪をつかまれたら逃げられない。もちろん、ピューマのように敏捷《びんしょう》に、狼のように勇敢に、熊のように利口に行動すればだいじょうぶだけど」

また妙なことを。ライアンがいらいらとクリスティーナを見やったと同時に、応接間に着いた。

「暗くても平気か？」ライアンは尋ねた。表側の窓辺へ行き、カーテンの脇から組紐《くみひも》を取ってクリスティーナに渡した。

「暗闇など怖くないわ」クリスティーナはむっとした顔で答えた。「ばかげたことを訊くのね」

「クリスティーナ、この紐でドアの取っ手を縛れ。しっかり、きつく縛るんだ。そうすれば、だれかがドアを破って入ろうとしても、おれが音を聞きつける。いいな？」

ライアンは窓を点検した。長いあいだ閉めきっていたのだろう、びくともしない。背後でクリスティーナがいった。「ええ、ちゃんとやってみせます」

「では、よく聞いてくれ」ライアンは厳しい声でいった。クリスティーナの肩をぎゅっと握りしめる。「危険が去るまでこの部屋を出てはならない。いいか？」

ライアンの声は険しく、抑えた怒りがこもっていた。けれど、クリスティーナはひるんだ様子を見せなかった。あいかわらず笑みを浮かべて彼を見あげていた。「ほんとうはわたしもお手伝いしたいの。おことわりしておきますけど、悪者たちはわたしを襲いにくるんですからね。わたしにもお手伝いさせてください」

「だめだ」ライアンは声を荒らげた。「足手まといになるだけだ、クリスティーナ」声をやわらげてつけくわえた。

「わかりました」クリスティーナは窓の脇にかかっている小さな楕円形の鏡のほうを向き、髪を編みはじめた。その姿は優美でたおやかだった。腕をあげると、ドレスの裾《すそ》から足首がのぞいた。

「靴をはくのを忘れたな」ライアンは苦笑まじりにいった。「またた」

「また？　どういう意味？」クリスティーナは振り向いて尋ねた。

ライアンは首を振った。「なんでもない。髪をまとめる必要はないだろう。ここに隠れていればいいのだから」

クリスティーナはやけにかわいらしくほほえんでいる。ライアンはふと、もしや、と思った。「約束してくれ、クリスティーナ。いますぐに」

「約束って？」クリスティーナは無邪気なそぶりで尋ねた。ライアンの真剣なまなざしに背を向けると、また髪を編む手を動かしはじめた。

ライアンは癇癪《かんしゃく》を抑えた。この世間知らずな娘は、鏡に映っている自分の顔を見られていることに気づいていない。いまや彼女はかわいらしく笑うどころか、おとなしく待っているものかといわんばかりの顔をしている。

なんとしても、外に出ないと約束させなければならない。いうまでもなくクリスティーナの安全が第一だ。万一のことがあってはならない。だが、クリスティーナを閉じこめておきたい理由はそれだけではなかった。第一の理由にくらべればささいなことだが、それでも気にかかっていた。正直なところ、クリスティーナに賊と格闘するところを見られたくない。今夜の騒ぎにけりがつくころには、クリスティーナにスプリックラー一味より怖がられるようになっているかもしれない。

ライアンはずっと、手段を選ばず、なりふりかまわずに敵を打ち負かしてきた。その過去は、いまのところクリスティーナには知られていない。彼女はこのうえなく大切な存在になってしまった。世俗の悪から、とりわけスプリックラーのような悪党から守ってやりたい……。だが、自分の暗部も知られたくない。彼女を幻滅させたくない。クリスティーナには、ただのライアンウッド侯爵であり、それ以上でもそれ以下でもないと思われている。ああ、その純真さを傷つけたくない。

真実を知ったら、クリスティーナは去ってしまうだろう。

「あなたの指示がないかぎり邪魔はしないと約束します」クリスティーナの言葉に、考えこんでいたライアンはわれに返った。怖い顔でにらむと、彼女はあわててつけくわえた。「身の守り方はミセス・スミサートンに教わりました。ちゃんと心得ています」

「サマートンだ」ライアンは長い長いため息をついていった。「きみを育てたのはサマートン夫妻だ」

クリスティーナは、ライアンはまるで風だと思った。ほんとうに気まぐれ。もはや微笑は消え失せ、人殺しをしそうな顔になっている。

「お客が来るまでまだたっぷり時間があると思ってるようですけど。そろそろでしょう？」彼の気をそらそうと尋ねた。これほど怖い顔をしているからには、なにかに怒っているにちがいない。

「まだだいじょうぶだ」ライアンは答えた。「屋敷のなかをもう一度見てくるから、ここにいてくれ」

クリスティーナはうなずいた。ライアンの姿が見えなくなると同時に、髪をまとめるリボンを取りに二階へあがった。もちろん、ナイフも忘れてはならない。ライアンが望もうが望むまいが、加勢してあげなければ。

応接間に戻って古びたソファのクッションの下にナイフを隠し、すました顔で座っていると、ライアンが戻ってきた。

「スプリックラーが入りやすいようにしてきた」

「どんなふうに？」

「裏口の掛け金をはずしておいた」

「それはご親切なことね」

クリスティーナが称賛をこめていうと、ライアンは顔をほころばせた。それから、クリスティーナの目の前へやってきた。大きな両手を腰にあてて足を踏ん張っている。クリスティーナはあおむいて彼の目を見た。また笑顔になっているから、ライアンは機嫌を直したらしい。

「庭から侵入してくるのであれば、なかに入れることはないでしょう？　庭でお話をすればいいもの」

「話をする？」ライアンはかぶりを振った。「クリスティーナ、連中は話をしにくるわけじゃない。おそらく乱闘になるんだぞ」

クリスティーナを心配させるのは不本意だが、前もっていっておかなければならないことだった。だが、クリスティーナは「ええ、もちろんそうよ」と答えた。「ですから、外にしてくださいといっているの。だって、後始末するのはわたしですもの」

ライアンはそこまで考えていなかった。クリスティーナの覚悟がわかり、これならだいじょうぶだと感じた。「肝が据わっているな。だが、今夜は月が明るすぎるから、外で待つわけにはいかない。連中を誘いこむ部屋の様子を頭に入れてから、蠟燭《ろうそく》を消しておいた。これで、やつらは不利だ」

「それに、むこうは裏口からひとりずつ入ってくるしかない」クリスティーナはつけ足した。「抜け目のない作戦ね。けれど、裏口からではなく木の蔓をつたって侵入してくるかもしれないわ」

「それはありえない、クリスティーナ」

ライアンが自信たっぷりなので、クリスティーナは裏口以外の侵入経路については考えないことにした。ドアへ向かうライアンをじっと見送った。ライアンがいった。「そろそろ蠟燭を消してくれ、クリスティーナ。まず取っ手を縛るんだぞ。怖くはないな？　おれがついている。だいじょうぶだ」

「あなたを信じています」

ライアンはその答に励まされた。「おれもきみがここでおとなしくしていると信じてるぞ」

「ライアン？」

「なんだ、クリスティーナ？」

「気をつけて」

「わかっている」

「あの、それから」

「なんだ？」

「なるべく散らかさないようにしてくださいね」

「努力しよう」

ライアンはクリスティーナに片目をつぶり、ドアを閉めた。クリスティーナは二本の取っ手に紐を巻きつけ、二重に固い結び目を作った。蠟燭の火を吹き消して待機する。

時間は亀のようにのろのろと進んだ。クリスティーナは屋敷の裏手から物音が聞こえてこないかと耳をそばだてていた。そのため、表側の窓をひっかくような音が聞こえてきたときにはすっかり面食らってしまった。

賊が屋敷の正面から入ってくるとは。ライアンはさぞがっかりするだろう。悪者たちに裏口へどうぞといいたかったが、さすがにふざけすぎだと思い直した。とりあえず、彼らが表の窓を破るのをあきらめて裏にまわるように祈りながら様子を見ることにした。

「クリスティーナ？」

低い声だったが、それがだれのものかクリスティーナにはすぐにわかった。ローン伯爵だ。カーテンをあけると、ローンが壁のでっぱりにしがみついてにっこりと笑っていた。だが、笑顔は長くはもたなかった――そしてローン自身も。不意に手をすべらせ、クリスティーナの目の前から消えた。次の瞬間、どさりというくぐもった音につづいて不謹慎な悪態が聞こえたので、気の毒に、足で着地できなかったらしい。

生け垣からローンを助け出さなければ。きっと大騒ぎして悪者たちを警戒させてしまう。

玄関のドアをあけたと同時に、ローンが入ってきた。彼の姿はちょっとしたみものだった。上着の袖つけは破れ、クラヴァットは汚れてほどけ、片脚をかばっている。

だめな人、とクリスティーナは思いながらも、ローンに同情した。ライアンはここに来ることをローンに話したにちがいない。ローンは友を助けるために無謀にもやってきたのだろう。この突然の訪問の理由はそれしかない。「まるで、とっくに戦いに負けてきたような姿ですね。

あっ、うしろ！」

屋敷の裏手でけたたましい音がして、クリスティーナの声はほとんどかき消された。だが、ローンには届いた。彼はすばやく反応し、ためらうことなく振り向くと、無理やり入ってこようとする屈強そうな男の鼻先に右肩でドアをたたきつけた。足を踏ん張り、顔を真っ赤にしてドアを押さえる。

どう見てもローンひとりでは持ちこたえられないので、クリスティーナも一緒にドアを押さえた。

「ライアン！」

ローンの叫び声に耳鳴りがした。「逃げて、どこかに隠れてください」ローンはあえぎながら張りつめた声でクリスティーナにいった。

「クリスティーナ。応接間に戻れ」

うしろからライアンの声がした。クリスティーナは、ドアを押さえておくには自分の体重も必要だと説明しようと振り向いたが、そのとき目にしたもののせいで、言葉が頭から吹き飛んでしまった。

ゆっくりとドアに背を向け、おぼつかない足取りで一歩前に出た。目がくらんで、それ以上速く動けなかった。

クリスティーナは、ライアンの変わりように魅入られていた。もはやとうていイギリス人には見えない。上着はなく、シャツは腰まで破れている。口元の切り傷からあごまで血がつたっている。たいしたけがではないので、恐怖は感じなかった。袖の血痕も怖くはない。なぜか、それがライアンの血ではないとわかるから……。そう、彼の姿はすこしも怖くない。

だが、まなざしはちがう。人を殺す覚悟をしているような目。一見、冷静だ。胸の前で腕を組み、けだるそうな顔をしている。だが、むろんそれは見せかけにすぎない。真実はそこに、彼の瞳にある。

「早く！」

ライアンのどなり声に、クリスティーナははっとした。ローンのほうを振り返りもせずに、応接間へ向かって駆け出す。

「そこをどけ、ローン」

ローンは即座に従った。ドアの前から飛びのいたとたん、大男が三人なだれこんできた。三人はたがいにつまずいてころんだ。ローンはライアンに求められたらすぐに加勢するつもりで、隅で待機した。

ライアンは玄関の間のまんなかに立ち、ならず者たちが立ちあがるのを辛抱強く待ちかまえている。ライアンにしては親切だな、とローンは思った。

敵は複数、体重もライアンに勝っているし、武器も持っている。ライアンの前でうずくまっている男たちは全員がナイフを握っていた。そのうちひとりは両刀使いだ。

だれかがけたたましい笑い声をあげた。ローンはほくそえんだ。愚か者はライアンに分があることをわかっていない。

突然、まんなかの太った男がライアンに刃を向けて突進した。ライアンのブーツが男のあごをとらえた。その勢いで空中に舞いあがった男の腹に、拳がたたきこまれた。男は床に着地する前に失神していた。

残りのふたりがいっせいにライアンに襲いかかったとき、四人目の男が玄関の階段を駆けのぼってきた。足音を聞きつけたローンは脚を伸ばし、ドアを蹴《け》って閉めた。ドアのむこうから苦しげな悲鳴が聞こえたので、タイミングは完璧だったらしい。

ローンはライアンをずっと目で追っていた。これまでにも戦っているライアンを見たことはあるが、いまでも彼の強さには目をみはらずにはいられなかった。ライアンは敵のひとりのあごに肘鉄を見舞うと同時に、別の男の腕を引っぱった。しばらくその男の相手をしていたが、やがて骨が折れる音が響いた。ライアンが男の手首を折ったのだろう。

けりがついたときには、玄関の間には三人が積み重なっていた。「ドアをあけろ、ローン」

「まったく、呼吸が乱れてもいないんだな」ローンはつぶやいた。ドアをあけてライアンの前からどくと、ライアンはこともなげに男をひとりひとり持ちあげ、道に放り投げた。

「われわれのチームワークは見事だな」ローンはいった。

「われわれ？」

「わたしが見張り、おまえが戦う」

「なるほど」

「スプリックラーはどうした？　裏口から入ってきたのか、それとも逃げたのか？」

ライアンはローンににやりと笑ってみせると、階段下の人間ピラミッドのほうへあごをしゃくった。「スプリックラーは一番下にいる。おまえにドアをたたきつけられて、鼻の骨を折ったかもしれない」

「だったら、わたしも役に立ったんだな」ローンは雲のように胸をふくらませた。

ライアンは声をあげて笑い出した。ローンの肩をぴしゃりとたたき、戸口のまんなかに立っているクリスティーナのほうを向いた。

クリスティーナは幽霊を見たような顔をしていた。頬から血の気が失せ、おびえたように目を見ひらいている。ライアンの心は揺れた。しまった、連中をたたき伏せるところを見られてしまったか。ライアンはクリスティーナに一歩近づいたが、あとずさりされて足をとめた。もうだめだ。クリスティーナに怖がられてしまった。ああ、彼女を怖がらせるつもりではなく、守ろうとしただけなのに。

不意にクリスティーナが駆け寄ってきた。ライアンもろとも倒れてしまいそうな勢いで、腕のなかに飛びこんできた。ライアンにはなぜ彼女の態度が一変したのか見当もつかなかったが、とにかくうれしかった。安堵したおかげで、こわばっていた体がほぐれた。クリスティーナを抱きしめ、頭にあごを載せて長いため息をついた。「いつまでたってもきみのことがわかりそうにない」

「よかった、わたしに腹を立ててはいないのね」

クリスティーナはライアンの胸に顔を押しつけていたので、声はくぐもっていたが、ライアンには聞き取れた。「なぜおれが腹を立てる?」

「約束を破ってしまったもの」クリスティーナはいった。「ローン伯爵を玄関からお入れするために応接間を出ました」

ライアンはローンのほうに振り向いた。「たしか、帰れといったはずだが」顔をしかめてローンを見やり、彼のひどいありさまにふと気づいた。「どうした? おまえは乱闘に加わらなかったはずだが」

「ちょっとした事故だ」ローンはいった。

「壁のでっぱりから落ちてしまったの」クリスティーナは、ローンの恥ずかしげな様子にほほえみながら解説した。ローンは見まがいようがないほど赤くなっていた。

「壁のでっぱりから?」ライアンはあきれたといわんばかりに声をあげた。

「わたしは歩いて帰るよ。おまえの馬車は、わたしのタウンハウスの前で待っているはずだ、ライアン。馭者に迎えにいくように伝えよう。ではごきげんよう、プリンセス・クリスティーナ」

「あら、歩いて帰るなんていけません。ライアン、一緒に――」

「歩かせろ。たいした距離ではない」ライアンはクリスティーナの言葉をさえぎった。

クリスティーナは言葉を引っこめた。どうせだれかが馬車を呼びにいかなければならないのだし、ローンがそうしてくれれば、しばらくライアンとふたりきりになれる。

「ご協力ありがとうございます、ローン伯爵。ところでライアン、屋敷の前に散らかっている人たちをどうするの？　わたしの思いちがいでなければ、奥にもひとりかふたり伸びているはずね？」

「ふたりだ。裏口から放り出しておいた」

「そのうち気がついて、這って帰るさ」ローンが口を挟んだ。「ただし、おまえがそいつらを――」

「心配は無用だ」ライアンはいった。

「心配は無用？」クリスティーナは尋ねた。

「ふたりを殺してはいない、という意味ですよ」とローン。

「ローン、クリスティーナを怖がらせるな」ライアンはいった。

「ああ、ほんとうに殺していないでしょうね。後始末が大変ですもの」クリスティーナはぞっとしたような声をあげたが、怖がっているからではなかった。ライアンもローンも笑い出した。

「普通は泣き出すものではありませんか？」ローンが尋ねた。

「そうなの？」

「いや、クリスティーナ、泣くことはない」ライアンがいった。「さあ、しかめっつらはよしてくれ」

「クリスティーナ、裸足ではありませんか」出し抜けにローンが口走った。

「お気をつけてお帰りください」クリスティーナはローンの言葉が聞こえなかったふりをし

た。「包帯を見られないように。不審に思われてしまいます」

ドアの掛け金をかけると、クリスティーナはライアンのほうへ振り向いたが、彼はとっくに階段を一段おきにのぼっていた。「どこへ行くの？」

「手を洗いに」ライアンは答えた。「きみの部屋に水差しはないのか、クリスティーナ？」

クリスティーナが返事をしないうちに、ライアンの姿は見えなくなった。急いで彼を追いかけた。

だが、ライアンに追いつくと、下で待っていればよかったと後悔した。ライアンはシャツを脱いでいた。洗面器の上にかがみこみ、顔と腕を洗っている。

クリスティーナは思いがけず彼の体に息を呑んだ。隆《りゅう》とした上腕と肩。胸全体を覆う金色の毛が、引き締まった腹のあたりで一本の筋となり、ズボンのなかへ消えている。これほど見事な体を見たのは初めてだった。うっとりと見とれ、いま彼の腕に抱かれたらどんな感じがするだろうと考えた。

ライアンが服に手を伸ばした。クリスティーナは彼の手から亜麻布を取り、顔をそっと拭きはじめた。「日に焼けているのね。シャツを着ないで太陽の下でお仕事をしていたの？」

「船に乗っているときはよくそうしていた」ライアンは答えた。

「船を持っているの？」クリスティーナは声を弾ませた。

「持っていたんだ」ライアンは訂正した。「火事で焼けてしまったが、新しいのを造るつもりだ」

「あなたが自分で？」

ライアンは顔をほころばせてクリスティーナを見おろした。「まさか。人を雇うんだ」

「イングランドへ来るときに乗った船はすばらしかった。でも、船室にいるのは好きではなかったわ。なんだか監禁されているようで」クリスティーナは肩をすくめて正直にいった。声が震えた。ライアンの肩を拭こうとすると、手も震え出した。輝かしい戦いのしるしがいくつもある。凛々《りり》しい傷跡を見ていると鼓動が速まった。

ライアンは、生まれて初めて気後れを感じていた。クリスティーナはこのうえなく美しいのに、自分は傷だらけだ。傷跡を見て暗い過去を思い出すことはあっても、醜さが気になったことはなかったのに。

「新しい船が完成したら乗せてあげよう」ライアンはいつのまにかそう口にしていた。

「ぜひ乗せてほしいわ」クリスティーナは答えた。亜麻布を床に落とし、ライアンの胸の湾曲した長い傷跡を指で優しくなぞった。「なんて美しいの」とささやく。

「傷だらけなのに」ライアンはささやきを返した。自分の声がかすれていることに気づいた。

「いいえ、傷跡は武勇のしるし。美しいものよ」

クリスティーナに目をじっと見つめられ、ライアンは思った。この美しさに見飽きることは決してないだろう。

「もう下におりなければ」そういいながらも、ライアンはクリスティーナを抱き寄せていた。

ああ、もう自分をとめられない。ふたりきりで彼女の寝室にいることを意識すると、紳士らしい分別は頭から吹き飛んでしまう。

「下へ行く前にキスをしてください」クリスティーナは頼んだ。

瞳はもうキスをされたような顔をしている、とライアンは思った。頬をかすかに紅潮させ、瞳はまた深いブルーになっている。

自分が窮地に陥っていることをわかっていないらしい。こちらがどんなに不届きな考えを抱いているか知ったら、シーツのように顔を真っ白にするはずだ。

彼女は信頼してくれている。信頼していなければ、キスをしてほしいなどというはずがない。下卑た欲望は抑えねば。そう、紳士になるのだ。

一度のキスなら害になるまい。乱闘が終わったとき、クリスティーナを抱きしめたかった。熱いものが溶岩のように血管を流れていた。ああ、彼女を抱きたかった。この身を震わせた荒々しい情熱をもって。

だがあのとき、クリスティーナは尻込みしていた。不意にそのことを思い出し、ライアンはわれに返った。

「クリスティーナ、おれが怖いか?」

ライアンの真剣さはクリスティーナにも通じた。不安げなまなざしから伝わってくる。だが、なぜそんなことを尋ねるのかがわからない。「なぜわたしがあなたを怖がっていると思うの?」クリスティーナは笑いたいのをこらえて尋ねた。ライアンはひどく心配そうな顔をしていた。

「乱闘のあと、きみはあとずさりして……」

クリスティーナは我慢できずに笑みを漏らした。「さっきのちょっとした衝突は、乱闘とはいえないわ……。わたしが怖がっていると、ほんとうに思っているの？」

意外な答だったので、ライアンはとっさにいいわけをした。「いや、たしかに乱闘というほどのものではなかったが、あんなにおびえた顔でこっちを見ていたから、怖《お》じ気《け》づいたと思ったんだ。だいたい、普通の女性ならショックで感情的になるものだぞ、クリスティーナ」

最初は冷静な口調だったのが、いい終わるころにはぼやきになっていた。

「では、わたしは泣かなければいけなかったのね？　気に障ったのなら謝りますけど、まだこちらのしきたりがよくわかっていなくて」

「きみを相手にしていると調子が狂う」ライアンはいった。

クリスティーナはかちんときたが、ライアンがからかうような顔でこちらを見おろしているので、顔には出さないようにした。「あなたこそ、よくわからないわ」といいかえす。「わたしは、あなたがイギリス人であることをすぐに忘れてしまう」

誘惑にはあらがいがたかった。クリスティーナは我慢できず、手を伸ばしてライアンの胸に触れた。肌のぬくもりが指先に心地よく、もつれた毛は縮れているが柔らかい。

「あなたを怖がってなどいません」クリスティーナは彼の視線を避け、小声でいった。「初めて会ったときからずっと。怖がるわけがないでしょう？　あなたはとても優しい、思いやりのある人だもの」

なんと答えればよいのか、ライアンにはわからなかった。クリスティーナの口ぶりは、ほとんど彼を畏《おそ》れ敬っているといってよいほどだ。けれど、もちろん彼女は勘ちがいをしている。自分は優しくもなければ思いやりもない。だが、人間は変われる。クリスティーナが望むとおりの人間になろう。そう、優しいと思われているのなら、優しくなればよい。

「あなたは根っからの戦士でしょう？」

「おれに戦士であってほしいのか？」ライアンは当惑した。

「ええ、もちろん」クリスティーナは思いきってちらりと目をあげて答えた。

「戦士は優しくないが」

ライアンにはきっとわかってもらえないので、クリスティーナはそれ以上なにもいわなかった。彼は思いちがいをしているけれど、はっきりそういうのは失礼だ。クリスティーナはライアンの首にするりと手をかけ、柔らかい巻き毛を指にからませた。

彼が震え、体をこわばらせたのが伝わってきた。

ライアンはクリスティーナに話しかけたかったが、自分の声に裏切られるのはわかっていた。彼女の指先にどうしようもなく心を掻き乱されていた。

優しくしろ、と自分にいいきかせる。優しくしなければ。クリスティーナのひたいにキスをした。彼女が目を閉じてため息をついたので励まされた。まずそばかすの浮いた鼻筋に、それからやっと、柔らかい唇にキスをした。

とびきり優しいキスだった。甘美で穏やかで。

だが、それも彼女の舌が触れるまでだった。内なる欲望に火がついたようだ。その感覚に酔いしれて圧倒され、ライアンは優しくすることをすっかり忘れた。彼女のぬくもりに舌を差しこみ、味わい、探索し、呑みこんだ。

さらに引き寄せられると、欲望がふくらみ、ひとつのことしか考えられなくなった。彼女を自分のものにしたい……彼女のすべてを。

クリスティーナも抵抗していない。それどころか、低いあえぎ声はやめないでほしいと告げている。彼女が下腹を股間に当ててきた。意識してそうしたのではないとわかっていても、ゆっくりとのけぞるさまにますます興奮した。彼女はすばらしい、申し分ない。

ライアンはしわがれたうめき声をあげ、唇を離した。「きみを抱きたい、クリスティーナ」耳元でささやいた。「やめるならいまだ」

濡れた唇で喉をなぞると、クリスティーナはがくりとあおむいた。ライアンの髪をつかんでいる両手を握りしめ、引っぱり、哀願した。

もうすぐ我慢の限界を超えてしまう。ライアンは苦悩から逃れようと試みた。「ああ、クリスティーナ、おれから逃げろ。早く」

逃げろですって？　クリスティーナは立っているのもやっとだった。ライアンのキスに体がすみずみまで反応していた。彼の声には焦燥《しょうそう》がにじみ、力強い腕が緊張している。クリスティーナはライアンのちぐはぐな態度の意味を考えたが、わからなかった。「やめるのはいや」

その言葉が聞こえたらしい。肩を痛いほど握りしめられた。彼の瞳を覗きこむと、そこに見えたのは欲望だった。彼の激しい情熱に呑みこまれ、なにも考えられなくなった。

「自分がなにをいってるのか、わかっているのか？」

クリスティーナは知っている唯一の方法で答えた。全身で同意した。今度は意識してあおむくと、彼の顔を引き寄せた。

熱烈なキスに、ライアンは目がくらむ思いだった。最初はクリスティーナの大胆さに意表を突かれて動けなかったが、すぐに主導権を取り戻した。

クリスティーナを心ゆくまでよろこばせ、ほかの男のことなどすっかり忘れさせたかった。彼女は自分だけのものだ。これからずっと。

ライアンはクリスティーナの唇を唇でふさぎ、震える手でドレスの背中のボタンをはずした。クリスティーナは、生地が破れる音を聞いた。不意にライアンが彼女の両手をふりほどくと、ドレスをむしり取った。ドレスは床に落ちた。

クリスティーナは、ライアンの視線をさえぎる下着を着けていなかった。ライアンが一歩さがっても、彼女は両手を体の脇におろしたまま立っていた。

わたしの体はライアンのもの。この人はわたしのライオンだから。クリスティーナはその事実を受け入れ、恥ずかしさと不安に打ち勝とうと、心のなかで何度も自分にそういいきかせた。

ライアンには体を隠してはだめ……そして、心も。

どちらも彼のものなのだから。

ライアンはむさぼるようにクリスティーナの全身を眺めた。彼女は非の打ちどころのない体つきで、このうえなく美しかった。柔らかな蠟燭の明かりのもと、肌はなめらかでクリームのようだった。乳房は丸く盛りあがり張りつめていた。乳首が屹立《きつりつ》し、ライアンに触れられるのを待っている。ウエストはくびれ、下腹はたいらで、腰はほっそりとしていた。

クリスティーナはあらがいがたいほど魅力的だ。

その彼女が自分のものになる。

ライアンは震える手を伸ばし、クリスティーナを抱き寄せた。

裸の乳房がライアンの胸に初めて触れた瞬間、クリスティーナはあえぎ声を漏らした。胸毛がくすぐったく、肌が温かい。ライアンが力を加減して抱きしめてくれたのがわかり、あらゆる不安を忘れられた。初めての体験ではあるけれど、ライアンなら優しくしてくれると確信し、涙があふれた。

クリスティーナはライアンの喉の脈打っている部分にくちづけすると、首のつけ根にひたいをあずけ、えもいわれぬ男らしい香りを吸いこんで、彼の指示を待った。

ライアンがクリスティーナの三つ編みのリボンをそっとほどき、絹糸のような巻き毛をほぐすと、彼女の背中は陽光の色に覆われた。ライアンはクリスティーナを抱きあげてベッドへ連れていき、すばやく上掛けをめくって彼女をまんなかに横たえた。

クリスティーナは、今度はこちらが服を脱がしてあげる番だといいたかったが、ライアンはすでに靴と靴下を脱いでいた。ライアンが裸になると、声が喉に引っかかってしまい、驚嘆の目で見つめる以外はなにもできなくなってしまった。

ライアンはだれよりも堂々とした戦士だった。四肢に力がみなぎっている。太腿はたくましく強靭《きょうじん》で美しい。股間のものは硬く膨張《ぼうちょう》している。ライアンがのしかかってきたとき、クリスティーナは自然に脚を広げた。ライアンが脚のあいだに座る。彼の体の重みを感じるか感じないうちに唇を奪われ、焼けつくようなキスが始まった。

クリスティーナはライアンの腰に腕をまわした。彼の唇はいままでよりずっと甘く、舌は官能をそそった。かたときも休むことのない愛撫に、クリスティーナはわななないた。ふたりの脚がからまりあう。乳房を口に含まれ、つま先で彼の脚をなであげる。クリスティーナのよろこびのあえぎ声に、ライアンがさらに奮い立った。両手で乳房を揉みしだき、そのあいだも舌で乳首をころがす。やがて乳首を強く吸われた瞬間、クリスティーナの体の奥で白熱の固まりが燃えあがった。思わず腰が激しく動き、いきりたった一物をこする。ライアンに触れたい。賛美してくれる彼にお返しをしたい。けれど、全身を駆けめぐっている感覚は初めて味わうもので、強烈すぎる。切ない声をあげて彼にしがみつくのが精一杯。

太腿の内側の感じやすい部分をライアンの指がじらしている。ほどなくその指が柔らかい縮れ毛に守られた小さな突起をとらえると、そこは欲望に濡れはじめ、クリスティーナはわれを忘れた。ライアンの指がきつく締まった鞘《さや》に、舌が唇に入ってきた。

ライアンは信じられないほどの熱さを感じていた。あられもないクリスティーナの反応に、突っ走ってしまいそうだ。これ以上待てない。すぐに歯止めがきかなくなるのはわかっている。クリスティーナをせかしてはいけないと自分にいいきかせているのに、太腿は彼女の脚をさらに押し広げていた。

「たったいま、この瞬間からきみはおれのものだ、クリスティーナ。これからずっと」

ライアンは最奥まで貫こうとクリスティーナの腰を持ちあげ、ためらうことなくすばやくひと突きにした。

初めてだったのか。そう気づいたのは、貫いたあとだった。すでに根元まで入ってしまっている。ライアンは深呼吸し、動かないようにした。そうするのは、耐えがたいほど苦痛だった。クリスティーナのそこはとても熱く、とても締まっていた。ライアンをぴったりと包んでいる。

心臓が胸郭を激しく打つ。息が荒く弾む。「なぜいってくれなかった？」ようやく声が出た。肘をついてクリスティーナの顔を見おろす。なぜだ、声ひとつあげないとは。痛かったのだろうか？「初めてだと、なぜいってくれなかったんだ？」両手で彼女の顔を挟み、もう一度尋ねた。

「怒らないで」彼女がささやいた。

クリスティーナは泣き出してしまいそうだった。ライアンの目にともった猛々しい光が怖かった。挿入された痛みが体じゅうにずきずきと伝わり、全身がこわばってしびれた。「がっかりさせたのならごめんなさい」かすれた声で謝る。「途中でやめてほしくなかったの。がっかりするのはあとでもいいでしょう？」

「がっかりするものか。よろこんでいるんだ」ライアンはできるだけ穏やかで優しい声を出そうとした。ひどく骨が折れた。なぜなら、勃起したものが解放を求めていたから。彼女のなかで種をあふれさせたくてたまらない。

けれど、まずクリスティーナを完璧に満足させてやりたい。「痛くないようにしよう、クリスティーナ」

「もう痛いわ」

「やはりそうか、すまなかった。では、もうやめよう」ライアンはやめられないのを承知でいった。

「やめないで」クリスティーナはいった。肩に爪を立てられ、ライアンは離れられない。「これからよくなるのでしょう？」

ライアンは快感にうめき、腰を動かした。「気に入ったか？」

「ええ」クリスティーナはライアンのほうへ腰をあげ、さらに奥へと導いた。「あなたは？」

彼はうなずいてくれたのだろうか。熱い波に呑まれたクリスティーナには見えなかった。そのとき、彼の唇が唇をふさぎ、覚悟を求めてきた。

ライアンは優しくしたかったが、彼女のせいでそれはむずかしかった。クリスティーナは休みなく、煽《あお》り立てるように激しく腰を動かしている。我慢もここまでだ。

「力を抜いて、痛くないようにするから」

「ライアン！」

「なぜ初めてではないふりをした、クリスティーナ？」

ライアンは両手を枕にして仰向けに横たわっていた。クリスティーナは形のよい脚を彼の太腿にかけて寄り添っている。頭は彼の胸にあずけていた。「ふりをした、とは？」

「ごまかさないでくれ」ライアンはクリスティーナの声ににじんだ笑いを無視した。

「たぶん、話してもしかたがないわ。頭から決めつけているもの。それに、ほんとうのことをいっても信じてもらえないでしょうし」

「そんなことはない」ライアンは反論した。嘘だ。やはり信じないだろう。

「わたしが初めてではないふりをしたなどと、なぜいうの――」

「キスのしかただ」ライアンはにやりと笑って答えた。

「下手だった？　あなたのまねをしたのに」

「いや、悪くなかった。その……ひたむきさが気に入った」

クリスティーナはライアンの顔をじっと見て、冗談をいっているのではないのを見きわめてからいった。「ありがとう、ライアン。わたしもあなたのキスが好き」

「ほかには、おれのどこをまねた？」

ライアンはからかうつもりで尋ねたので、クリスティーナの答にひるんだ。「あら、なにもかもまねしたわ。得意なの。とくに、好きなことをまねするのは」

「痛がらせてすまない、クリスティーナ」ライアンは低い声でいった。「初めてだといってくれれば、痛くないようにしたんだが」

ライアンは、すこしはうしろめたさも感じたが、誇らしくてたまらなかった。

クリスティーナをものにしたのだ。自分はこれほど独占欲が強かったのか、と初めて自覚した。クリスティーナが愛してもいない男に身をゆだねるはずがない、と信じたかった。

彼女が絶頂に達したのはわかった。あろうことか、通行人に聞こえるほど大きな声でライアンの名を叫んだのだから。ライアンは笑みを浮かべた。クリスティーナは想像していたようなかよわい花ではなかった。乱れたければ乱れる。奔放《ほんぽう》に。完全にわれを忘れて。それに、声も大きい。彼女の熱い叫び声のせいで、まだ耳鳴りがしている。まさに本望だ。そう、クリスティーナは自制などしていなかった。背中のひっかき傷がそれを証明している。

いま聞きたいのは、彼女の本心だ。愛しているといってほしい。

ライアンは長いため息をついた。これでは、まるで結婚初夜の処女じゃないか。自信がなくて、心細くて。

「ライアン、こちらの男の人はみんな体に毛が生えているの?」

不意にそう訊かれ、ライアンはわれに返った。「生えている男もいるし、生えていない男もいる」肩をすくめ、クリスティーナの頭を振り落としそうになった。「ミスター・サマートンがシャツを脱いだところを見たことはないのか?」とからかう。

「だれですって?」

今度は、教えてやる気はなかった。クリスティーナの嘘が破綻《はたん》しそうになろうが、助けてやることはない。急にいらいらしてきた。こんな話を持ち出した自分が悪いとわかってはいるが、どうにも腹立たしい。「クリスティーナ、こうして親しくなったのだから、もう作り話はよしてくれ。きみのすべてを教えてほしい」思ったよりすこしきつい口調になってしまった。

「どんな育ちでも、きみに対する気持ちは変わらない」

クリスティーナは答えたくなかった。これ以上、ライアンに嘘をつくのはいや……いまとなっては。心はまだ温かい光に包まれている。ライアンがとても優しくしてくれたから。「わたしに満足してくださったかしら」気をそらそうと、指で彼の胸をなぞった。

「大満足だ」ライアンは答え、へそに到達したクリスティーナの指をつかまえた。「クリスティーナ、きみの過去を――」

「わたしには、満足したかと訊かないの？」クリスティーナはつかまれた指を引きながら尋ねた。

「訊かない」

「なぜ？」

ライアンは深呼吸した。また勃起するのを感じた。「満足したのはわかっているからだ」歯を食いしばっていう。「クリスティーナ、やめろ。きみにはまだ無理だ。つづけて二度もできない」

クリスティーナの手が股間に触れ、ライアンから抗議の声を奪った。ライアンは低いうめき声を漏らした。引っこめた下腹に彼女が濡れたキスを始めると、手が体の脇に力なく落ちた。

「やめろ」

ライアンはクリスティーナの髪をつかんで引き寄せ、よく聞けといわんばかりに巻き毛を引っぱった。「おれをその気にさせるのは、明日まで待ったほうがいいぞ」脅すようにいう。

「男は飽くことを知らないからな、クリスティーナ」

「そうかしら?」クリスティーナはささやいた。その唇が、硬くなった股間へと近づいていく。

ライアンはクリスティーナの頭を胸のあたりへ引き戻した。すると、クリスティーナがきっぱりといった。「わたしたちにはこの一夜だけしかないのよ」

「いいや、クリスティーナ。死ぬまで一緒だ」

クリスティーナは黙っていたが、ライアンのいうとおりにならないことはわかっていた。涙が湧きあがり、ライアンから顔をそむけた。どうしてももう一度彼に触れたい。彼を味わいつくしたい。ライアンの記憶が残るように……いつまでも消えないように。

ふたたびライアンの腹部に身をかがめた。そこにくちづけする。それから太腿に、ついには太腿のあいだに。

彼のにおいは、味と同じくらい、陶酔をもたらした。それなのに、秘密の場所を探る時間はつかのまで奪われ、クリスティーナは抱きあげられた。

ライアンは激しくキスをしながらクリスティーナをとなりにおろした。クリスティーナはライアンの太腿に脚をかけ、来てほしいと手と口で懇願した。

クリスティーナはすっかり準備ができていた。ライアンは彼女の股間のとろりとした潤いに触れ、身を震わせた。クリスティーナが性急に動いて自分を傷つけないように、彼女の腰をしっかりと押さえ、ぬくもりのなかへゆっくりと挿入した。

仕返しに、クリスティーナはライアンの肩に嚙みついた。彼のせいでおかしくなりそうだ。ライアンはゆっくりと貫き、同じくらいゆっくりと引き抜く。苦しいほどにもどかしい。じれったい。

ライアンは戦士の耐久力と辛抱強さを併せ持っている。クリスティーナは、この快い責め苦になら死ぬまで耐えられそうな気がした。けれど、彼のほうがはるかに愛の技巧にたけていた。彼の手がふたりのあいだに滑りこんできて、熱い芯を巧みにとらえたとき、クリスティーナは完全に降参した。

絶頂はすさまじく、焼きつくされそうだった。クリスティーナはきつく目をつぶってライアンにしがみつき、彼の喉元に顔を押しつけ、全身を駆け抜ける熱い波に耐えた。

ライアンももはやとまらなくなっていた。腰の動きが力強さを増す。クリスティーナが思わず弓なりにのけぞり、ライアンのものを締めつけた瞬間、彼も達した。強烈なオーガズムに、ライアンは呆然となった。その頂点は魂の深奥まで達した。

天国だ。

長い時間が過ぎ、やっとライアンの鼓動は落ち着き、乱れていた呼吸もととのった。心から満ち足りていて、このままじっとしていたかった。

クリスティーナが泣いている。不意に、ライアンは彼女の涙で肩が濡れているのを感じた。彼女が泣いているのを悟ったとたん、現実に引き戻された。「クリスティーナ？」彼女を抱き寄せながらささやきかけた。「今度も痛かったか？」

「いいえ」

「だいじょうぶか？」

クリスティーナがあごの下でうなずく。

「だったら、なぜ泣いている？」

ライアンの声が思いやりにあふれていたので、クリスティーナは自分を抑えられなかった。いまさら泣きやんでもしかたがない。すすり泣いていたのがライアンに知られてしまったのだから。もうすこしで取り乱した老女のようにみっともなく大声をあげて泣いてしまいそうだ。

ライアンは動揺していた。クリスティーナを仰向けに横たえ、顔にかかった髪をどけてそっと涙を拭いた。「教えてくれ、クリスティーナ。どうしたんだ？」

「なんでもないの」

なんでもないわけがないが、ライアンはぐっと我慢した。「ほんとうに痛くなかったのか？」つい不安が声に出てしまった。「頼む、クリスティーナ。泣くのをやめて、どうしたのか教えてくれ」

「いいえ」

ライアンのため息は強く、クリスティーナの頬の涙を乾かした。ライアンは彼女の顔に手を添え、親指であごの下の柔らかい肌をなでた。「なぜ泣いていたのか教えてくれるまでここを動かないからな、クリスティーナ。来週、帰ってきたおば上に、こんなところを見られてもいいのか？」

クリスティーナは、ライアンは本気だと思った。いいだしたら聞かない顔をしている。頬がこわばっていた。「いまみたいな感覚を味わったのは初めてなの。それで、怖くなってしまって」

ふたたび涙があふれてきた。ああ、この人を置き去りになどできない。ほんとうは置き去りにするつもりだなんて、最低だ。恥ずべきだ。きっと、愛してくれているのに。いいえ、彼はプリンセスという身分を愛しているだけ。クリスティーナは、そう思い直し、首を振った。

「クリスティーナ、きみは初めてだったんだ。怖くなるのがあたりまえだ」ライアンがいった。「次は怖くなくなる。ほんとうだ」

「次はないわ」クリスティーナは声をあげて泣き出した。ライアンの肩を押しやる。彼はすぐに体重を移動させてごろりと横たわった。

「あるとも。まず結婚するんだ。できるだけ早いほうがいい。ほら、い**ま**、おれはなんといった？」

ライアンは声を張りあげた。クリスティーナが盛大に泣き声をあげていて、普通の声では聞こえそうになかった。

「結婚はしないといったくせに」

なるほど、それが理由か。「考え直したんだ」ライアンはきっぱりといった。クリスティーナが泣いているほんとうの理由がわかって、笑みがこぼれた。それに、自分自身にこのうえなく満足していた。信じられない、たったいま結婚という言葉をさらりと口にできたとは。もっと驚きなのは、ほんとうにクリスティーナと結婚したいと思っていることだ。

なんという変わりようだ。

クリスティーナはもぞもぞと起きあがった。髪を肩のうしろへ払い、ライアンのほうを向いた。しばらく彼をじっと見つめながら、もっともらしいいいわけを考えた。結局、できるだけそっけなくすることにした。「わたしも考え直しました。あなたとは結婚できません」

ライアンにとめられないうちにベッドを飛びおり、急いで箪笥へローブを取りにいった。

「たしかに結婚したいと思っていました。あなたがいれば、この国での生活も我慢できるような気がしたから。でもそのときは、あなたを置き去りにできると思っていたの」

「なにをいうんだ、クリスティーナ、これがなにかの冗談だったら、いますぐやめろ」

「冗談じゃないわ」クリスティーナはいいかえした。腰に帯を結び、新たにあふれた涙をぬぐうと、ベッドの足下へ引き返した。そして、うなだれていった。「あなたが結婚したいのはプリンセス・クリスティーナよ。わたしじゃない」

「わけのわからないことをいう」ライアンはつぶやき、ベッドを出てクリスティーナのとなりへ行った。

クリスティーナがなにを考えているのか、さっぱりわからなかったが、この際どうでもよいと自分にいいきかせた。

「いくらでも嘘をつけばいい、だが、おれに身をゆだねたときのきみは正直だった。おれを求めているはずだ、おれもきみを求めている」

クリスティーナを抱き寄せようとしたが、彼女の言葉に手をとめた。「それでもだめなの」

悲しげな声に、ライアンは胸をかきむしられた。「ほんとうに冗談ではないんだな。本気で結婚したくないと思っているのか」

「結婚はできません」

単純な返事に、ライアンはむきになった。「できないものか。結婚するぞ、クリスティーナ、できるだけ早く準備をする。いいか、二度と結婚しないなどというな」

「どならなくても聞こえています。もうすぐ夜が明けるわ。ふたりとも疲れているから、もうこの話はやめましょう」

「そもそも、おれに結婚を申しこんだのはなぜだ？」ライアンは尋ねた。「それに、なぜやめるといいだした？」

「しばらくのあいだだけならあなたと結婚してもいいと思ったの、でも――」

「結婚とは永遠のものだ、クリスティーナ」

「こちらのしきたりではそうでしょうけど、わたしたちのしきたりではちがう」クリスティーナは答え、ライアンから一歩あとずさった。「今夜は心が乱れていて、これ以上お話しできないわ。それに、どうせわかってもらえないし――」

ライアンは手を伸ばしてクリスティーナを胸に引き寄せ、腰を両腕で抱いた。「おれに抱かれる前から、結婚しないと決めていたのか?」

彼の声に怒りを聞き取り、クリスティーナは目をつぶった。「あなたのほうから結婚の申しこみを断ったのよ。それに、ええ、わたしも結婚しないと決めていました」

「だったら、なぜ抱かれた?」ライアンは愕然《がくぜん》とした面持ちで尋ねた。

「あなたがわたしのために戦ってくれたから。わたしを守ってくださったからじゃないの」

あきれたような口調に、ライアンは憤慨した。彼女は、なぜわからないのかといわんばかりだった。「そうか、それなら、ほかの男でもよかったわけだ――」

「いいえ、あなた以外のイギリス人だったら抱かれませんでした。わたしたちの運命は――」

「きみの運命はおれの妻になることだ、いいな、クリスティーナ?」ライアンはどなった。

クリスティーナはライアンから身を離した。彼が放してくれたのが信じられない。「わたしはこの国が嫌いなの、わからない?」とどなりかえす。「ここでは生きていけないわ。変な人ばかりだもの。小さな箱から箱へと駆けまわってる。街はそんな箱ばかりで、息もできない。こんなところで――」

「小さな箱とはなんのことだ?」

「家よ、ライアン。だれもかれも家にこもってる。家から家へと、鼠《ねずみ》のようにちょこちょこ移動してばかり。わたしはそんなふうに暮らすのはいや。息もできない。それに、イギリス人も嫌い。ほんとうのことを聞いて、どう思った? わたしは変だと思う? ここの人たちは母がおかしくなったと思いこんでいるようだけれど、だったらわたしもおかしいのよ」

「なぜイギリス人を嫌うんだ？」ライアンが尋ねた。穏やかでなだめるような声に変わっていた。クリスティーナは、ほんとうに乱心したと思われているのかもしれないと考えた。

「イギリス人のふるまいがいやです」正直にいった。「女性は夫に貞節を誓っておきながら愛人を作るわ。それに、イギリス人はお年寄りを役立たずのゴミみたいに扱う。いちばんよくないところはそこよ。お年寄りは尊敬すべきで、さげすんではならないの。それに子どもたちはなにをしているの？　子どもたちの話は聞くけれど、ひとりも見かけない。母親が教室に閉じこめているからよ。子どもは家族の中心なのに、イギリス人はわかっていないのかしら？　ええ、ライアン、わたしはこんなところでは生きていけない」

クリスティーナは口をつぐんで深呼吸した。そのとき、故郷の悪口をいわれているのにライアンがすこしも怒った様子ではないことに気づいた。「なぜ怒らないの？」クリスティーナは尋ねた。

もう一歩あとずさろうとして、ライアンにつかまった。ライアンはクリスティーナを両腕で抱き寄せた。「ひとつには、きみの考えはもっともだと思うからだ。もうひとつは、きみは腹立たしげに文句を並べているあいだ、一度も『あなたは』という言葉を使わず『イギリス人は』といっていた。おれは含まれていないようだった。おれ以外のイギリス人を嫌おうが、ぜんぜんかまわない。きみは以前、おれはほかのイギリス人とちがうといった。だからこそ、おれに惹かれたんだろう？」ため息をつく。「だが、ほんとうはどうでもいいことだ。おれたちはふたりともイギリス人なんだ。その事実は変えられないんだからな、クリスティーナ、そして、きみがおれのものだという事実も変えられない」

「わたしのいちばん大切なところはイギリス人じゃないの」

「それはどこだ？」

「わたしの心のなか」

ライアンはほほえんだ。クリスティーナは慰めてほしがっている子どものようだ。そのとき、彼女が身を引き、ライアンの笑みに気づいて顔色を変えた。「大切なところが心にあるといったのに、笑うなんてひどい」と息巻く。

「笑うとも」ライアンはどなりかえした。「なぜなら、初めてきみが正直になってくれたからだ。きみを理解したいと思っているから、うれしくて笑ったんだ、クリスティーナ」そういいながら、威圧するように彼女のほうへ一歩踏み出した。「笑ったのは、きみを知りたいからだ。なぜかはわからない、でも、どうしても知りたいんだ」

クリスティーナはライアンに背を向けた。「もうこの話はやめましょう」ぴしゃりといい、ズボンを拾って彼に放った。「服を着て、お帰りになって。申し訳ないけど、歩いて帰ってください。使用人がいないので、馬車を呼びにやれないの」

ライアンのほうをちらりと見ると、彼はしまったという顔をしていた。クリスティーナは、はっと息を呑んだ。「そういえば、表に馬車を待たせているんだった」

「そのとおりだ」ライアンはぼそりといった。すばやくズボンをはくと、上半身にはなにも着けず、裸足のまま、小声で悪態をつきながら大股で寝室を出ていった。

クリスティーナはあとを追った。「だれかがあなたの馬車を見たら……ああ、おばにいいつけるに決まってるわ」

「イギリス人にどう思われても気にしないんじゃなかったのか?」ライアンのどなり声が返ってきた。彼は荒々しい手つきで玄関のドアをあけ、振り向いてクリスティーナをにらみつけた。「大通りに住むべきだったな」クリスティーナが彼を怒らせようとこのタウンハウスを選んだといわんばかりの口ぶりだった。

とがめるようにそういうと、ライアンは馭者のほうを向いて大声で指示を出した。「使用人を起こして、半分をここへ連れてこい。伯爵夫人が田舎から帰ってくるまで、プリンセス・クリスティーナのお世話をさせる」

大声で指示せざるをえなかった。そうしなければ、馭者に聞こえなかった。通りに入ってこようとしている馬車の行列の音がやかましかったからだ。

いささか恥ずべきおこないであるのは承知のうえで、ライアンはあることをたくらんでいた。一台目の馬車が角を曲がって通りに入ってきたのが見えても、彼は馭者に馬車を出せと合図もせず、玄関のドアも閉めなかった。

「たったいま、トンプソン家のパーティが終わったようだ」なにげない口調で、背後に立ちつくしているクリスティーナに告げた。

息を呑む音がした。クリスティーナがこれからのなりゆきを察したらしい。ライアンはほくそえんだ。ドアの枠にもたれ、一台目の馬車のなかでぎょっとしている人たちに手を振る。

「ごきげんよう、ハドソン、レディ・マーガレット」ズボンのボタンを全部とめていないことなど意にも介さず、大きな声で挨拶した。

振り返って、クリスティーナにいった。「レディ・マーガレットはいまにも馬車から転がり落ちそうだな、クリスティーナ。あんなに窓から身を乗り出して」

「ライアン、よくもこんなことを」クリスティーナがライアンのやり口にあきれかえっているのは明らかだった。

「運命だ、クリスティーナ」

「なんですって?」

さらに三台の馬車に手を振り、ライアンはようやくドアを閉めた。「運命のしわざだ」血相を変えていまにも飛びかかってきそうな様子のクリスティーナより、自分自身に向かっていった。「ほら、結婚はしないという話をしたとき、自分がなんといおうとしていたのか覚えていないのか、クリスティーナ?」

「恥知らずな人ね」やっと声が出るようになったクリスティーナはどなった。

「それはちがう、クリスティーナ。要するに、たったいまおれはきみの運命を決めたんだ。運命を信じているのだろう?」

「あなたがどんな醜聞を広めようが、結婚はしませんん」

ここまで腹が立っていなければ、クリスティーナはもう一度、ほんとうのことをいおうとしたかもしれない。けれど、ライアンの勝ち誇ったような傲慢《ごうまん》な笑みを見ると、真実を打ち明ける気が失せた。

ライアンはクリスティーナの怒りを飲み干した。いきなり彼女を抱きしめ、激しくキスをして。ようやく解放されたクリスティーナは、抗議する気力もなくしていた。

「絶対に結婚するぞ」

そういうと、ライアンは靴を探しに階段をのぼっていった。

クリスティーナは手すりにつかまってライアンを見送った。「わたしの名誉を汚せば思いどおりになると考えているのね？」

「いいきっかけにはなる」とライアンは返した。「いいか、なるようにしかならない。そういったのはきみだ、クリスティーナ、おれじゃない」

「では、どうなるか教えてあげるわ」クリスティーナはどなった。「わたしはもうすぐイギリスを離れるから、なんと噂《うわさ》されようがかまいません。まだわからないのね、ライアン。わたしはかならず故郷に帰るの」

聞こえたはずだと、クリスティーナは思った。壁を揺るがすほどの大声だったのだから。ライアンは角を曲がってしまったが、クリスティーナは彼が下に戻ってくるのを辛抱強く待った。二度と追いかけるつもりはなかった。階段をあがれば、また彼とベッドへ逆戻りするのが目に見えているから。それどころか、こちらから誘ってしまいそうだ。ライアンの魅力は強烈すぎるし、自分は意志が弱すぎてその魅力にさからえない。

それに、あんな人は大嫌い。あんなガラガラヘビ程度の道徳観念しか持ち合わせていないような人は。

おりてきたライアンは、服を着ていた。やはりクリスティーナを無視している。ずっと黙りこくっていたが、やがて馬車が大男ふたりと体格のよいメイドを乗せて帰ってくると、彼らを呼んで指示を与えた。

クリスティーナはライアンの横暴なやりかたに腹が立ってたまらなかった。ライアンが使用人たちに、プリンセスを守り、彼の許可なしには何者も入れてはならないと命じるのを聞き、抗議しなければと思った。

けれど、こちらを向いたライアンの顔つきを見て考え直した。彼の新たな一面が見えたからだ。ライアンは戦士に指示を与えているときのブラック・ウルフそっくりだった。ブラック・ウルフと同じくらい冷静で威厳があり、堂々としている。いまは彼にさからわないほうがよさそうだ。

そこで、むこうがこちらを無視しているように、とことん無視してやることにした。ところが、その決意は長くはもたなかった。クリスティーナが暖炉を見つめてライアンなどいないふりをしていると、ずいぶん表現力に富んだ悪態が聞こえた。振り向くと、ライアンがソファから跳びあがるところだった。

クリスティーナのナイフの上に腰をおろしてしまったのだ。

ナイフを手に取っていまいましげににらんでいるライアンを見て、クリスティーナはつぶやいた。「罰《ばち》が当たったのよ」

ライアンからナイフを取りあげようとしたが、返してくれない。クリスティーナは鋭くいった。「それはわたしのものよ」

「そして、きみはおれのものだ、この戦士気取りめ」ライアンは一蹴した。「さあ、おれのものだと認めろ、クリスティーナ。そうしなければ、グレイト・スピリットとやらに誓っていう、本物の戦士がどんなふうにナイフを使うのか、このおれが教えてやる」

ふたりがにらみあったまま、長く重苦しい時間が流れた。「自分がなにをつかまえようとしているのか、わかっていないようね。わかりました、ライアン。たったいまから――あなたが心変わりするまでは――わたしはあなたのものです。これで満足？」

ライアンはナイフを捨て、クリスティーナを抱き寄せた。そして、どんなに満足しているか、体で伝えはじめた。

9

一七九五年九月七日の日記

エドワードは西方の反乱をおさめに出かけていました。わたしは、迎えに来た船長にエドワードの書斎の外で待ってもらい、部屋に入って宝石を持ち出した。書き置きを残そうかと考えましたが、結局やめました。

そのあとただちに出発しました。海に出ても、最初の二日間は不安だった。ずっと船室にこもっていたわ。ひどく気分が悪かったから。なにを食べても吐いてしまうのは、海が荒れているせいだと思っていた。

けれど、一週間もしないうちに、事実に気づきました。わたしはエドワードの子を宿していたの。

ああ、許して、クリスティーナ、わたしはあなたの死を願いました。

月曜日、クリスティーナは忍耐を試されることになった。やっきになって抵抗したにもかかわらず、ライアンの使用人たちは朝のうちにクリスティーナの荷物をまとめ、彼の母親のタウンハウスへ運びこんだ。

クリスティーナは、どこへも行かない、来週の月曜日にはおばが帰ってくる、それまで自分の面倒は自分で見るといいはった。けれど、使用人たちはすこしも耳を傾けてくれなかった。親切ではあるものの、雇い主のいいつけを守り、不満があれば旦那さまに直接申しあげてはいかがかと、口をそろえていうばかりだった。

ライアンとは金曜の夜から会っていなかったが、存在はいやというほど感じていた。ライアンはクリスティーナをクレストン家の舞踏会に出席させなかったばかりか、外出そのものを禁じた。逃げないようにタウンハウスに閉じこめたのだろう。

また、クリスティーナを傷つけないための配慮とも考えられる。ライアンは、社交界に広がっているふたりの情事の噂を、彼女の耳に入れたくないのかもしれない。たしかに醜聞だ。もっとも、それを広めたのはライアン自身なのだが。

おそらく彼は、クリスティーナが中傷を聞きつけて心を痛めるのを心配している。未婚のクリスティーナが半裸のライアンと一緒にいるところを社交界の半分が目撃した。当然、醜聞は広がっていた。クリスティーナ自身、ライアンに押しつけられたメイドのコレットが、コックと市場へ買い物に行ったときに仕入れた噂話をほかの使用人にしゃべっているのを耳にしていた。

そしてこの月曜日の午後、クリスティーナは頭が割れるような痛みを味わっていた。頭痛は、結婚を発表する新聞記事を見つけたとたんに襲ってきた。ライアンが図々しくも、来る土曜日にプリンセス・クリスティーナと結婚すると発表していたのだ。

新聞をめちゃくちゃに破っているところに、コレットがやってきた。「まあ、お嬢さま、古い習慣にとらわれない旦那さまって、ロマンティックじゃございませんか？　なんでもご自分の思いどおりになさって、人になんといわれようが気にもとめないんですからね」

クリスティーナは、どこがロマンティックなの、と思った。大声で叫びたい。しばらくひとりになろうと寝室へ行きかけたが、ドアを閉めるか閉めないうちに、ふたたび邪魔が入った。応接間で客が待っていた。ライアンがだれも入れてはいけないと指示していたので、クリスティーナは応接間で待っているのは彼だと決めつけた。

腹立ちまぎれに足音荒く応接間に入った。「まったく、いい気なものね……」

山吹色のウィングチェアに座っているのが初老の女性だと気づいたとたん、威勢のよい声はだんだん小さくなって消えた。女性が怪訝《けげん》そうに尋ねた。「いい気なものとは、どういうことかしら、お嬢さん？」

クリスティーナは逆上していたのが恥ずかしくなった。そのとき、女性がほほえみかけてくれた。いくぶん、ばつの悪さがやわらいだ。見知らぬこの女性は優しい人のようだ。目元と口元に笑いじわがある。灰色の髷《まげ》のてっぺんが椅子の背の上端と同じ高さにあるので、とても背が高いことがうかがえる。美人ではない。鉤鼻《かぎばな》が顔の大部分を占め、薄い上唇の上には、濃くはないけれど目につくひげが生えている。肩幅が広く、豊満な胸の女性だった。

年齢はおばのパトリシアと同じくらいに見えた。クリスティーナはていねいにお辞儀をしてからいった。「大声をあげたりして申し訳ありません。ライアンとまちがえていました」

「まあ、度胸があるのね」

「度胸がある？　そうでしょうか」

「わたしの甥《おい》に声を荒らげるなんて。向こう意気の強い証拠よ」女性は短くうなずいた。そして、座るようにと手で合図した。「わたしはライアンが子どものころから知っているの、それでもあの子をどなりつける勇気はないわね。そんなことより、自己紹介しましょう。わたしはライアンのおばです。正しくはハリエットおば。あの子の父親の妹なの。あなたはじきに次のライアンウッド侯爵夫人になるのだから、いまからわたしをハリエットおばとお呼びなさい。これから、一緒にうちへ行きますけど、準備はできているの、クリスティーナ、それとももうすこし時間がほしい？　わたしはここで待っていますから、お茶を頼んでいただけるかしら？今日はまた暑くなったわねえ」

なんと返事をすればよいのか、クリスティーナにはわからなかった。ハリエットが膝から小さな扇を取り、手首をさっとひねってひらき、いささか荒っぽい手つきで顔をあおぐのを見つめた。

クリスティーナは、年を重ねたハリエットに自然と従順になった。年長者は敬うべきであり――できるかぎり――黙って従わねばならない。それがクリスティーナを育てたダコタ族の習わしだ。

　クリスティーナはお辞儀をしていった。「お目にかかれて光栄です、ハリエットおばさま。どうやら誤解があるらしいのですが、聞いていただければご説明します」

「誤解？」ハリエットの声は楽しげだった。クリスティーナを扇で指した。「お嬢さん、はっきりいわせていただくわね。わたしは、あなたをあの子の母親のタウンハウスへ連れていくようにいわれているの。もうわかっているでしょうけど、あの子はあなたの気持ちにはおかまいなしでやりたいようにやるわ。そんなにしょんぼりしないで。あの子は心からあなたのためを思っているのよ」

「わかっています」

「ライアンと結婚したいの？」

　ハリエットは単刀直入に問いただしてきた。クリスティーナをじっと見つめている。まるで鷹《たか》だ。

「ねえ、どうなの？」

　クリスティーナは、やんわりと事実を伝える方法を考えた。「望んでいることと、しなければならないこととは別の問題です。わたしはライアンが恐ろしいまちがいを犯さないようにしているのです」

「つまり、結婚はまちがいだというのね？」

「ええ、わたしと結婚するのはまちがいです」

「わたしは昔から遠慮をしないことで有名なの、クリスティーナ、だからずばり訊くわね。ライアンを愛しているの？」

自分が赤くなったのがわかった。長いあいだハリエットの顔を見つめた。

「答える必要はないわ。あなたがあの子を愛しているのはわかります」

「愛さないように努力しているのに」小声でいった。

ハリエットはふたたび顔をあおぎはじめた。「どういうことかまるでわからないわね。さっぱりだわ。ライアンの話では、あなたは英語を話せるようになったばかりだから、つじつまの合わないことばかりいうそうだけど。あら、そんなふうに赤くならないで、クリスティーナ、ライアンはあなたをけなしているわけではないの。ね、この結婚が愛にもとづいているものだったらすてきじゃない？」

「初めて彼と会ったとき、きっとこの方と結ばれると思いました……しばらくのあいだだけですけれど」クリスティーナは、ハリエットがいぶかしげな顔をしたのでつけくわえた。「それがわたしたちの運命だと思ったのです」

「運命？」ハリエットは笑みを浮かべた。「ロマンティックなことをいうのね、クリスティーナ。あなたのような女性こそライアンに必要なの。あの子は気性が激しくて、怒ってばかりいるでしょう。ところで、しばらくのあいだだけ、とはどういうことか教えてくださいな。すぐに愛がさめると思っているの？　それはちょっと軽薄なのではないかしら？」

ハリエットがなにをいいたいのか、クリスティーナにはよくわからなかった。「ライアンはプリンセスと結婚したがっている。わたしは故郷に帰りたい。ごく簡単なことです」

ハリエットの表情は、簡単とはまったく思えないと語っていた。

「だったら、ライアンもあなたのお国へ行けばいいのよ」ハリエットはいった。「きっと、あなたのふるさとを見てみたいといって聞きませんよ」

決して実現できない提案に、クリスティーナは思わず苦笑した。

「ほらね？　わたし、あなたの心をもう軽くしたでしょう」とハリエット。「ね、ライアンだってもちろんお里帰りさせてくれますよ」

クリスティーナには、ハリエットに反論しても無駄だとわかっていた。それに、面と向かって異を唱えるのは無礼だ。クリスティーナは、茶菓を持ってくるよう使用人に指示してから、ハリエットが楽しげに語る侯爵家の話にしばらく耳を傾けた。

ライアンの父親が眠っているあいだに亡くなったことも、話に出てきた。当時、ライアンは遠く離れた学校に通っていたため、看取ることができなかったという。クリスティーナは、父親の最期にそばにいられなかったのは悲しいことだと思った。ライアンの妻レティも出産のときに死んだそうだ。なんとも悲しい話に、クリスティーナは涙をこらえなければならなかった。

やがて話が終わると、ふたりはライアンの母親のタウンハウスへ向かった。

この美しいタウンハウスには、レディ・ダイアナに招待されて一度入ったことがあったので、今度は豪華な眺めにも息を呑むことはなかった。

玄関の間は、蠟燭の明かりでまばゆいほどだった。その左手が応接間。クリスティーナがこれまでに見たどの応接間とくらべても、優に三倍は広い。玄関の間の右手に食堂がある。顔が映るほどきれいに磨かれた細長いテーブルが、部屋のほとんどを占めていた。テーブルの両側に、十六脚ずつ椅子が並んでいる。

どうやら、ライアンの母親は大勢の親族と暮らしているらしい。ライアンは親族に不自由のない暮らしをさせているようだ。そこらじゅうで使用人が忙しそうに働いている。ハリエットによれば、ライアンが全員の給金を払っているという。

レディ・ダイアナが階段を駆けおりてきて、クリスティーナを出迎えた。「お兄さまが上の書斎でお待ちしています」ダイアナはクリスティーナの腕を引っぱりながらいった。「あら、ピンクがとてもよくお似合いね、クリスティーナ。とっても柔らかい色。ああ、わたしもあなたみたいに華奢だといいのに。あなたのとなりにいると、象になった気がするわ」

おしゃべりは休みなくつづくので、相槌《あいづち》をうつ必要はなさそうだった。

ダイアナに連れられて階段をのぼり、書斎に入った。明るく風通しのよい部屋だが、クリスティーナは部屋の様子に目もくれなかった。ライアンだけを見つめていたからだ。彼はむこうを向いて窓辺に立っていた。クリスティーナは怒りの波に呑まれた。自分の生活をこんなふうに勝手に変えたライアンのやりかたに、無性に腹が立った。彼をどなりつけてしまいそうだ。どなりつけたくて、喉がひりひりする。

それでも、彼の妹の前ではその気持ちを隠し、引きつった笑みさえ浮かべていった。「レディ・ダイアナ？　しばらくお兄さまとふたりでお話ししてもよろしいかしら？」

「まあ、それはどうかしら。ハリエットおばさまに、あなたのそばを離れてはいけないといわれているの。例の噂を聞いてしまったのよ」ダイアナは小声でクリスティーナにいった。「だけど、おばさまは下にいるし、ほんとうにすこしのあいだだけと約束してくださるのなら――」

「ダイアナ、ドアを閉めなさい」

ライアンがこちらを向いていた。妹に指示しながらも、クリスティーナから目を離さなかった。

クリスティーナはライアンの目を見返した。ひるんではならない。そして、ライアンがどんなに男らしく魅力的に見えても、一瞬たりとも油断してはいけない。今日のライアンは、濃いブルーのライディング・ジャケットを着ている。体にぴったりと合っていて、クリスティーナが覚えているより肩幅が広く見えた。

突然、ライアンが怖い顔でこちらをにらんでいることに気づいた。まさか、怒っているのだろうか。信じられない。クリスティーナはあきれて、しばらく口がきけなかった。なぜあなたが怒るの？　そもそも、こんな騒ぎを引き起こしたのはそっちじゃないの。

「ウェストレイのパーティにエスコートしたいというバロン・ソープの申しこみを受けたと聞いたぞ、クリスティーナ。ほんとうか？」

「なぜご存じなの？」

「ほんとうなのか？」

大きな声ではなかったが、口調は厳しかった。

「ええ、ライアン。たしかにお受けしました。先週、申しこまれたの。ウェストレイ家の園遊会、とはなんのことか知りませんけれど、とにかくバロンと出席します。あなたが怒ろうが、関係ありません。いまさらお断りするのは失礼よ。約束したのだから」

「おれと一緒でなければ外出は許さないぞ、クリスティーナ」ライアンはいった。深呼吸してつづけた。「婚約した女性は、ほかの男と出かけたりしないものだ。どうやら、状況がわかっていないようだな。おれたちは土曜日に結婚するんだ、その前日に別の男と出かけるなど、もってのほかだ」

ライアンはつとめて腹立ちを抑えようとしたが、いい終えるころには声が大きくなっていた。

「あなたとは結婚しません」クリスティーナは彼に合わせて大声でいいかえした。「わたしたちは結婚すべきではありません。わたしはあなたを守ろうとしているのに、わからないの？　わたしのことをなにも知らないくせに。そうよ、あなたが求めているのはプリンセスでしょう」

「クリスティーナ、それ以上わけのわからないことをいうな……」

突然、ライアンが動き、あとずさろうとしたクリスティーナを抱きしめた。クリスティーナは抵抗しなかった。「ライアン、意固地になるのはやめて、わたしが正しいとわかるはずよ。

わたしは別の方を探すべきなの。バロン・ソープに結婚を断られれば、また別の方を探します。スプリックラーでもかまわないわ」

ライアンはもう一度、無理やり深く息を吸った。「よく聞け、クリスティーナ。ほかのだれにもきみに触れさせない。スプリックラーは、あとひと月は歩くこともできないだろうし、ソープも長旅に出るはめになるだろう。いっておくが、きみが選んだ男はことごとく不幸な目にあうぞ」

「やめて。侯爵のあなたが人を脅すなんてとんでもないわ。それより、スプリックラーが歩けないとは、どういうこと？」クリスティーナはふと尋ねた。「ローン伯爵があの人の顔にドアをぶつけたのはよく覚えています。歩けないなんて、大げさだわ。まさか――」

「そのまさかだ」

「よくもそんなひどいことを笑いながらいえるわね」

「おれは自分のやりたいようにやるのでね、クリスティーナ」ライアンは親指でクリスティーナの唇をなでた。クリスティーナはその指に噛みついてやりたかった。

だが、その気持ちは砕け、クリスティーナは肩を落とした。ライアンに触れられただけで、理性は窓から飛んでいってしまった。あろうことか、早くも下腹が疼きはじめている。

クリスティーナはライアンに唇を許し、さらに口をあけて彼の舌を受け入れ、怒りをすっかり吸い取られるがままになった。

ライアンは、クリスティーナから同じくらい熱烈な反応が返ってくるまで優しい攻撃をつづけた。彼女が肩にしがみついてきたとたん、唇を離した。

「キスをするときだけは正直だな、クリスティーナ。だが、今日はここまでだ」

クリスティーナはライアンの胸に頭をあずけた。「心はあげません、ライアン。あなたを愛することは絶対にありません」

ライアンはクリスティーナの頭のてっぺんにあごをこすりつけた。「いや、きっと愛するようになる」

「やけに自信があるのね」クリスティーナはささやいた。

「おれに身をゆだねてくれたじゃないか、クリスティーナ。だから、自信がついた」

大きなノックの音がふたりの会話をさえぎった。「ライアン、いますぐそのお嬢さんを放しなさい。聞いているの？」

最後の問いは無用だった。ハリエットの声は、隣近所に聞こえるほど大きかった。

「おばさまはどうしてあなたがわたしを抱いているとわかったのかしら？　千里眼をお持ちなの？」クリスティーナは畏怖《いふ》のこもった声で尋ねた。

「せん、なんだと？」ライアンは訊き返した。

「ドアをあけなさい。早く」

「千里眼です」ハリエットの大声の合間にクリスティーナはささやいた。「おばさまにはドアを通してものが見えるのよ、ライアン」

ライアンは声をあげて笑った。低くとどろくような声がクリスティーナの耳をくすぐった。

「そうじゃない、クリスティーナ。おばはおれのことをよく知っているだけだ。おれがきみを抱くだろうと、最初から決めてかかっているんだ」

クリスティーナはがっかりした。ハリエットがまた大声をあげたので、ドアのほうへ向き直った。「ふたつのことを約束してくださったら、土曜日にあなたと結婚しましょう」

ライアンは首を振った。この世間知らずな娘はまだわかっていない。約束しようがしまいが、結婚すると決まっている。

クリスティーナは催促するようにいった。「いかが？」

「どんな約束だ？」

振り向くと、ライアンが胸の前で腕を組んで待っていた。その態度が、なんとなく恩着せがましい。「ひとつめは、わたしがこの国でしなければならないことをやりおおせたら、故郷へ帰してください。ふたつめは、わたしを愛さないと約束してください」

「ひとつめについては、クリスティーナ、おれはきみをどこにも行かせない。結婚とは永遠のものだ。そのことをよく覚えておくように。ふたつめについては、なぜ愛してはならないのかわからないが、努力しよう」

「やっぱり頑固な人ね。案の定だわ」クリスティーナは不満げにつぶやいた。

いきなり背後でドアがあいた。「あら、鍵がかかっていないといってくれればよかったのに」

ハリエットが非難がましくいった。「誤解は解けたの、クリスティーナ？」

「とりあえず、しばらくのあいだ、ライアンと結婚することにしました」

「ずっと、だ」ライアンはつぶやいた。

クリスティーナのいうことは霧のようにつかみどころがない。ライアンは彼女を揺さぶってやりたかった。

「そう。では、いらっしゃい、クリスティーナ。お部屋に案内しましょう」ハリエットはしばらく意味深長な目つきでライアンのほうを見やり、つけ足した。「わたしの部屋のとなりよ。わたしがいるかぎり、夜中にふたりきりで会うことはかないませんからね」

「すぐに行かせます」ライアンはいった。「クリスティーナ、行く前にもうひとつだけ質問に答えてくれ」

「ドアの外で待っていますよ」ハリエットがドアを閉めた。

「なにかしら？」クリスティーナはライアンに尋ねた。

「土曜日までに気が変わるということはないだろうな？　見張りをつけてここに閉じこめておかねばならないということはないな？」

「そんな楽しそうな顔をして、わたしを閉じこめたいのね。いいえ、気が変わることはありません。あなたはきっと後悔するわ、ライアン」クリスティーナは哀れみのこもった声でいった。「わたしはあなたが思っているような女ではないの」

「自分が手に入れようとしているものくらい、ちゃんとわかっている」ライアンは笑いたいのをこらえた。クリスティーナは悲しげで、彼を気の毒に思っていると言外に告げている。

「おれに抱かれて、とてもよかったのを思い出したから結婚する気になったんだろう」ライアンはいいはなった。

いかにも傲慢ないいぐさなので、まさか返事が来るとは思ってもいなかった。

「ちがいます」

クリスティーナはドアをあけてハリエットにほほえみかけると、ライアンのほうを向いて言葉を継いだ。「ほんとうのことをいってもいいの、ライアン？」

「めったにないことだ、ぜひ聞きたい」ライアンは気取った口調でいった。

「大事なハリエットおばさまの前で？」クリスティーナは訊き返し、途方に暮れているハリエットに小さく笑ってみせた。

ハリエットはため息をついてふたたびドアを閉めた。顔の前でこうもドアをあけたり閉めたりされては扇がいらない、とぼやく声はクリスティーナにも届いたが、皮肉は通じなかった。

「教えてくれ、クリスティーナ、ほんとうのこととやらを」

急にせかされ、クリスティーナはむっとした。「わかりました。あなたと結婚する気になったのは、悪者たちとの戦いぶりが見事だったからよ」

「そんなことが結婚の理由になるか？」

「もちろんなります」

「クリスティーナ、一度でいいから、わかりやすく話をしてくれないか？」

クリスティーナは、もう一度だけ嘘をつけばよいのだと思った。衝撃的で混み入った真実を話すより、単純な作り話をするほうがよい場合もある。けれど、いまからまた嘘を考える余裕はない。ライアンはいまにもどなりだしそうだ。「わかりました。あの、とくに自慢するようなことではないのでしょうけど、あなたはまさに戦士らしく戦っていた、だから結婚することにしたの」

「それで？」

「あら、もうわかったはずよ」

「クリスティーナ」ライアンの声は低く、いらだちがこもっていた。

「つまり、あなたは簡単には命を奪われない。ええ、これがほんとうの理由よ。納得したでしょう？」

ライアンは納得したふりをしてうなずいた。そのとき悟った。これからはクリスティーナになにをいわれても決して面食らうことはない。そう、もはや驚きも頭打ちだ。こんなに何度も驚かされれば慣れるものだ。

とにかく、たったいまクリスティーナが差し出した新しい謎を解こう。「要するに、結婚したら、きみはおれを殺す。けれど、おれは自分の身を守れるから殺すのは無理だ。だから、おれと結婚するという意味か？」

われながらつじつまが合っていない。ライアンは、思わず首を振った。

「まさか」クリスティーナは答えた。「わたしがあなたを手にかけると考えるなんてあんまりだわ。ひねくれすぎよ」

「そうか」ライアンは背後で拳を握った。「くだらないことを考えてすまない」

クリスティーナはその言葉を信じていない様子だった。「ほんとうにすまないと思っているのかしら」不満げにつぶやく。「謝罪は受け入れます」しぶしぶつけ足した。「悪かったという顔をしているから、本気なのね」

ライアンは、ここで癇癪を起こすものかと誓った。だが、頭がきちんと働いているのかどうかもおぼつかない。クリスティーナに頭のなかをぐちゃぐちゃにされてしまった。ああ、どんなに時間がかかっても納得できる答を引き出してやる。「クリスティーナ」小さな子どもをあやすような穏やかな口調で切り出す。「おれは簡単には殺されない——そんなふうに思ってくれるのはありがたいが——ということは、だれかがそうたくらんでいると思っているのか？」

「たくらむとは？」

「おれを殺そうとしている、ということだ」

ライアンの我慢もそろそろ限界だった。クリスティーナがまたドアをあけている。ハリエットにほほえみかけ、気の毒なおばが口をひらこうとした瞬間に鼻先でドアを閉めた。答を聞かれたくないらしい。

「わたしの父が。もうすぐイギリスへ戻ってくるのだけど、わたしの命をねらっているはず。でも、わたしがここにいるうちは、あなたを守ると約束する。わたしがいなくなれば、父もあなたに手出しはしません」

「クリスティーナ、父上がねらっているのがきみなら、おれを守る必要はないだろう？」

「いいえ、父はまずあなたを殺さなければならない。そうしなければ、わたしを取り戻すことができないから。ライアン、あなたは独占欲が強いもの。ええ、そうよ」クリスティーナは、ライアンが抗議しようとしたのを察してたたみかけた。「だから、わたしの盾になってくださるはず」

にわかにライアンはうれしくなったが、その理由はまったくわからなかった。いまクリスティーナがいったのはほめ言葉だろうか？　そうは思えないのだが。

確かめることにした。「つまり、おれを信頼しているのか」

クリスティーナはあっけにとられた。「白人を信頼する？　まさか」

そういうと、クリスティーナはいきなりドアをあけ、文句をいっているハリエットをなだめようとした。けれど、なかなか言葉が出てこない。ライアンのとんでもない言葉で頭がいっぱいだったからだ。彼を信頼している？　よくもそんなありえないことを。

「いいかげんになさい。あなたがたを待っていたらおばあさんになってしまうわ」

「ハリエットおばさま、辛抱強く待ってくださってありがとうございます。おばさまのいうとおりでした。ライアンとじっくり話し合ったら、問題を解決できました。さあ、お部屋を案内してくださいます？　荷ほどきをメイドに手伝ってもらわなければ。来週、パトリシアおばがロンドンに帰ってきたらこちらに泊めていただきたいのですけど、お部屋はありますか？　わたしが勝手に引っ越したと知ったら、おばはきっと腹を立てるわ」

作戦成功。とたんにハリエットは渋面を引っこめた。仕切りたがり屋の一面が頭をもたげ、不満をすっかり忘れてしまったらしい。「ほら、わたしのいったとおりでしょう。さあ、いらっしゃい。ダイアナが午後のお茶にお客さまをお招きしているのよ。もう何人かいらっしゃっているわ。みなさん、あなたに会うのが待ちきれないのよ、クリスティーナ」

ハリエットの熱っぽいおしゃべりに、ドアの閉まる音が重なった。

ライアンは窓辺へ引き返した。眼下の庭に客が集まっているのが見えたが、彼らを頭から追い出した。

謎の手がかりが噛み合いはじめた。たったいま聞いたことは、嘘とは思えない。クリスティーナは、父親がイギリスへ戻ってくると考えている。

彼女を殺しに。

おびえた瞳、震えた声から、彼女が初めて真実を語っていることがわかった。だが、話してくれたこと以外にも、まだなにか知っているはずだ。おそらく、あれだけのことを打ち明けてくれたのは、用心しろといいたかったからだろう。

クリスティーナは守ろうとしてくれている。それを侮辱と取るべきか、よろこぶべきか。すっかり役目が入れかわってしまった。だが、クリスティーナのいうとおりだ。たしかに自分は所有欲が強い。クリスティーナは自分のものだ、だれにも手出しさせない。彼女をねらうなら、まずこの自分を倒してからだ。

だが、クリスティーナはなぜ父親に殺されると考えているのだろう？　レイノルズ卿は、クリスティーナは父親と会ったことがないと断言していたが。

つじつまが合わない。クリスティーナの母親が実際には長生きして、父親が殺しにくるかもしれないといいきかせたのか……いや、ほかのだれかにいいのこしていたのかもしれない。

クリスティーナを育てたのはだれだ？　〝サマートン夫妻〟ではないな、とライアンは思い、笑みを漏らした。あの嘘つきめ。だまされて腹が立つのが当然なのに、どういうわけかおもしろかった。おそらく、クリスティーナは追及をかわすために、とっさに作り話をしたのだろう。

彼女がすべての真実を語ってくれれば、ことは簡単なのだが。どのみち話してくれないのだろうが、いまではその理由がわかる。結局、信頼してくれていないからだ。

いや、正しくは、彼女は白人を信頼していないといっていた。

それは、イギリス人を信頼していない、という意味だった……そうではないか？

謎の鍵は例の宣教師が持っている。あせりは禁物だ。ブライアンからは、ミックが宣教師の名前を思い出したという手紙が来た。クロード・デヴァンリュというらしい。

ライアンは取り急ぎ、忠実な者二名をフランスへデヴァンリュを捜しにやった。ミックによれば、デヴァンリュはアメリカへ帰航する際、クリスティーナに会いにロンドンに立ち寄ると語ったというが、彼が来るのをただ待っているわけにはいかない。彼の気が変わることはありうるし、ミックの聞きまちがいかもしれないからだ。

どんなに小さな不注意も許されない。にわかに、できるだけ早いうちにデヴァンリュに会わなければと、いてもたってもいられなくなった。それまでとはちがう理由で、クリスティーナの過去を知りたい。いやな予感がする。クリスティーナが危ない。ほんとうに父親が彼女の命をねらっているのかはさだかではないが、直感が油断するなと告げている。とにかく、クリスティーナを守らなければと思えてならない。自分の直感を信じなければ痛い目にあうと、何年も前に思い知った。ひたいの傷は、愚かにも直感を軽視した結果のひとつだった。

宣教師が謎の解決に光明を投じてくれないだろうか、クリスティーナを守れるように彼女の過去を教えてくれないだろうか。自分なりの推論は立っている。クリスティーナの話から察するに、おそらく噂に聞く勇敢な開拓民の一家に育てられたのだろう。植民地の外の荒野、小さな丸太小屋にいる彼女が目に浮かぶ。それならば、彼女がよく裸足になり、戸外を好むのもうなずけるし、マウンテン・ライオンの声を聞き、バッファローを見かけたことがあってもおかしくない。

そう、それならば合点がいくが、デヴァンリュに確かめるまでは、簡単にそう決めつけてはならない。

ライアンは疲れたため息を長々とついた。いまの時点でやれることはやったという自信はあった。だが、そのとき、もうひとつの厄介ごとを思い出した。クリスティーナは故郷に帰るといいはっていた。

ならば、彼女がロンドンにいたくなるような理由を探すしかない。

ドアをノックする大きな音が邪魔に入った。「ちょっといいか、ライアン?」戸口でそういったのはローンだった。「なんだ、悪魔のように怖い顔をして」ちゃかすようにいう。「怖がらなくてもいいぞ、アンドルー」と、かたわらに立っている若者に声をかけた。「ライアンはいつもしかめっつらなんだよ。ところで、最近クリスティーナと話したか？」着ているベージュの上着の色合いと同じく、さりげない口調だった。ライアンがうなずくと、くすくすと笑い出した。「アンドルーはこれからおまえの婚約者と会うんだ。おまえに紹介してもらおうと思ってね」

「また会えてよかった、アンドルー」ライアンはおざなりにならないように気をつけながらいった。ほんとうは邪魔をされていらだち、礼儀正しくふるまえる気分でもなかった。言外にそう伝えようと、ローンをにらんだ。

ローンは包帯を隠そうとしているらしく、上着の袖をしきりに引っぱっている。まだ外をうろついてはならないのに。ライアンは、ふたりきりになったらそういってやろうと考えた。とたんに、ローンが口論を避けるためにわざとアンドルーを連れてきたのだとひらめいた。

「ご婦人方が庭でお待ちだ」ローンはライアンの険悪な視線に気づかないふりをしていった。

ライアンのいる窓際へのんびりとやってきて、アンドルーに手招きした。

アンドルーはライアンとのあいだをたっぷりあけて、ローンの脇に立った。顔は紅潮し、おどおどとしていた。「ぼくは下で待っています」つっかえながらいった。「侯爵のお邪魔をしてしまったじゃないか」とローンにささやく。

「ほら、あれがクリスティーナだ、アンドルー」アンドルーの文句が聞こえなかったふりをして、ローンは声をあげた。「生け垣の前で、ふたりの女性に挟まれている。いまクリスティーナに話しかけている美女には見覚えがないな。あのブロンドがだれか知っているか、ライアン？」

ライアンは眼下の騒々しい一団を見おろした。どうやら、ダイアナは社交界の連中の半分を午後のお茶に招待したらしい。

クリスティーナはすぐに見つかった。これほど注目を集めていることに困惑しているようだ。女性たちがこぞって彼女に話しかけようとしている。

やがて、ひとりの紳士がバラッドを歌いはじめた。みながいっせいに声がするほうへ振り向いた。音楽室のドアがあいていて、だれかがチェンバロの一種、スピネットで伴奏をつけている。

クリスティーナは音楽が好きらしい。ライアンにはそれがよくわかった。足首のあたりでドレスの裾が揺れていて、楽しんでいるのが伝わってくる。腰がゆったりとしたリズムを刻んでいる。

その姿は思わず見とれるほど美しかった。楽しそうな彼女の笑顔に、ライアンはまた穏やかな気持ちになった。クリスティーナは音楽に聴き惚《ほ》れている。ライアンが見守っていると、彼女は手を伸ばして生け垣から葉を一枚つまみとり、音楽に合わせて体を揺すりながらくるくるとまわしはじめた。

ライアンには、クリスティーナが意識せずにそうしているように見えた。彼女はすっかり緊張を解いてくつろいだ様子で、歌っている紳士に視線をそそいでいる。

見られていることにも気づいていないようだった。気づいていないから、持っていた木の葉を食べてしまい、もう一枚に手を伸ばしたにちがいない。

「あの、どなたがプリンセス・クリスティーナですか?」アンドルーがライアンに尋ねたとたん、ローンが笑いをこらえてむせはじめた。

ローンもクリスティーナを見ていたのだ。

「あのう?」

「ブロンドの女性だ」ライアンはかぶりを振りながらつぶやいた。クリスティーナが可憐《かれん》な手つきでまた木の葉を口に放りこむのを、ますますあきれて見つめた。

「どのブロンドの方でしょう?」アンドルーがしつこく尋ねた。

「木の葉を食べている方だ」

10

一七九五年十月一日の日記

わたしに会えて、父はとてもよろこんでくれた。エドワードが里帰りさせてくれたと勘ちがいしていたけれど、わたしはしばらくのあいだ事実を伏せていました。長旅で疲れきっていて、すべてを説明するためには体力を取り戻さなければならないと思っていたから。

父には閉口しました。父はわたしの部屋へやってきてベッドの脇に座り、エドワードの話ばかりしていた。あんなにすばらしい男と結婚できたのに、わたしは自分の幸運をわかっていない、そう思いこんでいたようです。

そのうち、そんな話を聞くのが耐えられなくなって、わたしは泣き出してしまいました。腹立ちまぎれに、支離滅裂な話を口走ってしまったの。父にわめいてしまったのも覚えています。そのせいで、わたしは正気を失って、エドワードのことでとんでもないでたらめをいっていると思われてしまった。

それからもう一度、父を説得しようとしました。けれど、父は完全にエドワードの味方だった。しばらくして使用人から、父がエドワードにわたしを迎えにくるようにと使いを出したと聞きました。

わたしは切羽詰まって、父に宛ててすべてを手紙に書き残しました。身ごもっているということも。その手紙は、父の冬物用の簞笥に隠しました。当分、見つからないようにしたかったの。

クリスティーナ、父は、わたしが長旅のあとで疲れているから神経質になっているだけだと考えていたようです。

それから、わたしは姉のパトリシアのもとへ行く計画を立てはじめました。パトリシアはご主人とアメリカに住んでいたの。宝石を持っていく気にはなれなかった。パトリシアは猟犬のような人です、宝石を見つけるかもしれません。ひどく詮索《せんさく》好きなの。覚えているわ、わたしに届いた手紙を全部読んでいた。だから、宝石を持っていくわけにはいかなかった。宝石はとても大切なもの。盗んできた目的はただひとつ、エドワードの国の気の毒な民に返すためです。彼は宝石を国民から盗んだ。当然、返さなければなりません。

わたしは宝石を箱に隠し、夜が更けるのを待って、裏庭へ行きました。クリスティーナ、宝石箱は花壇に埋めたわ。

血のように真っ赤なバラの繁みを探しなさい。宝石箱はそこに埋まっています。

長い結婚式のあいだずっと、花嫁は心細げだった。ライアンは身動きひとつ許さないといわんばかりに――逃がすものかといわんばかりに――クリスティーナの手をしっかり握って寄り添っていた。

どうかしたのではないかとクリスティーナが思うほど、ライアンはにこやかだった。そう、ほんとうにうれしそうだった。クリスティーナがひがみっぽい性質だったら、ほんとうは自分が不安そうにしているのを楽しんでいるのではないかと勘繰っていたかもしれない。

だが、クリスティーナが誓いの「死がふたりを分かつまで」の部分を繰り返さずにいると、ライアンはとたんに機嫌が悪くなった。とがったベルベットの帽子をかぶった聖職者は先をつづけようとしないし、ライアンは骨が折れそうなほど強く手を握りしめてくるので、クリスティーナはようやく求められている言葉を小さな声で繰り返した。

聖職者に嘘をつかなければならなかったので、あからさまに顔をしかめてみせたものの、ライアンは気にもとめていないようだった。それどころか、クリスティーナにゆっくりと片目をつぶり、にやりとほほえんでみせた。すこしも気にしていない。

すっかりご満悦だ。

だいたい戦士とは自分勝手なものだと、クリスティーナも承知してはいた。けれど、この戦士はとくに自分勝手。ライアンはやはり雄ライオンだ。雌をつかまえた雄ライオン。

教会を出るとき、クリスティーナはライアンの腕にすがりついていた。急に動くとウエディングドレスの襟ぐりや袖口の繊細なレースが破れるのではないかと、気が気でなかった。ドレスを縫うのを監督したのはハリエットおばで、メイド三人にあれこれ指図して満足のいくものを作らせた。

ドレスは美しいが、実用的ではなかった。レディ・ダイアナがいうには、このドレスはたった一度着るだけで、しまいこむらしい。

とんでもない無駄ではないか。夫となったばかりのライアンにそういうと、彼は笑ってまたクリスティーナの手をぎゅっと握り、心配するなといった。これから一生、毎日ちがうドレスを着られるくらいの金はある、と。

「なぜみんな、わたしたちにどなっているの?」クリスティーナはライアンに尋ねた。ふたりは、教会の階段のいちばん上に立っていた。目の前に見たこともないほど大勢の群衆がいて、ライアンの返事も聞こえないほど大騒ぎしている。

「どなっているのではない、歓声をあげているんだ」ライアンはかがんでクリスティーナのひたいにキスをした。とたんに、歓声はさらに大きくなった。「祝ってくれているんだよ」

クリスティーナは、赤の他人が祝ってくれるなんておかしいといってやろうとライアンを見あげたが、彼の優しいまなざしに文句をいう気は失せ、群衆も歓声も耳に入らなくなった。知らず知らず、彼に寄り添った。ライアンが腰を抱いてくれた。いまは彼の支えを必要としているのが通じたらしい。

体の震えがおさまった。

「ほんとうに、すばらしいお式だったわね」ハリエットおばがクリスティーナのまうしろでいった。「ライアン、クリスティーナを馬車に乗せておやりなさい。クリスティーナ、祝ってくださるみなさんに、手を振るのを忘れないようにね。あなたたちの結婚は、今シーズンのいちばんの話題になるわ。笑って、クリスティーナ。あなたは新しいライアンウッド侯爵夫人なのですからね」

ライアンはしぶしぶ花嫁から手を離した。ハリエットはとっくにクリスティーナの腕を取り、階段をおりようとしている。たとえ引っぱり合いになっても、ハリエットはクリスティーナを連れていこうとするにちがいない。

クリスティーナがまた心許なげな顔をしている。群衆にとってはちょっとした見ものだろうな、とライアンは思った。ハリエットおばが大きな猛禽《もうきん》のようにふたりのそばをそわそわと動きまわっている。しかも明るいカナリア色のドレス姿で、レモン色の扇をクリスティーナの顔の前でぱたぱたと動かしながら、大声で馭者に指示していた。

ダイアナはクリスティーナのうしろに立ち、ウエディングドレスの長いひだをきちんとたたもうとしていた。クリスティーナはちょっと振り向き、ダイアナにほほえみかけると、また群衆のほうに向き直った。

ライアンはクリスティーナの手を取り、天井のない馬車へと導いた。クリスティーナはハリエットおばにいわれたことを忘れずにやってのけた。通りに並んでいる見知らぬ人々みんなに手を振りつづけた。

「お母さまが式に出席できなかったのは残念ね」馬車のなかで、クリスティーナはライアンにささやいた。「それに、パトリシアおばが怒るわ。おばが田舎から帰ってくるまで待つべきだったのよ、ライアン」

「おば上が怒るのは、式に出席できなかったからか、それともおれと結婚したからか？」ライアンはさもおもしろそうに尋ねた。

「あいにく、そのどちらもよ」クリスティーナはいった。「ライアン、おばにはわたしたちのところへ来てもらうけれど、うまくやってくださいね」

「正気か？　伯爵夫人と一緒に暮らせるわけがないだろうが、クリスティーナ」ライアンは声をとがらせた。深呼吸して、いいなおした。「それについては、あとで話し合おう。いいな？」

「わかりました」クリスティーナは答えた。ライアンの態度が急に変わったのでとまどったが、あえてなにも訊かなかった。あとで訊けばよいことだ。

急ごしらえの披露宴だったが、首尾は上々だった。部屋じゅうで蠟燭がまばゆく輝き、テーブルには花が並び、正装である黒い服を着た使用人たちが銀色の盆に飲みものを載せ、大勢の客のあいだをきびきびと動きまわった。ライアンの母親のゲストハウスは、ハリエットおばにいわせれば、あふれた客で裏庭まで〝ぎゅうぎゅう詰め〟で、パーティの成功を物語っていた。

ライアンはクリスティーナを連れて、階上の母親の部屋を訪れた。初めての顔合わせなのに、愉快なものにはならなかった。

ライアンの母親はクリスティーナに目もくれなかった。ライアンに祝いの言葉をいうと、すぐにもうひとりの息子、ジェイムズの話を始めた。思い出話の途中で、ライアンは暗い部屋からクリスティーナを引きずるように連れ出した。彼の険しい顔は、ドアが閉まったとたんにゆっくりと笑顔に戻った。

クリスティーナは、できるだけ早いうちにライアンと母親の話をしようと心に決めた。ライアンは義務を怠っている。そもそも自分の義務を理解していないのだから無理もない。彼を説得して考えをあらためてもらわなければ。

「そんなにいやな顔をするな、クリスティーナ」階段をおりながらライアンがいった。「母はあれで満足している」

「わたしたちと一緒に暮らすようになれば、もっと満足してくださるわ」とクリスティーナはいった。「そうしてもらいましょう」

「なんだと？」

ライアンが驚きの声を聞き、数人が目を丸くしてふたりを見た。クリスティーナは笑顔でライアンを見あげた。「この話はあとにしましょう、ライアン。なんといっても今日は結婚式だもの、とどこおりなく終わらせるのが先よ。あら、ローン伯爵がダイアナのとなりにいるわ。ダイアナの気を惹こうとしている男の人をあんなににらみつけて」

「きみには自分の見たいものしか見えないのだな」ライアンはいった。部屋の入口でふたたび客に取り囲まれると、戦士らしくクリスティーナを脇に引き寄せて守った。

「いいえ、ライアン」クリスティーナは挨拶の合間に反論した。「自分の見たいものしか見ていないのはあなたのほうよ。あなたが結婚したかったのはプリンセスでしょう?」

いったい、なにをいいたいのか? ライアンは尋ねようとしたが、クリスティーナの次の質問に気を取られた。「戸口で遠慮がちに立っていらっしゃる方はどなたかしら、ライアン? 入っていいのかどうか、決めかねているようよ」

ライアンが振り向くと、戸口に友人のブライアンがいた。気づいたブライアンに手招きした。「ブライアン、来てくれてありがとう。妻のクリスティーナだ。クリスティーナ、ブライアンを紹介しよう。この街の別の地区で、ブリーク・ブライアンの店という酒場をやっている」

クリスティーナはお辞儀し、気後れしているブライアンの手を取った。ブライアンは、右手がないことを察したクリスティーナがきまり悪い思いをしないように左手を差し出した。だが、クリスティーナが傷跡のある手首を両手で握り、にっこりとほほえんでくれたので、ブライアンは息を呑んだ。クリスティーナがいった。「お目にかかれて光栄です、ブリーク・ブライアンさん。お話はうかがっています。大胆不敵なふるまいの数々、楽しく聞かせていただきましたわ」

ライアンはにわかにとまどった。「クリスティーナ、ブライアンの話をしたことはなかったはずだが」

ブライアンは赤くなっていた。このような貴婦人に話しかけられたのは初めてだった。クラヴァットをしきりに引っぱり、何時間もかけて完璧にしあげた結び目を台なしにしてしまった。

「どちらでおれの話をお聞きになったのか、うかがってもよいですか」ブライアンはいった。

「ああ、ローン伯爵がいろいろ教えてくださったの」クリスティーナはにこやかに答えた。「来週金曜日の夜、ライアンが賭博をひらくのにお店の裏の部屋を貸してくださるんですってね」

ブライアンはうなずいた。ライアンは顔をしかめた。「ローンのやつ、しゃべりすぎだ」とつぶやく。

「この方がミックの話していたご婦人ですか?」ブライアンは尋ねた。「まさか、そんなはずはないでしょう。いやはや、男を放り投げるような力をお持ちには見えませんが……」

ブライアンは、ライアンがかぶりを振っているのにようやく気づいた。

「ミックとは?」クリスティーナが尋ねた。

「うちの店の常連で、船乗りなんです」ブライアンは答えた。なめし革のような顔がいつものしわくちゃの笑顔になった。「そいつから信じられない話を聞いたんですが――」

「ブライアン、なにか食べてきたらどうだ」ライアンはブライアンの言葉をさえぎった。「おお、ちょうどいいところにローンがいた。ローン、ブライアンを食堂に案内してくれ」

ライアンとふたりきりになると、クリスティーナはなぜ急に不機嫌になったのかとライアンに尋ねた。「わたし、なにかあなたの気に入らないことをいったの?」

ライアンは首を振った。「この人込みにうんざりしただけだ。外に出よう。ふたりきりになりたい」

「いますぐに？」

「いますぐにだ」ライアンはきっぱりといった。本気だということを示そうと、クリスティーナの手を取って玄関へ引っぱっていった。

階段のいちばん下の段で、ハリエットがふたりを待ち伏せしていた。

クリスティーナは申し訳なさそうな顔になった。ライアンは目をむいた。

ハリエットはその場から一歩も動こうとしない。両手を腰に当て、硬い鎧《よろい》のように胸を張っているおばの姿を見て、ライアンは古代ローマの百人隊の隊長を連想した。

不意にハリエットが顔をほころばせ、いかめしい態度をやわらげた。「馬車にクリスティーナの旅行鞄《かばん》を載せておきましたよ、ライアン。一時間は前に抜け出すと思っていたわ」

ハリエットは息が詰まるほどクリスティーナを強く抱きしめ、解放した。

「今夜は優しくしてあげるのよ」ライアンに指図した。

「わかりました」

そう答えたのはクリスティーナだった。ライアンもハリエットも、クリスティーナを見やった。「おばはおれにいったんだぞ、クリスティーナ」ライアンが真顔でいった。

「ライアンはもうあなたの夫だということを忘れないようにね、クリスティーナ」ハリエットおばが顔を真っ赤にしていった。「そうすれば、なんにも心配はいらないわ」

クリスティーナには、ハリエットがなにをいわんとしているのか、さっぱりわからなかった。ハリエットは訳知り顔で何度もうなずきながら、鷹のような目でじっとクリスティーナを見つめている。

いきなりライアンがクリスティーナを抱きあげ、馬車に乗りこむと、彼女を膝に座らせた。クリスティーナはライアンの首を抱いて肩に顔をあずけ、ほっとため息をついた。ライアンはクリスティーナの頭のてっぺんに唇をつけてほほえんだ。

しばらくのあいだ、ふたりは満ち足りた思いで黙って抱き合い、ふたりだけの幸せなひとときを楽しんだ。

クリスティーナは、ライアンがどこに向かっているのか知らなかったけれど、気にならなかった。ようやくふたりきりになれた、それだけで充分だった。

「今日は狭い馬車のなかでも怖くなさそうだ」ライアンがいった。クリスティーナの前髪の生え際を、いとおしそうにあごでなぞる。「閉所嫌いはもう克服したのか?」

「いいえ」クリスティーナは答えた。「でも、あなたに抱きしめられて目をつぶっていると、怖さを忘れるの」

つまり信じてくれているのだ、とライアンは思った。「正直に話してくれるとうれしくなるな、クリスティーナ。もう結婚したのだから、これからはほんとうのことだけをいってくれ」それとなく愛と信頼へと話題を変えようと、つけくわえた。

「いままでわたしが嘘をついたことがあった?」クリスティーナは尋ね、体を起こしてライアンの顔を見あげた。「いやな顔をして、どうしたの？　わたしがいつあなたに嘘をついたかしら？」

「たとえば、〝サマートン夫妻〟」ライアンはもったいぶった口調でいった。

「だれですって？」

「ほら見ろ。きみはサマートンという夫婦に育てられたといっていたが、これで嘘だとわかった」

「嘘ではなくて、作り話です」クリスティーナは訂正した。

「どうちがうんだ」

「すこしはちがうわ」

「答になっていないぞ、クリスティーナ。はぐらかすな」

「あら」

「どうなんだ？」

「どうって、なにが？」クリスティーナはライアンの注意をそらそうと、うなじを指先でくすぐった。今日は初夜なのだ。もう彼に嘘をつきたくない。

「クリスティーナ、もうほんとうの過去を話してくれないか？　サマートン夫妻などいないということは……」

「ほんとうに強情なのね」クリスティーナはぼやいた。非難に聞こえないように、あわててほほえんだ。「わかったわ、ライアン。あなたの妻になったのだから、真実を洗いざらい話しましょう」

「ありがとう」

「どういたしまして、ライアン」

クリスティーナはふたたびライアンの肩に顔をうずめ、目を閉じた。ライアンはしばらく待ったあげく、クリスティーナが話を終わらせたつもりでいることに気づいた。

「クリスティーナ」ライアンはいらだちもあらわに尋ねた。「きみはだれに育てられたんだ？」

「修道女よ」

「名前は？」

クリスティーナは、じれったそうな彼の口調に気づかないふりをした。頭のなかで、あわてて話をでっちあげる。「とくにお世話になったのは、シスター・ヴィヴィアンにシスター・ジェニファー。わたしは修道院にいたの、ええと、フランスのね。とても辺鄙《へんぴ》な場所だった。だれに連れていかれたのかは覚えていません。とても小さかったから。シスターたちが母親がわりになってくれたのよ、ライアン。毎晩、訪れた場所の楽しいお話をしてくれたわ」

彼女のもっともらしい口調に、ライアンは薄く笑った。「バッファローの話とか？」

「ええ、もちろんそうよ」クリスティーナは調子に乗って答えた。夫をだましているからといって、やましい気持ちになるのはよそう。よこしまな理由で嘘をついているのではないのだから。ライアンに真実を語っても、うろたえさせるだけだ。

結局、ライアンもイギリス人なのだから。

「シスター・フランシスがバッファローの絵を描いてくれたの。あなたは見たことがあって、ライアン？」

「ないな。今度は、修道院がどんなところだったか聞かせてくれ」ライアンは有無をいわせぬ口調でいった。両手でクリスティーナの背中を優しくさすりながら。

「ええと、さっきもいったように、とてもさびしい場所にあったの。背の高い塀《へい》に囲まれていた。いつも裸足で駆けまわってもよかったの。外から人が入ってくることはなかったから。わたしはとても甘やかされていたけれど、いい子だったわ。シスター・マリーが、わたしの母と知り合いだったから、わたしを受け入れたといっていた。もちろん、ほかに子どもはいなかった」

「身を守るすべはどうやって身につけた？」ライアンは穏やかな声で尋ねた。

「女性も自分の身を守るすべくらい心得るべきだというのが、シスター・ヴィヴィアンの考えだったの。わたしたちを守ってくれる男の人はいないもの。もっともな考えだわ」

話のつじつまは合っている。これで、なぜクリスティーナが英語をまちがえるのか、なぜ裸足を好むのか、どこでバッファローを見たのか、というライアンの疑問に答が出た。そう、宙ぶらりんになっていた謎のいくつかは解けた。説明には説得力があり、破綻はない。

だが、すこしも信じられない。

ライアンはクッションに背中をあずけ、ひとりほほえんだ。クリスティーナが真実を打ち明ける気になるまで時間がかかりそうだが、しかたがない。もっとも、彼女がやっとその気になったときには、とっくにすべて明らかになっているだろう。

それにしてもおれは矛盾している、とライアンは思った。自分の過去のおこないは、決してクリスティーナに打ち明けるつもりはない。みずからの罪は隠し、そのくせ太ったウサギを追いかける猟犬よろしく、彼女には過去を話せとしつこく迫っている。

だが、故郷に帰るといいはっているのは彼女のほうだ。クリスティーナだ。そして、彼女のほんとうの行き先がありもしない修道院ではないことは、わかりすぎるほどわかっている。

どこにも行かせるものか。

「ライアン、そんなに強く抱きしめられたら息ができないわ」クリスティーナが抗議の声をあげた。

ライアンはすぐさま力を抜いた。

ふたりは目的地に到着した。ライアンはクリスティーナを抱きあげ、自分のタウンハウスの階段をのぼり、ひとけのない玄関の間を通って螺旋《らせん》階段をのぼった。クリスティーナは薄目をあけてあたりを見まわした。

寝室はふたりのために整えてあった。ベッドの両脇のテーブルで数本の蠟燭が静かに輝いている。大きなベッドの上掛けはめくってある。暖炉の炎が部屋を照らし、夜気を温めていた。

ライアンはクリスティーナをベッドにおろし、しばらくのあいだ、笑みを浮かべて彼女を見おろした。「クリスティーナ、使用人は田舎の屋敷をあける準備をしにいった。ここにはおれたちしかいない」いいながら膝をついて、クリスティーナの靴に手を伸ばした。

「今夜はわたしたちの初夜だもの」クリスティーナはいった。「だから、先にあなたの服を脱がせます。そういうものよ、ライアン」

クリスティーナはすばやく靴を脱ぎ、ライアンのとなりに立った。クラヴァットをほどき、背後から上着を脱ぐのを手伝った。

シャツを脱がし、ズボンのなかに手を滑りこませると、ライアンは身震いした。クリスティーナはライアンの腹に手を触れ、ぴくりと引っこむのを見てほほえんだ。そのまま服を脱がせようとしたが、ライアンが腰に腕をまわしてきた。そのまま胸に抱き寄せられ、熱く官能的に唇を奪われた。

それからしばらく、ふたりは手と舌とよろこびのささやきでたがいをじらしあって楽しんだ。

ライアンは、今夜は絶対に急がない、まずクリスティーナを満足させようと心に決めていた。だが、そろそろ体を離して彼女が服を脱ぐのを手伝わなければ、またドレスを破いてしまいそうだ。

唇を離したとき、クリスティーナは震えていた。声が出ないので、ライアンをベッドへ押しやった。彼が腰をおろしてから、靴と靴下を脱がせた。

ベッドに乗り降りする台の上で彼の両脚のあいだに立ち、おもむろにドレスの袖口のボタンをはずしはじめた。けれど、こちらを見つめているライアンに目を奪われ、なかなかうまくいかない。

「背中のボタンをはずしてください」クリスティーナはいったものの、やけに力んだ声になってしまって苦笑した。

ライアンに背中を向けると、彼の膝の上に座らされた。そのまま彼にもたれてしまいたいのをこらえた。いまやドレスが邪魔で、早く脱いでしまいたかった。両手で頭飾り《コロネット》に手を伸ばして一本ピンを抜いたが、ライアンがその手をどけ、残りのピンをはずしてくれた。「おれがやろう」彼の声はかすれていた。

重い髷がほどけ、陽光がくちづけした豊かな巻き毛が背中のくびれまで流れ落ちた。クリスティーナは心地よさにため息をついた。ライアンに触れられて、体が震えていた。彼はクリスティーナの髪をそろそろと持ちあげて肩にかけ、うなじにキスしてから、小さなボタンをはずす厄介な仕事に取りかかった。

ライアンの心臓は胸郭を激しくたたいていた。クリスティーナのにおいはかぐわしく、このうえなく女らしい。金色の巻き毛に顔をうずめたかったが、クリスティーナが待ちきれないといわんばかりに、誘うように、硬くなった股間に体を押しつけてくるので、我慢した。

ようやく腰までボタンがはずれた。クリスティーナはその下に白いシュミーズを着ていたが、ライアンが両手を滑りこませたとたんに、絹地はあっけなく裂けてしまった。乳房を探り当て、丸みを包むと、彼女をきつく抱きしめた。

クリスティーナはのけぞった。親指で乳首をそっとなでられ、息がとまる。毛の生えた温かい胸に背中をこすりつけると、肌が軽く疼《うず》いた。

「すばらしい肌触りだ、クリスティーナ」ライアンが耳元でささやいた。耳たぶに鼻をすりよせながら、つかのまクリスティーナを抱きあげ、ドレスを腰の下まで引きおろした。

クリスティーナは力なくライアンのなすがままになっていた。腰だけは動いている。その動きに、ライアンはせつないほどのよろこびを感じた。クリスティーナの首筋に、そして肩にキスをした。「なんとなめらかで柔らかい肌だ」

クリスティーナは、あなたもすてきだと返したかったが、太腿のあいだにライアンの手が滑りこんできて、すべてを忘れた。感じやすい小さな突起を親指で何度も何度もこすられ、いまにも甘い苦痛に呑みこまれそうだった。ついに彼の指に貫かれたとき、かすれたあえぎ声でライアンを呼び、手を押しのけようとした。だが、ライアンはじらすのをやめない。まもなくクリスティーナは、全身を駆けめぐる官能になにも考えられなくなった。信じられないほどの熱さに身をゆだねるしかない。「ライアン、わたし、どうかなってしまいそう」

「我慢するな、クリスティーナ」ライアンがささやき、指に力をこめる。やがて、クリスティーナは絶頂に達した。のけぞりながら、もう一度、彼の名を呼んだ。

ライアンは、クリスティーナが全身を震わせたのを感じた。いつのまにか自分も服を脱いでいた。優しくできたのか荒っぽくしてしまったのかもわからないまま、クリスティーナを膝からおろしてベッドのまんなかに横たえた。

髪が枕の上に扇形に広がり、蠟燭の明かりにほとんど銀色に照り映えていた。彼女はじつに美しい。まだ白いストッキングをはいている。ライアンは、自分がほほえんだような気がしたが、白熱の欲望の波に呑まれ、はっきりとはわからなかった。

ライアンはクリスティーナの太腿のあいだに陣取り、両腕で彼女を包みこんだ。焼けつくようなキスで彼女の唇をとらえ、舌と舌をからませると同時に、熱く濡れた窮屈な部分に挿入した。

クリスティーナは脚をライアンに巻きつけ、奥へ奥へと導いた。律動に力強く完璧に合わせ、ライアンが引き抜くたびに、さらに求めるように腰を浮かせた。

ふたりは同時に果てた。

「愛している、クリスティーナ」

クリスティーナは返事もできなかった。甘い恍惚《こうこつ》のただなか、たくましい腕のなかで液体になったような気がして、すさまじい快感がおさまるまで彼にしがみついているのが精一杯だった。

ライアンはゆっくりと現実に引き戻された。動くのもいやだった。息があがって、耳障りな音をたてている。クリスティーナが動こうとしたのを察し、「おれにつぶされそうか？」と尋ねた。

「だいじょうぶ」クリスティーナは答えた。「でも、ベッドに呑みこまれそう」

ライアンは肘をついて、自分の体重のほとんどを支えた。クリスティーナと脚をからませていたので、太腿を動かし、彼女に重みがかからないようにした。

クリスティーナを優しい目で見つめた。「言葉にしてくれ、クリスティーナ。この耳で聞きたい」

愛しているという言葉が返ってくるものと思いこんでいたので、ライアンはクリスティーナの涙に胸をつかれた。「どうした？」彼女の濃い睫毛《まつげ》から最初にこぼれた涙の粒を指先で受けとめた。「これから愛を交わすたびに泣くのか？」

「我慢できなくて」クリスティーナはしゃくりあげながらささやいた。「すばらしかったんですもの」

ライアンはまたキスをした。「まるで重い罪を告白するような口ぶりだ。気持ちがいいというのは、そんなに悪いことなのか？」

「いいえ」

「ほんとうに愛している。そのうち、おれの求めている言葉をいってほしい。わかっているのか、ほんとうにきみは強情だ」

「あなたが愛しているのはわたしではないわ」クリスティーナはつぶやいた。「愛しているのは――」

ライアンは彼女の口元を手で覆った。「愛しているのはプリンセスだというなら――」

「だったら、どうなの？」ライアンが手をどけると、クリスティーナは尋ねた。

「腹を立てる」ライアンはいい、片頬をゆがめた。

クリスティーナは笑みを返した。ライアンがごろりと横になり、クリスティーナを抱き寄せた。「ライアン？」

「なんだ？」

「これからもずっと、わたしの魂とあなたの魂が溶け合ったように感じるのかしら？」

「そう願う。普通はこんなふうに――」

「運命よ」クリスティーナはいった。「笑いたかったら笑って、わたしたちは一緒になる運命なの。それに、わたしでなければ、あなたなんか相手にしないわ」

ライアンはくつくつと笑った。「そうか？」

「ええ、そうよ。あなたはひどい人だもの。なんといっても、自分の思いどおりにするために、わたしの名誉を傷つけた」

「でも、他人にどう思われようが気にしないんじゃなかったのか、クリスティーナ？」

「気にすることもあります」クリスティーナは正直にいった。「情けないわね。あなたにはどう思われているのか、気になるの」

「それはうれしい」

クリスティーナはため息をついて目をつぶった。ライアンが自分たちに上掛けをかけたところで、意識がとぎれた。

ライアンは、となりで丸くなって眠っているクリスティーナを見て、満足した仔猫のようだと思った。だが、こっちは熟睡できそうにない。いつもの不安がみぞおちのあたりにいすわっている。きっと、今夜も悪夢に襲われるにちがいない。二年間、悪夢を見ない夜はなかった。もちろん、クリスティーナには知られたくない。彼女をおびえさせたくない。だから、階下の書斎でひそかに過去と向かい合わねば。
つかのま目を閉じた。あとすこしだけ彼女のぬくもりを味わっていたい。
そう思ったのを最後に、目を覚ますと朝の光が差していた。

11

一七九五年十月三日の日記

アメリカへの旅はほんとうに大変でした。冬の海は荒れて、大きくうねっていたわ。肌を刺すような寒さのため、わたしはほとんど船室から出ませんでした。船長にもらったロープでベッドに体を縛りつけていたの。そうしなければ、ベッドから落ちて船室じゅうを転がるはめになるから。

つわりがおさまると、クリスティーナ、あなたのこともかわいいと思えるようになりました。それだけではなく、アメリカで人生をやりなおせそうな気がしてきたわ。

もう自由だ、もうだいじょうぶだ、と思っていた。もうすぐ、ふたつの海がエドワードとのあいだを隔ててくれる、と。そう、あの人が追いかけてくるとは想像もしていなかったのです。

朝の光が寝室に差しこんできて、ライアンは目を覚ました。最初に頭に浮かんだのは、驚きだった。なんと、二年ぶりに朝まで眠れたのだ。だが、そのうれしさも長くはつづかなかった。妻を抱こうと寝返りをうったが、彼女はそこにいなかった。

ベッドを飛び出したとたん、ライアンは自分の反射神経のよさに感謝した。もうすこしでクリスティーナを踏みつけるところだったからだ。

クリスティーナはベッドから落ち、熟睡していてはっきりと目が覚めなかったのだろう、そのまま床で眠ったらしい。

ライアンはクリスティーナの脇にひざまずいた。自分も子どものように眠っていたにちがいない。彼女が落ちる音に気づかなかったとは。クリスティーナは毛布と一緒に落ちたらしく、寒くはなさそうだ。呼吸はゆっくりとして規則正しい。どうやら、ベッドから落ちてもけがはしなかったようだ。

クリスティーナをそっと抱きあげた。立ちあがると、彼女は眠ったまま胸にすりよってきた。

眠っているときは信用してくれるのだな。ライアンがそう思いながら苦笑すると、クリスティーナの手が腰にするりと巻きついてきて、満足げなため息が聞こえた。

ライアンはしばらく穏やかな気持ちでじっと立っていたが、しばらくしてクリスティーナをベッドにおろした。呼吸はあいかわらず規則的なので目を覚ましたとは思えなかったが、腰に巻きついた手をはずそうとしたとき、その手に力がこもった。

クリスティーナがいきなり目をあけ、ライアンにほほえみかけた。

ライアンはいささかきまり悪い気持ちで笑みを返した。こちらを見あげている彼女の目つきのせいで、いたずらをしているのを見つかったような気分になったからだ。

「ベッドから落ちていたぞ」ライアンはいった。

その言葉は、クリスティーナにはひどくおかしかった。なぜ笑うのかと訊かれ、クリスティーナは首を振り、いってもわからないと答えてから、そんな怖い顔をやめてもう一度愛し合わないかと提案した。

ライアンはクリスティーナはライアンの腕のなかへ飛びこみ、はりきって提案の実行に取りかかった。クリスティーナは朝の光のなかでも暗い夜と変わらず奔放だった。ライアンも昨夜と同じように満足した。

ライアンはベッドで頭のうしろを両手で支え、クリスティーナが部屋を整えて服を着るのを見守った。彼女の大胆さには驚くばかりだった。裸でも、すこしも恥ずかしくないらしい。もうすこし見ていたかったが、彼女はきれいなすみれ色の散歩用のドレスをさっさと着てしまい、もつれた髪にブラシをかけはじめた。そのとき、ライアンは彼女の髪が尻まで届いていないことに気づいた。ウエストまでしかない。

「クリスティーナ、髪を切ったのか?」

「ええ」

「なぜだ? 長いままでいてほしかったのに」

「そう？」

クリスティーナが鏡からライアンのほうへ笑顔で振り向いた。「それから、髪を結いあげないでくれ」ライアンは指図した。「そのままのほうが好きだ」

「結いあげるのがはやりなのに」クリスティーナは人から聞いたままをいった。「でも、夫の命令には従います」わざとらしくお辞儀してつけくわえた。「ライアン、田舎のお屋敷へは今日、出発するんでしょう？」

「そうだ」

クリスティーナは真剣な顔つきで、髪をうしろでまとめ、リボンで縛った。「時間はどれくらいかかるの？」

「三時間くらいか、もうすこしかかるかもしれない」ライアンは答えた。

そのとき、玄関のドアを激しくたたく音がした。「あら、どなたかしら？」クリスティーナがいった。

「だれにしろ、礼儀知らずだ」ライアンはつぶやいた。しぶしぶベッドを出て服を手に取ったが、クリスティーナが寝室から走り出ていったので、あわてて身支度を始めた。「クリスティーナ、相手を確かめるまではドアをあけてはだめだぞ」と大声でいった。

不意に角張った金属片を踏んでしまい、ライアンは自分のそそっかしさに悪態をついた。足下を見おろすと、クリスティーナが床に引きずりおろした毛布の端から、彼女のナイフの柄がのぞいている。いったい、なぜこんなところにナイフがあるのだろう？　ライアンは首を振った。迷惑な訪問者を追い返したら、すぐにクリスティーナを問いつめよう。

クリスティーナは、ライアンにいわれたとおりに訪問者の名前を聞いてから、鎖をはずしてドアをあけた。

祖父の法律顧問、ミスター・ボートンとヘンダーソンが、玄関の階段に立っていた。ふたりともひどく気まずそうな顔だった。彼らに挟まれて、パトリシアおばがいた。見るからに激怒している。

きちんと挨拶する間もなく、パトリシアの前からどく余裕もなかった。いきなりパトリシアに強く頬をたたかれ、クリスティーナはうしろによろめいた。

ミスター・ボートンはクリスティーナの腕をつかまえた。弁護士ふたりはパトリシアに声を荒らげた。ヘンダーソンは、またクリスティーナをぶとうとしている乱暴な老女を必死にとめた。

「この尻軽め」パトリシアはわめいた。「わたしがいないあいだにおまえがどんなに恥ずかしいことをしでかしたか、ばれないとでも思っていたの？　勝手に家を出て、とんでもない男と結婚して！」

「黙れ！」

ライアンのどなり声が壁を揺るがした。ボートンとヘンダーソンはたじたじとあとずさった。ところが、パトリシアは逆上していて、すこしも動じなかった。振り仰いで、自分のたくらみを台なしにした男をにらみすえた。

クリスティーナもライアンのほうへ振り向いた。左頬がじんじんと痛んだが、彼を心配させないようにほほえんだ。

ライアンは階段をおり、クリスティーナがなにもいわないうちに抱き寄せた。彼女をあおむかせて赤くなった頬をじっと見つめると、冷たい怒りのこもった声で尋ねた。「だれがこんなことをした？」

クリスティーナが答える必要はなかった。弁護士ふたりが、伯爵夫人が彼女をぶったのだと競うようにまくしたてた。

ライアンはパトリシアのほうへ向き直った。「今度クリスティーナに手をあげたら、生かしてはおきません。いいですね？」

パトリシアは目をすっと細くし、激しい憎しみに満ちた声で答えた。「あなたのことはよく知っているわ。ええ、あなたなら無力な女も殺すでしょうよ。クリスティーナはいますぐうちへ連れて帰ります。この結婚は無効にしますからね」

「そうはさせません」

「訴えてやる」パトリシアは首筋に血管が浮かぶほど声を張りあげた。

「ご自由に」ライアンは穏やかに答えた。「あなたが訴えたら、こちらはお友達のスプリックラー氏に裁判ですべてを白状させましょう」

パトリシアは耳障りなあえぎ声をあげた。「証拠もないくせに――」

「いいえ、ありますよ」ライアンはパトリシアの言葉をさえぎった。それまでとはうってかわって笑顔だったが、その目は笑っていなかった。「うまい具合に、スプリックラーは一部始終を記録していたのです。面倒なことになってもかまわなければ、どうぞ訴えてください」

「わたしがスプリックラーと手を組んでいるなどと、まさかおまえは信じていないわね、クリスティーナ」パトリシアはいった。「だいたい、わたしは田舎のお友達の家にいたのよ」

「あなたはひとりでプラット・インに泊まっていました」ライアンはいった。

「わたしをつけたの？」

「あなたがクリスティーナに嘘をついたのはわかっていました」ライアンはいいきった。「伯爵夫人、あなたに友達などいるはずがない。聞いたとたんに、怪しいと思いましたよ」

「結婚式の前にロンドンへ帰ろうとして何度も障害にあったけれど、全部あなたの仕業だったのね。わたしがロンドンにいれば、あなたたちを結婚させはしなかった。だから、あなたは——」

「出ていってください」ライアンは鋭く命じた。「クリスティーナに別れの挨拶をしていただきたい。二度とあなたには会わせません。おれが許さない」

「ライアン」クリスティーナは小さく声をかけた。彼の怒りを静めたかった。だが、そっと抱きしめられ、彼が邪魔をしないでほしいと思っているのがわかった。

自分のために、ライアンにむきになってほしくなかった。むきになることはない。おばのことなら、ライアンより自分のほうがはるかに理解している。おばがなにをするにも欲に突き動かされていることを知っている。

「クリスティーナ、自分が冷血な殺人鬼と結婚したのをわかっているの？　ええ、そうよ」パトリシアがあざわらうようにいった。「この人がナイトの称号をもらったのは、血も涙もない――」

「奥さま、言葉を謹んでください」ミスター・ヘンダーソンが低い声でぴしゃりとさえぎった。「戦時のことですから」同情するようにクリスティーナを見てつけくわえた。

クリスティーナは、ライアンが気色ばむのを感じた。彼の腕がこわばった。ライアンをなだめ、招かれざる客たちを追い返す方法を考えた。そして、おばの腹立ちまぎれの悪態など本気にしていないと伝えようと、彼の上着のなかに手を入れて背中をさすった。

「ボートンさん？　わたしが署名する契約書をお持ちですか？」小声で尋ねた。

「署名なさるのはご主人です」ミスター・ヘンダーソンが答えた。「侯爵。すこしお時間をくだされば、お金はすぐにあなたのものになります」

「金？　なんの金だ？」ライアンが首を振りながら尋ねた。

パトリシアが地団駄を踏んだ。「クリスティーナ、この人がわたしのお金をくれなければ、おまえに触れるのもいやになるようにしてやる。ええ、全部ぶちまけるわ。わかったわね？」

背中をさすっても無駄らしい。クリスティーナは、ライアンがまた激高したのを感じた。彼の腰をぎゅっと抱く。

女性に手をあげたことはないライアンも、妻をおとしめようとしているこのいやらしい女なら殺してもかまわないのではないかと思った。パトリシアをドアから放り出したくてたまらなかった。

「この方はあなたがたと一緒にいらっしゃったのか、それとも、ご自分の馬車で？」ライアンは弁護士ふたりに尋ねた。

「奥さまの馬車を前に待たせています」ヘンダーソンがうなずいて答えた。

ライアンはパトリシアのほうへ向き直った。「三十秒以内に出ていってください、そうしなければ放り出します」

「これで終わったと思わないで」パトリシアはライアンにどなった。クリスティーナをねめつける。「そうよ、終わりじゃありませんからね」ぶつぶついいながら、足音荒くドアから出ていった。

ミスター・ボートンがドアを閉め、枠にぐったりと寄りかかった。ヘンダーソンは襟をいじった。もう片方の手に鞄をさげている。ここへ来た目的を急に思い出したらしく、話を切り出した。「こんなふうにいきなり押しかけて申し訳ありません。伯爵夫人がどうしてもとおっしゃって」

「いったい、あなたがたは何者だ？」ライアンはしびれを切らして尋ねた。

「ライアン、こちらはミスター・ヘンダーソンで、ドアを押さえていらっしゃるのがミスター・ボートンです。おふたりは祖父の法律顧問なの。とにかくお話をうかがいましょうよ、ね、ライアン？　書斎におふたりをご案内してください、わたしは熱いお茶をお持ちするわ。ほんとうに、今朝は大騒ぎになったわね」

ライアンは信じられないという顔でクリスティーナを見おろした。彼女はなにごともなかったようにふるまっている。いや、あえて落ち着いた態度をとっているのだ。「おれをなだめようとしているんだろう？」

「あなたの癇癪を静めようとしているのよ」クリスティーナは正した。ライアンににっこりと笑いかけたが、腫《は》れた頬がずきりとして顔をしかめた。

痛がったのをライアンに気づかれたらしい。腰にまわした彼の腕に力が入った。クリスティーナは彼の怒りがぶり返したのを感じ、思わずため息をついた。「お茶を淹《い》れてくるわ」

ライアンはなかなか怒りをおさめることができなかった。ぶっきらぼうに弁護士ふたりを書斎へ案内し、たたきつけるようにドアを閉めると、溜飲がさがった。「わざわざ来たからには、よっぽど大事な用件だろうな」とふたりにいった。

クリスティーナは、書斎へ行くまでに祖父の遺言の話がライアンに伝わるように、わざと時間をかけて紅茶を用意した。

だが、書斎のドアをノックし、出てきたミスター・ボートンに盆を渡した瞬間、話し合いがうまくいっていないのは察しがついた。ボートンはひどく緊張している。ライアンにちらりと目をやると、ボートンが緊張している理由が即座にわかった。ライアンがしかめっつらになっている。

「なぜ話してくれなかったんだ、クリスティーナ。まったく、おれよりも財産を持っているじゃないか」

「それでご機嫌がよくないの？」クリスティーナは尋ねた。最初に紅茶をついだカップをライアンに渡し、引きつづき残りのカップに紅茶をそそいで弁護士たちに出した。

「おじいさまがどのくらいの財産を残されたのか、奥さまは正確な額をご存じないと思います」ミスター・ヘンダーソンがいった。

「かまわないでしょう、ライアン？　もうあなたのものなのだから。ボートンさん、さっきそうおっしゃいましたよね」クリスティーナはいった。「もちろん、パトリシアおばにも分けてあげなければなりませんけれど。相応の額にしてくださいね」

ライアンは椅子の背にもたれた。目を閉じて、我慢だと自分にいいきかせる。「本気でいっているのか、おれがあの……あの……」

「おばがああいう人なのはしかたないわ」クリスティーナはライアンをさえぎった。「ライアン、おばは年を取っているのよ、それだけでも助けてあげなければ。あなたがおばを好きかどうかは関係ありません」

クリスティーナは弁護士たちにほほえんだ。「最初は、おばもここへ引っ越して一緒に住めばよいと思っていたのですけれど、どうやらそれは無理なようです。絶対に、夫とうまくやっていけませんもの。もちろん、夫がおばを援助しないというのなら、ここで一緒に暮らすしかありませんね」

ライアンはクリスティーナの思惑を正しく理解した。怒った顔が、ゆるゆると笑顔に変わった。このかわいらしく優しい妻は、ただ純粋というわけではなく、駆け引き上手といってもよいほど、抜け目がない。あろうことか、パトリシアを援助しなければ一緒に暮らしてもらうとほのめかしている。

だが、こんなふうに無邪気な笑顔で見あげられると、頼みを断ることはできなかった。

「ヘンダーソン、差し支えなければ、あなたとボートンに伯爵夫人の代理を頼みたい。どのくらい渡せばわれわれを放っておいてくれるか、調べて連絡をくれ」

クリスティーナが辛抱強く待っているあいだに、細かいことが決まった。弁護士たちを玄関で見送り、急いで書斎に戻った。

「わかってくださってありがとう」ライアンに歩み寄りながらいった。

ライアンはクリスティーナを膝に座らせた。「おれがあのガミガミ婆さんを遠ざけておくためならなんでもすると見越していたのだろう。正直なところ、いざとなればこの国を脱出してもいいくらいだ」

「ありがとう、お客さまの前でおばをガミガミ婆さん呼ばわりしないでくれて」

「もうすこしでそうするところだった」ライアンはにやりと笑った。「気づいていたから、口を挟んだのだろう？」

クリスティーナはライアンの首に両腕をまわした。「ご明察」とささやく。身を乗り出して、ライアンの喉元に鼻をすりよせた。「鋭いわね」

ライアンの片手はクリスティーナの膝に置かれ、もう片方の手は髪のリボンをせっせとほどいている。「クリスティーナ、あの女にどんな弱みを握られているんだ？」

穏やかな声だったが、クリスティーナは不意をつかれた。「なんのことかしら、ライアン。おばに弱みなど握られていないわ」

「クリスティーナ、パトリシアが全部ぶちまけてやるといったとき、不安そうな目をしていたじゃないか。あの女はなにを暴露するつもりだったのか？」

クリスティーナが急に体をこわばらせたので、パトリシアの脅し文句はやはりはったりではないらしい。「ほんとうのことを教えてくれ、クリスティーナ。どんな秘密が隠されているのか知らなければ、きみを守れない」

「いまその話はしたくないの、ライアン」クリスティーナはきっぱりといった。ライアンの気をそらそうと、耳たぶをかじりはじめる。「わたしたち、新婚よ。そんな話より、キスをしたいわ」

クリスティーナはライアンの股間に体を押しつけたが、ライアンは彼女のいいなりになってはいけないと自分にいいきかせ、一物を硬くしている欲望の高まりを忘れようとつとめた。だが、クリスティーナにさわってほしいと大胆に耳打ちされ、これ以上の詮索はやめて彼女の要求に屈することにした。

クリスティーナは、ライアンの唇にいままでになく感じた。彼に秘密を知られて嫌われたらと思うと、いまのうちに、真実にすべてを打ち砕かれる前に、できるだけ愛を交わさなければと駆り立てられた。

ライアンのキスは魔法のようで、まもなく不安はすっかり消え失せた。そう、魔法だ。こんなにも求められている、愛されていると思わせてくれるのだから。

キスがきっかけで、ひりつくような情熱が爆発した。ライアンは息を弾ませてクリスティーナから離れた。「寝室に戻ろう」しわがれた声でいう。

「なぜ?」

「愛し合いたい」答えながら、クリスティーナの無邪気な質問にほほえもうとした。欲望で文字どおり震えていたけれど。

「わたしもそうしたいわ」クリスティーナは熱烈なキスを彼のあごに浴びせながらささやいた。「どうしても寝室に戻りたい? わたしはそんなに待てない」

ライアンが声をあげて笑ったので、クリスティーナはきょとんとしたが、彼はすぐにクリスティーナを膝からおろして服を脱がせはじめた。提案を気に入ってくれたらしい。

ふたりは同時にめくるめく絶頂を迎え、流れるように床にくずおれた。

クリスティーナはライアンにおおいかぶさり、彼と脚をからませていた。ふたりを外界から遮断するように、クリスティーナの髪がライアンの顔を挟むように床に垂れている。

長いあいだ満ち足りた気分でライアンの瞳を見つめ、彼だけが与えてくれる輝きの予感をかみしめた。背筋をなでられ、震えが走る。熱く勃起したものが下腹に温かく、彼の胸毛にくすぐられて乳首がとがった。

「わたし、慎みに欠けるわね。何度あなたとこうしても飽きないみたい」とささやく。

ライアンはクリスティーナの柔らかく丸い尻を両手で包んだ。「それでいい。さあ、キスをしてくれ。クリスティーナ、きみに見つめられるだけでおれの鼓動は速まるんだ」

クリスティーナはライアンのあごにキスしながら、乳房と太腿をわざとゆっくり彼にこすりつけた。

ライアンは気持ちよさそうにうめき、クリスティーナの頭に手を添えた。彼女の顔を自分の顔の前に持ってきて、唇で唇をふさぐ。むさぼるように舌を差しこみ、クリスティーナの麻薬のような甘みをふたたび味わった。

クリスティーナのほうがライアンよりせっかちだった。ライアンにまたがると、ゆっくりと体を沈め、彼をすっぽりと受け入れた。のけぞって、なまめかしい手つきで髪を背中に振り払う。ライアンは膝を立て、クリスティーナのなめらかな背中を支えた。手をおろして彼女の腰の両脇をつかむ。「痛い思いをさせたくない」絞り出すようにいった。「急がないでくれ。とまらなくなる」

だが、クリスティーナのそこがきつく締まるのを感じ、ライアンはあらがうのをやめた。クリスティーナはみずから頂上を見つけようとしている。ライアンは、自分の体に押しつけられている絹糸のような縮れ毛の三角地帯に手を滑りこませた。クリスティーナはそこをこすられているうちに熱情の炎に呑まれ、ライアンの腕のなかで金色の液体に変わった。

ライアンはよろこびに身をまかせてしわがれたうめき声をあげ、クリスティーナのなかに放出すると、彼女を胸にしっかりと抱き寄せて歓喜を分かち合った。

これほどよかったのは初めてだ。理性が戻ってくると、ライアンは実感した。いや、どんどんよくなっている。「きみは野生の虎だ」このうえない満足をこめて、クリスティーナに耳打ちした。

クリスティーナはあごを両手で支え、ライアンをじっと見おろした。「いいえ、わたしはあなたのライオンなの」とささやく。

ライアンはあえて笑わなかった。クリスティーナが、とても大事なことを明かすように、ひどく真剣な様子だったからだ。ライアンはそのとおりだとうなずいてみせながら、彼女の背中に流れ落ちる豊かな巻き毛を指で梳《す》いた。うわの空で髪の毛をもてあそびながら、見事なブルーの瞳に見入る。

「そんなふうに見つめられると、とたんになにも考えられなくなる」ライアンはいった。

「ほめ言葉と受け取っておくわ」とクリスティーナ。もう一度、身をかがめてライアンにキスをした。「あなたがなかにいると、とても気持ちいいの」彼の口元でつぶやく。「今度は優しい言葉をください、ライアン」

ライアンには優しい言葉とはなにを指すのかわからなかった。だが、クリスティーナは今度も真剣な顔をしていた。両手であごを支えて、期待するように彼を見おろしている。

「優しい言葉とはなんだ、クリスティーナ？　教えてくれれば、そのとおりにいおう」

「あなたの心のなかにある言葉でなければだめなの」

「ふむ」ライアンはもったいぶるようにいった。瞳に思いやりをこめてつけ足す。「愛している、クリスティーナ」

「まだ足りないのか？」ライアンはむっとして訊き返した。「クリスティーナ、おれはいままで、二度と人を愛せないと思っていた。まさか結婚などできるわけがないと思っていた……。だが、そんなおれをきみが変えた。いいかげんな気持ちで愛しているといっているわけではないんだ」

「それから？」

「愛してくれているのはわかっているわ」クリスティーナはいいかえした。「愛されては困ると思っていたけれど、正直にいうわ、やっぱりうれしい。さあ、今度はわたしをほめて、ライアン。最後はそうするものよ」

「わけがわからないな。もう慣れたが」ライアンは片目をつぶっていった。室内を見まわすと、せき立てられるように脱ぎ捨てたふたりの服が散乱している。書斎の絨毯《じゅうたん》の上で奔放な妻を載せて寝そべったまま、論理的な会話をしようとしているとは、まったくもって滑稽《こっけい》だ。

「これからもずっと、そんなふうに慎みに欠けたままでいてくれるか？」

「話題を変えないで、ライアン。春の花のようにきれいだ、花びらのように柔らかくて繊細だといって。なにがおかしいの？　女はね、愛し合ったあとでも前と同じくらい求められていると感じたいのよ」

クリスティーナが泣き出しそうなことに気づき、ライアンは笑うのをやめた。

彼女がなにを求めているのかがやっとわかった。瞳に傷つきやすい心が映っている。彼女の顔を両手で包み、あおむかせてキスをした。不安と涙を取り除いてやるための、温かく穏やかなキス。

そして、クリスティーナの腰に腕をまわし、彼女の聞きたがっている優しい言葉をありったけ捧げた。

12

一七九五年十月五日の日記

姉との再会は、あまり気分のよいものではありませんでした。パトリシアも父と同じ。最初はわたしに会えてうれしそうな顔をしていたけれど、それもエドワードがいないのを知るまでのことだった。

ご主人のアルフレッドは以前と変わらず親切で、わたしが気持ちよく過ごせるよう、あれこれ気を遣ってくれました。パトリシアは、わたしと一緒に自宅にいなければならないせいでお友達との約束をすべて断ったといっていたけれど、そのうち、夫婦にはひとりも友人がいないのがわかりました。パトリシアはボストンの人々を嫌っていましたが、嫌われてもいたのでしょう。

パトリシアはイギリスへ帰りたがっていました。それで、とんでもないことを思いついたの。わたしがずっとアメリカにとどまり、夫のもとへ帰らないつもりでいるのを知ると、あなたをよこせといい出したのです。自分の子にしたいというの。

母親になりたいだけだ、子どもがいなければ人生がつまらない、というのが口実。でも、もちろん姉の本心はわかっていました。別れたときから、姉はすこしも変わっていなかった。姉がほしがっているのは、父の孫。つまり、財産の相続人です。たったひとりの孫のためなら、父も非を許してくれ、財産を分けてくれると考えたのです。

クリスティーナ、わたしは姉の策略には引っかからなかったわ。姉が欲だけに突き動かされているのはわかっていたもの。子どもは絶対にやらないと、はっきり断りました。けれど、パトリシアは聞く耳を持たなかった。

ロンドンの父へ送ってもらおうとアルフレッドに手紙を預けたけれど、パトリシアが破くのをこの目で見ました。それでも、なんとか姉の目を盗んで一通の手紙を送ることができました。それに、冬物用の箪笥《たんす》に残してきた手紙を父がかならず見つけてくれると信じていました。

あなたの誕生を待っていた日々、アルフレッドはわたしの気を紛らすために、よく新聞を買ってくれました。辺境の人々の記事を目にしたのは、まったくの偶然でした。

ライアンの領地へ出発する前に、クリスティーナがどうしてもといいはり、ふたりは庭で昼食をとった。メニューは皮のパリッとしたパンにチーズ、羊肉のスライス、それにたっぷりの林檎《りんご》のタルト。食べものは、クリスティーナがタウンハウスから引きずってきた柔らかい毛布の上に広げた。食事の前に、ライアンは身支度をするつもりでなにげなくズボンに手を伸ばしたが、クリスティーナにほかにはだれもいないのになにを気にするのかとからかわれ、急いで服を着ることもあるまいと、あっさり納得した。

クリスティーナが屋根のない馬車に乗りたいと懇願し、ライアンも聞き入れたため、カントリーハウスに到着するころには、ふたりは埃《ほこり》まみれになっていた。

道中、ライアンはクリスティーナの父親の話を何度か持ち出したが、クリスティーナはたやすく質問をかわした。それに、ロンドンを出ると、クリスティーナは周囲の自然の美しさに心を奪われてしまった。彼女が驚いているのは、傍目にもわかった。じきにライアンは、クリスティーナがイギリスはどこもロンドンと同じだと思いこんでいたことに気づいた。

「こんなにぜいたくな場所にいられるのに、なぜロンドンへ行くの？」クリスティーナは尋ねた。

ぜいたくな場所？　ライアンは田園地帯をそんなふうに考えたことはなかった。だが、クリスティーナの楽しげな表情を見て、まわりの手つかずの自然の美しさに初めて興味を持った。

「慣れ親しんだもののよさはわからないものだからな」ライアンはいいわけがましく答えた。

「ごらんなさい、ライアン。神さまの贈り物よ」クリスティーナは諭すようにいった。

「ひとつ約束してくれるか、クリスティーナ？」

「できることなら」

「いつまでも変わらないでくれ」

ほめ言葉のつもりでいったので、クリスティーナの反応に面食らった。彼女は長いあいだ、じっとうつむいて膝の上で手を握りしめていた。しばらくしてふたたびライアンのほうを向いたときには、眉間に皺《しわ》を寄せていた。

「クリスティーナ、なにもこの国の借金を肩代わりしてくれと頼んだわけではないぞ。だが、きみに変わるなというのは筋ちがいだった。きみが変わらないように、おれが気をつければいいのだから」

「どうやって?」

「いっさい、誘惑を寄せつけないようにする」ライアンはうなずきながらいった。

「誘惑?」

「なんでもない。そんなむずかしい顔をするな。だいじょうぶだから」

「レティは変わったの?」

クリスティーナには、ライアンがその質問をいやがっていることがわかった。当然、おもしろくなかった。彼に過去のことを尋ねたのは、これが初めてなのだから。「レティを心から愛していたのね、ライアン?」

「レティは死んだんだ、クリスティーナ。いまのおれにとって大切なのはきみだけだ」

「あなたはわたしの過去を詮索してもいいのに、わたしがいろいろ訊くのはいけないというわけね。そんな怖い顔をしても無駄よ、ライアン。レティを愛していたの?」

「昔のことだ」ライアンはいった。「愛していたと思う……最初のうちは……」

「レティが変わる前は、ということね」クリスティーナはささやいた。「あなたが思っていたような方ではなかった、そうなのでしょう?」

「そう、ちがっていた」ライアンの声は、クリスティーナにも聞き覚えのある冷たさを帯びていた。

「まだレティを許していないのね、ライアン。あなたをそんなに傷つけるなんて、いったいレティはなにをしたの?」

「想像力が豊かだな。なぜこんな話になったのだろう?」

「わたしはあなたのことを知りたいの。ダイアナがいっていたわ、あなたはレティを愛していたって。あなたが彼女の名前も口にしたがらないのは、つらいからなのでしょう?」

「クリスティーナ、おれに母のようになってほしいか? 母が話すのはジェイムズのことばかりだ」

「ライアン、わたしはね、たとえつかのまでも、あなたと一緒に過ごす時間を楽しいものにしたいの。レティがどんなふうに変わったのか知っていれば、同じ過ちを犯さずにすむわ」

「おれはそのままのきみを愛している。それから、この結婚がかりそめのものだというたわごとは聞きあきた。よく覚えておけ、クリスティーナ。おれたちは、死がふたりを分かつまでずっと一緒だ」

「もしくは、わたしがレティのように変わるまではね」クリスティーナの声は、ライアンの声と同じくらい大きく、同じくらい、いらだちがこもっていた。

「変わらせるものか」

ライアンは不意に、クリスティーナにどなっていたことに気づいた。「ばかげた話はよそう。ほんとうに愛しているんだ」

「あなたが愛しているのはプリンセスという身分よ」

「身分など、どうでもいい。おれが愛しているのはきみ自身だ」

「嘘」

「それはいったいどういう意味だ？」ライアンはクリスティーナを抱き寄せた。「こんなふうにどなりあうのはやめよう」

「ライアン、わたしはプリンセスではないの」

クリスティーナがライアンの肩に向かってつぶやいた。ひどくさびしげな声。ライアンの怒りは消え失せた。「よかった」とささやく。

「よかったって、なぜ？」クリスティーナが尋ねた。

「これで、おれが愛しているのは身分だといえないだろう？」ライアンは晴れやかな声でいった。「おれは身分が目当てで結婚したんじゃないぞ」

「だったら、なぜ結婚したの？　わたしのいうことは意味不明だ、調子が狂うって、あんなにいっていたのに――」

「きみの財産だ」

「は？」クリスティーナはライアンから体を離して、顔を見あげた。見まがいようもない、彼の瞳はきらめいている。「からかっているのね。結婚するまで、わたしに財産があるのを知らなかったじゃないの」

「覚えているとはたいしたものだ」ライアンはキスでクリスティーナのしかめっつらを消し、肩を抱いた。

クリスティーナはライアンの肩にもたれた。規則正しい蹄《ひづめ》の音と馬車の揺れに気持ちよくなり、眠くなってきた。

しばらくして、ライアンに尋ねた。「ライアン、なぜ結婚したのか、わたしには訊かないの?」

「もう知っている」

傲慢な返事に、クリスティーナはほほえんだ。「だったら、教えて。自分でもまだわからないもの」

ライアンは、そのいいぐさはなんだとばかりに、クリスティーナの肩をぎゅっと握った。

「ひとつは、この傷跡だ。きみはこの傷だらけの体を気に入った」

「なぜわかるの?」クリスティーナはがっかりしたふりをして尋ねた。

「すぐにおれにさわるからだ」とライアン。「そしてふたつめ、おれを戦士だと思っている」

クリスティーナはかぶりを振った。「あなたには謙虚さというものがないわね。それから、あなたはまちがいなく戦士よ、ライアン。たしかにうぬぼれているけれど、戦士は戦士だわ」

「なるほど、うぬぼれている、か」ライアンがもったいぶった口調でいった。「ということは、おれにもナイフを向けるかもしれないのか？」

「なんのことかしら？」

「レディ・セシル。彼女にすごんでいたな、うぬぼれの強い女にはしるしをつけると――」

「やっぱりあのとき、わたしたちの話を立ち聞きしていたのね」クリスティーナは驚いた。

「嘘をついたのね。ひどいわ」

「おれがきみに嘘をついたと責めるのか？」ライアンが心外そうに訊き返した。「そっちは嘘をついたことはないのか」

「レディ・セシルとはきちんと別れてくださいね」クリスティーナは、新たな口論を避けるべく話題を変えた。「放浪者とは一緒にいられないわ」

「ほうろうしゃ？」

「妻以外の女性を追いまわす男のことよ。わたしは浮気なんかしないから、あなたも裏切らないでね。イギリスでは愛人を作るのが当世風かもしれないけれど、あなたはだめよ。この話はこれでおしまい」

ライアンは、クリスティーナの強気な口ぶりに驚いた。彼女がこんなふうに有無をいわせないものいいをするとは知らなかった。だが、正直なところ、彼女の要求はとてもうれしかった。「たいしたいばり屋だな、わかっているのか？」とささやき、もう一度、くつろいだキスをした。

クリスティーナは、ライアンがまだ約束をしていないのを忘れていなかったけれど、いましつこく迫るのはやめることにした。あとで約束してもらえばよいことだ。

うとうとしはじめたころ、ライアンウッドに到着した。ライアンに肘でそっとつつかれ、眠気が覚めた。「うちに着いたぞ、クリスティーナ」

馬車が道を曲がった。突然、牧草地が消えた。

周囲の地面は、手入れの行き届いたみずみずしい芝生に変わっていた。弧を描く砂利道の脇には、彫刻のように刈りこまれた灌木《かんぼく》が並び、あざやかな色彩の野の花が木々のあいだを埋めている。ライアンの豪壮な邸宅は、なだらかな斜面の頂上にあった。

クリスティーナには宮殿に見えた。灰色と茶色の石造りの二階建てで、正面にはずらりと窓が並んでいた。石の壁をあざやかな緑色のツタが這《は》っている。

「ライアンウッドは、主人と同じくらいすてきね」クリスティーナはつぶやいた。「なじめるかしら」

「おれにはすっかりなじんでいるじゃないか」ライアンはいった。「新しい家にも、すぐに慣れるさ」

クリスティーナは、ライアンのからかうような口調に苦笑した。「ここには親族が何人いらっしゃるの？　今日じゅうにみなさんを紹介してくれるんでしょう？」

「いや」とライアンは答えた。「ここに住んでいるのはおれだけだ」クリスティーナのあっけにとられた顔を見て、声をあげて笑った。「もちろん、これからはかわいい妻と一緒に暮らすわけだが」

「部屋はいくつあるの？」

「十二だ」ライアンは肩をすくめて答えた。砂利道のいちばん奥で馬車がとまると同時に、屋敷の玄関のドアがあいた。ライアンの執事であるブラウンという黒髪のがっしりした若者が、使用人をずらりと引き連れて四段の階段をおりてきた。使用人たちはブラウンのうしろに並んだ。きっちりと伸びた背筋と同じく、制服もきっちりと糊《のり》付けされている。みな、顔つきこそ平静を保っているものの、新しい女主人に注目していた。

ライアンは使用人の助けを借りずにクリスティーナを馬車から降ろした。身を切るような風のなかを走ってきたせいで、彼女の手は冷たく、鼻はピンク色になっていた。初めて使用人に会ってすこし緊張しているようなので、ライアンは彼女の手をずっと握りしめていた。

だが、クリスティーナがすこしも緊張していないことはじきにわかった。彼女の態度は女王のようだ……いや、プリンセスか、とライアンは思い直して笑みを漏らした。クリスティーナは、静かな威厳を備えていた。使用人のひとりひとりにていねいに挨拶し、彼らが担当している仕事の説明に熱心に耳を傾けた。

クリスティーナはライアンの心をとらえたように、使用人の心もとらえてしまった。いつも気難しそうな顔をしているブラウンでさえ、彼女には好意を持ったらしい。クリスティーナに手を握られ、きちんとつとめを果たしているのがわかると声をかけられると、彼は自然に顔をほころばせた。

「あなたの仕事に口出ししないようにするわね、ミスター・ブラウン」クリスティーナはいった。

ブラウンは目に見えてほっとしていた。向き直ると、主人に告げた。「旦那さまのお部屋のとなりに、奥さまのお部屋もご用意しておきました」

クリスティーナは、ブラウンのまちがいを正してくれるものと思ってライアンを見あげた。だが、ライアンはただうなずいただけで、クリスティーナの肘を取って階段をのぼりはじめたので、クリスティーナは見守っている使用人たちに作り笑顔を向けながら、ライアンに小声で抗議した。

「自分の部屋なんていらないわ、ライアン。わたしはあなたの妻なのよ。同じベッドで眠らなければおかしいでしょう。それに、メイドもいらない」あたりを見まわしてつけくわえた。「すごいわ、ライアン、この玄関だけでも、ロンドンのタウンハウス全体より広いのね」

声が反響しなかったのが意外だった。玄関の間はとんでもなく広い。床は磨きあげられて鈍く光っている。左側に広い応接間があり、同じような部屋が右側にもあった。螺旋階段の左側から廊下がつづいている。ライアンの説明では、応接間の奥が食堂で、その裏手が庭。厨房は反対側にあるという。

ふたりの寝室はドアでつながっていた。クリスティーナが不満そうな顔をしてみせると、ライアンがいった。「きみの服を運ばせよう」そして、片方の眉をあげて自分のベッドを見やり、寝心地を確かめたくないかとクリスティーナに尋ねた。

「まるで腕白小僧《わんぱくこぞう》ね」クリスティーナは笑った。「お風呂を使いたいの、ライアン、それから、馬に会いたい。ここには馬がいるのでしょう？」

「乗馬は嫌いじゃなかったのか？」ライアンは尋ねた。

「そのことは忘れて」とクリスティーナは答えた。

「クリスティーナ、キャスリーンとうまくいきそうにないと思うのなら、別のメイドに替えてやるぞ」

「いいえ、キャスリーンはとても仕事ができそう。ただ、メイドは必要ないの」

「いや、ひとりはつけなければだめだ」ライアンはいいはった。「おれがいつもここにいて、ドレスの着付けを手伝ってやれるわけじゃない。だから、そんなふうに不満そうな顔をするな」

クリスティーナは窓際へのんびりと歩いていった。「たいしたいばり屋さんね、わかってるの、ライアン？」といいかえした。

ライアンはクリスティーナを背後から抱いた。首筋に濡れたキスをした。「ぜひベッドの寝心地を試してほしいね」

「いまから？」

クリスティーナは振り向き、ライアンがドアのほうへ歩いていくのを見つめた。彼が鍵をあけて振り返ったとき、冗談をいっているのではないのがわかった。ライアンはこのうえなく威圧的な目でクリスティーナを見やり、尊大にうなずいてみせた。

「わたし、埃まみれよ」

「こっちもだ」

早くも息苦しい。まだ触れられてもいないのに。

靴を蹴《け》り脱ぎ、ベッドへ向かう。「これからもずっと、奥さんにこんなふうに無理強いするの？」

「そうだ」ライアンが上着と靴を脱ぎ、そばへ来た。「おれの妻は、これからもずっとこんなふうに従順なのか？」クリスティーナを抱き寄せながら尋ねた。

「それが妻のつとめでしょう？　夫に従うのが」

「そのとおりだ」ライアンの両手がドレスのボタンへと動く。「そうさ、決まっている」

「だったら、従順でいるわ、ライアン」クリスティーナはいった。「こちらに不都合がないときはね」

「それで充分だ」ライアンはにやりと笑った。

クリスティーナはライアンの首に抱きつき、情熱的なキスをした。従順さはとっくに捨てていた。ライアンの口に舌を差しこみ、彼の舌にこすりつける。その積極的な姿勢を、ライアンは気に入ったらしい。クリスティーナの腰を抱いた腕に力をこめ、気持ちよさそうにうめいた。

「クリスティーナ、またドレスを破ってしまいそうだ」ライアンはささやいた。

われながら、あまり申し訳なさそうではない。クリスティーナが低く笑う。どうやら、彼女も気にしていないようだ。

クリスティーナにとってそれからの二週間は、トーマス・マロリー卿の書いたキャメロットの物語の冒頭部分さながら、魔法にかかったようにすばらしい日々だった。雨が降ったのは夜間だけだったので、天候もクリスティーナが思い描いていたとおりだった。

うららかな日中は、ライアンとふたりで屋敷周辺の広大な原野を散策して過ごした。

これほど広い土地をひとりの人間が所有しているのが、クリスティーナには信じられなかった。

一方、ライアンは、女性がこれほど自然を知りつくしていることに驚いた。

クリスティーナのおかげで、ライアンは自然の不思議さを知り、その価値を見直した。

やがてライアンは、クリスティーナには自由がなくてはならないことを知った。クリスティーナは戸外にいるときがいちばん楽しそうだった。彼女の幸せな気分はうつりやすかった。繁みを踏みしめて妻を追いかけているうちに、ふと気づくとライアンも同じくらい楽しそうに声をあげて笑っていた。

毎日、一日の終わりは、ライアンウッドへ来た日に見つけた静かな小川のほとりで、冷たい水に足をひたしながら、コックが持たせてくれた食べものを食べた。

そんなある日の午後、ライアンはクリスティーナをからかってやろうと考えた。手近な灌木から葉を一枚ちぎり、食べるふりをした。クリスティーナは顔色を変えた。いきなりライアンの手から葉を叩き落とすと、彼の無知をたしなめ、その葉には毒があると説明し、むやみに植物を口に入れてはいけないと諭した。そして、そんなにお腹が減っているのなら、自分の食べものを分けてあげる、といった。

二週目の金曜日の朝は、ライアンがいやになるほどあっというまにやってきた。ローンと一緒に、なにも知らないカモたちからカード賭博で金を巻きあげるため、ロンドンへ戻らなければならない。

だが、かわいい妻をひと晩でもひとりぼっちにしたくなかった。

ライアンは朝早く目を覚まし、また床で眠っているクリスティーナを見つけ、すぐに抱きあげてベッドに戻した。彼女の肌がひんやりとしていたので、手と口で温めてやった。

クリスティーナがようやく目をあけたときには、ライアンのそこはすでに硬くなり、ずきずきと脈打っていた。

ライアンはクリスティーナの乳房に唇をつけ、ざらざらしたベルベットのような舌で乳首をこすった。乳首を吸いはじめ、両手で彼女の内なる炎をかきたてる。

どこに触れればよいのか、どうすればクリスティーナを高ぶらせることができるのか、ライアンは知りつくしていた。クリスティーナのなかに指を滑りこませ、彼女がせつなげなうめき声をあげると、指を抜いてじらし、また差しこむ。

クリスティーナが手を伸ばしてきた。「ライアン」とかすれた声で呼ぶ。ライアンは、唇を彼女の腹に滑らせて熱く濡れたキスを浴びせながら、指の妙技をつづけた。

彼女は息もたえだえだ。「ほしいといってみろ」ライアンはしわがれ声で命じた。クリスティーナの脚のつけ根へ顔をじわじわと動かしてゆく。「いってくれ、クリスティーナ」感じやすい肌が吐息に温まる。いったん奥深くへ指を突き入れて抜き、唇と舌に替えた。

ライアンの行為に、クリスティーナは息をするのも忘れた。きつく目をつぶり、両手でシーツをつかむ。内奥にかかった圧力が増していき、やがて彼女を呑みこんだ。快感がすさまじい火炎のように全身を包む。

「ライアン！」

「どうだ、クリスティーナ？」

「いいわ。ああ、ああ……ライアン、わたし――」

「こらえるな、クリスティーナ」ライアンがかすれてざらついた声でいった。

彼は我慢させてくれない。クリスティーナが高まりにこれ以上耐えられなくなったとき、炎が体じゅうを駆けめぐった。

体を弓なりにして、小さくあえぐようにライアンを呼んだ。まだ興奮がおさまらないうちに、ライアンが挿入してきた。

ライアンは自分を抑えられなくなっていた。彼の荒い息がクリスティーナの耳をくすぐる。

「どうだ、いいだろう？」自信たっぷりにいった。

「いいわ、ライアン」クリスティーナがささやきかえした。

「脚をおれに巻きつけてくれ、もっと奥へ……」その言葉は、熱っぽいうめき声で終わった。

クリスティーナは腕と脚でライアンにしがみつき、彼を奥深くへと引き寄せた。彼の肩に爪を立てる。ライアンには、その手のきつさが心地よかった。彼女の鞘《さや》のきつさが心地よいように。

歓喜のうなり声が漏れた。クリスティーナがゆっくりと腰を動かす。「どう、ライアン?」そう尋ねながら、腰を押しつけてくる。

ライアンは返事ができなかった。けれど、体の動きが、最高だと答えていた。クリスティーナのなかに放出した瞬間、ライアンは思った。どうやら昇天してしまったようだ。

一時間後、ライアンは、放さないといわんばかりにクリスティーナの肩を抱いて、階段をおりた。

階段の下でブラウンが待っていた。ブラウンは、馬屋番が玄関の前へ馬を連れてきていると告げてから、主人が奥方とふたりきりで別れの挨拶をかわせるように、さりげなく引きさがった。

「クリスティーナ、馬が怖くなくなったら、毎日――」

「馬が怖いわけではないわ」クリスティーナはライアンの言葉をさえぎった。不満そうな口調だった。「前にも話したはずよ、ライアン。馬が怖いのではなくて、鞍《くら》が嫌いなの。まるっきりちがうわ」

「鞍なしでは馬に乗ってはだめだ」ライアンはぴしゃりといった。「この話はもう終わりだ」

「あなたって、ほんとうに頑固なんだから」クリスティーナはぼやいた。

「落馬して、そのかわいい首の骨を折ってはいけないからな」

ライアンは玄関のドアをあけ、クリスティーナの手を取って外に出た。

クリスティーナは顔をしかめた。なんだか、またばかにされた気がした。ライアンはわたしの乗馬の腕前を知らないのだからしかたがない、と自分にいいきかせる。たぶん、ばかにしたわけではなく、ほんとうに心配してくれているのだ。言葉どおり、妻がかわいい首を折らないかと。

じつは毎朝ひとりで馬に乗っているのを知ったら、ライアンはどう思うだろうか。きっと怒るだろう。クリスティーナは自分のささやかな嘘に思わずため息を漏らし、罪悪感を払いのけた。いつもライアンが目を覚ます前にベッドに戻るようにしているから、知られる心配はなかった。馬屋番のウェンデルも、ライアンには黙ってくれている。もっとも、ウェンデルはもともとおしゃべりなたちではない。それに、クリスティーナがライアンの許可を得ているものと信じきっている。

「クリスティーナ、あすの午《ひる》までには戻る」ライアンの声に、クリスティーナはわれに返った。ライアンはクリスティーナのあごを持ちあげ、深くキスをした。

クリスティーナは、玄関の階段をおりていくライアンのあとを追った。「まだわからないわ、なぜ一緒に行ってはいけないの？　ダイアナとお母さまにも会いたいのよ、ライアン」

「また今度にしよう、クリスティーナ。ダイアナは今夜、マーティンのパーティに出かけるのだ」

「ハリエットおばさまも一緒にいらっしゃるの?」

「おそらく」

「わたしもご一緒したらどうかしら」クリスティーナは提案した。

「田舎にいるほうが好きなんじゃなかったのか?」とライアンは返した。「そうだろう?」

「ええ、大好きよ。でも、わたしはあなたの妻なのよ、ライアン。ご家族ともおつきあいしなければいけないわ。ね、自分でも変だと思うのだけれど、パーティを楽しいと思ったこともあるの。すてきな方もいらっしゃったわ、もう一度お会いしたい」

「だめだ」

有無をいわせない口調だったので、クリスティーナはとたんに心配になった。「なぜ一緒に行ってはだめなの? わたし、あなたを怒らせるようなことをしたの?」

ライアンは彼女の声に不安を聞き取った。足をとめてクリスティーナを見おろすと、急にもう一度キスをしたくなり、そうした。「きみがなにをしようと、怒るわけがないだろう。パーティに行きたいのなら、おれが一緒に行けるときまで待ってくれ」

「あなたと一緒に悪い人たちとカードをしてはだめなの? やったことはないけれど、そんなにむずかしくはないでしょう?」

ライアンは笑いたいのをこらえた。クリスティーナは本気でいっているらしい。声が真剣だ。「また今度教えてあげよう、クリスティーナ。ダイアナとハリエットおばに手紙を書きたければ、待ってやるぞ」

クリスティーナはライアンの態度を見て、一緒に行きたいという願いは聞き入れられそうにないとあきらめた。「もう書きたい人みんなに書いてしまったわ。エルバートとパトリシアおばさまにもね。昨日、ブラウンが使いを出してくれたの」

ふたりは手をつないで歩いた。馬のそばまで来ると、ライアンはクリスティーナのほうを向いた。「では行ってくる、クリスティーナ」

「ええ」

思いがけずみじめな声が出てしまった。ライアンが行ってしまうことももちろん悲しかったが、彼の薄情なすげない態度のほうがよほどこたえた。この人は、離ればなれになるのがすこしもいやではないのだ。わたしはこんなにいやなのに。

クリスティーナは、珍しくライアンにべったりくっついていた。ライアンから離れたくなかった。いったいどうしたのだろう？　ああ、泣き出してしまいそう。ひと晩離れるだけで、永久の別れというわけではないのよ、と自分にいいきかせる。

ライアンがひたいにくちづけしてくれた。「別れる前に、おれにいっておきたいことがあるだろう、クリスティーナ？」

機嫌を取るような声だった。クリスティーナは彼の手を離した。「いいえ」

ライアンは長いため息をついた。もう一度クリスティーナの手を取り、馬屋番に声が届かないよう道の脇まで引っぱっていった。「おれもさびしいんだぞ」

もはやなだめすかすような声ではなく、ぶっきらぼうだった。

クリスティーナは苦笑した。

「なんだ、クリスティーナ、優しい言葉をかけてくれないのか」ライアンはつぶやいたとたん、そんなばかげたことを口にした自分が情けなくなった。

「なによ、ライアン、一緒にロンドンへ行きたいっていってるでしょう」

「クリスティーナ、残れといったら残れ」ライアンはどなった。深呼吸し、いらだちのこもったささやき声でつけくわえた。「愛している、クリスティーナ。さあ、愛しているといってくれ。いままでずっと待っていたんだぞ」

クリスティーナはライアンをにらみつけた。ライアンはひるまなかった。「いうんだ、クリスティーナ」

「気をつけて行ってらっしゃい、ライアン」

ライアンは、ここまで完全に無視されて初めて、どんなに彼女の愛しているという言葉を欲していたか、思い知った。腹立たしいと同時に打ちのめされた気分で立ちつくしたまま、離れていくクリスティーナを見送った。

「くそっ」とつぶやき、馬にまたがってウェンデルから手綱を受け取ったものの、馬を発進させる気になれなかった。それどころか、ゆったりとした足取りで玄関へ歩いていく意地っ張りな妻から目を離すことができなかった。

クリスティーナは、今度ばかりはライアンを追い払って動揺していた。真鍮《しんちゅう》のドアの取っ手にかけた手が震えている。ライアンときたら、なんて強情な人なのだろう。たえずなにかを催促してくる。気持ちを隠すのを許してくれない。自分がどんなに重大なことを頼んでいるのか、わかっていないのだ。愛しているといってしまえば、わたしは故郷へ帰ることができなくなる。

いいえ、もう帰れない。

クリスティーナの顔に、うっすらと笑みが浮かんだ。悟った真実は、悲しみと同時によろこびをもたらした。そう、最初から選択の余地などなかったのだ。初めてライアンと出会った瞬間から、心ではそうわかっていたはずなのに。頭で理解するまで、こんなに時間がかかるなんて。

背後を振り返る。涙で前が見えない。「早くお帰りになってね、ライアン。待っているわ」

「いってくれないのか、クリスティーナ」今度は、ライアンは声を荒らげた。表情には憤りが表れている。

「愛しています」

ライアンがその言葉を理解するまで、一瞬の間があった。ほどなく、ライアンはそっけなくうなずいた。なんて不遜《ふそん》な。だけど顔つきは、優しく温かく、愛情に満ちている。

それで充分だった。クリスティーナは笑みを押し殺した。よろこびと満ち足りた思いでいっぱいだった。急に、体が風のように軽くなった気がした。

真実がわたしを自由にしてくれた。

ドアをあけてなかに入ろうとしたとき、ライアンに大声で呼びとめられた。「クリスティーナ？」

「なあに、ライアン？」

「信じているともいってくれ」

クリスティーナはもう一度振り向いた。両手を腰に当てる。これで、あきれているのが伝わるだろう。「無理強いしないで、ライアン。勝利のよろこびはひとつずつ味わうものよ、立派な戦士ならだれでもそうするわ」

ライアンは大きな笑い声をあげた。「そうだな、クリスティーナ、勝利のよろこびはひとつずつだ。おれはついにきみを勝ち取った、そうだろう？」声と瞳に、得意気な気持ちが満ちている。

また、ひとりで悦に入っている。

クリスティーナは階段の上まで歩いていった。「ええ、ライアン、あなたはわたしを勝ち取った。ロンドンから帰ってきたら、あなたが勝ち取ったのはどんな女なのか、きちんと教えてあげるわ。もう作り話はしません。嘘はつかない」

「こんなにうれしいことはないな」ライアンはいった。

「その気持ちをいまのうちに味わっておいて、ライアン。長くはつづかないでしょうから」

クリスティーナは肩越しに警告した。ライアンがどういう意味かと質問する間もなく、玄関のドアが閉まった。

ライアンは肩の荷が――そして、心の荷が――おりたような気分だった。クリスティーナが愛しているといってくれた。「すぐに安心させてやる、クリスティーナ」ひとりごとをつぶやく。「かならずだ」

これほど自信にあふれ、これほど安らかな気持ちになったのは初めてだった。

けれど、その気持ちは長くはつづかなかった。

13

一七九五年十月十一日の日記

　わたしがあなたを抱いてふたたび危険な旅に出たのは、まだあなたが三カ月のときだった。パトリシアにつかまらないよう、夜中に出発しました。書き置きもしませんでした。パトリシアが追いかけてくるに決まっていますから。

　あなたはほんとうにかわいらしい赤ちゃんだったのよ。振り返ると、わたしのほうが旅になかなか慣れることができなかったように思います。あなたはやっと笑うようになったばかりで、とても穏やかな子だったわ。

　旅の道連れに、ジェイコブ・ジャクソンと奥さんのエミリーを選びました。ふたりとは日曜日の礼拝で知り合って、すぐに仲よくなったわ。ふたりは新婚の夫婦で、お祝いの贈り物を売り払って、新しい人生を探すための資金にしていました。わたしと一緒に旅ができることをよろこんでくれた。エミリーもあなたのことをかわいがってくれたのよ、クリスティーナ。わたしが夕食を作っているあいだ、よく子守歌を歌ってあなたを寝かしつけてくれた。

ジェイコブは旅心に取りつかれた人だった。毎晩、ブラック・ヒルズに住んでいる勇ましい人々のおもしろい話をしてくれました。お兄さまがご家族とそこへ移住して、農場経営者として成功しているという便りを送ってきたとのことでした。

彼の熱意はうつりやすかった。じきにわたしも心が浮き立ってきました。エミリーは、未開拓の土地では独身男性が大勢働いているから、わたしにもきっとよい結婚相手が見つかるといってくれた。じつは、ふたりには夫を亡くしたばかりだと嘘をついたの。ほんとうに申し訳なく思っていました。

それでも、たいした嘘ではないと思いこもうとしました。広大な荒野では、エドワードもきっとわたしを捜し出せないはずですもの。

その後、地の果てにも思えるような場所で、わたしたちは別の幌馬車隊《ほろばしゃ》に合流しました。わたしは疲労と闘いました。エミリーがいつも励ましてくれた。やがて、冷たい雨降りの午後、見たこともないほど雄大な山々に挟まれた谷に到着しました。

寒さが身を刺すような日だったのを覚えています。でも、寒さなど気にならなかった。わたしたちは自由だったのよ、クリスティーナ。自由。もう、だれもわたしたちに手出しはできないはずだった。

ライアンが出発して一時間が過ぎたころ、二通の手紙が届いた。どちらもクリスティーナ宛で、すぐに開封するようにとのことだった。

クリスティーナは手紙の配達人に厨房でお茶を出すようキャスリーンに命じ、手紙を持ってライアンの書斎へ行った。

一通目はパトリシアおばからで、ライアンの悪口ばかりの不愉快な手紙だった。侯爵の正体がわかったからには、おばとして当然、人殺しと結婚したのだと忠告してやるべきだと思ったという。

そして、すぐにロンドンへ帰ってきて、社交界のさまざまな催しに同行するようにとも書いてあった。クリスティーナがとんでもない相手と結婚してからというもの、一通も招待状が来なくなったとこぼしていた。

クリスティーナは首を振った。結婚してからまだ一カ月もたっていないのに、パトリシアおばは丸一年が過ぎたかのように騒ぎたてている。

長大な愚痴のあとには、宣教師のデヴァンリュから届いた手紙を一緒に送るという一文があった。

パトリシアは、悪い知らせではありませんように、と締めくくっていた。

クリスティーナはすぐさま不審に思った。こんな思いやりのある言葉を添えるとは、パトリシアらしくない。きっと例によってよからぬことをたくらんでいるにちがいない。だが、かつての師の筆跡をよく知っているクリスティーナにも、封筒の表の飾り文字はほんとうにデヴァンリュが書いたように見えた。封筒の裏側の封印も破られてはいなかった。

手紙は本物だと確信してから、やっとクリスティーナは封筒をあけた。

胸をかきむしられるような悲鳴を聞きつけ、まっ先に駆けつけたのはブラウンだった。ブラウンは、書斎で女主人が床に倒れているのを目にして、思わず取り乱しそうになった。

肩越しに大声で助けを呼びながら、クリスティーナのかたわらにひざまずいた。クリスティーナのメイド、キャスリーンがあわててやってきた。キャスリーンはクリスティーナをひとめ見て、叫び声をあげた。「気絶なさったのですか？　悲鳴をあげて気を失うなんて、どうなさったのですか？　奥さまにおけがは？」

「質問はやめなさい」ブラウンはぴしゃりといった。クリスティーナを慎重に抱きあげたとき、彼女が両手に手紙を握りしめていることに気づいた。おそらく、手紙に書かれていることが原因で卒倒したのだろう。「奥さまのベッドをご用意しなさい、キャスリーン」と小声で指示した。「奥さまは羽のように軽い。ご病気でなければよいのだが」

ほとんどの使用人が集まってきて、クリスティーナを抱いて螺旋階段をのぼっていくブラウンに黙ってついていった。キャスリーンが前もってクリスティーナのベッドの上掛けをめくってあったが、ブラウンは部屋を突っ切って主人の寝室に入った。

「こちらのほうが、目を覚まされたときに落ち着かれるだろう」コックにささやく。「とても仲むつまじいご夫婦だからね。奥さまは毎晩こちらでおやすみになるのだよ」

「旦那さまにご連絡しましょうか？」キャスリーンがすすり泣きながら尋ねた。

「ソフィを呼んできなさい」ブラウンは命じた。「気絶した場合の対処法を知っている。手紙の配達人はまだいるか？」

キャスリーンがうなずくと、ブラウンはいった。「旦那さまへ手紙を持っていってもらおう。ルイス」庭師を呼んだ。「配達人を引きとめておいてくれ」

ブラウンがそろそろと上掛けをかけたとたん、クリスティーナが目をあけた。「わたしのことなら心配はいらないわ、ブラウン」

「どこか痛いところはございますか、奥さま？」ブラウンは、心配そうにかすれた声で尋ねた。「すぐにソフィがまいります。こういう場合にどうすればよいのか、心得ておりますから」必死に声が震えないようにしてつけくわえた。

クリスティーナが無理やり起きあがろうとしたとき、白髪まじりの大柄な女性が足早に入ってきた。枕を二個つかみ、クリスティーナの背中に当てた。

「ソフィ、どうしてこんなことになったの？」キャスリーンが尋ねた。「奥さまは大きな悲鳴をあげて気を失われたの」

「聞こえました」ソフィは答えた。手の甲をクリスティーナのひたいにあてた。きびきびとした動作で、じっと眉をひそめている。「ブラウンさん、ウィンターズ先生をお呼びしてください。お熱があるようです。ウィンターズ先生は旦那さまのかかりつけ医ですよ」とクリスティーナに説明した。

「わたしはだいじょうぶよ」クリスティーナは抗議の声をあげた。だが、その声が弱々しいことに自分でも驚いた。「ブラウン、お医者さまは呼ばないで。ほんとうにもうだいじょうぶだから。だけど、すぐにロンドンへ行きたいの。馬車をまわしてちょうだい。キャスリーン、ドレスを何着か鞄に詰めてくれる？」

「奥さま、ベッドを出てはなりません。ご自分ではおわかりでなくとも、お加減がよくないのですよ」ソフィは語気を強めた。「お顔の色が雲みたいですよ。ええ、ほんとうですとも」

「主人のもとへ行かなければならないの」クリスティーナは抵抗した。「どうすればよいのか教えてくれるわ」

「気絶なさったのは、その手紙のせいなのですね？」キャスリーンが手を揉《も》みしぼりながら尋ねた。

ブラウンににらまれ、すぐにキャスリーンはうなだれた。「でしゃばって申し訳ありません、奥さま。でも、みんなとても心配しているんです。びっくりして、奥さまのことが心配でしかたがないんです」

クリスティーナはほほえもうとした。「わたしもあなたたちに心配はかけたくない。キャスリーン、あなたのいうとおり、手紙のせいなの」

「悪い知らせですか？」キャスリーンが尋ねた。

「決まっているだろうが、ばかもの」ブラウンがつぶやいた。「頭があれば、だれにでもわかる。奥さま、お気持ちを静めるために、わたしになにかできることはございますか？」

「ええ、ブラウン」とクリスティーナは答えた。「いますぐロンドンへ行かせてほしいの。手を貸してください、ブラウン。お願いよ」

「奥さまのためならなんでもいたします」ブラウンは思わず真剣に答えてしまった。顔を赤らめてつけくわえる。「旦那さまはお怒りになるでしょうが、奥さまがどうしてもとおっしゃるなら、屈強な男を四人おつけして、ロンドンまでお送りしましょう。キャスリーン、急いで奥さまの荷物をご用意しなさい」

「わたしもご一緒しましょうか?」キャスリーンはクリスティーナに尋ねた。

クリスティーナは熱心なメイドの申し出を断ろうとしたが、ブラウンがいった。「おまえも行きなさい」

「しばらくひとりにしてください」クリスティーナはささやいた。「ひとりで悲しみたいの」

その言葉に、使用人たちは事情を察した。クリスティーナに近しい人が亡くなったのだ。

ブラウンはただちに使用人たちを部屋から追い出した。廊下に出てドアを閉めたものの、なにもできない自分がふがいなく、しばらくクリスティーナの悲しげなすすり泣きを聞いていた。

どうすれば奥さまの役に立てるのだろうか。ブラウンは背筋を伸ばして足早に廊下を歩いた。奥さまの安全は自分にかかっている。念には念を入れなければならない。クリスティーナを守るために、ブラウンは供の者を六人に増やすことにした。

屋敷を管理する執事が持ち場を離れるのはまれなことだが、ブラウンは躊躇《ちゅうちょ》しなかった。奥さまを旦那さまの腕のなかへ無事に送り届けるまで、そばを離れてはならない。そう、ロンドンまでついていくのだ。馬の乗りかたを忘れていなければ、先導したいところだが。

クリスティーナは、使用人たちがそこまで心配してくれているのを知らなかった。上掛けの下に縮こまり、ライアンの枕を胸に抱いて静かに涙を流した。

涙が涸《か》れるほど泣くと、のろのろとベッドを出て鋏《はさみ》を探しにいった。髪を切って、追悼《ついとう》の儀式をしなければならない。

その瞬間に、パトリシアおばは死んだ。クリスティーナにとって、パトリシアは存在しないことになった。

髪を何インチか切る作業にさほど時間はかからなかった。いきなり、キャスリーンが淡い緑色のドレスを腕にかけて入ってきた。彼女はクリスティーナが髪を切ったのに気づいて目を丸くしたが、黙って着替えを手伝った。

「あと十分ほどで出発いたします」キャスリーンはクリスティーナに耳打ちし、ふたたび部屋を出ていった。

クリスティーナは窓辺へ歩いていき、外を眺めた。故郷の家族に思いをはせる。メリーはきっとこの国を好きになってくれるだろう。もちろん、ブラック・ウルフも気に入ってくれるはず。気に入ったとは絶対に認めないだろうけれど。誇り高くて、そんなことは口にしない人だから。それに、ライアンがこんなに広い土地を持っているのを知ったら、驚くにちがいない。

ホワイト・イーグルは、ライアンの馬に興味を持つだろう。ここの馬はたくましく辛抱強い。元気いっぱいで美しい仔馬たちは、ライアンの選択眼がよい証拠だ。

「みんなは死んでいない」クリスティーナは怒りに満ちた声をあげた。

そして、ふたたび泣きはじめた。いいえ、死んだりするものですか。手紙は嘘だ。故郷の家族になにかあったら、虫の知らせがあったはず。

「わかったはずよ」とつぶやく。

そう、デヴァンリュの手紙は偽物だ。どうやってこんな偽物を作ったのか見当もつかないけれど、とにかくパトリシアおばのしわざだ。あの邪悪な人は、故郷の家族が死んだと嘘をついている。

でも、その理由がわからない。

ライアンなら、なにか思いつくかもしれない。この世の悪党《ジャッカル》どものやりくちを知りつくしている、有能な戦士だから。

一刻も早くライアンに会いたい。

抱きしめて愛しているといってもらわなければ。それから、キスをしてもらおう。彼のキスは胸の痛みと悲しみを追い払ってくれるはず。

そして、抱いてもらおう。それがライアンのつとめなのだから。

ライアンがロンドンのタウンハウスに到着すると、フェントン・リチャーズ卿が玄関の階段で待ちかまえていた。

リチャーズはむずかしい顔をしている。

とたんにライアンは警戒した。「すこし太ったようですね」挨拶がわりにいった。

「まあな」リチャーズはにやりとした。数ポンド増えた部分を強調するように腹をたたいた。

ライアンはすこし安心した。リチャーズの態度で、さしあたって知りたいことはわかった。問題が起きたのはまちがいない。リチャーズがさしたる理由もないのに待っているはずがないからだ。それでも、あわてた様子がないので、重大な問題ではないようだ。

リチャーズが向き直ってドアをたたいた。すぐに使用人がドアをあけた。ライアンは使用人に手綱を渡して馬を連れていくように指示し、リチャーズを書斎へ案内した。

ライアンのあとから、リチャーズは重たそうな足取りで書斎に入った。大柄で濃いあごひげをはやし、髪には白いものが混じっている。猫背で穏やかに話し、決して感情をあらわにしない。ただし、ライアンと一緒にいるときは別だ。ライアンにだけは打ち解けていた。この年若の友人に、絶対の信頼を置いている。

「まずいことになった、しかも、かなりまずい」

さりげなく発された言葉に、ライアンは片方の眉をあげた。

「ローンが自宅監禁されている」リチャーズがいった。ライアンの机の前に並んでいる革張りの椅子二脚のうち一脚に腰をおろし、話をつづけた。「わたしも介入しようとしたが、すでにウェリンガムに起訴されたあとだった。この件はきみにまかせる」

「なぜローンは捕まったのですか？」ライアンは尋ねた。自分の椅子に座り、机のまんなかに積まれた手紙や招待状の山を仕分けしはじめた。

リチャーズはくつくつと笑った。「われわれの友人が監獄送りになるかもしれないというのに、落ち着いたものだな」

「いま、おれにまかせるとおっしゃったでしょう。おれが処理します。なにがあったのか教えてください。どうして——」

「ウェリンガムがローンの手首の包帯に気づいた。推測が推測を呼んで、このありさまだ。ローンはいつも注意が足りない」リチャーズはいった。「きみの結婚式の帰りにウェリンガムとばったり会ったらしい。ところで、式に出られなくてすまない。どうしても出られなかった。ロンドンへはおととい帰ってきたばかりでね」

「お気遣いは無用です」ライアンは答えた。「いずれ、妻のクリスティーナに会いに、ライアンウッドへいらしてください。ローンはどうしていますか？」目下の問題に話を戻した。

「いつものように、愚行にふけっている」リチャーズはにべもなくいった。「外出できないから、自分のタウンハウスで毎晩パーティをひらいている。もちろん、今夜もだ。わたしも寄るつもりだ」

リチャーズはひと息つき、なにかいいたげにライアンをじっと見つめた。

ライアンはにやりと笑った。「おれも行きます。貴重品をお持ちにならないでください。ジャックに襲われたくないでしょう？」

「ほう、今夜、ジャックが現れるというのか？」

「まちがいなく」

「ローンは悔しがるだろうな」リチャーズは座ったまま背筋をのばし、急に真顔になった。「ローンの問題は片づいたから、ここに来たもうひとつの理由を話そう。きみの奥方の父上がもうすぐロンドンへ到着するのだが、聞いているか？」

ライアンはかぶりを振った。「彼をご存じなのですか？」

リチャーズはいった。「名前はエドワード・スターリンスキー。もちろんきみも知っているはずだ」

ライアンはうなずいた。義理の父の名前は知っていたが、結婚証明書にクリスティーナが書くのを見たからにすぎない。「ええ、バロン・スターリンスキーですね」リチャーズにつづけるよう促す。

「ずいぶん前のことだが、イギリスに力を貸してくれたことがあった。ブリスベン事件。このちょっとした不幸について、聞き覚えはあるかね？」

ちょっとした不幸？　ライアンは首を振った。「あなたにいわせれば、フランスが大敗したライプツィヒの戦いさえ、ナポレオンのちょっとした不幸でしたね。ブリスベン事件とやらに、聞き覚えはありません」

「きみはまだ子どもだったからな。だが、そのうち耳にすることになるぞ」リチャーズは声をひそめた。「自分がきみより二十歳は上だということを忘れていたよ。そろそろ若いのに席を譲るべきだな」

「おれがあなたの下で働いていたころから、何度もそうおっしゃっていましたが」

ライアンは、ブリスベン事件とクリスティーナの父親について早く詳しい話をしてほしくていらいらした。だが、リチャーズのことはよく知っている。いつものように、なかなか本題に入らないにちがいない。

「わたしは老いた猟犬のようなものでね」リチャーズがいった。「あいからわず、もめごとのにおいに惹きつけられるのだよ。ブリスベンはあるイギリス人の名前だ」ようやく核心に触れた。「いわば、われわれにとってのベネディクト・アーノルド（アメリカ独立戦争でイギリスに内通していたアメリカ軍将軍）だ。ブリスベンは祖国を裏切って機密を売っていたが、しばらくすると、家族に顔向けできないと思うようになった。妻と四人の幼い娘がいたのだ。彼はわれわれに罪を告白した。そこでわれわれは、というよりもわたしの前任者が、彼とある取引をした。要するに、もっと大きな魚を追うことにしたのだ。ブリスベンに協力させ、彼の上にいる大物たちを誘《おび》き出すための罠《わな》を仕掛けた。媒介役を務めたのが、バロン・スターリンスキーだ。どういういきさつでそうなったのかは覚えていないのだが」肩をすくめてつけくわえる。「スターリンスキーは力を尽くした――細心の注意を払って、われわれの協力者であることを隠したそうだ――ところが、計画は大失敗に終わった」

「大失敗とは？」

「ブリスベンの妻子が殺された。喉を切られていた。ブリスベンが五人を殺して、同じ刃物で自殺したように見せかけてあった」

「つまり、あなたはブリスベンが心中をはかったのではないと考えておられるわけだ」

「そのとおり。おそらく、ブリスベンの上の人間が罠に気づいたのだ」リチャーズは答えた。「偶然に知ったのか、金で情報を買ったのか、どちらかはわからないが」

「バロン・スターリンスキーは？　それ以降もわが国に協力をつづけたのですか？」

「いや。ブリスベン事件のあと、すぐに結婚して帰国してしまった。自分の目撃した惨事に衝撃を受けていた。ブリスベン一家の死体の発見者だったのだよ、あれ以来、わが国に協力するのを拒むようになった。それもしかたがあるまい。わたしは現場を見たわけではないが、スターリンスキーがどんな恐ろしい光景を目にしたのか、想像はつく」

「現在の彼の所在はわかっているのですか？」

「いや、だれも」とリチャーズは答えた。「だが、何人かの昔なじみのもとに、彼がもうすぐイギリスへ到着するという知らせが届いた」

「娘が生きていることを知っているのでしょうか？」

「おや。知っているはずがないという口ぶりだな」

「ふたりは一度も会ったことがありません。スターリンスキーは、妻と子は何年も前に死んだと信じているはずです。もっとも、おれが調べたところでは、スターリンスキーも亡くなったと考えられているようですが。レイノルズ卿もそう信じていました」

「たしかに、バロンから手紙が届いたときは、みな驚いていた」

「いままで彼はなにをしていたのでしょうか？」

「国へ帰って一年とすこしたったころ、革命で王座を追われたそうだ。そして失踪した。われわれとしては、彼がどこに行こうがかまわなかったから、捜しはしなかった」とリチャーズはつけくわえた。その眉間に皺が寄り、穏やかな顔つきが崩れた。「気になることがあるようだな。いってみろ」

「バロンには怪しいところがあるとは思いませんか?」

「ほう、バロンが気になるのか」

「彼についてご存じのことをすべて教えてください」とライアンはいった。「思い出せることならなんでも。ずいぶん昔のことのようですが」

「話せることはあまりないのだ。わたしも若くて影響を受けやすかったせいもあるが、バロンのことはたいした人物だと感心していた。むこうのほうがすこし年上なだけだったが。見るからに威厳があった。うらやましかったよ。ライアン、いったいどうしたのだ、きみのせいでこっちも胸騒ぎがしてきたぞ。今度は、きみが知っていることを教えてくれ」

「お教えするほどのことは知らないのです。本人に会ったこともありませんし。クリスティーナも彼に会ったことはありませんが、なぜか恐れています。妻に会っていただければ、ことの深刻さがおわかりになると思います。クリスティーナは決して臆病なたちではありません」

「それはもうわかっている」リチャーズがいった。

「どうして?」

「きみと結婚したくらいだからな」

ライアンは苦笑した。「そのとおりですね。結婚に乗り気だったとはいえませんが……」

リチャーズは鼻を鳴らして笑った。しばらくしていった。「奥方が父上を恐れるのは、特殊な境遇ゆえのことではないかね。会ったことのない父親にいよいよ対面するとなったら、普通は……」

「いいえ」ライアンは首を振った。「なにか別の理由があるようです。クリスティーナは父親を悪党《ジャッカル》といっていました。バロンと会ったら、用心してください。クリスティーナがおびえているからだけではなく、おれもなんとなくいやな予感がします」

「きみがそんなに不安を感じているのか？」

「ええ」

「では、なぜクリスティーナは父親を恐れるほんとうの理由を明かさないのだ？」

「彼女は強情で」ライアンは笑みを浮かべて答えた。クリスティーナの強情さを気に入っているのが、リチャーズにもわかった。「それに、やっとおれに心をひらきかけてくれたところです。おれたちの信頼関係はまだ危ういんですよ。だから、彼女をせかしたくない。覚悟ができたら教えてくれるはずです。それも、近いうちに」

「だが、きみのほうは奥方の話を信頼しているのか？」リチャーズが尋ねた。「奥方を信頼しているのか？」

「はい」ライアンはためらうことなく、力強く答えた。

そのとき、悟った……全身全霊で。自分はクリスティーナを信頼している。一点の曇りもなく。「妻を信頼しています」低い声で認めた。「どういうわけか、心から信頼しているんです」

そういってから、声をあげて笑った。

「それが、そんなにおもしろいことかね？」

「ええ。じつは、妻とはいままでずっと、ごまかしあいをしていました」ライアンはいった。

「おもしろいでしょう、ふたりとも気づいていなかったのですから」

「なにがおもしろいのか、わたしにはわからん」リチャーズは正直に答えた。

「おれもわかりはじめたばかりです。クリスティーナは過去を隠しています……こっちも、彼女に自分の過去を隠しています。クリスティーナは、過去を知られたら軽蔑されると思いこんでいる。もちろん、おれは軽蔑したりしません。けれど、彼女にそう信じてもらうには、信頼してもらわなければなりません」

「なんなら、わたしが奥方の過去を調べてやろうか」

「いえ、結構です。調べるためにフランスへ使いをやりましたが、引きあげさせます。彼女の過去を詮索するのはやめました。あなたに調べていただくつもりもありません。そのうち、彼女のほうから教えてくれます」

「きみは、自分の秘密を話すつもりなのか？」リチャーズが尋ねた。そっとささやくような声だった。「なにも心配することはないぞ、ライアン。わたしにとって、きみほど信頼できる男はいない。きみの国に対する忠誠心は揺るぎない。だからこそ、もっとも困難な任務を与えてきたのだ」

ライアンはリチャーズの真剣な口調に驚いた。リチャーズは決してお世辞をいわない。一緒に働いてきた数年間、このようなほめ言葉をかけられたことはなかった。

「それにしても、スターリンスキーのことが気になる」リチャーズは話をつづけた。「ただちに調査を始めよう。ところで、ひとつ問題がある」うわの空であごひげをいじる。「スターリンスキーがロンドンに到着したら、きみに祝賀パーティをひらいてほしいという声があがっている。かねがね、スターリンスキーにナイトの称号を授与してはどうかという話があったのだ。年配の連中には、バロンがイギリスのために偉大な功績を立てたと過大評価する向きがある。その功績とやらについても調べよう」そうつけ足し、短くうなずいた。

「パーティにクリスティーナがいなければ、格好がつきませんね」ライアンはいった。

リチャーズは小さく咳払いをしていった。「ライアン、きみの結婚生活に口出ししたくないが、できるだけ早く奥方に父親の話をしてくれと頼むべきだな。なぜ父親を恐れるのか、ほんとうのことをいわせるのだ。彼女を尋問しろ」

尋問？　ライアンは笑いたくなった。初めてクリスティーナに会ったときから、尋問ばかりしてきたのだ。「それはできません。彼女のほうから――」

「わかった、わかった」リチャーズはライアンの言葉をさえぎり、長々とため息をついた。

「そのうち教えてくれる、だな」

「そういうことです。それまでは、おれが彼女を守ります」

「守る？」

「クリスティーナは、父親に殺されるかもしれないと考えています」

「なんだと」

「ええ。おわかりでしょう、スターリンスキーにナイトの称号を与えるなど、おれたちからすればもってのほかです」

「ライアン、もう一度いうが、やはり奥方を尋問しろ。彼女の身が危ないのなら、なおのこと――」

「おれが彼女を守ります。尋問はしません」

リチャーズは、ライアンの声ににじんだいらだちに気づかないふりをした。「わたしが決めつけるものではないが、きみたちは変わった結婚生活を送っているな」

「変わった妻ですから。あなたも彼女を気に入りますよ」

突然、玄関で物音がして、ふたりは口をつぐんだ。ライアンが目をやったと同時に、書斎のドアが勢いよくあいた。

忠実な執事であるブラウンが、部屋に駆けこんできた。

ライアンははじかれたように立ちあがった。心臓が激しく胸郭をたたきはじめ、肺から空気が絞り出されたような気がした。

クリスティーナになにかあったのだ。けがをしたか……それとも……。

恐慌の波はゆっくりと退《ひ》いていった。金色の髪をなびかせてクリスティーナが部屋に飛びこんできた瞬間、ライアンは文字どおり椅子にへたりこんだ。

クリスティーナは無事だ。いまにもあふれそうなほど涙をため、途方に暮れた顔をしているけれど。動揺してはいるものの、どこにもけがはしていない。

ライアンは、ふたたび息ができるようになった。

「ライアン、教えてほしいの」リチャーズに気づいていない様子で、ライアンに駆け寄って二通の手紙を彼の手に突っこんだ。「この人の筆跡はよく知っているから、最初は本物だと思ったの。でも、心のどこかではちがうと感じていた。みんなになにかあったら、わかったはずだもの。わかったはずなの」

ライアンはクリスティーナの両手を握った。「落ち着いて、最初から説明してくれ」

「まず、この手紙を読んで」クリスティーナは手を引いて、パトリシアからの手紙を指した。

「読めば、おばがなにかをたくらんでいるのがわかるわ」

「奥さまは気を失われたのです、旦那さま」ブラウンが出し抜けにいった。

ライアンはブラウンのほうを向いた。彼はまだ戸口に立っていた。

「なんだと?」ライアンは声を荒らげた。

「気絶なさったのです」ブラウンがしきりにうなずきながら答えた。

「それなのに、なぜロンドンへ連れてきた?」

ライアンはかっとした。ブラウンをにらみつけ、クリスティーナに向き直った。「屋敷で寝ていなければだめじゃないか」とどなる。

「大きな声を出さないで」クリスティーナはいった。ライアンと同じくらい大きな声だった。

「ブラウンはわたしのお願いを聞いてくれただけよ。どうしてもあなたに会いたかったの、ライアン。どうかその手紙を読んで。わたしには、嘘だとわかっているの」

ライアンはなんとか怒りを静めた。クリスティーナは泣き出していた。ライアンは、クリスティーナの体の心配をするのはあとまわしにして、とりあえずなぜ彼女が取り乱しているのか、確かめることにした。

最初にパトリシアの手紙に目を通した。読み終えるころには、手が震えていた。

ああ、クリスティーナに秘密を知られてしまった。パトリシアはライアンの過去を調べ、いくつかのいまわしい事実を手紙に詳しく書いていた。

クリスティーナは手紙の内容が事実なのか、聞きにきたにちがいない。嘘だといってほしくて、わざわざロンドンまでやってきたのだ。

ライアンはクリスティーナに嘘をつきたくはなかった。だが、真実を打ち明ければ彼女を失望させてしまう。

もう嘘はつかない、作り話はしない……今朝、彼女はそう約束してくれたばかりではなかったか？

だったら、こちらもそうすべきだ。「クリスティーナ」とライアンは切り出した。のろのろと目をあげ、彼女の目を見た。「脅威にさらされているときには、しなければならないことがある。おれも……」

どうにもその先がつづかない。

クリスティーナは、ライアンの苦悩を感じ取った。自分の心配ごとも忘れ、彼をなぐさめてやりたくなった。思わず手をさしのべた。

そのときはたと、ライアンはなにをいっているのだろうと思った。さしのべた手が宙でとまった。「なんの話をしているの？」

「え？」

「なぜそんな顔でわたしを見るの？」

「説明したいんだが」ライアンはぼそりといった。ブラウンをにらみつける。ブラウンは主人のいいたいことを即座に察し、ドアを閉めた。

「答えて、ライアン」クリスティーナはいった。

「クリスティーナ、ほかに人がいてはいいにくいことなんだ」とライアンはいい、深呼吸した。「これは事実だ。すべて事実だ。おれはたしかに、おば上が書いているようなことをしていた。だが、その理由はここに書いてあるような汚いものじゃない、おれは……」

クリスティーナは、ライアンがなにをいおうとしているのか、ようやく理解した。目を閉じ、どうすればよいのか考えた。ライアンがいますぐ秘密を告白したがっているのに、こんなふうに思うのは妻としてまちがっているのかもしれない。だけど、よりによって、こんなときに打ち明けなくてもいいのに。わがままだとは思うけれど、先にこちらの問題をどうにかしてほしい。

ライアンは、クリスティーナが目を閉じるのを見て、心臓にナイフを突き刺されたような気持ちになった。「クリスティーナ、おれは軍人だった、仕事だからやむをえなかった……」

クリスティーナがやっと目をあけた。ライアンにまっすぐ向けられた目には、思いやりがあふれていた。

ライアンは驚き、言葉を失った。

「あなたは戦士ですもの、ライアン。それでいて、優しくて愛情に満ちている。敵ではない人を殺すはずがないわ。そう、あなたがねらうのは悪党《ジャッカル》だけよ」

ライアンは、その言葉をどう受け取ればよいのか、とまどっていた。「だったら、なぜわざわざここまで来たのか――」

「あなたに真実を教えてもらいたくて」

「だから、いま真実を話そうとしているだろうが」

この人ときたら、また大声をあげて。クリスティーナは首を振った。「もう一通の手紙を読んでもいないのに、話しようがないでしょう？」

「老人が邪魔して申し訳ないが、ちょっとよろしいか？」出し抜けにリチャーズが口を挟んだ。

「なんですか？」ライアンはつっけんどんにいった。

「この方は？」クリスティーナはライアンに尋ねた。

「フェントン・リチャーズ卿」

その名前は、クリスティーナも知っていた。リチャーズのほうを非難がましく見ていった。

「ライアンはお仕事には戻れません。わたしが見るかぎり、脚が治っていませんから。完治するには何年もかかりそうですわ」

「クリスティーナ、なぜリチャーズ卿のことを知っているんだ？」

「ローン伯爵に聞きました。あなたの寝言にも何度かお名前が出てきたわ。あなたが寝言をいうなんて、よその方の前でいいたくなかったけれど……」

「嘘だろう」ライアンはぼやいた。

「まいったな」リチャーズがつぶやいた。

「ご心配なく、リチャーズさん」クリスティーナはいった。「ライアンの秘密はだれにもいいませんから」

リチャーズはしばらくじっとクリスティーナを見つめていたが、おもむろにうなずいた。

「おれの脚が悪いのをなぜ知っているんだ？」ライアンは、ふたたびクリスティーナに尋ねた。「愚痴をこぼしたことはないが。それに、もう治っている。ローンのやつが――」

「信じましょう」

「初めて会った夜に、あなたが痛みに耐えているのがわかったわ。目を見てわかったの。それに、ずっとマントルピースに寄りかかっていたでしょう。それがもうひとつの手がかり。あとでローン伯爵を問いつめたら、あなたが膝をけがしたと教えてくれた。まだ完治していませんからね」とつけくわえ、リチャーズにさっと目をやった。

リチャーズは笑みを押し殺した。かわいらしい夫人だ。「どうやらきみたちは、おたがいを誤解しているようだ。ライアン、奥方はおば上の手紙に動揺しているのではない。別のことだ、そうでしょう？」

「そのとおりです」クリスティーナは答えた。「おばはわたしのお友達からの手紙を一緒に送ってきました。封筒の筆跡は彼のものだと思います、手紙の筆跡もそうです、でも――」

「きみは偽物だと思っている。おば上がなにかたくらんでいるといったのは、そういう意味か？」とライアンは尋ねた。

クリスティーナはうなずいた。「おばの手紙の結びを見て、ライアン。悪い知らせではありませんように、ですって」

彼女の瞳にまた涙が浮かんだ。ライアンは急いでデヴァンリュからの手紙を読んだ。それから、封筒を手紙と並べ、筆跡を見くらべた。クリスティーナが息を詰めて待っている。

すこし見くらべただけで、ライアンには別人の筆跡だとわかった。「似ているが、同一ではない。リチャーズ卿、あなたも見てくださいますか？　別の意見も聞いたほうが、クリスティーナも安心します」

リチャーズは好奇心を抑えきれず、勢いよく立ちあがるとライアンから封筒を取りあげた。

「まちがいない。手紙は別人が書いたものだ。偽物だよ」

彼も手紙を読んだ。同情のこもった目で、ふたたびクリスティーナを見やった。「この未開拓地の人々というのは……あなたにとっては家族同然なのだね？」

クリスティーナはうなずいた。「斑点熱《はんてん》とはなんですか？」眉をひそめて尋ねた。「みんなはそれで死んだと書いてあるけれど――」

「わからない」ライアンがいった。

「こんなことをしたのはだれだ？」リチャーズが尋ねた。「こんなひどいことをするのは、どんな怪物だね？」

「クリスティーナのおばです」ライアンの声には怒りが表れていた。「こんなことをいうのは申し訳ないが、クリスティーナ、あなたのおば上は――」

「思うだけにして、口にはしないでください」リチャーズがいい終える前に、ライアンは割りこんだ。

クリスティーナはライアンの椅子に力なく寄りかかった。ライアンが腰を抱いた。「それにしても、なぜこんなことができたのかしら。封印は破かれていないわ」

リチャーズが、蒸気を当てれば簡単に封筒をあけることができると答えた。「専門家ならすぐにわかることだよ」

それからまもなく、リチャーズは帰っていった。彼がドアを閉めたと同時に、クリスティーナは泣き出した。ライアンは彼女を膝に載せて強く抱きしめた。

彼はそのままじっとクリスティーナを抱いていた。クリスティーナはずっと涙をこらえていたので、しばらくのあいだ、激しく泣きじゃくった。

「あなたのシャツをびしょぬれにしてしまったわね」しゃくりあげる合間にささやいた。

だからといって、どうすることもできない。ライアンの胸に寄り添い、あごの下に顔をうずめ、弱々しくため息をついた。

そのまま長いあいだ、クリスティーナは身動きしなかった。眠ってしまったのだろう、とライアンは思った。それでもかまわなかった。必要とあれば、暗くなるまで彼女を抱きしめているつもりだった。実のところ、怒りがおさまるにはそれくらい時間がかかりそうだった。

さっき、リチャーズはパトリシアのことを性悪女だといおうとしていたにちがいない。たしかに、あのガミガミ婆さんは性悪女、いや、それよりもっとひどい。

クリスティーナも黙って同じことを考えていたらしい。不意につぶやいた。「わたしはね、イギリス人はパトリシアおばみたいな人ばかりだろうと思っていたの」

ライアンはなにもいわなかった。喉まで声が出かかっていたが、黙っているほうが、クリスティーナが話しやすいのではないかと感じた。

ほどなく、彼の忍耐は報われた。

「父は白人を憎んでいたの。ボストンでおばと住むようになってからは、デヴァンリュ先生だけがお友達だった。先生がわたしをおばのところへ連れていってくれたの。毎日、勉強を教えにきてくれた。わたしは外出を禁止されていたから。おばにはいつも、恥だといわれていた。悩んだわ。なぜ取るに足らない人間みたいに扱われるのか、さっぱりわからなかったの」

「きみは取るに足らない人間ではない」ライアンはきっぱりといった。「立派なレディだ」

クリスティーナはうなずいた。「わかってくださってありがとう」

ライアンは彼女の真剣な口調にほほえんだ。

そして、クリスティーナが話を再開するのを待った。

永遠にも感じる時間が過ぎ、クリスティーナはやっと話しはじめた。「夜になると、おばはわたしを部屋に閉じこめて鍵をかけた。それでも、おばを嫌いにならないように我慢したわ」

ライアンは目をつぶり、震えながら息を吸った。クリスティーナの苦しみを感じた。まるで熱い溶岩に呑みこまれたようで、涙が目にしみた。

「わたしは閉じこめられることに耐えられなかった。そのうち、部屋を抜け出せるようになったの」

「どうやって?」

「ドアの蝶番《ちょうつがい》をはずしたの。すると、おばは自分の寝室に鍵をかけるようになった。わたしを怖がっていたのよ。でも、わたしは気にしなかった。相手はお年寄りでしょう、だから尊敬しなければと思っていたの。母によくそういわれたわ」

「ジェシカか?」

「いいえ、ジェシカと話したことはない」

「では、だれのことか?」

「メリーよ」

ライアンはどうしても質問をせずにはいられなかった。「メリーも白人を憎んでいるのか?」

「いいえ、メリーは人を憎んだりしない」

「だが、きみにとって父上である人は憎んでいるのだろう?」

答えたくないのかもしれない、とライアンは思った。しばらく、ふたりのあいだに沈黙がつづいた。

ライアンは自分にいいきかせた。せかしてはいけない。ああ、ついさっき、これから彼女から話してくれるのを待つと誓ったばかりなのに。

「ええ、父は白人を憎んでいるわ」クリスティーナは小さな声で答えた。「でも、もちろんわたしは別よ。心から愛してくれている」

クリスティーナはライアンがなんというか待った。胸の鼓動が激しい。

返事はなかった。クリスティーナは、彼はわかっていないのだとひとり合点した。

「わたしには兄がいるの」

沈黙。言葉もなく、ため息もなく、驚きの声さえもあがらない。「ホワイト・イーグルというの」

ライアンの顔に、ゆっくりと笑みが広がった。

「わたしの話がわかっているの、ライアン？」クリスティーナは尋ねた。

ライアンはクリスティーナの頭のてっぺんにキスをした。「わかっている」とささやく。彼女の顔を両手で挟み、そっとあおむかせ、優しくくちづけした。

それから、クリスティーナの不安を取り除きにかかった。「自分が世界一の果報者だということがわかった。こんなふうにだれかを愛せるとは思ってもいなかった。きみの家族には大きな恩がある。ずっときみを守ってくれたんだからな」

「なんだか、みんなのことを知らないのに、大事に思ってくれているみたい」とクリスティーナはつぶやいた。その声はこみあげるものに震えていた。

「もちろん、大事だとも」ライアンはいった。「母上はきっと、優しくて愛情あふれる方だ、そして父上は……」

「誇り高い戦士」クリスティーナは補った。「ライアン、あなたと同じくらい誇り高いのよ」

「愛している、クリスティーナ。まさか、育ちのせいで軽蔑されると思っていたのか――」

「自分が取るに足らない人間だなんて思ったことはないわ。一度もない。わたしはライオンなのよ。正直いって、イギリス人のほうがつまらない人ばかりだと思っていた……あなたに会うまではね」

ライアンはほほえんだ。「きみは父上の気位の高さを受け継いでいるようだ。そこは悪くない」

「これから苦労するわよ、ライアン。おたがいの生活の習慣がちがうもの。これ以上、自分を偽りたくないの。せめてふたりきりのときだけは……」

「望むところだ。おれも、きみが偽っていること全部、もう偽るのはやめてほしいからな」なにをいっているのか自分でもさっぱりわからず、ライアンは声をあげて笑った。

「愛しているわ、ライアン」クリスティーナはささやいた。ライアンのうなじをさする。「ライアン、わたし……」

「こっちもそのつもりだ」ライアンはうなるようにいった。ふたたびクリスティーナにキスをした。今度は激しく。舌を入れ、彼女をこすり、味わう。クリスティーナは彼の首に抱きついた。ライアンウッドに帰りたいというつもりだったのに、その考えはキスをされたとたんにどこかへ行ってしまった。何度もライアンと唇を合わせているうちに、呼吸が低いあえぎになった。

「上に行きましょう、ライアン」情熱的なキスの合間にささやく。

「だめだ、間に合わない、クリスティーナ」

「ライアン！」

ライアンはクリスティーナの切羽詰まった口調にほほえもうとしたが、自分を抑えるので精一杯だった。クリスティーナが股間に腰を押しつけながら、耳たぶをそっとかじり、体じゅうに手を這わせる。

命がかかっていたとしても、ライアンには階段をのぼることなどできなかった。

14

一七九五年十月二十日の日記

あの人は夜みんなが眠っているあいだに来ました。ジャクソン夫妻は馬車の外で寝ていました。ひどく寒かったけれど、ジェイコブが夫婦だけで寝たいといって、小さなテントを立てたの。

わたしは妙な物音を聞き、外を覗くと、男がエミリーとジェイコブの上にかがみこんでいるのが見えました。危ないとも思わず、その男に声をかけた。ジェイコブが見張りに立っているはずだった。

男が立ちあがって、月明かりのほうへ振り向きました。わたしはもうすこしで悲鳴をあげそうだった。エドワードが追いかけてきたのです。血まみれのナイフを握っていました。

驚愕《きょうがく》と恐怖で、わたしは身動きもできなかった。でも、あなたのおかげで動くことができたのよ、クリスティーナ。あなたが目を覚ましてむずかりだしたので、わたしはわれに返った。エドワードからあなたを守らなければならないもの。

ジェイコブのハンティング・ナイフをつかんだと同時に、エドワードが馬車に乗りこんできました。わたしは悲鳴をあげて、ナイフを彼の顔めがけて突き出した。エドワードが痛そうにうなった。刃先で目の縁を切ったの。「宝石をよこせ」といいながら、あの人はわたしの手からナイフをたたき落としました。

わたしの悲鳴に、キャンプのみんなも目を覚ましました。エドワードは、背後であがるどなり声を聞いて、また戻ってきて殺してやる、といった。そして、クリスティーナ、あなたが眠っているかごに目をやり、またわたしをにらみました。「先に赤ん坊を殺してやる。パトリシアにやればよかったな」あざわらいながらそういいすて、するりと馬車から出ていきました。

ジャクソン夫妻は死んでいました。喉を切られていた。わたしは幌馬車隊の隊長に、物音を聞いて、男がエミリーとジャクソンの上にかがんでいるのを見たと話しました。

キャンプ全員で辺り一帯を捜索しました。けれど、月明かりは薄暗く、エドワードは見つからなかった。

数時間後、キャンプは落ち着きを取り戻しました。念のために見張りの人数を三倍に増やし、夜明けが来たらジャクソン夫妻を埋葬することになりました。

わたしはしばらく待ったのち、あなたを抱いてこっそりキャンプをあとにしました。自分がどこに向かっているのかわからなかった。どこでもよかったの。あなたには申し訳ないことをしたわ、クリスティーナ。もうだめ。エドワードに見つかるのは時間の問題だった。

ライアンがクリスティーナにキスをして出かけたのは、まだ午後早い時間だった。クリスティーナは、予定どおりライアンはローンと落ち合ってカードゲームをしにいくのだろうと思っていた。ライアンは、ローンの家にジャックを出現させる用意を急がなければならなかったので、クリスティーナに詳しい話はしなかった。ゲームまでまだしばらく時間があるが、その前に片づけなければならない仕事があるとだけいいのこし、出かけていった。

クリスティーナが濃いブルーのドレスを着終えたとき、レディ・ダイアナが下でお待ちだとキャスリーンが告げた。

「取り乱していらっしゃるようです」とキャスリーンはいった。「かわいそうに、泣いていらっしゃいます」

クリスティーナは急いで螺旋階段をおりた。ダイアナはクリスティーナの姿を見たとたん、ローンが捕まったと訴えはじめた。

クリスティーナはダイアナを応接間へ連れていき、ダイアナがいっきにまくしたてるあいだ、かたわらに座って手をそっとなでてやった。

「気の毒に、あの人は無実なのよ」ダイアナは泣きじゃくった。「それに、気丈にしているわ。

毎晩、パーティをひらいてる。ああ、お兄さまにも相談したい、早く帰ってきてくださればよいのに。お兄さまなら、どうすればよいのか心得ていらっしゃるもの」

「きっと、ライアンにもすぐに話が伝わるわ」クリスティーナはいった。「悪いのはわたしなの」

「どうして？」ダイアナが尋ねた。

クリスティーナは答えなかった。ローンが捕まったことに責任を感じていた。彼にけがを負わせたのは自分なのだ。罪を負うべきはこの自分ではないか。

「なんとか策を考えなければ……ダイアナ、ローン伯爵は今夜もパーティをひらくのでしょう？」

「ええ。でも、ハリエットおばさまは行ってはだめとおっしゃるの。別の約束があって。でも、わたしはあの人のところへ行きたい」

クリスティーナは笑みを押し殺した。「わかるわ」といいながら、またダイアナの手をさすった。「だいじょうぶ、あすには疑いが晴れるから」大げさに声をひそめていう。

「どうしてわかるの？」ダイアナは小声で尋ねた。「なにか、わたしの知らないことをご存じなのね？」

「ええ」クリスティーナはわざと言葉を切り、ちらりと肩越しに背後を見やった。それからダイアナに向き直ると「まちがいないわ、今夜、本物のジャックが強盗に現れる」と告げた。

クリスティーナの言葉を本気にしたらしく、ダイアナが息を呑む。

「ダイアナ、だれにもいってはだめよ、ジャックが知ったら今夜はおとなしくしておこうと考えるかもしれない」

ダイアナは両手を握りしめた。「だれにもいわないわ、約束します。でも、なぜあなたが――」

「詳しい話をしているひまはないの」クリスティーナはきっぱりといった。「これから大事な用事があるのよ。あなたをお宅へお送りするわ、それからしばらく馬車をお借りしてもいいかしら？」

「ええ、もちろん」ダイアナは答えた。「その用事にもおつきあいしましょうか」

クリスティーナはかぶりを振った。「急いで、ダイアナ。やることがたくさんあるの」

「え？」

「なんでもないわ。ほら、涙を拭いて、行きましょう」

クリスティーナはダイアナを引っぱっていった。ジャックの問題からダイアナの気をそらすため、彼女の家族について尋ねた。

「ライアンはお兄さまのジェイムズと親しかったの？」

「ひところはね。ふたりとも負けず嫌いだったの」ダイアナはいった。「ライアン兄さまがいつも勝っていたわ――乗馬でも、剣術でも……そう、女性の扱いでもね」肩をすくめる。「ジェイムズ兄さまは、勝とうとやっきになっていた。いろいろ危険も冒していたわ」

「どうして亡くなったの？」

「落馬したの。即死だった。あっというまのできごとだったわ。うちのかかりつけ医のウィンターズ先生が、苦しまなかっただろうとおっしゃっていた。たぶん、お母さまをなぐさめるためにそういったのでしょうけれど」

「お母さまのことだけど」クリスティーナはためらいがちに切り出した。「ダイアナ、あなたがお母さまを大事にしていらっしゃるのは知っているけれど、どうかわたしの考えに賛成してほしいの」

「考えって？」

「明日、ライアンウッドに帰るときに、お母さまもお連れしたいの」

「本気なの？　お兄さまはご存じ？」

「そんな、びっくりしないで」クリスティーナはちょっと笑った。「わたしは心からお母さまのためを思っているの。もちろん、あなたも心配でしょうから、一緒にいらっしゃったらいいかがかしら。離ればなれになるのはつらいでしょう。あなたのお母さまですものね」

ダイアナは目を伏せて両手を見つめた。心の底から安堵《あんど》していることがうしろめたかった。ようやくだれかがお母さまの面倒を見てくれる。「こんなことをいうのはひどいとわかっているけれど、あなたにだから正直にいうわ。お母さまと離れても、わたしはぜんぜん寂しくなんかない」

クリスティーナは言葉に詰まった。馬車のドアをあけてやりながらいった。「お母さまは以前からずっと、すこし……むずかしい方なのね？」

「あなたもお会いになったでしょ」ダイアナは声をひそめた。「ジェイムズ兄さまのことしか話さないの。ライアン兄さまのこともわたしのことも、どうだっていいのよ。ジェイムズ兄さまは、お母さまにとって初めての子だったから。ああ、わたしを軽蔑なさったでしょう。こんな話をしなければよかった――」

クリスティーナはダイアナの両手を握った。「わたしにはなんでも正直にいってちょうだい。仲よくやっていく秘訣はそれだけだもの、ね。ダイアナ、あなたがお母さまを愛しているのはよくわかっているわ。愛しているからこそ、腹が立つのよ」

ダイアナは目を丸くした。「たしかに、腹が立っているわ」

クリスティーナは話題を変えた。「さあ、おうちにお入りなさい。わたしは用事を片づけてくるわ。お母さまの荷物をまとめさせておいてね。あすの朝、お迎えにきます」

ダイアナは出し抜けにクリスティーナに飛びつき、ぎこちない手つきで抱きしめた。「お兄さまがあなたと結婚して、ほんとうによかった」

クリスティーナはいった。「わたしもライアンと結婚してよかったと思ってる」

ダイアナはクリスティーナを放した。馬車を降りて振り向くと、もう一度、クリスティーナの謎の用事にお供したいといった。クリスティーナは今度も断り、ダイアナがタウンハウスに入るのを見届けてから、馭者のほうを向いて目的地を告げた。

「ブリーク・ブライアンの店がどこにあるかご存じなのですか？」馭者はいった。こぼれ落ちんばかりに目を見ひらき、何度も唾を呑みこんでいる。

「いいえ、よく知らないの。あなたは知っているのでしょう？」

「ええ、まあ、存じあげていますが」駅者はしどろもどろに答えた。

「だったら、問題ないわね。すぐにそこへやってください」

クリスティーナは馬車に乗り、ドアを閉めた。突然、駅者の青ざめた顔があいた窓の外に現れた。「奥さま、本気でおっしゃってるわけじゃありませんよね。ブリーク・ブライアンの店は、ロンドンでいちばん物騒な場所にあるんですよ。人殺しやら――」

「ブライアンは特別なお友達だからだいじょうぶ。いますぐ彼のお店に行かなければならないの。ところで、あなたのお名前は？」

「エヴァレットです」

「エヴァレットね」クリスティーナは繰り返した。エヴァレットにわざとにっこりとほほえみかける。「とってもすてきな名前。さあ、エヴァレット、いうことを聞いてくれなければ怒るわよ。ええ、怒りますからね」断固とした口調でいいそえた。

エヴァレットは黙ったまま頭のてっぺんのはげた部分をかいていたが、やがて答えた。「困りましたね、奥さま。ブリーク・ブライアンの店に連れていかなければお怒りになるとおっしゃいますが、ご主人さまに知られたら、あたしは殺されちまいます。どっちにしろ、怒られるんだ。ほんとに困りますよ」

「あら、夫のことを気にしていたのね。じつは、夫に特別に頼まれて、ミスター・ブライアンのところへ行くのよ。心配しないで、エヴァレット。ライアンは承知しているわ」

エヴァレットは安堵をあらわにした。奥さまが嘘をつくはずがない。見るからに純真な方なのだ。人をあざむくなど、考えたこともないにちがいない。

口ごもりながら謝ると、エヴァレットはクリスティーナに内側から扉に鍵をかけるようにいい、急いで馭者台に戻った。

馬車は猛烈なスピードで進んだ。クリスティーナは、エヴァレットはすこしおびえているのかもしれないと思った。

ようやく酒場に着くと、その考えが当たっていたことがわかった。エヴァレットは震える手でクリスティーナが馬車を降りるのを手伝った。何度も肩越しにあたりの様子をうかがった。

「奥さま、お願いですから、用事を早くすませてください。お許しがいただければ、馬車のなかでお待ちしています」

「あら、待っていなくてもいいわ。どのくらいかかるかわからないの。もうお帰りなさい、エヴァレット。わたしの帰りはミスター・ブライアンが面倒を見てくださるから」

「ですが、奥さま」エヴァレットはもつれる舌でいった。「ブライアンがいなかったらどうなさいます？　ブライアンも用事で出かけているかもしれませんよ」

「その場合は、お店で待ちます」クリスティーナは答えると、店のドアへ向かい、肩越しに礼をいった。エヴァレットがどうしようかとためらっているうちに、クリスティーナは酒場のなかに消えた。

クリスティーナも手ぶらで来たわけではなかった。エヴァレットには心配そうな顔をされたけれど、丸腰で来るほどばかではない。ちゃんと小さなナイフを隠し持っているし、いつものナイフもふくらはぎにとめている。大きなナイフのほうが安心だけれど、堂々と持ち運ぶわけにはいかない。いざこざを起こしにきたとまちがえられてしまう。

経験から、たいていのならず者は間抜けだとわかっている。最初に隙を見せないことが肝心だ。

クリスティーナはしばらくのあいだ戸口に立ち、人込みのなかに店主を探した。木のテーブルについている客がすくなくとも二十人。広々とした部屋の右側には、板の反ったバー・カウンターが奥まで伸びていて、そこにも数人の男が寄りかかっている。

カウンターのなかで男がひとり、ぽかんと口をあけてクリスティーナを見つめていた。クリスティーナは、店の者だろうと見当をつけ、すぐさま近づいていった。

半分も行かないうちに、ひとりめの愚か者が邪魔に入った。その男はエールのにおいをぷんぷんさせ、がさつな手つきでクリスティーナの腕をつかもうとした。

クリスティーナはナイフで男の手をはねのけた。男はにわかに大きな悲鳴をあげた。だれもが、掲げた手をびっくりしたように見つめている大男を眺めた。

「切りやがったな！」

男の大声に垂木《たるき》が揺れた。「切りやがったな」男はどなり声をあげながら、クリスティーナに突進した。

クリスティーナはその場を動かなかった。ナイフを男の目の前にかざす。「座りなさい。座らなければ、もう一度切ります」

　こんなことをしている場合ではない。ローンのパーティの前に、しなければならないことがどっさりある。

「切りやがったな、切りやがった――」

「わたしにさわろうとしたでしょう」クリスティーナはいった。ナイフの切っ先を酔っぱらいの喉元に当てる。「もう一度やってみなさい、あなたの首に穴をあけます。そこからエールを飲まなければならなくなるわよ」

　嘲笑《ちょうしょう》が聞こえ、クリスティーナは笑い声の主を探して振り向いた。「ミスター・ブライアンに用があります」

「あんたはやつの女か？」だれかが大声をあげた。

　クリスティーナはいらいらとため息をついた。すかさず、いまの酔っぱらいが、また脇から手を出そうとした。

　視線を落としもせずに、クリスティーナは男の喉を浅く小さく切った。

　男がまた吼《ほ》えた。クリスティーナは、天をあおいでいらだちをこらえた。

　やっぱり、ならず者は世界じゅうどこでも同じ。間抜けだ。

「わたしはライアンウッド侯爵の妻です」クリスティーナは男たちに告げた。「このお店のご主人は夫の友達よ。いますぐブライアンに会いたいの。わたしの我慢も限界です」言葉を切って、首を押さえている酔っぱらいをにらみつける。「傷は浅いわ、でもばかなまねをやめなければ、次はもっと痛い目にあうわよ」

　クリスティーナは気づいていなかったが、ライアンの妻であるといったとたんに、男たちの彼女に対する見方は一変していた。「死にたくなければ、その方に手を出すな、アーサー。ライアンウッドの女主人だぞ」

「あなた、アーサーというの？」クリスティーナは尋ねた。

　アーサーは、震えあがっていて返事ができなかった。

「アーサーって、すてきな名前ね。キャメロットの物語をご存じ？　ご存じない？」クリスティーナは、まだぽかんとこちらを見あげている男に尋ねた。「きっと、お母さまはこの本を読んだことがあって、アーサー王にちなんであなたを名付けたのよ」と決めつける。

　アーサーは聞いていなかった。この不始末がライアンウッド侯爵に知れたらどんなひどい目にあうか、そればかり考えていた。「奥さまに悪さをするつもりじゃなかったんだ、おれは悪くない」哀れっぽく訴える。「わからなかったんだ――」

「わたしが人妻だとわからなかったの？」クリスティーナはため息を漏らした。「まあ、わかるわけがないわね、でも、許しも得ないで女性にさわろうとするなんて失礼よ」諭すようにいった。「だけど、お行儀が悪いからといって殺されたりはしないわ、アーサー」優しくつけ足した。

　それから顔をあげ、観衆に告げた。「これでもまだわたしに手を出したい人はいる？」

　酒場のひとりひとりが否定の声をあげた。そろって、しきりにかぶりを振っている。

おもしろい眺めだったが、クリスティーナは笑いたいのをこらえた。彼らを笑いものにしていると思われてはいけない。

「嘘ではないわね？」ナイフをしまってもだいじょうぶか確かめるために、念を押す。

とうとう笑ってしまった。我慢できなかった。男たちがやっきになってうなずく様子が、たまらなくおかしかった。

「アーサー、傷を洗っていらっしゃい」肩越しにいいながら、カウンターでブライアンを待とうと店の奥へ歩いていった。「ここで用事が終わったら、すぐに傷を治す薬を届けさせるわ。ミスター・ブリーク・ブライアンがどちらにいらっしゃるか、どなたかご存じない？」黙りこくっている男たちに尋ねた。

「コナーが呼びにいきました」ひとりの男が大きな声で答えた。

クリスティーナは、その痩せた小柄な男にほほえんだ。そのとき、男がトランプを持っているのが目に入った。「ゲームをしていたの？」ブライアンが来るまでのひまつぶしに、それからその場の雰囲気をやわらげるために尋ねた。「お邪魔して悪かったわね」

「いいえ」小柄な男は答えた。「どうせ、相手がいなかったんです」

「どうして？」

「ニッティが強すぎるんですよ」別の男が声を張りあげた。

「ニッティ、あなたは我慢強い？」クリスティーナは尋ねた。

「よくわかりません、閣下夫人《ユア・グレイス》」とニッティ。

クリスティーナは「ユア・グレイス」などと呼ばれる身分ではないといおうとしたが、思い直した。ニッティはひどく緊張しているらしい。

「これから確かめてみない?」とクリスティーナはいってみた。ハスキーな声で笑うと、ニッティが顔をほころばせた。「カード・ゲームのやりかたを覚えたいの。おひまがあれば、教えてくださるとありがたいわ。わたしはここでブライアンを待たなければならないし……」

「よろこんでお教えしますとも」ニッティは答えた。胸を張っている。「ポピー、奥さまに場所をあけてさしあげろ」と命じる。「プレストン、きれいな椅子を持ってこい。奥さま、どんなゲームをお教えしましょうか?」

「殿方はどんなゲームをするの?」

「そうですね、旦那さまはポーカーをおやりになりますけど、ほかのゲームがよかったら――」

「あら、ポーカーでいいわ」

「どうぞ、奥さま」別の男が大声でいった。「ゲームのルールがおわかりになったら、おれが金をお貸ししますよ」

「お金を?」

「賭けるんですよ」また別の男がいそいそと答えた。

ここの人たちはなんて親切なのだろう、とクリスティーナは思った。ポピーという男が、大げさに腕を広げながらお辞儀をした。「椅子のご用意ができました、奥さま。唾も拭きました。

このうえなくきれいです」

丸いテーブルの前の椅子に座ると、クリスティーナはニッティにうなずいた。「夫をご存じなのね？」ニッティがカードを手早く切るのを眺めながら尋ねた。「ポーカーをするとおっしゃったでしょう」質問の意味を説明した。

「ここにいるものはみんな知っていますよ」ポピーが背後から答えた。

「あら、そうなの。さあ、ニッティ、ゲームのルールを説明してください。お金をありがとう、あなたも、ありがとう、それにあなたも……あら、こんなにお金はいらないわ、みなさん」目の前にコインが山と積まれていた。「ほんとうに優しい方ばかりね。こんなにすばらしいお友達がいて、夫は幸せだわ」


店の裏で、その夫もまったく同じことを思いながら、いかがわしいなりをしているが忠実な男五人に計画を伝え終わった。そのかたわらで、ブライアンがこれからの茶番劇に参加したがっていた。

「ああ、おれもローンの旦那のびっくりする顔を見たかったなあ」ブライアンはいい、ジャック役の男に声をかけた。「いいか。うしろにさがってろよ。おまえの目はローン伯爵みたいな緑色じゃない。だれかに気づかれるとまずい」

「ブライアン、店に戻ってこい」バーテンダーが彼をつつくのもこれが三度目だった。「ほんとに、喧嘩《けんか》がおっぱじまりそうなんだ。悲鳴が聞こえなかったのか？」

「楽しそうな声しか聞こえなかったぞ、コナー。だれが喧嘩を売ったのか知らんが、気が変わったらしい。店のものを全部持っていかれないうちに、さっさとなかに戻れ」

ブライアンは怖い顔をしてコナーを追い払うと、ライアンのそばで彼が男たちに指示を出すのを見守った。

不意に爆笑が聞こえ、ブライアンははっとした。ライアンにうなずくと、客がなにを騒いでいるのか確かめに、酒場のなかに戻った。すぐに、隅のテーブルに客が群れているのが目に入った。そちらへ向かって歩きはじめたとき、何人かの男が体を動かした。テーブルに着いている人間の顔が見えた。ブライアンは長いこと信じられない思いで立ちすくんでいたが、身を翻《ひるが》して裏口から飛び出した。

「旦那、話は終わりましたか？」

「これから帰るところだ」ライアンは答えた。「どうした？　なにか問題でもあるのか？」と尋ねる。ブライアンの口調に身構えた。ブライアンは首を絞められているような声をしていた。

「おれの問題じゃありません、そちらのですよ」ブライアンは答えた。

ライアンが店に入ろうとすると、ブライアンが戸口を腕でふさいだ。「いまも賭けはお好きですか？」

ライアンはじれったい顔をしてみせた。「ああ」

「では、これから旦那が死ぬほどびっくりするほうに賭けます」ブライアンは脇に引きさがり、親指で店内を指した。「びっくりすることが待ってますよ」

ばかげた遊びにつきあっているひまはない。ライアンは、手に負えない客をこらしめてほしいのだろうと思いながら、足早に店に入った。

人だかりにさえぎられて、テーブルが見えなかった。「なんでもなさそうだが」ライアンはブライアンにいった。「なにがそんなにおもしろいのか。ニッティのいかさま賭博に、新しいカモが引っかかったのか？」

「まあ、たしかにそうともいえますが」ブライアンはもったいぶった口ぶりで答えた。「フランキー、どんな具合だ？」

「いま、奥さまが十のワンペアなんかで勝ったところだ」人だかりのなかから、だれかが叫んだ。

「おれが悪いんじゃない」ニッティが大まじめにどなった。「奥さまの頭の回転が速すぎる。ほんとだぜ、まるでケジラミがつくときみたいに、あっというまに――」

「口を慎め、ニッティ」別の男が大声をあげた。「ライアンウッド侯爵の奥方だぞ、このばかやろう。奥さまの前で、いやらしいことをいうな」

ライアンウッド侯爵の奥方。

いまそう聞こえたような気がするが、そんなはずはない。まさか、そんな……。

ライアンはくるりとブライアンに向き直った。ブライアンがゆっくりと首を縦に振る。まだ信じられない。人だかりのほうへ近づく。何人かの男が、おどおどと道をあけた。

歓声が突然やんだ。クリスティーナは張りつめた雰囲気に気づかず、ニッティのまうしろで彼女をにらんでいるライアンも目に入っていなかった。

彼女は眉間に皺を寄せ、手札に集中していた。一方、ニッティは怖くて振り向くことができなかった。クリスティーナのうしろに立っている男たちの顔つきで、背後にだれがいるのかわかる。男たちはひとりのこらず、すくみあがっていた。「あの、フォルドします」

クリスティーナは顔をあげず、指先でテーブルをせわしなくたたきながら、持っている五枚の札をじっと見つめていた。「あら、ニッティ、まだだめよ。今度はわたしがお金を賭けるか、フォルドするかどちらかなのでしょ」コインの山をテーブルのまんなかに押しやり、ちらりと目をあげて新しい友人にほほえんだ。「コールします」

ニッティは手札をテーブルに放った。「あの、奥さま、ポットに金を入れなくてもよかったんです。ほら、キングのスリーカードでおれの勝ちですから。でも、その金はどうぞ持っててください、いまのはただの練習ですから」

男たちはうなずいた。称賛の声をあげるものもいれば、ライアンのほうをこわごわと盗み見るものもいた。

クリスティーナはあえて手札から顔をあげなかった。ニッティが、表情で手札を読まれることがあるといっていたからだ。ニッティの手札がわかっていてもその原則を守ったほうがよいのかわからないけれど、念には念を入れなければ……自分が持っているのは、あまりよい札ではないし。

「ルールはルールよ、ニッティ。勝った人が全部もらう。あなたがそういったのよ」

「たしかにそうですが」ニッティは口ごもった。

クリスティーナは七のペアをテーブルに置いた。ほかの三枚はわざと隠しておいた。「みなさん」周囲の男たちに呼びかける。「これからお金を増やしてお返しするわよ」

「だけど奥さま、おれに勝つには……」

クリスティーナが残りの三枚を裏返してみせると、ニッティは口をつぐんだ。

「なんてこった、エースのスリーカードだ」ニッティはつぶやいた。いかにもほっとした声だった。ライアンウッド侯爵の奥方の勝ちだ。

クリスティーナのハスキーな笑い声に応える者はなかった。男たちはライアンウッド侯爵を見つめ、彼がなんというか待ちかまえた。侯爵はご不興の趣。おっかない侯爵が不機嫌な顔をしているときは、おとなしくしているにかぎる。

クリスティーナはせっせとコインをいくつかの山に分けている。「ニッティ？　ミスター・ブライアンが帰ってくるまで、いかさまのやりかたを教えていただける？　ほら、いかさまのやりかたを知っていれば、そう簡単には引っかからないでしょう？」

返事がない。クリスティーナはちらりと師匠を見やった。

ニッティは縮こまっていた。クリスティーナはようやく周囲の静けさに気づいた。わけがわからず顔をあげると、夫が自分をにらみつけている。

驚きもあらわに、とっさに尋ねた。「ライアン、どうしてここにいるの？」

そのうれしそうなかわいらしい笑顔が、ライアンにはとてつもなく腹立たしかった。会えてよかったといわんばかりだ。

ライアンが挨拶の言葉もなく突っ立ったままこちらをにらんでいるので、クリスティーナは笑みを引っこめた。

じわじわと状況を呑みこむと、クリスティーナは背筋を伸ばした。ようやくわかった。ライアンは怒っているのだ。なぜかわからず、クリスティーナは眉をひそめた。「ライアン？」おずおずと声をかける。

ライアンは質問を無視した。「どうしたの？」冷たい目で男たちを眺めわたす。

「出ていけ」

そのひとことで、男たちがひとり残らず動きだした。ライアンの声は鞭《むち》の音のように鋭かった。見る見るうちに、男たちが店を出ていく。あわてたニッティが椅子につまずいた。

「お金を忘れているわよ」クリスティーナは男たちに大声でいった。

「黙ってろ」

ライアンはクリスティーナをどなりつけた。クリスティーナは驚いて目を見ひらいた。立ちあがり、夫の顔を見据える。「人前でよくもどなったわね。お友達のブリーク・ブライアンの前で、よくもどなったわね」

「いくらでもどなってやる」ライアンは一喝した。

容赦のない答に、クリスティーナは言葉を失った。ブライアンのほうへ振り向き、彼の同情するような顔を目にすると、急に恥ずかしさのあまり泣きたくなった。

「ほかの戦士の前で、わたしを侮辱するのね」声が震え、両手を握りしめた。

クリスティーナをおびえさせてしまった、とライアンは思った。逆上してよく見えなくなっている目に、彼女の心細そうな顔が飛びこんできた。ライアンの表情はすこしずつやわらぎ、ほぼ平静な顔つきに戻った。

「なにをしていたのか説明しろ」ライアンはいった。押し殺した怒りで、やはり厳しい口調になった。すこしは癇癪を克服したのではないかと思えた。ほんとうは、まだどなりつけてやりたい。

クリスティーナは危険をわかっていなかったのだ。ライアンは頭のなかでしつこくそう繰り返した。なにがあってもおかしくないのに、クリスティーナはわかっていなかった……。ロンドンのこの界隈で、かよわい女をどんな危険が待ち受けているか、ライアンはわかりすぎるほどわかっていた。恐慌に陥ってしまいそうで、最悪の事態を無理やり頭から閉め出した。

クリスティーナはこちらを見ることができないらしい。うなだれてテーブルを見つめて立ちつくしている。

「旦那、奥さまがここへいらっしゃったのは、よっぽどのわけがあるんですよ」ブライアンは、ふたりのあいだの緊張をやわらげようといった。

クリスティーナがさっと顔をあげ、ブライアンを見た。「夫はわたしがここに来たから怒っているの?」意外そうに尋ねた。

ブライアンは、答のわかりきった質問になんと返事をすればよいのかわからなかった。質問を返すことにした。「このあたりがどんなに物騒か、ご存じなかったのですか?」

クリスティーナは深呼吸し、ようやく答えた。体の脇で両手を握りしめている。「わたしは、自分が行きたければどこにでも行きます……いつだって」

やれやれ、まずいことをいう、とブライアンは思った。ライアンのほうをちらりと見やり、クリスティーナに目を戻した。この世間知らずなかわいい奥方は、旦那のことをまだよくわかっていないらしい。牡牛の鼻先で赤い旗を振ったようなものだ。

ライアンの怒りはまだおさまっていないらしい。クリスティーナのようにライアンを挑発しては、状況はますますひどくなるばかりだ。クリスティーナの不用意な発言にライアンがなにかいう前に、ブライアンは急いで仲介に入った。「おふたりとも、座ってくださいよ。おれは外に出ていますから……」

「いまさら出ていかなくても結構よ。あなたには、この人がわたしを侮辱したのを見られてしまったもの」クリスティーナは小声でいった。

「クリスティーナ、帰るぞ。いますぐだ」

ライアンの声は低くなっていた。よくない兆候だとクリスティーナが気づいてくれればいいが、とブライアンは思った。

やはりクリスティーナはわかっていなかった。夫をにらみつけた。彼女の無謀さに、ブライアンは思わずあきれて首を振った。

ライアンが稲妻のようにすばやく動いた。クリスティーナは気がつくとうしろの壁に押しつけられ、ライアンの手に両脇を挟まれていた。彼の顔がほんの数インチ前にあり、火がついてもおかしくないほど熱い怒りを感じた。

「イギリスではこうなのだ、クリスティーナ。妻は夫の命令に従う。夫が許す場所にしか、行ってはいけない。それも、夫が許すときだけだ。わかったか？」

ブライアンはライアンの背後で行ったり来たりしていた。ライアンの妻であるかよわい花が気の毒でしかたがなかった。かわいそうに、さぞ怖がっていることだろう。この自分でさえ、少々びくついているのだから。いまでも逆上したライアンはおそろしい。

だが、クリスティーナがライアンにいいかえしたとき、ブライアンは彼女がすこしも怖がっていないのを知った。「あなたはわたしに恥をかかせたのよ。わたしの故郷では、それだけで妻は髪を切るんですからね、ライアン」

ライアンは気を落ち着けようとしたが、クリスティーナの妙ないいぐさは癪にさわるばかりだった。「いったいどういう意味だ？」

クリスティーナのほうは、わざわざ説明したくもなかった。体のなかで怒りが燃えているのを感じていた。ライアンをどなりつけてやりたい。それに、泣いてしまいたい。なんだか矛盾しているけれど、頭のなかが混乱していて、相反する感情を整理できなかった。「女が髪を切るのは、だれかを失ったときなの。夫が死んだら、妻は髪を切るわ……それに、夫と別れると決めたときも」

「そんなおかしなきまりは聞いたことがない」ライアンは非難がましくいった。「自分がなにをいっているのか、わかっているのか？　離婚したいといっているんだぞ」

そのとき、ライアンはクリスティーナの頭のてっぺんにひたいを押しあて、目を閉じ、声をあげて笑った。クリスティーナのいまの発言がどんなにばかげているか、実感した。クリスティーナの鼻っ柱の強さに、戦意もなくなってしまった。

「わたしの生い立ちを知って変わってくれたものと思っていたのに、やっぱりただのイギリス人ね」クリスティーナは息巻いた。「あなたなんか……大ばか野郎よ」先ほど、男たちがいいあっていた言葉をまねしていった。

「ふたりでゆっくり話し合おう」ライアンはおもむろにいった。「来なさい」命じながら、クリスティーナの手をつかんで引っぱっていこうとした。

「ミスター・ブライアンに話があるのよ」クリスティーナはいった。「放して、ライアン」手をぐいと引く。

「まだわからないのか」ライアンは肩越しにいった。「いっただろう、妻は夫の許す場所にしか――」

「あの。どうにも知りたくてたまらないんですが」出し抜けにブライアンが口を挟んだ。ライアンの声にいらだちが聞き取れたので、また口論が始まらないうちに収拾をつけたかった。

「おれも、奥さまがここに来たわけをお聞きしたいんです」気まずそうに口ごもりながらつけくわえた。

ライアンはドアの前で足をとめた。「教えてやれ」とクリスティーナに命じた。

クリスティーナは、さっきいったことは一言一句、本気だったのを思い知らせたくて、ライアンの命令を無視したかったが、ローンの自由がかかっているので、いまは自尊心を捨てることにした。「ローンが今夜パーティをひらくの。ミスター・ブライアンのお知り合いで、強盗団に扮してそのパーティに乗りこんでくれるような方がいらっしゃらないかと――」

最後まで説明できなかった。途中でライアンにドアの外へ引っぱり出されたからだ。半ブロック歩くと、ライアンの馬車が見えてきた。どうりでライアンがブライアンの店に来ていることに気づかなかったわけだ、とクリスティーナは思った。ライアンはずいぶん離れたところに馬車を待たせていた。

そのわけはわからなかったけれど、ライアンに尋ねたくなかった。うっかり泣き声になってしまうかもしれない。いまにも泣きそうだ。こんなに腹が立ったのは初めてのような気がする。

タウンハウスに到着するまで、ふたりはひとこともしゃべらなかった。ライアンはそのあいだに気持ちを落ち着けようとした。だが、なかなかうまくいかなかった。クリスティーナの身に降りかかっていたかもしれない最悪の事態が、次々と頭に浮かんだ。いやな想像のせいで、ますます腹が立つ。ああ、酒場でクリスティーナの姿が目に入った瞬間、膝が折れるかと思った。

クリスティーナはロンドンきっての荒くれ者たちとゲームをしていた。もちろん、危険だとは知らずに。知っていたはずがない。あんなに楽しそうだったのだから。しかも、こっちを見て笑った。こんなに腹が立って……こんなに恐ろしい思いをしたのは初めてだ。

馬車のドアを乱暴な手つきであけ、ライアンはぼそりといった。「世間知らずにもほどがあるぞ」

クリスティーナはライアンの顔を見ようともしなかった。ずっと膝に目を落としていたが、ライアンのひどい言葉を聞いても、どうでもよさそうに肩をすくめただけだった。

ライアンは馬車を降りるクリスティーナに手を貸そうとした。だが、その手は無視された。クリスティーナが足早に前を走っていったとき、ライアンは彼女が髪を切ったことに気づいた。巻き毛が背中のまんなかあたりで途切れている。

ブラウンが玄関でふたりを出迎えた。ライアンは、これからはクリスティーナから目を離さないようにとブラウンにいいのこし、彼女を追いかけた。階段を半分のぼったところで追いついた。「気持ちが落ち着いたら、なぜこれほど怒ったのか教えてやる――」

「あなたの言い分は聞きたくありません」クリスティーナはライアンの言葉をさえぎった。

ライアンは目をつぶって深呼吸をした。「あすの朝まで外出は許さん。おれはこれからローンのところへ行ってくる」

「わかりました」

「いや、わかっていない。クリスティーナ、ブライアンの店に行ったのは、ジャック一味に扮する男を探してもらうためだったんだろう？」

　クリスティーナはうなずいた。

「おれのことを信頼してくれていないのだな」ライアンは首を振りながらつぶやいた。

　クリスティーナは、ばかげたことをいうと思った。「信頼しているかどうかは、あのお店に行ったことと関係ないわ。ローンがひどい目にあっているのをご存じとは知らなかっただけよ」

「ひどい目にあっている？」

「ローンは自宅に閉じこめられているわ。あの人はあなたのお友達だから、わたしは絶対にうまくいく計画を立てたのよ。それなのに、あなたが台なしにした」

「ちがう、台なしにしようとしたのはそっちだ」ライアンはいいかえした。「その件はもうおれが片づけた、クリスティーナ。さあ、家にいると約束してくれ」

「外に出る用事はもうないもの」クリスティーナは答えた。

　ライアンが手を離すと、クリスティーナはくるりと背を向けて階段を駆けあがった。ライアンは玄関を出ようとしたとき、クリスティーナに呼びとめられた。

「ライアン」

「なんだ」

「謝ってください。いま謝ってくださるの、それとも、ローン伯爵のお宅から帰ってきてから？」

「謝るだと？」

たたきつけるような口調。ぜんぜん反省していない、とクリスティーナは断じた。「だったら、最初からやり直してください」とどなりかえす。

「どういう意味だ？　謎かけにつきあっているひまはないのだが。謝るべきは……」

ライアンは最後までいわなかった。クリスティーナが身を翻して廊下の奥へ歩いていってしまったからだ。

また拒絶か。ライアンは、クリスティーナのこのふるまいにはいつまでたってもなじめなかった。

それに、いつまでたってもクリスティーナを理解できない。彼女はなかなか悪知恵が働く。ローンを助けようと、まったく同じ計画を思いつくとは。感心せざるをえない。

まったく、大変なお荷物を背負いこんだものだ、とライアンは思った。クリスティーナを守るには、ずいぶん苦労しなければならないらしい。そばにいて見張っていなければ、すぐにもめごとに首を突っこんでしまう。用心という言葉を知らないのだ。こちらが癇癪を爆発させても、すこしも怖がらないくらいだ。

この自分に声を荒らげた女はいない……男でもそうはいない。だが、クリスティーナはどうだ。彼女をどなりつけたとき、同じくらい大きな声でどなりかえされた。

どんなときも、クリスティーナは対等のものを返してくる。情熱もそうだ。ライアンは、クリスティーナを愛しているのと同じくらい、彼女も愛してくれているのを心のなかではわかっていた。

そう、うまくいけば、これからの二十年はひどく骨の折れる日々になりそうだ。

しかも、とびきりおもしろい日々に。

15

一七九五年十一月一日の日記

わたしのせいで、これ以上、罪もない人々を死なせるわけにはいきません。エドワードはかならず追いかけてくる。時間がわずかしか残されていないことはわかっていました。ようやく最初の峰にたどりついたのは、空が白みはじめたころだった。もうじき幌馬車隊が目を覚まします。わたしのために捜索隊を出すかしら？

しばらくして、武装したインディアンたちが斜面を駆けおりてくるのが見えました。わたしは幌馬車隊に大声で危険を知らせようかと考えたけれど、声が届くはずがなかった。そのとき、背後で別の悲鳴があがったの。女性の声だった。エドワード！　エドワードが来たのだ、とわたしは思いこんだ。自分のせいで、また罪のない人が殺される。わたしは、ジェイコブが鞍袋に入れていたナイフを手に、悲鳴のしたほうへ走りました。

木立を駆け抜けると、目に飛びこんできた光景に、自分の臆病さも恐怖も忘れたわ。小さな男の子がめちゃくちゃに殴られて血まみれになり、落ち葉のように地面に転がっていた。悲鳴をあげた女性は、もう黙っていた。両手と両足を縛られて。

母親と子ども……。クリスティーナ、あなたとわたしのような……。頭のなかで、ふたりを襲っている男の顔はエドワードになっていました。いまとなっては、あなたを地面に置いたことも覚えていないし、音をたてていたのかもしれないけれど、とにかく男めがけて走り、背中にナイフを突き立てました。

ナイフは心臓を貫いたにちがいありません、男はすぐに動かなくなったから。

男が死んだのを確信すると、男の子を助けにいきました。苦しげな泣き声に、胸が引き裂かれるようだった。その子をそっと抱きあげ、できるかぎり励ました。子守歌を歌いはじめると、男の子の呼吸は深くなったわ。

不意に、だれかに見られているような気がしました。振り向くと、インディアンの女性がわたしをじっと見つめていた。

彼女の名前は、メリーといいました。

翌日未明に、ライアンはタウンハウスに帰ってきた。まったく愉快な晩だった。ジャックに扮した男が現れたときのローンの顔は、しばらく忘れられそうにない。

ほんとうに苦労した甲斐《かい》があった。遅くともあしたには告訴が取りさげられるはずだ。いまでは、ガラスの破片の上にころんで手首をけがしたというローンの作り話を、だれもが信じている。

ウェリンガムは笑いものになった。ライアンは、胸のすく思いだった。あのろくでなしには嫌気がさしていた――それをいうなら、ほかの三人にもだ――が、最初の計画どおりに連中の生活をみじめなものにするのはこれからだ。ローンの父親の雪辱をはたさなければならない。四人の盗人に、ローンの家族を標的にした日のことを後悔させてやるのだ。かならず。

クリスティーナは、ベッドの脇、ライアン側の床でぐっすり眠っていた。ライアンは手早く服を脱ぎ、毛布の下のナイフでけがをしないように気をつけながらクリスティーナを抱きあげた。そして、本来寝ているはずの場所――つまりベッドにおろした。そのまま抱いていると、彼女は胸にすりよってきた。

この柔らかいマットレスをどうにかしなければならない。新婚初夜、ベッドに呑みこまれそうだとクリスティーナがいったのを思い出して、ライアンは顔をほころばせた。

クリスティーナはベッドから落ちたのではなかった。そういったとき笑われたわけが、いまならわかる。ベッドに慣れてくれれば、ほんとうにありがたいのだが。ライアンはため息をついた。床で眠るのはぞっとしないが、そうしなければ彼女を抱けないのならしかたがない。

妥協。その言葉が、頭のなかで小さく聞こえた。ずっと自分には関係のない言葉だった。クリスティーナと出会うまでは。いまこそ妥協するときなのかもしれない。

ライアンは朝が来るのが待ちきれなかった。ブライアンの店でクリスティーナを見つけたときになぜあれほど怒ったのか説明してから、彼女の安全が自分にとってどんなに大事か、よくよく説いてやろう。心から彼女を心配しているのをわからせてやらねば。それから、まともな付き添いをつけずに街をうろついてはならないことも。

彼女にも妥協することを学んでもらうのだ。

だが、その朝ライアンは妻に説教することができなかった。クリスティーナがいなかったからだ。

ライアンは正午過ぎに目を覚ました――嘘のようだ、三時間以上つづけて眠れることはめったにないのだから。たっぷり休息し、全人類とでも対決できそうな気力にみなぎっていた。いや、正確にいえば、妻と対決する気力に満ちていた。下の階におりて説教を始めるべく、急いで服を着た。

クリスティーナが下で待っているものと、勝手に勘ちがいしていたのだ。

「なんだと？　帰ったとはなにごとだ！」

ライアンのどなり声に、小心な使用人は震えあがった。「奥さまは数時間前に発たれました」と口ごもりながらいった。「ブラウンとお付きの者も一緒です。旦那さまのご命令ではなかったのですか？　奥さまは、旦那さまにいますぐライアンウッドへ帰るようにいわれたとブラウンにおっしゃいましたが」

「うむ、そうだったな」ライアンははっきりしない声で答えた。むろん嘘だ。ライアンウッドへ帰れと命じた覚えはない。だが、クリスティーナが嘘をついたことを使用人に知られてはならない。彼女の名誉ではなく、自分の名誉を守るためだ。妻をもてあましているなどと思われては困る。

なんというざまだ。ライアンはぶつぶつと不満をこぼしたが、ふとあることを思いつき、すこし元気を取り戻した。クリスティーナがさっさと帰ってしまったのは、いたたまれなくなったからではないだろうか。昨日、どんなに愚かなことをしてしまったか、やっと自覚したにちがいない。

ライアンは最初、すぐにライアンウッドへ帰ろうかと考えたが、しばらくクリスティーナをやきもきさせておくことにした。ライアンが帰りつくころには、彼女も反省しているかもしれない。

そう、時間と沈黙が加勢してくれる。日が暮れるころには、クリスティーナの謝罪を聞けるだろう。

ライアンは一時間ほど帳簿に目を通してから、母親のタウンハウスへ行ってダイアナにローンの話をしようと考えた。

ところが、応接間に入ってぎょっとした。ローンがソファでダイアナの肩を抱いていたのだ。

「邪魔をしたか?」のろのろと声をかけた。

ふたりはライアンの闖入《ちんにゅう》を気にもとめていないらしい。ダイアナはローンの肩に頭をあずけたままで、ローンは彼女から目をあげようともしなかった。

「ほら、ライアンが来たよ。泣くのはおやめ。ライアンがどうすればよいか教えてくれる」

ライアンは大股で暖炉のほうへ歩きながらどなった。「ローン、妹から手を離せ。ダイアナ、ちゃんと背筋を伸ばしなさい、まったく、もうすこし行儀よくできないのか。なぜ泣いているのだ?」

ダイアナは兄のいいつけに従おうとしたが、背筋を伸ばしたとたんにローンに引き戻され、また顔を彼の肩に押しつけられた。

「それ以上、近づくな。ライアン、ダイアナを慰めているんだ、つべこべいうな」

ライアンは、ローンに話をつけるのはあとまわしにした。「なぜ泣いているのかいいなさい、ダイアナ。早くしろ。急いでいるんだ」

「大声を出さなくてもいいじゃないか、ライアン」ローンはライアンをにらみつけた。「ダイアナは悩んでいるんだぞ」

「おまえたちのどちらでもいい、なにを悩んでいるのか教えろ」

「お母さまが」ダイアナは涙声でいった。ローンから体を離し、レースのハンカチで目元を押さえた。「クリスティーナがお母さまを連れていってしまったの」

「なんだと?」ライアンはわけがわからず、首を振りながら訊き返した。

「おまえの奥方が、母上をライアンウッドへ連れていったのだよ」とローンがいった。

「それがダイアナの泣いている理由か?」ライアンは、さっさと話の核心にたどりつきたかった。

ローンは笑いをこらえていた。瞳が楽しげに輝いている。「そうとも」とダイアナの肩をさする。

ライアンはダイアナの前に腰をおろし、彼女が落ち着くのを待った。まるで蝶《ちょう》だな、とライアンは思った。ダイアナは茶色のレース飾りがついた黄色のドレスを着ていた。ドレスが涙でびしょぬれだ。

「ダイアナ」ライアンは、優しい声を出したつもりで呼びかけた。「クリスティーナが母上を連れていってしまったからといって、おれは怒ったりしないから心配するな。それが心配で泣いているのだろう？」

「いいえ」

「母上にロンドンにいてほしかったのか？」

ダイアナが首を振って泣きつづけるので、ライアンはじれったくなった。「では、なぜだ？」

「お母さまは行きたがらなかったの」ダイアナは泣き声をあげた。「ローン、兄に説明してください。一部始終をごらんになったでしょう。わたし、どうすればよいのかわからないの。ハリエットおばさまはばかみたいに笑ってばかりだし。ああ、どうすれば——」

「ローン、ダイアナのことが心配か？」

「ああ。とても心配だ」

「だったら、おれが彼女の首を絞めあげないうちに黙らせろ。ダイアナ、そんなふうに大げさに洟《はな》をするのはやめなさい」

「わたしが説明してあげよう、ダイアナ」ローンは優しくなだめるような声でいった。

ライアンはあきれたが、顔には出さなかった。ローンはまるで恋煩《わずら》いにかかった少年のようだった。

「母上は、ライアンウッドへ来てほしいというクリスティーナの頼みを断った。それがきっかけで騒ぎになったのだ」

ローンはにやにやせずにはいられなかった。ダイアナは彼の上着に顔をうずめて泣いているから、遠慮なく歯を見せて笑った。「クリスティーナは絶対に連れていくといいはってね。ほんとうに一歩も譲らなくて……。その、母上をベッドから引きずり出したんだ」

「まさか」

「お母さまは行きたがらなかったのよ」

「そうだろうな」ライアンはのろのろといった。「クリスティーナは、なぜ無理やり母を連れ出したか、理由を話したのか？」

笑いたくて口元が引きつったが、ダイアナがじっとこちらを見ている。兄がおもしろがっているのに気づいて、彼女がショックを受けてはいけない。

せっかく妹の気持ちを傷つけないようにしているのに、ローンが台なしにした。「あれは見ものだったぞ、ライアン。母上はなかなか手強いな。今日初めて知ったよ。ここ何年かずっと臥《ふ》せっておられたのだろう、だが取っ組み合いには負けてなかったぞ。もちろん、取っ組み合いになったきっかけは……」

「なんだ?」ライアンは、クリスティーナの行為の意図がまったくわからなかった。

「お母さまが、自分のいたいところにいるってクリスティーナにいったの。たびたびお客さまがいらっしゃるし、やっぱりお客さまとジェイムズの話をしたいからって」ダイアナがいった。

「そう、そのとき、クリスティーナが母上に尋ねたのだ、母上の心は死んでしまったのか、と」

「さっぱりわからん」ライアンは首を振った。

「わたしもだ」とローン。「とにかく母上は、ジェイムズが死んだときに自分の心も死んだと答えた……いったいどういう意味か知らないが」

ライアンはとうとう笑ってしまった。こらえきれなかった。「母の本職は嘆き屋なのだ、ローン。おまえもよく知っているだろう」

「まあね」ローンは間延びした声で答えた。「そしてクリスティーナは、母上を玄関の間へ無理やり連れておりた。おば上とダイアナとわたしは、どうなるのだろうと思いながらふたりを見ていた。すると、クリスティーナがこれからどうするのか教えてくれた」

「お母さまを殺すって」

「ちがうよ、ダイアナ、クリスティーナはそうはいわなかっただろう」ローンはダイアナの肩をさすり、またライアンに歯を見せて笑った。

「ローン、さっさと話せ」

「クリスティーナが母上にいうには、彼女の故郷では——どこか知らないが——魂も心も疲れてしまったような、年老いた戦士は荒野へ行くそうだ」

「なぜ？」

「なぜって、だれにも見つからないような、死ぬにうってつけの場所を探すためさ。いうまでもなく、母上は年老いた戦士呼ばわりされたのがおもしろくなかった」

ライアンはしばらく天井を仰ぎ、思いきってふたたびローンの顔を見た。まずい、いまにも吹き出してしまいそうだ。「ああ、そうだろうな」

「お母さまもいけないのよ」ダイアナが出し抜けにいった。「心が死んだなんておっしゃらなければ、クリスティーナだって無理やりお母さまを連れ出したりしなかった。クリスティーナは、お母さまにすてきな死に場所を見つけてあげるといったの」

「そりゃ親切だ」とライアン。

「お兄さま、お母さまは、まだ朝のチョコレートを召しあがっていなかったのよ。それに、荷造りもさせていなかった。それなのに、クリスティーナはかまわないというの。これから死ぬのに、荷物はいらないって。ほんとうにそういったのよ」

「それで、母上はわめきはじめた」ローンがいった。

「ローンは、黙って見てろといったの」ダイアナが泣き声でいった。「ハリエットおばさまは大笑いしてらっしゃるし」

「母上が馬車に乗りこんでからだがね」とローン。

「母はジェイムズの名前を叫んだのだろう？」ライアンは尋ねた。

「ええと……。あら、そんなことはなかったわ」ダイアナはつぶやいた。「どうしてそんなことを訊くの？」

ローンもライアンも答えなかった。ふたりして笑いこけていたからだ。

しばらくして、やっとライアンは話ができるようになった。「おれもライアンウッドへ戻ったほうがよさそうだな」

「クリスティーナがお母さまをどこかに隠して、どこに隠したのか教えてくれなかったらどうするの？」

「クリスティーナが母上に危害を加えるなどと、まさか本気で考えているのかい？」ローンが尋ねた。

「いいえ」ダイアナは小声で答えた。「でも、クリスティーナは……。年老いた戦士は死ぬのが当然みたいなことをいっていたし」長々とため息をつく。「クリスティーナは、ときどき妙なことをおっしゃるわね」

「彼女に悪気はない、ダイアナ。母上の望みをかなえてやるふりをしているだけだ」

「ライアン、わたしもライアンウッドへ行こうか？」ローンが尋ねた。

ローンが緑色の瞳をきらめかせているので、ライアンはなにかろくでもないことをたくらんでいるのだろうと思った。「なんのために？」

「母上を捜す手伝いをするために決まっている」ローンはもっともらしい口調でいった。

「ばかばかしい」ライアンは一蹴《いっしゅう》した。「ほら、おまえのせいだぞ。またダイアナが泣き出した。ローン、おまえがなんとかしろ。おれは急がなければならない。週末、ハリエットおばとダイアナと一緒にライアンウッドへ来てくれ」

ライアンは大股で戸口へ歩いていき、肩越しにいった。「それまでに母上を見つけられなかったら、ダイアナ、おまえも捜すのを手伝ってくれよ」

ローンは笑いを押し殺した。「ただの冗談だよ、ダイアナ。さあ、おいで。わたしの肩でお泣き」

ライアンはドアを閉めてローンの猫なで声をさえぎった。いまいましさに首を振る。自分の問題に手一杯で、ローンとダイアナが恋仲だと気づいていなかったとは。

ローンはよい友人だ……。だが、義理の弟となると……。そうなるかもしれないと、いまから覚悟しておかねばなるまい。

クリスティーナはふたりのことを聞いても驚かないにちがいない。なにしろ、ローンに運命がどうこうと講釈を垂れたくらいだ。ライアンはそのことを思い出して苦笑した。

そう、運命。ライアンウッドへ帰って妻にキスをするのが、いまの自分の定め。

クリスティーナを抱き、甘くゆっくりと愛を交わしたくて、ライアンウッドへの道のりがいつもより長く感じた。

日が沈むころ、敷地内の環状の車寄せに乗り入れた。夕日のまぶしさに顔をしかめ、いつもと変わらない様子の屋敷が見えるものと思いながら目をこらした。

屋敷に近づくにつれて、ライアンのブーツを玄関の階段の下へ引きずりおろそうとしている男が目に入った。エルバートだ。いったいなにをしているのだろう？　それに、ブーツをどうしようというのだ？　やがてさらに屋敷に近づくと、何十足もの靴やブーツが階段や小道に並んでいるのが見えた。

ライアンは馬を降り、尻をたたいて馬屋へやると、クリスティーナの元の執事に声をかけた。「エルバート？　おれの靴でなにをしている？」

「奥さまの命令ですよ、旦那さま」エルバートは答えた。「ひとりでこんなにたくさんの靴をお持ちの方がいらっしゃるとはね。作業を始めて一時間近くたったのに、まだ終わりません。階段をのぼっておりて、またのぼっておりて――」

「エルバート。なぜこんなことをしているのか教えてくれ」ライアンはいらいらと割りこんだ。「それに、なぜライアンウッドにいるのだ？　クリスティーナに招待されたのか？」

「奥さまはあたしを雇ってくださったんですよ。ブラウンさんの助手としてです。あたしのことを心配してくださったんです。あのガミガミ婆さんのところでは長つづきしないとお察しなさった。奥さまは思いやりのある方ですよ。あたしもがんばります、旦那さま。お務めを立派に果たしてみせます」

クリスティーナはたしかに思いやりがある。心優しい彼女は、エルバートがほかでは仕事にありつけないと考えたのだ。彼は老齢で体力もない。「期待しているぞ、エルバート」ライアンはいった。「ここに来てくれてうれしい」

「ありがとうございます、旦那さま」エルバートは返した。

そのとき、ライアンはあいた玄関口に立っているブラウンに気づいた。うろたえている様子だ。「お帰りなさいませ、旦那さま」ブラウンがいった。「帰ってきてくださって、ほんとうに助かりました」緊張していると同時に、ほっとしているような声だった。「靴をごらんになりましたね？」

「目は見える。もちろん見たとも。いったい、どういうことか説明しろ」

「奥さまのご指示です」ブラウンは答えた。

「元奥さまですよ」エルバートが割りこみ、甲高い笑い声をあげた。

ライアンは深呼吸した。「どういう意味だ？」とブラウンに尋ねた。彼のうしろでくつくつと笑っている老人より、年若い執事のほうがわかりやすく説明してくれそうだった。

「奥さまは、これから旦那さまと離婚なさいます」

「なんだと？」

ブラウンは肩を落とした。主人がそう聞いて機嫌を損ねるのはわかりきっている。「離婚なさるとのことです」

「捨てられるんですよ、旦那さま、縁を切られて忘れられて、奥さまの記憶からなくなって――」

「もういい、エルバート」ライアンはぶっきらぼうにいった。「離婚の意味くらい知っている」

ライアンは屋敷に入った。エルバートが足を引きずりながらついてくる。「奥さまがそうおっしゃったんです。奥さまのお国のやりかたで、旦那さまとお別れになるそうですよ。夫と別れてもかまわないそうです。旦那さまがここを出ていくんですって」

「は？」聞きちがえたのかと思い、ライアンは尋ね返した。だが、ブラウンがはっきりとうなずいたので、聞きちがえてはいないらしい。

「捨てられるんですよ、縁を切られて――」

「頼むからエルバート、いつまでもくどくどいわないでくれ」またブラウンに顔を向ける。

「靴の意味するところは？」

「旦那さまのご出立です」とブラウン。

ブラウンは主人の愕然とした顔をまともに見ないようにした。いまにも吹き出してしまいそうな危機に瀕《ひん》している。床をじっと見つめて耐えた。

「整理したいのだが」ライアンはいった。「妻はこの屋敷が自分のものだといっているのか？」

「それからもちろん、大奥さまのものであるとも」ブラウンは口走った。「奥さまが大奥さまを養っていかれるそうです」

ブラウンは下唇を噛んだ。ライアンにも、彼が笑いをこらえているのがわかった。

「なるほど」ライアンは間延びした声でいった。

エルバートがまたでしゃばった。「奥さまのお国ではそうなさるそうですよ」やけに楽しげな声だった。

「クリスティーナはどこだ？」ライアンは聞こえないふりをして尋ねた。

　ブラウンたちが答えるのを待たずに、寝室めざして階段を二段ずつのぼった。ふと、ある考えが浮かんで足をとめた。「クリスティーナは髪を切ったか？」

「切りましたとも」ブラウンが口をひらきもしないうちにエルバートが答えた。「お国ではそうなさるそうです」としつこくいう。「髪を切ったら——そう、旦那さまはお亡くなりになったことになるそうですよ。捨てられて、忘れられて——」

「わかっている」ライアンはどなった。「ブラウン、靴をしまってくれ。エルバートはどこかで休んでいなさい」

「旦那さま」とブラウン。

「なんだ？」

「フランスにはほんとうにこんな法律《ロウ》があるのでしょうか？」

　ライアンは笑みを押し隠した。「クリスティーナが法律だといったのか？」

「そのとおりです、旦那さま」

「そして、故郷はフランスだと？」

　ブラウンはうなずいた。

「では、ほんとうのことだろう」ライアンはきっぱりといった。「風呂に入りたい、ブラウン。靴をしまうのはあとでいい」そうつけ足し、寝室へ向かった。

　ライアンはほほえんだ。ときどき、ブラウンが若く世間ずれしていないことを忘れてしまう。彼がいかにも正直で純真そうな女にだまされるのも当然だ。そう、クリスティーナにだまされるのも無理はない。

クリスティーナは寝室にいなかった。ライアンも期待はしていなかった。まだ外にいられるくらいの明るさは残っている。クリスティーナは真っ暗になるまで屋敷に帰ってこないにちがいない。

ライアンは窓辺へ行き、沈む夕日を眺めた。荘厳な光景だが、クリスティーナと結婚するまでは、ことさら注目していなかった。彼女が自然の驚異に目をひらかせてくれたのだ。そして、愛の驚異に。そう、ライアンは自分でも怖くなるほど熱烈にクリスティーナを愛していた。彼女になにかあったら、生きていける自信がなかった。

そんないまわしい想像をして不安になってしまうのは、クリスティーナが父親と再会すればなにかが起こりそうな気がしてたまらないからだ。ひどく胸が騒いだ。

クリスティーナは父親に命をねらわれていると信じている。彼女の父親、スターリンスキーについては、リチャーズからも目ぼしい話を聞けなかったが、大失敗に終わったブリスベン事件の関係者だったという事実は気になる。

彼女がこちらを信頼してすべてを打ち明けてくれれば、ことは簡単なのだが。これではまるで、目隠しをされて剣で戦えといわれているようなものだ。

対等。おれはクリスティーナに自分と対等であってほしかったのではなかったか？

ライアンは殴られた思いがした。クリスティーナに求めるばかりで、自分は彼女と対等であろうとしなかった。信頼。彼女に信じていると伝えもせずに、絶対の信頼を求めるとは。ライアンは首を振りながら思った。いや、自分の罪はもっと重い。彼女に心をひらいていなかった。

クリスティーナに過去について尋ねられたのはたった一度だけ。ライアンウッドへの道すがら、最初の妻、レティのことを訊かれた。

だが、きちんと答えなかった。その話はしたくないとつっぱねた。

そのあと、クリスティーナは二度と尋ねなかった。

よし、これから彼女と対等になろう。

背後でドアがあいた。ライアンが肩越しにちらりと目をやると、たらいと熱い湯の入ったバケツを持った使用人たちが入ってきた。

ライアンが風景に背を向け、上着を脱ごうとしたとき、クリスティーナが目に入った。息が詰まった。夕日よりもすばらしい眺めだった。クリスティーナは裸馬に乗っていた。彼女の選んだ葦毛《あしげ》の馬は、脚がかすむほどの速度で駆けてくる。

クリスティーナは風のようだった。金色の髪がうしろになびいている。背中は槍《やり》のようにまっすぐだ。クリスティーナと馬が野原と敷地をへだてる生け垣を跳び越えた瞬間、ライアンはまた息ができるようになった。

彼女の乗馬の実力は、ライアンをはるかにしのいでいた。そのまま見守っているうちにはっきりしてきた。ライアンは、彼女の腕前が自分のものであるかのように誇らしくなった。「おれのライオンだからな」いいわけがましくつぶやく。

ほんとうに、クリスティーナは優美に馬を乗りこなしている……その彼女に、乗馬を教えてやろうといってしまったとは。

またひどい勘ちがいをしたものだ。クリスティーナが昨日のふるまいを詫《わ》びてくれるものと決めこんでいたのと同じくらい、ひどい勘ちがいだ。

ライアンはひとり忍び笑いしながら服を脱いだ。使用人たちが心配そうにこちらを見ているが、かまわなかった。彼らが自分の笑い声に慣れていないことは、ライアンもわかっていた。細長いたらいの縁に背中をあずけ、体を伸ばす。ブラウンがせっせと着替えを用意していた。

「自分でやる」ライアンはブラウンにいった。「さがっていい」

ブラウンはドアのほうへ行きかけてためらった。振り向いたその顔は気遣わしそうに曇っていた。

「どうした?」ライアンは尋ねた。

「旦那さま、決して旦那さまの私生活に立ち入るつもりはありませんが、奥さまのご決断を尊重されるのですか?」

ライアンは自分にいいきかせた。ブラウンはまだ若く、この屋敷に長くいるわけではないから、主人のことをよく知らないのだ。そうでなければ、こんなばかげた質問をしない。「もちろん尊重するとも、ブラウン」もったいぶった口調で答えた。

「つまり、離婚をお許しになるのですか?」ブラウンはすかさず尋ねた。明らかにびっくりしている。

「おれはとっくに離婚されたつもりだ」ライアンはにやりと笑っていった。

ブラウンは悲しげな顔になった。「旦那さまがいらっしゃらなくなると、さびしくなります」

「クリスティーナはおまえも引きつづき雇うのだろう?」

ブラウンはうなずいた。見るからにしょんぼりしている。「奥さまは、わたくしどもも家族だとおっしゃいました」

「わたくしども、とは?」

「使用人全員をこのまま雇っていただけるそうです、旦那さま」

ライアンは声をあげて笑った。ブラウンがあわてていった。「ほんとうに、旦那さまには出ていかないでいただきたいのです」

「心配するな、ブラウン。おれはどこにも行かない」ライアンは断言した。「クリスティーナが屋敷に帰ってきたら、すぐにここへ連れてこい。そんなに簡単に離婚できるなら、簡単に再婚できるはずだ。こんなつまらないいざこざは、外が真っ暗になる前に解決してやる」

「ああ、よかった」ブラウンはつぶやいた。そして、すみやかに部屋を出てドアを閉めた。

廊下を歩いていくあいだずっと、主人の笑い声が聞こえていた。

玄関の階段のいちばん下で、ブラウンはクリスティーナを出迎えた。旦那さまがお待ちなので寝室へ行くようにと伝えると、彼女はむずかしい顔で屋敷に入っていった。

クリスティーナは寝室へ入って、すぐにぴたりと足をとめた。

「ドアを閉めてくれ、クリスティーナ」

クリスティーナは彼といいあらそうのを使用人たちに聞かれたくなかったので、いわれたとおりにドアを閉めた。

「遠乗りは楽しかったか？」ライアンは尋ねた。

柔らかな口調に、クリスティーナはとまどった。口論を覚悟していたのに。だが、ライアンにその気はないらしい。「ライアン」わざと彼の視線を避けて切り出した。「わたしのしたことの意味がわかっていないようね」

「わかっているとも」ライアンが楽しげに答えたので、クリスティーナはますますまごついた。

「最初からやり直してくれなければ、お別れするしかない。もう一度、求婚するところから始めるの。でも、わたしの……普通ではない育ちを知ったからには、もう無理――」

「承知した」

クリスティーナはライアンの顔を見た。「承知した？　おっしゃることはそれだけ？」首を振って長いため息をつき、低くつぶやいた。「やっぱりわかっていないのね」

「わかっている。きみはおれを捨てた。エルバートに聞いたぞ」

「怒っていないの？」

「ああ」

「なぜ、なぜ怒らないの？　わたしを愛しているといったでしょう」クリスティーナはライアンに一歩近づいた。「あの言葉は嘘だったの？　わたしの育ちを知って――」

「嘘ではない」ライアンは答えた。あおむいて目を閉じる。「ああ、いい気持ちだ。クリスティーナ、ロンドンからここへ来るたびに道のりが長くなるように感じるな」

クリスティーナは、ライアンのくつろいだ態度にあきれた。泣き出してしまいそうだ。「わたしに恥ずかしい思いをさせておいて、なにごともなかったようにふるまうのね。こんな侮辱を受けたら、戦士は相手を殺すのよ」

「ああ、だがきみは戦士ではない、クリスティーナ。おれの妻だ」

「以前はね」

ライアンは目をあけもせずに尋ねた。「わたしがなにをしたのか?」

「わかっていないの?」クリスティーナは深呼吸しなければ先をつづけられなかった。「人前で、わたしをどなりつけた。わたしに恥をかかせた。名誉を傷つけたのよ」

「だれの前で?」ライアンの声が低くてよく聞こえないので、クリスティーナはしぶしぶもうすこし近づいた。

「ブライアンよ」

「おれはリチャーズの前でも大声をあげたな。どうやら――」

「あれは別です」

「なぜだ?」

「あのとき、あなたが大声を出したのは、わたしが気絶したから。腹を立てたからではないわ。ちがいがわかったでしょう」

「わかった」ライアンはうなずいた。「おれがブライアンの前できみをどなりつけたのはなぜか、考えたか?」

「いいえ」

ライアンは目をあけた。その目にはいらだちがにじんでいた。「きみは、おれに死ぬほど恐ろしい思いをさせた」厳しくはっきりとした口調だった。

「なんですって?」

「そんなふうに驚いた顔をするな、クリスティーナ。あの店に入って、イギリスでもっとも危険な連中のなかでのんきに座っているきみを見たとき、この目が信じられなかった。ところが、きみは平然と笑った。よく来たといわんばかりにな」

ライアンは口をつぐんだ。思い出すと、また腹が立ってきた。

「だって、ほんとうにあなたが来てくれてうれしかったんだもの。そう思わなかった?」

クリスティーナは腰に手を当てていた。髪を肩のうしろへ払いのけ、険しい顔でライアンをにらみつづけた。「どうなの?」

「また髪を切ったのか?」

「ええ。追悼の儀式で、そうしなければならないもの」

「クリスティーナ、おれに腹を立てるたびに髪を切っていたら、ひと月もしないうちにはげてしまうぞ。まちがいない」

ライアンは長々と息を吸ってからいった。「きちんとさせておきたい。これからずっと、おれは声を荒らげてはいけないのか？　クリスティーナ、それは無理だ。ときにはどなってしまうと思う」

「どなられるのがいやなのではないわ」クリスティーナは歯がゆそうにいった。「わたしもときどき短気を起こしてしまうもの。でも、他人の前では決してあなたに対する怒りを見せない。あなたに恥をかかせることになるからよ、ライアン」

「ほう。では、きみを裏の部屋へ引きずっていって、ふたりきりになってからどなればよかったのか？」

「ええ、そうよ」

「とんでもない危険を冒していたんだぞ、クリスティーナ。気づいていたのかどうか知らないが、ひどい目にあってもおかしくなかった。謝罪し、二度とあんな危険なまねはしないと誓ってほしい」

「それは考えてみなければね」クリスティーナはいった。こうしてライアンの言い分を聞かされると、ちょっと危ないことをしたような気がしてきた。ブライアンの店には大勢の男がいた。ひとりでは立ち向かえないくらい……全員がいっせいに襲いかかってきたら、だけれど。でもあのときは、連中を抑えこんだつもりだった。酔っぱらいを追い払って……そして、夫がライアンウッド侯爵だと告げて。「ええ。あなたのいうとおりに約束できるか考えてみるわ」

正直に答えたが、ライアンの厳しい顔つきを見れば、彼がいまの返事を気に入っていないことは明らかだった。「いったでしょう、苦労するって」クリスティーナはつぶやいた。

「こんなに意地を張るのは、おれを試しているのか？」

「わたしはただ――」

「おれを試しているのだろう、クリスティーナ？」

クリスティーナはうかつにもたらいに近づきすぎていたが、そのことに気づくのが一瞬遅れた。ライアンにつかまり、膝の上に座らせられてしまった。たらいの縁から湯があふれる。

「ドレスが台なしだわ」クリスティーナはあえぎながらいった。

「いつものことだ」クリスティーナがもがくのをやめると、ライアンはいった。彼女の頬に手を当て、自分のほうに向かせた。「愛している」

クリスティーナの瞳が潤んだ。「あなたのせいで恥をかいたのよ」

「愛している」ライアンがしわがれたささやき声で繰り返す。「恥ずかしい思いをさせてすまなかった」

「謝ってくれるの？」

クリスティーナの頬をひと粒の涙が伝い落ちた。ライアンが親指でぬぐう。

「怖い思いをさせてごめんなさい」クリスティーナはささやいた。「二度とあんなことをしないようにします」

「愛しているといってくれ」

「愛しているわ」

「信じてもいいのか？」甘くハスキーな声。

「ええ」クリスティーナは、彼の手を押しのけようとした。疑うなんてひどい。「あたりまえでしょう」

「だが、愛しているといっているのに、信じてはくれない」ライアンはいった。「すぐに冷めると思っているのだろう？」やんわりと責めながら、皮肉に聞こえないように、クリスティーナにゆっくりと優しくキスをした。「心から信じてくれれば、おれの心は変わらないとわかるはずだ。おれの愛は永遠だ、クリスティーナ」

ライアンはクリスティーナに反論するいとまも与えなかった。もう一度、くちづけをした。クリスティーナの柔らかい唇を舌でつつき、ひらかせる。

そして、口のなかへ侵入した。

クリスティーナは抵抗しようとした。「ライアン、わたし――」

「服を脱ぎたいか」ライアンがさえぎった。早くもドレスの背中のボタンをはずしていた。

クリスティーナは、そんなことをいうつもりではなかった。けれど、頭のなかが混乱していた。ライアンがドレスをウエストまで引きおろした。両手で乳房を包まれ、親指で乳首をころがされ、いやでも反応してしまう。彼の唇がいままでになく温かそうに、魅惑的に見える。

もはや湯は半分以上たらいの外にこぼれてしまった。ライアンは気にしていない。あっというまに、クリスティーナから濡れた服をはぎとってしまった。

クリスティーナは抵抗する気をなくした。ライアンの首に両腕を巻きつけ、そっとため息を漏らした。「お湯がぬるいわ」彼の耳元でつぶやく。

「おれはちがう」

「え？」

「おれは熱いぞ」

「ライアン。わたし──」

「おれがほしいんだろう」ライアンはささやき、クリスティーナの首筋を味わった。温かい息に、クリスティーナの背筋に震えが走る。「なかで感じたいんだろう」ライアンはかすれた声でいった。「強く。熱く。最初はゆっくりしよう、だが、すぐにもっと激しく性急なのがよくなる。おれが子宮に触れたら、早くいかせてと懇願するはずだ」

クリスティーナはもっと喉にキスをしてもらおうとのけぞった。ライアンのみだらな予告に、息が詰まり鼓動が速まった。「それから、また硬くなるまでそのままなかにいようか、クリスティーナ。そして、もう一度よろこばせてやろう」

唇をふさがれ、ふたたび長く濃厚なキスが始まった。「そうしてほしいんだろう、クリスティーナ？」

「ええ」クリスティーナは答えた。彼の口元でため息をつく。「そうしてほしい」

「それなら、結婚してくれ。いますぐだ」ライアンはクリスティーナが抗議できないように、ふたたび唇で唇をふさいだ。「早く、クリスティーナ……だめだ、そんなふうに動かないでくれ」と歯を食いしばる。「まるで拷問だ」

「気持ちいいでしょう」

クリスティーナはライアンの胸元でささやき、そっと肌を噛み、爪でつねった。彼にまたがってさらに腰を動かし、彼の胸に乳房をこすりつける。

それからライアンのものを受け入れようとしたが、彼は拒んだ。クリスティーナの腰を両手で支え、股間から遠ざけようとする。

「まだだ、クリスティーナ」絞り出すようにいう。「きみの頭のなかでは、おれたちは離婚したままなのだろう？」

「ライアン、お願い」クリスティーナは訴えた。

ライアンはクリスティーナを引き寄せた。腹に彼女の熱い部分を感じる。指でそこを探り、ゆっくりと貫いた。「やめてほしいか？」うなりながら尋ねた。

「いいえ、やめないで」

「おれたちは結婚しているのか？」

クリスティーナは屈服した。「ええ、ライアン。でも、ほんとうは求婚するのが先だったのよ」指でさらに奥を突かれ、あえぎ声が漏れた。クリスティーナはライアンの下唇を噛み、ふたたび彼のために唇をあけた。

「妥協しろ」ライアンはすこしずつクリスティーナをおろし、挿入しはじめた。

妥協とはなんのことかわからず、クリスティーナはとにかく尋ねようとしたが、急にライアンが動きはじめた。力強く確実な動き。言葉が出ない。なにも考えられない。ライアンが太陽のなかへ導いてくれる。もうすぐ焼けつくような熱さに耐えきれなくなったら、とろけるような絶頂を味わわせてくれる。

クリスティーナは幸せな気持ちで服従し、愛する戦士にしがみついた。


「やっぱり下で夕食をとればよかった。お母さまに、ずっと寝室にこもっていられるなんて考えてほしくない。これからは、お母さまもわたしたちと食事するべきよ、ライアン」

ライアンはクリスティーナの言葉が聞こえなかったふりをした。彼女を抱き寄せ、震えているのに気づいて上掛けを脚にかけてやると、肩をくすぐりはじめた。

「クリスティーナ、子どものころ、父上にどなりつけられたことはないのか?」

クリスティーナは振り向き、ライアンの胸にあごを載せて答えた。「変な質問ね。ええ、どなられたことはあるわ」

「だが、人前では一度もないのか?」

「いいえ、たった一度、父が癇癪を起こしたことがある」クリスティーナは正直にいった。「わたしは小さかったから覚えていないのだけど、母とシャーマンがよく話していたの」

「シャーマン?」

「一族の聖職者よ。わたしたちの結婚式を執りおこなった人のようなものね。わたしの部族のシャーマンは、とんがり帽子をかぶったりしないけれど」小さく肩をすくめてつけくわえた。

「父上はどんなことで癇癪を起こしたのか?」

「笑わない?」

クリスティーナは、金色の瞳に惑わされないように彼の胸元に視線をおろした。「兄がきれいな蛇を持って帰ったの。父はとてもよろこんだわ」

「よろこんだ？」

「美しい蛇だったのよ、ライアン」

「なるほど」

その声には笑いがにじんでいたが、クリスティーナは文句をいわなかった。「母もよろこんだの。たぶん、わたしは兄がその蛇を自慢げに掲げているのを見ていたのね。それに、シャーマンがいうには、兄が両親の注目を浴びているのもうらやましかったみたい。ひとりで蛇を捕まえにいったの。何時間か、行方がわからなくなったそうよ。わたしはまだ小さくて、しょっちゅういたずらをしていた」

「なるほど、だから父上は癇癪を起こしたのか。きっと、きみがいなくなって――」

「いいえ、そうではないの」クリスティーナはライアンの言葉をさえぎった。「もちろん、安全な村を離れたことにも怒っていたけれど」

しばらく黙っていると、ライアンがせかした。「だったら、なぜだ？」

「みんなが必死でわたしを捜しているときに、わたしは大いばりで村に帰ってきたの。母がいうには、わたしはいつもふんぞりかえって歩いていたんですって。兄の歩きかたをまねしていたのよ。ホワイト・イーグルは誇り高い戦士らしい歩きかたをしていたの」成長するまでに何度となく聞かされた話を思い出すと、顔がほころんだ。

「蛇を捕まえて、大得意で帰ってきたんだな？」とライアンが尋ねた。

「ええ、そうよ」クリスティーナは答えた。「シャーマンがいっていたわ、兄と同じように蛇を掲げ持っていたって。父は焚き火の向こう側にいた。母がそのとなりにいて。わたしの蛇を見ても、ふたりとも顔色ひとつ変えなかった。あとで聞いたわ、わたしが驚いて蛇を落としてはいけないと思ったからだそうよ。で」ため息をついてつけ足す。「父が歩いてきた。わたしの手から蛇を取りあげて殺すと、大声で叱《しか》りはじめたの。母にはわかっていたわ、わたしが混乱しているって。混乱して当然よ、兄はほめられたのに、わたしは叱られるなんて」

「なぜ叱られた？」ライアンは尋ねたが、早くも答を聞くのが怖かった。

「わたしが持って帰ったのは毒蛇だったから」

「ああ、やっぱり」

ライアンの声が震えていたので、クリスティーナは笑った。「父はすぐに冷静になったわ。シャーマンが、精霊がわたしを守ってくれたといってくれたの。わたしは部族のライオンだもの。それに、母から聞いたのだけど、父はわたしを泣かせたことを後悔していたみたい。その日の午後、父はわたしを遠乗りに連れていって、夕食のあいだも膝に抱いていたんですって」

よく似た思いをさせられたライアンは、聞き流すことができなかった。「父上は恐ろしい思いをされた。きみを愛していたからだ、クリスティーナ――だから、きみが危険にさらされているのを目の当たりにして、動揺してしまった。昨日、危ない場所できみを見つけたおれがかっとしたように」

クリスティーナを体の上に載せ、瞳をじっと見つめた。「おれのためにライオンを守るのが、父上の使命だったんだ」

クリスティーナはゆっくりとうなずいた。「あなたも父を気に入ると思うわ。いろいろなところがそっくりだもの。あなたも気位が高いし。あら、そんなにいやな顔をしないで、ライアン。気位が高いというのはほめ言葉よ。それに、あなたは父のようによく大声を出すわ」

その口調は真剣で、非難しているようには聞こえなかった。ライアンは尋ねた。「父上の名は？」

「ブラック・ウルフ」

「おれを気に入ってくれるだろうか？」

「いいえ」

身も蓋《ふた》もない返事だったが、ライアンは悪く取らなかった。それどころか、笑ってしまいそうだった。「わけを訊いてもいいか？」

「父は白人を憎んでいるの。信用していないのよ」

「だから、きみもそんなふうになかなか心を許さないのか？」

「そうかもしれない」

ライアンの肩にクリスティーナが頬を寄せた。

「おれのことも、まだ完全に信じているわけではないんだろう？」

「わからないわ」ため息をついて答えた。

「おれはきみを信じている。心から」

クリスティーナは黙っている。

「クリスティーナ、おれは対等のものがほしい。信頼してほしいんだ。今日明日だけではなく、ずっとだ。これがおれの要求だ」

クリスティーナがおもむろに顔をあげ、ライアンを見つめた。「要求を呑めないと答えたら、どうするの?」

ライアンは彼女の瞳に不安を見取った。「どうすると思う?」とささやく。

「わたしを捨てるのね」クリスティーナが小さな声で答えた。

ライアンはキスをして彼女の不安を取り除いてやりたかった。「待つさ。要求が通らなくても、きみを愛する。きみは、心のなかではおれを信じていないんだろう? おれを怒らせるようなことをすれば、嫌われると思っている。クリスティーナ、それはありえない」

熱心な説得に、クリスティーナは素直な気持ちになった。「わたし、不安なの」小声で弱々しく打ち明けた。「ときどき、いつまでたってもここの暮らしに合わないのではないかと思ってしまうの。無理やり四角になろうとしている丸のような感じ」

「だれでもそんな気持ちになることはある」クリスティーナの変わったたとえにほほえみながら、ライアンはいった。「さびしいんだな。いまでも故郷に帰りたいと思うか?」

返事を待ちながら、両手でクリスティーナの肩をさすった。クリスティーナが答えた。「あなたを置いて帰れない。一緒に帰るわけにもいかない。ライアン、あなたはもうわたしの家族だもの」眉間の皺《しわ》がますます深くなった。「でも、わたしと暮らすと、ほんとうに大変な思いをするわ」

「結婚生活とは、最初はうまくいかないものだ。おれたちふたりとも、妥協することを覚えなければならない。そのうち、おたがいの求めるものを納得できるようになる」

「あなたの家族も使用人も、わたしのことを変だと思うわ」

「もう思っているさ」

クリスティーナは笑みを押し殺している。目がいたずらっぽくきらめきはじめた。「そんなことをいうなんてひどいわね」

「いいや、正直にいっただけだ。おれも変なやつだと思われている。他人にどう思われるか気になるか、クリスティーナ？」

クリスティーナは首を振った。「あなたは別よ、ライアン。あなたにどう思われているのかは気になるわ」

ライアンは彼女にキスをして、うれしい気持ちを伝えた。

「おれもきみにどう思われているのか、気になる」とささやく。「これからも、外の階段におれの靴を並べるのか？」

「わたしには、あの方法が普通なの。さっきはあなたにとても腹を立てていたから、どんなに怒ったか思い知らせてやりたい、それしか考えていなかった」

「出ていこうと無駄な努力をしないのは正解だったな」

「無駄な努力？」

「わかっているはずだ、おれはどこまでも追いかけて、本来いるべき場所に連れ戻す」

「そのとおりよ。なんといっても、あなたは戦士だもの」

ライアンはもう一度愛を交わす前に最後の質問をしようと、クリスティーナを抱き寄せた。クリスティーナの手が彼の太腿へと動いていく。質問どころではない。ライアンは彼女の手をとらえ、そっと握りしめた。「クリスティーナ。いままでにだれかを愛したことはあるか？その心をとらえた男が故郷にいるのか？」

クリスティーナの顔はライアンのあごの下にあった。ライアンに見られる心配はないので、クリスティーナは顔をほころばせた。質問したあと、ライアンの体は緊張していた。声にも不安がのぞいていた。

彼が自分の弱さを見せてくれた。クリスティーナはいった。「小さなころは、大きくなったらホワイト・イーグルと結婚するつもりだった。七度の夏を過ごしたころには、そういうばかな考えを捨てたの。ホワイト・イーグルは兄ですもの」

「ほかには？」

「いないわ。父は戦士をひとりもわたしに近づけなかった。いずれわたしを白人の世界に帰さなければならないと覚悟していたから。わたしの運命は決まっていたのよ」

「その運命を決めたのはだれだ？」

「夢のお告げよ」

クリスティーナはまたなにか訊かれるのを待ったが、しばらくしてライアンにその気がないのがわかり、自分から話すことにした。

ライアンにわかっておいてほしかったから。

シャーマンが夢を見るために山の頂上へのぼった話に、ライアンはじっと耳を傾けていた。

話が終わると、彼はほほえんだ。「きみがライオンのような大声を出すと母上がいわなければ、シャーマンは――」

「それでもわかっていたはずよ」クリスティーナはさえぎった。「わたしはごく淡いブロンドで、瞳は青かった。ちょうどシャーマンの夢に出てきたライオンのようにね。だから、母の言葉がなくてもシャーマンにはわかったはずなの。これで、レイノルズ卿があなたをライオン《ライアン》と呼んだときに、わたしがびっくりしたわけが呑みこめたでしょう？　あの瞬間に、伴侶はこの人だと悟ったの」

ライアンは、心の理性的な部分では、夢のお告げなど眉唾ものであり、迷信による儀式だと考えていた。だが、そのような分別はあっさり忘れることにした。この際、理屈など関係ない。「おれもあの瞬間に、きみはおれのものだと感じた」

「だけど、ふたりともそうではないと思いこもうとしたわね、ライアン」

「たしかにそうだ」

クリスティーナは笑った。「結局はじたばたしても無駄だった。あなたの運命はもう決まっていたのだから」

ライアンはうなずいた。「さあ、今度はそっちが質問する番だ。レティのことを訊きたいんじゃないか？」

クリスティーナはライアンの顔を見あげようとしたが、彼に押しとどめられた。「彼女の話をしたいの？」おずおずと尋ねた。

「ああ。さあ、なんでも訊いてくれ」ライアンは穏やかな声で促した。

「レティを愛していた？」

「きみのように愛していたわけではない。一度も……満ち足りた気持ちになれなかった。結婚するにはまだ若かったんだ。いまになってわかる」

「レティはどんな方だったの？」

「きみと正反対だ。レティは社交界のつきあいが大好きだった。田舎のこの屋敷を嫌っていた。そして、浮気性だった。あのころ、おれはリチャーズの下で働いていた。戦争が始まり、おれは家を空けることが多くなった。それで、兄のジェイムズがレティをいろいろなパーティにエスコートしていた。おれがいないあいだに、ジェイムズはレティをベッドに連れこんだ」

クリスティーナが息を呑んだので、意味が通じたのがわかった。最初の妻のことを打ち明けたのは、クリスティーナを信頼しているのをわかってほしかったからだ。だが、話してみると、長いあいだ抱えていた怒りが消えはじめた。意外だった。すべてを話すことに、もうためらいはなかった。「レティは出産のときに死んだ。赤ん坊もだ。おれの子じゃなかったんだ、クリスティーナ。父親はジェイムズだ。いまでも覚えているが、おれはベッドの脇から妻を励ましました。ほんとうにつらそうだった。きみにはあんな痛みを味わわせたくない。レティはおれがそばにいるのをわかっていなかった。愛人の名前を何度も叫んでいた」

クリスティーナは泣きたくなった。兄に裏切られた心の痛みは、きっと耐えがたいものだっただろう。まったく理解できない。妻が夫をそんなふうに辱めるなんて。

ライアンを抱きしめても、同情の言葉はかけないことにした。彼は誇り高い人だ。「裏切られる前は、ジェイムズとは仲がよかったの?」と尋ねた。

「いや」

クリスティーナはライアンの表情を見ようと体を離した。彼のまなざしは、クリスティーナの質問にとまどっていることだけを表していた。いまではレティの罪を思い出してもつらくないようだ。「レティに心を捧げていたわけではないのね。いまだに許せないのはジェイムズのほうなのでしょう、ライアン?」

そういい当てられて、ライアンは驚いている。クリスティーナはもう一度尋ねた。「ジェイムズとは仲がよかったの?」

「いや、子どものころからおたがいに負けまいと必死だった。成長するにつれて、こっちは競争などばかばかしくなったが、兄はちがったらしい」

「ジェイムズはランスロットみたいだったのかしら」クリスティーナはつぶやいた。「あのキャメロットの物語の」

「そして、レティはおれにとってのグウィネヴィアか？」ライアンは穏やかにほほえみながらいった。

「そうね。ふたりがどうしようもなく恋に落ちてしまったのだと思えば、ジェイムズの裏切りも許してあげられない？」

「そうはいかない。ジェイムズはランスロットとはちがう。なにかがほしくなったら、あとのことなど考えずにすぐさま自分のものにしようとした。大人になりきれなかったんだ」

クリスティーナは、彼の辛辣《しんらつ》な口調に気づかないふりをした。「それはお母さまのせいだと思うわ」

「母といえば」ライアンはため息をついて切り出した。「ここに母を住まわせるつもりなのか？」

「そうよ」

「やれやれ。いつまで？」

「いやな顔をしないで。お母さまがロンドンに帰りたくなるまでここにいていただきます。もちろん、まずはここにいたいと思うようにしてさしあげるの。わたし、お母さまを助ける計画を立てたのよ、ライアン。ふたりでお母さまを家族のなかに引き戻しましょうよ。お母さまはね、ジェイムズの死に責任を感じてらっしゃるの」

「どうして？」

「お母さまは、ずっとジェイムズを甘やかしていた。ダイアナから聞いたの、しょっちゅう癇癪を起こすお父さまから、お母さまがあなたたちふたりを守っていたって」

「なぜダイアナが知っているんだ？　父が死んだとき、あいつはほんの赤ん坊だったが」

「ハリエットおばさまに聞いたのよ」クリスティーナは説明した。「ライアン、わたしはダイアナとおばさまにいろいろ尋ねたの。助けてあげるには、お母さまのことをよく知っておかなければね」

「いつまでがんばるんだ？　食事のあいだじゅう、おとなしくジェイムズの話を聞いていられるほど、おれは我慢強くないぞ」

「ジェイムズの話はさせないようにする。お母さまは頑固だわ」ライアンのあごにキスして、言葉を継いだ。「でも、わたしはもっと頑固なの。ね、この計画に、あなたもとことん協力してくれるわね？」

「死に場所を探しに、母を野に連れ出すんだろう？」ライアンはいい、クリスティーナが母親を外へ引きずり出すところを想像して低く笑った。「ダイアナが本気にして泣いていたぞ」

クリスティーナはあきれてため息をついた。「単純ね。大げさにいっただけなのに。お母さまにもわたしの計画を話したほうがいいと思う？」

「いや」

「なぜ？」

「不意打ちのほうがいい」ライアンは答えた。「それより、訊きたいことがひとつある」

「案の定ね。あなたは訊きたいことばかりだもの」

クリスティーナはふくれっつらで皮肉をいったが、ライアンは知らぬふりを決めこんだ。

「きみはときどき急にフランス語を使うことがあるが、自覚しているか？　とくに、あせっているときだ。家族がフランス語を話していたからか？」

クリスティーナの頬にえくぼができた。ライアンは、天使のようだと思った。だが、ふるまいはおよそ天使らしくない。彼女は不意にライアンの勃起した一物をつかんだ。

ライアンはうめき声をあげ、クリスティーナの手をどけた。「先に答えてくれ」かすれた声でいった。

クリスティーナはがっかりした顔をしてみせてから返事をした。「わたしに白人の言葉を教えさせるために、父がデヴァンリュ先生を捕らえたの。母がデヴァンリュ先生と話すのを許されていれば、わたしがいずれイギリスに帰ることが先生にも通じたはずなの。でも、父は国のちがいなど考えていなかった。白人の言葉が何種類もあるということを知らなかったの。わたしと仲よくなってから、デヴァンリュ先生は教えてくれたわ、父が怖かったって。いまでも覚えているけれど、わたしは笑ってしまったの。笑うなんてひどいけれど、あのときはまだ十歳かそこらだったから、しかたないわよね。デヴァンリュ先生もまだ若かったわ。だから、白人の言葉を……先生の国の言葉を教えてくれたというわけ」

ライアンの笑い声に、クリスティーナは話を中断した。彼が落ち着くのを待ち、説明を再開した。「わたしは二年間も苦労してフランス語を覚えたわ。明けても暮れてもフランス語。母はデヴァンリュ先生に近づいてはならなかったの。先生が白人にしてはハンサムだったから。

でも、みんな先生に近寄らなかった。先生は義務で村にいるのであって、仲よくするためではないんですもの」

「では、先生とふたりきりで勉強をしていたのか？」ライアンは尋ねた。

「もちろんちがうわ。わたしだって、先生とふたりきりになってはいけなかった。いつも年を取った女性がふたりはついていたわ。でもそのうち、わたしはほんとうにデヴァンリュ先生を好きになって、先生にもうすこし親切にしてあげてと父に頼んで、そうしてもらったの」

「教えなければならないのはフランス語ではないと、先生はいつ気づいた？　それに、そのことをどんなふうに父上に伝えたのか？」

「デヴァンリュ先生は英語も話せたの」クリスティーナは答えた。「母もしまいには先生のティピに入るのを許されたのだけど、わたしが課題を暗誦しているのを聞いて、母が子どものころに教わった言葉ではないとすぐに気づいたの」

「大騒ぎになっただろう？」ライアンはまた笑わないように我慢しながら尋ねた。

「もちろん。母は父がひとりのところをつかまえて責めたの。あんなにかたくなにならずに、もっと早くに宣教師に近づくのを許してくれていたら、二年も無駄にしなかったのにって。父はたいそう腹を立てたわ。デヴァンリュ先生を殺そうとしたけれど、母がとめたの」

ライアンは笑った。「母上に英語を習えばよかったのに」

「母もそんなに英語が達者ではなかったの。デヴァンリュ先生の英語のほうがましだと思ったらしいわ」

「フランス語のほうを話したくなるのはなぜだ？」

「場合によっては、英語より簡単だから」

「きみの家族の言葉で、愛しているといってくれ」

「愛しているわ」

「英語じゃないか」

「これがいまの家族の言葉よ」クリスティーナはいい、ダコタ族の言葉で愛の誓いを繰り返した。

詩的な響きだ、とライアンは思った。

「どんなにあなたを愛しているか、いまから見せてあげる」クリスティーナはささやいた。両手がライアンの胸を滑りおりていく。股間のものをこすって彼をその気にさせようとしたが、すでにそこは欲望に脈打っていた。

「だめだ、おれが先に見せてやる」ライアンは断言した。

そして、クリスティーナをあおむけにし、愛情を示しはじめた。

長い時間がたち、夫婦はおたがいの腕に包まれて眠りについた。ふたりともくたびれはて、すっかり満たされていた。

ライアンは夜中に目を覚ました。クリスティーナのほうへ手を伸ばす。彼女がとなりにいないことに気づき、寝返りをうって床を見おろした。

そこにもクリスティーナはいなかった。とたんに眠気が吹き飛んだ。クリスティーナを捜しにベッドを出ようとしたとき、サイドテーブルで燃えている蠟燭《ろうそく》が目に入った。自分で三本とも消したことは、はっきりと覚えている。

どうしたのだろうと思ったとき、明かりの中心に一冊の黒い本があることに気づいた。古いものらしく、革の表紙には傷がついている。手にとってひらくと、かびくさいにおいがあたりに広がった。ページは脆《もろ》そうだ。細心の注意を払い、クリスティーナが置いていったこの贈り物の最初のページをゆっくりとめくった。

どのくらいそこに座って、蠟燭の明かりを頼りにジェシカの日記を読んでいたのだろうか。一時間、ひょっとすると二時間。ジェシカの悪夢の記録を読み終えたとき、ライアンの手は震えていた。

ライアンは立ちあがり、伸びをしてから、暖炉の前へ歩いていった。寒気がしたが、部屋の寒さのせいか、ジェシカの日記を読んだせいかはわからなかった。

おこした火に二本目の薪《まき》を足そうとしたとき、背後でドアがあく音がした。薪を暖炉に入れてから振り向いた。片膝をつき、もう片方の膝に両腕を置き、しばらく美しい妻をじっと見つめた。

クリスティーナは白く長い部屋着を来ていた。髪は乱れ、頰は紅潮していた。ライアンは、彼女が緊張しているのを見てとった。両手で盆を持っている。グラスがかちゃかちゃと音をたてていた。

「おなかがすいたかと思って。わたし――」

「おいで、クリスティーナ」

低いささやき声だった。クリスティーナは急いでいわれたとおりにした。ベッドに盆を置き、ライアンの前に立った。

「あれを読んでくださった?」

ライアンは返事をする前に立ちあがった。両手をクリスティーナの肩にかけた。「読んでほしかったんだろう?」

「ええ」

「なぜ読んでほしかったのか、聞かせてくれ」

「それが対等のことだからよ、ライアン。あなたはそういったでしょう。わたしに心をひらいて、ジェイムズとレティのことを打ち明けてくれた。だから、わたしも同じことをしたの」

「ありがとう、クリスティーナ」ライアンの声は感激に震えていた。

クリスティーナは目を見ひらいた。「なぜお礼をいうの?」

「おれを信頼してくれたから」ライアンは答え、クリスティーナのひたいのしわにキスをした。「信じてくれたから、母上の日記を置いていったんだ」

「そうかしら?」

ライアンはほほえんだ。「そうだ」ときっぱりいう。もう一度、優しいくちづけをしてから、暖炉の前で夜食にしようと提案した。

「相談もしたいの」クリスティーナはいった。「話したいことがたくさんあるわ。決めなければならないことがどっさりあるのよ、ライアン」

「わかった、話し合おう」ライアンは答えた。

クリスティーナが盆を取りにいくと、ライアンは椅子にかけてあった毛布を取って床に広げた。

クリスティーナはひざまずき、毛布のまんなかに盆を載せた。「部屋着を取ってきましょうか？」

「いや」ライアンはにやりと笑って答えた。「部屋着を脱がせてやろうか？」

ライアンは横になって肘枕をし、チーズに手を伸ばした。ひとかたまりちぎり、クリスティーナに渡す。

「日記の内容は妄想と思う？」クリスティーナは尋ねた。

「いや」

「わたしもよ」クリスティーナはいった。「ところどころ、わかりにくい記述があるでしょう？　ジェシカの苦しみを感じない？　わたしは感じたけれど」

「彼女がおびえていたのがわかる」ライアンはいった。「それに、そう、苦しみを感じた」

「最初はジェシカが書いたものを読みたくはなかったの。でも、メリーが日記を持たせてくれた。そのうち気が変わるかもしれないって。そのとおりだった」

「ジェシカとの約束を守ったんだな。メリーはきみを実の子のように慈しみ、強い人間に育てた。それがジェシカの願いだったのだろう?」

クリスティーナはうなずいた。「わたしはかならずしも強いわけではないの、ライアン。この夜まではあの人を恐れていたのだもの」

「父上か?」

「あの人を父とは呼びたくない」クリスティーナはささやいた。「あの人の血がわたしにも流れていると思うと、吐き気がしてくる」

「いまは怖くないのか?」

「あなたにすべてを打ち明けたから。いままでは心配だったの、ジェシカが……変だったと思われそうで」

「クリスティーナ、きみがロンドンのおれの書斎に入ってきたとき、おれとリチャーズはちょうどバロン・スターリンスキーの話を終えたところだった。リチャーズが、ブリスベン事件と呼ばれているできごとについて話していたのだ。聞いたか?」

「いいえ。立ち聞きはしないもの」

ライアンはうなずき、ブリスベン一家が殺されるまでの経緯を手短に話した。

「子どもたちがかわいそう」クリスティーナはつぶやいた。「罪のない子どもたちを殺すなんて、いったいだれがそんなことを」

「きみには酷な答になる。いまこの事件のことを説明したのは、どうしても話しておかなければならないからだ。じつは、ブリスベンの妻と子どもは、同じ手口で殺されていた」

「どんな?」

「喉を切られた」

「想像もしたくないわ」クリスティーナは小声でいった。

「ジェシカの日記に、ブラック・ヒルズまで一緒に旅した夫婦のことが書いてあった。覚えているか?」

「ええ。エミリーとジェイコブね。悪党《ジャッカル》に殺された」

「手口は?」

「喉を……ああ、ライアン、ふたりも喉を切られたのよ。まさか——」

「同じ手口だ」ライアンはいった。「偶然かもしれない。でも、やはりバロンがブリスベン一家を殺したような気がする」

「あの人に問いただすことはできないの?」

「きみの考えているような方法では無理だ」ライアンは答えた。「だが、クリスティーナ、彼の口から白状させる。約束しよう。やりかたはまかせてくれ、いいな?」

「わかりました」

「なぜまかせてくれるんだ?」

「なぜって?」クリスティーナははぐらかした。

ライアンの視線をさけ、わざと床を見つめていた。ライアンが手を伸ばし、髪をひと房引っぱった。「きみの口から聞きたい、クリスティーナ」

クリスティーナはライアンのかたわらに座った。ゆっくりと彼のほうへ手を伸ばす。彼の指に指をからませ、ライアンの望みに応えた。

「あなたを信じているからよ、ライアン、心から」

16

一七九五年十一月三日の日記

わたしはメリーと約束しました。わたしに万一のことがあったらメリーがあなたを育てる、そして、メリーに万一のことがあったら、わたしがホワイト・イーグルを家族のもとへ連れていく、と誓い合ったの。

そのときを境に、不安はなくなりました。メリーが約束してくれたおかげで、安心したの。彼女ならあなたを守ってくれる。クリスティーナ、あなたはメリーに愛されているもの。メリーがあなたを抱く姿、あなたが眠りにつくまで優しく抱いている姿が目に浮かびます。

メリーはきっと、わたしよりよい母親になるわ。

ライアンはいらいらしないように我慢していた。もうすぐ朝食が終わる、そろそろリチャーズが来るはずだ、辛抱強く母につきあってやればクリスティーナもよろこぶ、と自分にいいきかせた。だが、我慢していると食欲が失せた。そんな彼の様子を見て、食卓のだれもがひとことといわずにいられないらしい。

家族に囲まれているのに、ライアンはこれより不幸な状況はありえないと思った。昨日の午後、ハリエットおばとダイアナが到着した。その一時間後にローンがやってきた。

もちろん、偶然ではない。ローンが屋敷に入ってきたとき、ダイアナは驚いたふりをしていた。だが、彼女は水よろしく胸の内が丸見えだ。ライアンの目はごまかせない。というわけで、昨夜、ライアンはローンと必要な話し合いをした。ローンはダイアナとの結婚を申しこんできた。ライアンはよろこんで承知した。だが、すぐにはそのよろこびを表さなかった。ローンはどうやら前もって考えてきたらしく、ダイアナを生涯愛し、守ってみせると熱弁をふるっていたからだ。ようやくローンが落ち着いてから、ライアンは祝福の言葉をかけた。貞節の価値をくどくどと講ずるのはやめておいた。ローンが一度口にした誓いを破るはずがない。

いま、ライアンはテーブルの上座に着き、左前にローン、右前にクリスティーナが座っている。母親の席はライアンの正面、テーブルの反対側だ。ハリエットおばとダイアナが、かわるがわる母親を会話に引き入れようとしていた。だが、ふたりの努力は無駄に終わった。母親が皿から目をあげるのは、大事なジェイムズについてなにかいいたいときだけだった。

まもなく、ライアンは歯を食いしばりはじめた。

「ダイアナったら、ローンから手を離しなさい」ハリエットが出し抜けにいった。「食事をさせてあげないと、飢え死にしてしまうわよ」

「ジェイムズはいつも食欲旺盛だったわ」ライアンの母親が口を挟んだ。「お部屋はお気に召しました？」と尋ね、話題を変えた。

「いいえ、ちっとも。明るすぎるわ。あたくしの嫌いなものの話をするより、なぜ黒い服を着てはいけないといいはるのか教えてほしいわ。ジェイムズは黒が好きだったのよ」

「お母さま、ジェイムズの話はやめましょうよ」ダイアナがいった。

クリスティーナはダイアナに首を振ってみせた。「ライアン」笑顔で呼びかける。「リチャーズさんはいついらっしゃるのかしら？　早く出発したいの」

ライアンはクリスティーナをにらんだ。「きみは屋敷に残るんだ。そう決めただろう、クリスティーナ」

「ジェイムズはつねに活動的だったわ」ライアンの母親がいった。

クリスティーナを除く全員が、白髪まじりの彼女をうっとうしそうに見た。

「結婚式の準備については、いつ話し合いましょうか」気まずい沈黙を破ろうと、ハリエットおばが切り出した。

「長くは待てないわ」ダイアナがいった。顔を赤らめてつけくわえる。「すぐにでも結婚したいの、お兄さまたちのように」

「おれたちの場合は特別だ」ライアンはいい、クリスティーナに片目をつぶってみせた。「おまえはおれのように適当にすますわけにはいかない。時間をかけて、ちゃんとした結婚式をするんだ」

「ジェイムズは結婚したがっていたわ。ただ、ふさわしい相手が見つからなかったのよ」ライアンの母親が割りこんだ。

ライアンは顔をしかめた。握った拳に、クリスティーナが手をかけてきた。「今朝はとってもすてき。いつも青い服を着るべきね」

クリスティーナの瞳を見つめると、いたずらっぽく輝いていた。彼女の思惑は見え見えだ。そう、ライアンの気をそらそうとしているのだ。そうとわかっても、効き目はあった。ライアンはついほほえんでいた。「そっちはいつもきれいだ」クリスティーナにいい、かがんで耳打ちした。「もっとも、服を着ていないほうがもっといい」

クリスティーナはうれしさに頬を染めた。

ローンは幸せそうな夫婦に目を細め、ハリエットのほうを向いた。「いまでもダイアナとわたしが似合いではないとお考えですか？　おばさまに認めていただきたいのですが」

ハリエットは扇を取りあげた。扇で顔をあおぎながら、ローンに答えた。「認めますよ、でも、あなたがたもライアンとクリスティーナにはかなわないわね。このふたりがどんなに仲むつまじいか、わかるでしょう」

「あら、わたしたちだってお似合いというわけではないわ」クリスティーナがいきなりいった。「ローンとダイアナのほうがずっとお似合い。ふたりとも、似た境遇で育ったんですもの」

ハリエットは、クリスティーナを射抜くように見つめた。「もう家族なのだから、どこで育ったのか教えてくれるわね?」

「ブラック・ヒルズです」クリスティーナは答えた。それから、ライアンのほうを向いた。「きっとパトリシアおばが触れまわるわ。だったら、あなたの家族にはわたしから前もって話しておくべきでしょう?」

「彼女は黙っているさ」ライアンは答えた。「金が入ってくるかぎりは、きみが話す気になるまで秘密を守るはずだ」

「秘密って、なんのこと?」ダイアナがいぶかしそうに尋ねた。

「個人的な事情のことを秘密といっているんだよ」ローンが割って入り、クリスティーナに目配せした。

ハリエットが上品とはいえないほど鼻を鳴らした。「ばかばかしい。わたしたちは家族ですよ。恥ずべきことをしたのでもなければ、秘密などあってはなりませんよ、クリスティーナ。あなたが恥ずべきことなどするはずがないわ。思いやりがあるもの」その証拠だというように、ライアンの母親のほうへあごをしゃくった。

「ジェイムズはほんとうに思いやりのある子だった」ライアンの母親がまた唐突にいった。

その言葉は聞き流された。

「それで?」ダイアナがクリスティーナを促した。

「わたしはダコタの人々に育てられたの」

クリスティーナは、すぐになんらかの反応が返ってくるものと思っていた。だが、その場のだれもが話のつづきを待っている様子で、じっとクリスティーナを見つめている。クリスティーナはライアンの顔を見た。

「みな、なんのことかわかっていないのだよ」ライアンは彼女に耳打ちした。

「ダコタさんって、どちらの方?」ハリエットがいった。「そういう名前の方にお会いしたことはないと思うのだけれど。イギリス人ではないのね」そういうと、また扇であおぎはじめた。

「ええ、イギリス人ではありません」ライアンはにやりと笑っていった。

「大きな一族なの?」ハリエットは、ライアンが笑い、クリスティーナが顔を赤らめたわけを探ろうとした。

「それはもう」ライアンがもったいぶった口調でいった。

「あら、だったら名前を聞いたことがありそうなものだけど」とハリエット。

「インディアンです」クリスティーナはいい、今度こそ反応が返ってくるのを待った。

反応はすぐにあった。「だから聞いたことがなかったのね……ちょっと待って、インディアンって、まさかあの恐ろしい人たちのこと?」ハリエットは息を呑んだ。

クリスティーナは、恐ろしいという言葉は使わないでほしい――パトリシアがいつもそういっていたから――そして、ダコタ族は優しく愛情深い人々だといおうとしたが、ハリエットとダイアナが大笑いしはじめたので黙っていた。

先に笑うのをやめたのはハリエットだった。ハリエットは、ローンとライアンとクリスティーナが笑っていないことに気づいた。「冗談でしょう、クリスティーナ？」笑いすぎてめまいがしたが、落ち着いた声を出そうとつとめた。

「いいえ、冗談ではありません」クリスティーナは答えた。「あなたはさほど驚いていないみたいね？」とローンに向かっていう。

「このくらいでは驚かないよ」とローン。

「ということは、ブラック・ヒルズはフランスにあるの？」ダイアナは頭のなかを整理しようと尋ねた。

その質問に、ライアンがくつくつと笑った。

「ジェイムズはフランスに行きたがっていたわ」ライアンの母親がいった。「お友達が大勢いたから」

ハリエットがクリスティーナの手を握った。「笑ったりしてごめんなさいね。わたしのこと、ひどい礼儀知らずだと思ったでしょう。でも、あまりにも思いがけないお話だったから。決してあなたのことを見くだしたりしていないのよ、信じてちょうだいね」

クリスティーナは怒ってはいなかったが、ハリエットはそう思っていないらしい。大好きなおばにほほえみ、クリスティーナはいった。「ハリエットおばさま、わたしもおばさまを見くだしてはいないと信じてくださいね。正直いうと、わたしの部族はイギリス人よりずっと礼儀正しいと、つくづく思っていたんです。これは自慢ですけれど」

「ジェイムズはだれにでも礼儀正しく接していたわ」ライアンの母親がいった。

ハリエットはクリスティーナの手を優しくなで、目をつりあげてライアンの母親のほうを向いた。

「ミリセント」と低い声でライアンの母親の名を呼ぶ。「いいかげんにしてくれない？　クリスティーナと大事な話をしているのよ」

ハリエットはまたクリスティーナに笑顔を向けた。「クリスティーナ、子どものころのお話をぜひお聞きしたいわ。お話ししてくれるわね？」

「よろこんで」クリスティーナは答えた。

「でも、家族以外の人には黙っていなさいね。よその人には理解できませんよ。社交界なんて薄っぺらな人たちの集まりだから」ハリエットは力強くうなずいた。「あなたを意地悪な噂話の的にさせはしませんよ」

「変わった習慣があったのかしら——」

「やめなさい、ダイアナ」ライアンが声を荒らげた。

「いいのよ」クリスティーナは取りなした。「訊きたくなるのも無理はないわ」

「もう話題を変えよう」ローンがいった。ダイアナにとがめるような目を向けたが、すぐに打ち消すように彼女の手を握った。

ハリエットは、ダイアナがクリスティーナをまじまじと見つめているのを苦々しく思った。口がぽかんとあいている。すっかり好奇心にとらわれてしまった様子だ。

クリスティーナが傷ついていないか心配で、ハリエットはあわててダイアナの注意をそらした。「ライアン、ダイアナったら、ローンにいただいたお行儀の悪い仔犬を連れてくるといって聞かなくてね。裏につないであるわ。わたしたちがロンドンにいるあいだ、ここで飼ってほしいとダイアナは思っているの。そうでしょう、ダイアナ？」

ローンにつつかれて、ダイアナはやっと返事をした。「え、ええ。タウンハウスのなかにつなぐなんて、かわいそうだもの。クリスティーナ、子どものころに仔犬を飼ったことはある？あなたの……町でも、犬を飼っていたの？」

「町ではなくて、村だったわ」クリスティーナは、そんなにじろじろ見ないでほしいと思いながら答えた。

「犬はいた？」ダイアナはしつこい。

「ええ、いたわ」クリスティーナは答えた。手の下でライアンの握り拳に力が入るのを感じ、彼に片目をつぶってみせ、ダイアナに向き直った。「でも、ペットとしてではなかったの」と嘘をつく。「もちろん、長生きもしなかったわ」

「ジェイムズは昔から動物が好きだった。フェイスフル《貞節な》という名の美しいぶちの犬を飼っていたのよ」

「不似合いな名前だ」ライアンがつぶやいた。「そう思わないか、クリスティーナ？」そういって、ウインクを返した。

そのとき、ブラウンが戸口に現れ、フェントン・リチャーズ卿が到着したと告げた。クリスティーナとライアンは席を立った。

ローンが声をあげた。「わたしも行きたい」

ライアンはクリスティーナを見おろし、彼女がうなずくと、ローンにぜひ一緒に来てくれと頼んだ。

「クリスティーナ、なぜ犬は長生きできなかったの?」

クリスティーナは途中でダイアナに呼びとめられた。

聞こえなかったふりをしようとしたが、ダイアナはあいかわらず大口をあけてこっちを見ている。まるで、クリスティーナに首がもうひとつ生えたかのように。「犬が長生きできなかったのはどうして?」

「食べてしまうからよ」クリスティーナは、笑いをこらえながら嘘をついた。

ハリエットが扇を取り落とした。ダイアナがはっと息をとめた。ライアンはまばたきひとつしない。そのとき、ミリセントがきっぱりとした口調でいいはなった。「ジェイムズは飼い犬を食べなかったわ。あの子は……あら、あたくし、いまなんていった?」

みながいっせいに笑った。ミリセントさえ口元をほころばせた。かすかな笑みだったが、笑顔は笑顔だ。

クリスティーナは、よい兆しだと思った。ライアンもそう考えているらしく、彼女を抱きしめた。

「ダイアナ、いまのは冗談よ。飼い犬を食べたりしないわ。あなたの仔犬のことは心配しないで。夕食にいただいたりしないから。ほんとうよ」

「クリスティーナは約束を守る」ライアンはダイアナにいった。「もちろん、ものすごく腹が減ったらわからないが」そうつけ足し、クリスティーナの手を取って食堂を出た。

書斎に入ってきたライアンとクリスティーナを見て、リチャーズはひどく面食らった。ふたりは屈託もなく、にこやかに笑っている。どう見ても、なにやら込み入った事情がありそうだった前回の様子とはちがう。

「きみたちの問題は解決したのか?」リチャーズは挨拶がわりにライアンに尋ねた。

「いえ、やはり卿のお力を拝借したいのです」ライアンはいい、にわかに真顔になった。「お疲れですか? いま一度、馬を駆っていただいてもよろしいでしょうか?」

「どこへ?」

「アクトン伯爵がお住まいだった屋敷です」

「ここから四時間はかかるな」

「ロンドンからなら、それだけかかります」ライアンは訂正した。「ここからはほんの二時間ほどです」

「いまはだれが住んでいるのだ?」

「住人はいません。調べさせたところ、屋敷は閉鎖されていました」

リチャーズはクリスティーナに目を向けた。「お茶をいただけるかな。喉がからからだ。朝早くに出発して、朝食もとらなかったのでね」

「すぐにお食事をお持ちします」クリスティーナはいった。「これからしていただくことには、体力が必要ですから」そうつけくわえ、急いで書斎を出た。

リチャーズはドアを閉め、ライアンのほうに向き直った。「きみとふたりで話がしたくて、奥方に出ていっていただいた」

「クリスティーナに隠しごとはしたくないんですが」ライアンは返した。

「隠しごとではない。これから話すことは隠さなくてもよい。だが、いま奥方が聞くと、取り乱すかもしれない。きみも、この謎めいた遠出から帰るまで待てばよかったと後悔するぞ。じつはバロン・スターリンスキーが帰ってきた。昨日、ロンドンに着いたのだが、すぐにでも娘に会いたいというのだよ。わたしは、クリスティーナはきみと北部の親戚を訪ねていると嘘をついて引きとめた。ロンドンへはあさって戻ってくるといっておいたがね。それでよかったのか、心許ないよ、ライアン。とっさに考えたのでね」

「充分です」ライアンは答えた。「彼はどこに滞在しているんですか？」

「ポーター家だ。水曜の夜、そこで歓迎パーティがひらかれる。バロンはパーティで娘と会えると思っている」

ライアンは長いため息をついた。「延期はできないんですね」

「クリスティーナはあいかわらず父親に殺されると考えているのか？」

「自分がおとりになって、父親を誘《おび》き出そうとしています」

「いったい、いつになったらすべてを説明してくれるのかね？」リチャーズはじれったそうに尋ねた。

「アクトン伯の屋敷へ向かう道中で。ローンも一緒に来ます。男が三人いたほうが、仕事が早く終わる」

「仕事とは？」

「バラの花壇を掘り返すんですよ」

ライアン、リチャーズ、ローンは、夕方近くにライアンウッドへ帰ってきた。空模様と同じく、三人とも不機嫌だった。

ずぶ濡れの三人が玄関に駆けこんだころ、クリスティーナが裏口から屋敷に入った。

四人は廊下で鉢合わせした。ライアンは服の下まで濡れていた。クリスティーナも同じくらい濡れているのを見てとると、ライアンはあきれたように首を振った。髪から雨粒が飛び散る。

「まるで溺《おぼ》れた猫じゃないか」ライアンはいった。たっぷり水を含んだ上着を苦労して脱ぐあいだも、じっとクリスティーナをにらんだ。ワイン色のドレスが張りつき、体の線があらわになっていた。目には乱れた髪がかかっている。

リチャーズとローンは、ブラウンにせかされるようにして階段をのぼっていった。ライアンは、ふたりからクリスティーナが見えないように立った。

ふたりが二階へ消えると、ライアンはクリスティーナと向かい合った。「いったい、外でなにをしていたんだ？」

「大きな声をあげないで」クリスティーナは大声を返した。「あれは見つかったの――」

「あそこにどれだけバラが植わっているのか知っているのか？」ライアンにどなりかえされ、クリスティーナはかぶりを振った。「知らないのか？　アクトン伯は凝り性だったようだな。それこそ、何百ものバラがあった」

「ああ」クリスティーナは声をあげた。「見つからなかったのね？　だから一緒に行くといったのに。わたしだったら見つけられたかもしれない」

「クリスティーナ、そっちも大声を出しているぞ。箱はちゃんと見つけた。落ち着くんだ」

「大声なんて出していないわ」クリスティーナは濡れた髪を肩の後ろに振り払った。「苦労してくださったようだけれど、同情する余裕がないの。あのばか犬がいなくなったのよ」

「なんだと？」

「ばか犬がいなくなったの」クリスティーナは繰り返し、なんとか気を静めようとした。「わたしたち、今日はほんとうについていないみたい。キスをして、ライアン。それから、上着を着てください。一緒にダイアナの仔犬を捜してほしいの」

「本気か？　このどしゃ降りのなかにまた出ていくなど許さないぞ、絶対にだめだ」

　クリスティーナはライアンの濡れたシャツをつかみ、冷たくなった唇にキスをすると、身を翻して屋敷の裏口に向かった。「どうしても犬を見つけなければならないの。ダイアナは二階にいるわ、わたしがあのばか犬を食べたわけじゃないって、必死に信じようとしてる」

ライアンの笑い声に、クリスティーナは足をとめた。振り向いて、彼をにらみつける。

「クリスティーナ、まさかダイアナだって、きみがそんなことをするとは思っていないさ」

「あんな冗談をいわなければよかった。ちょっとからかっただけって、ダイアナにはいったの。でも、信じてくれなかったみたい。あいにく、仔犬を最後に見たのはわたしだから。ダイアナが何度もハリエットおばさまにそういっていたわ。ライアン、わたしはほんのしばらく仔犬を自由に走らせてやりたかっただけなの。ずっとつながれて、しょんぼりしていたもの。だけど、放してやったらウサギを追いかけていってしまって、わたしは一日じゅう捜しまわるはめになった」

ローンが水音をたてて階段をおりてきた。低く悪態をつく声に、クリスティーナは振り向いた。ライアンとクリスティーナに声もかけず、ローンは玄関のドアをあけて外へ出ていった。

ドアのむこうから、犬を呼ぶ口笛が聞こえた。「ね？　ローンは一緒に犬を捜してくれるのよ」クリスティーナはいった。

「当然だ」とライアン。「ダイアナをよろこばせたいのだ。しかたがないからおれも行くが、きみをよろこばせたいからだぞ。わかったか？」そうつぶやき、ドアを閉めた。

ライアンが不機嫌を通り越して腹を立てるといけないので、クリスティーナは彼の姿が見えなくなってから笑い声をあげた。

一時間後、ライアンはしつけのなっていない仔犬を見つけて戻ってきた。仔犬は馬屋の裏の軒下で縮こまっていた。

暖を取って体が乾くと、ライアンの機嫌はよくなった。楽しい夕食のあと、男性三人は書斎へ行き、ブランデーを飲んだ。クリスティーナは、ひとりになれたのがありがたかった。気分が悪かったからだ。食べたばかりの豪華な料理をもどしてしまい、それでもまだ胃がむかついていた。

午前零時ごろ、ライアンが寝室にあがってきた。クリスティーナはふたりのベッドのまんなかで丸くなり、彼を待っていた。

「もう寝たと思っていた」ライアンはいい、服を脱ぎはじめた。

クリスティーナはライアンにほほえみかけた。「すてきな旦那さまが服を脱ぐのをわたしが見逃すとでも？　そんなはずないでしょう。ライアン、あなたはいくら見ても見飽きない」

ライアンは、うれしそうに得意気な笑みを浮かべた。「もっとすてきなものを見せてやろう」いたずらっぽい口調でいった。マントルピースへ歩いていき、まんなかから黒塗りの箱を取ってベッドへ持ってきた。「元の箱から、こっちへ宝石を移しておいた。頑丈だからな」

クリスティーナは、ライアンがとなりに腰をおろすのを待って箱をあけた。宝石は小さな四角い布に包まれていた。クリスティーナは、なかなか布を取ろうとしなかった。

ライアンは、なぜ彼女がためらうのかわからなかった。布を取って広げ、その上に高価な宝石をあけた。

サファイア、ルビー、ダイヤモンド。虹のように色とりどりだった。全部で二十個、これだけあれば大食漢ひとりを死ぬまで養ってもまだ余裕があると、だれが見てもわかる。

ライアンはとまどった。クリスティーナはあいかわらず表情ひとつ変えない。

「クリスティーナ、この宝石にどれくらいの価値があるのかわかるか?」

「ええ、わかるわ、ライアン」クリスティーナはささやいた。「母の命が代償よ。お願い、早くしまって。見たくないの。わたしにはいまわしいものでしかないの」

ライアンはクリスティーナにキスをして、宝石をしまった。ベッドに戻ってくると、彼女を抱き寄せた。一瞬、バロン・スターリンスキーがロンドンに帰ってきたと話そうかと考えたが、こんな悪い知らせを伝えるのは明日でも遅くはないと思い直した。

クリスティーナは、計画を実行に移すのはまだ先のことと考えているはずだ。誕生日から二週間がたったにすぎないから、父親がイギリスへ来るのはまだ先のことと思っている。

ライアンは蠟燭の火を吹き消し、目を閉じた。最後にこれほど疲れたのはいつだったか。うとうとしかけたとき、クリスティーナに起こされた。

「ライアン、ひとつ約束してほしいことがあるの」

「なんなりと」

「わたしに宝石を贈らないで」

真剣な口調に、ライアンはため息をついた。「わかった、約束する」

「ありがとう、ライアン」

「クリスティーナ」

「はい?」

「いつまでもおれを愛すると約束してくれ」

「約束します」

彼女の笑いまじりの声を聞いたとたん、ライアンは思っていたほどくたびれていないことに気づいた。「愛しているといってくれ」

「ライアン、愛しているわ、いつまでも愛しています」

「これ以上の幸せはないな」ライアンは気取った口調でいい、クリスティーナを自分のほうに向かせた。

最初はゆっくりと優しくクリスティーナを愛するつもりが、最後には激しく奔放《ほんぽう》で、心の底まで満足する交わりになった。

毛布と枕は床に落ちていた。クリスティーナは、ライアンを乗せたまま眠ってしまった。ライアンはこのうえなく安らかな気分だったので、まだ眠りたくなかった。いまこの瞬間を味わいたかった。頭の奥では、今宵《こよい》の平穏が嵐の前の静けさであるとわかっていたから。

17

一七九六年五月二十日の日記

長いあいだ日記をお休みしてしまって、ごめんなさい。ずっと安らかな日々を送っていて、過去を思い出したくなかったの。いまは、この安全な楽園を離れる準備をしています。これから数カ月、落ち着くまでは、この日記であなたに語りかけることができなくなるわ。明日こそここを出発してメリーたちと別れ、わたしたちはまた幌馬車隊に入れてもらうつもりなの。西へ通じる道には、大勢の旅人が通ります。眼下の谷は、馬車でこの山地に入ることのできる唯一の道。きっと、だれかがわたしたちを哀れんで、助けてくれるでしょう。

わたしたちふたりとも生き残れるような気がするのだけれど、ただの幻想かしら？

今日の日記の締めくくりに、クリスティーナ、あることをお願いしたいの。あなたがもし生き延びて、いつかこの日記を見つけたら、わたしのことを思ってください。

そして忘れないで、クリスティーナ、決して忘れないで、わたしがあなたを心から愛していたことを。

悪党《ジャッカル》と対決するときが来た。

クリスティーナは緊張していたが、ライアンほどではなかった。ライアンの顔つきは厳しかった。ロンドンのタウンハウスから馬車でポーター邸へ向かうあいだ、ふたりは黙りこくっていた。ポーター邸に到着すると、ライアンはクリスティーナを馬車から降ろすのを渋った。

「クリスティーナ、ほんとうにだいじょうぶか？」

クリスティーナは笑みを浮かべてライアンを見あげた。「わたしは平気、嘘じゃないわ」

「ああ、こんなつらい目にあわせずにすめばよかったんだが」ライアンはささやいた。「顔色が悪いぞ」

「それより、新しいドレスをほめてほしいわ、ライアン。あなたが生地を選んでくれたのよ、忘れたの？」クリスティーナは馬車のドアを押しあけた。

「とてもきれいだと、さっきいっただろう？」

ライアンはしかたなく馬車を降り、クリスティーナに手を貸そうと振り向いた。ほんとうに彼女はきれいだ。ロイヤルブルーのベルベットのドレスは、胸元のあきが控えめだ。絹糸のような巻き毛は、ブルーの細いベルベットのリボンを編みこんでまとめてある。

クリスティーナは手を伸ばし、ライアンの黒い上着から糸くずを払い落とした。「あなたもすてき」

ライアンは首を振った。クリスティーナの肩にドレスと揃いのケープをかけてやった。「無理をしているのだろう。おれを安心させようとするのはやめろ。無駄だぞ」

「あら、心配したいの？」

その質問には、あえて返事をしなかった。「もう一度、約束してくれ」

「あなたのそばを離れません」クリスティーナは、十回以上いわされた言葉をまた繰り返した。「なにがあっても、あなたのすぐそばにいます」

ライアンはうなずいた。クリスティーナの手を取り、階段をのぼる。「ほんとうに怖くないのか、クリスティーナ？」

「すこしだけ」クリスティーナは小声で答えた。「リチャーズさんが、イギリスにも、ダコタ族のように悪人を罰する制度があるとおっしゃっていたわ。そのとおりだとよいのだけれど。そうでなければ、わたしたち自身で手をくださなければならないもの」声が固い。「ドアをノックして、ライアン。うれしい再会の茶番をさっさと終わらせましょう」

玄関の間でリチャーズが待ちかまえていた。クリスティーナは彼の熱烈な歓迎ぶりに驚いた。ライアンもいかめしい顔ではなくなっていた。リチャーズと久しぶりに会ったようにふるまっている。周囲にそう見せかけるのが、ふたりの目的だった。

クリスティーナは、パーティの主催者である気難しそうな顔をした恰幅《かっぷく》のよい男に挨拶し、バロン・スターリンスキーは応接間にいらっしゃるのかと尋ねた。

「お父上に会うのが待ちきれないことでしょうな」ポーターは興奮した口調でいった。「まだ二階にいらっしゃるが、そろそろお出ましになるはずです。今日はお客さまの人数を最小限に絞りましたから、父上と心ゆくまでお話しいただけますよ。きっと、本一冊分は語り合いたいことがおありでしょう」

ライアンはクリスティーナのケープを取り、脇に控えていた執事に渡すと、妻と応接間でバロンをお待ちするとポーターに伝えた。

クリスティーナの手を取ると、冷たかった。震えが伝わってくる。ライアンは笑みを絶やさないようにしながらも、内心ではクリスティーナを家に帰し、ひとりでバロンと対決したくてたまらなかった。

ダコタ族の考え方は正しい、とライアンは思った。クリスティーナによれば、中傷されただけでも決闘を申しこむことができるらしい。そのあと、どちらかの死で終わる戦いとなる。裁きは迅速だ。いささか素朴な制度だが、ライアンは明快さが気に入った。

応接間にいる客は十八人だけだった。クリスティーナが女主人と話しているあいだ、ライアンは顔ぶれを確かめた。クリスティーナはずっととなりにいたが、ライアンは彼女と女主人の会話をほとんど聞いていなかった。すこし前にリチャーズがそばへ来て、不安定な天候にも利点があるという話をしていたので、ライアンはそちらに耳を傾けていた。

女主人がその場を離れると、クリスティーナはリチャーズのほうを向いた。「こちらのご主人も、以前はリチャーズさんと同じ仕事をなさっていたそうですけれど、ご存じですか？」

「知っている」

クリスティーナはリチャーズがまだなにかいうのを待っていたが、それ以上の言葉が返ってこなかったので、もどかしさをあらわにした。「ライアン、ミセス・ポーターはご主人が大事な仕事をしていたと自慢したいだけだったのかもしれないけれど、ちょっとおもしろいことを教えてくれたわ」

「どんなことだ？」ライアンはクリスティーナの肩に腕をかけて抱き寄せた。

「ミセス・ポーターはおしゃべりな方ね」クリスティーナは切り出した。「リチャーズさんがあなたを歓迎していたのを見て、ご主人も若いころはあんなふうに一目置かれていたなんておっしゃるの。なぜご主人は退職なさったのか訊いてみたら、詳しい事情はご存じではなかったけれど、どうやら最後の任務でお仕事がいやになったそうなの。担当した作戦で、大切なお友達に迷惑をかけてしまったらしいわ。そう、ミセス・ポーターはそうおっしゃった。迷惑をかけたって」

「迷惑？　どういう意味だろう。おわかりですか、リチャーズ卿？」ライアンは尋ねた。

リチャーズはクリスティーナをまじまじと見ていた。「あなたにうちで働いてもらいたいくらいだよ、クリスティーナ。わたしが何時間もかけて突きとめたことを、もう探り当ててしまった」

「ライアン、ミスター・ポーターの大切なお友達がだれかわからない？」

その質問に答えて、ライアンはいった。「スターリンスキーか」

「ポーターはべつに失策を犯したわけではないのだよ、クリスティーナ。彼の唯一の過ちは、バロンをかばったことだ。彼を信用していたのだよ――もっとも、いまもそうだ。なんといっても、自宅に滞在させるくらいだからね。正直いって、あなたもあとでバロンと対面したら、つい信用してしまうのも無理はないとおわかりになるだろう」

「イギリス人から見ればそうなのかもしれません」とクリスティーナは答えた。「でも、わたしはそうは思いません。外見や物腰で腹黒さを隠している人は多いわ。リチャーズさんは、スターリンスキーはわたしとライアンがいうような人間ではないと、まだお考えなの？」

「いや、きみたちを信じている。だが、法廷を納得させるのはむずかしいかもしれない。だからこそ、わが国の司法にまかせるのをやめたのだ。いまだに、ジェシカが正気を失ったと考えている連中がいるからな。すべてジェシカの妄想だったと――」

「ジェシカがスターリンスキーに殺されそうになって、目の縁に傷を負わせたというのも妄想だったのでしょうか？　ジェシカの友人たちが喉を切られたのも妄想ですか？　宝石を盗んでバラの根元に埋めたというのも？　リチャーズ卿、あなたも宝石をごらんになったでしょう。それも妄想だったのですか？」

　リチャーズはクリスティーナに苦笑してみせた。「ほんとうに、うちで働いていただきたいね」詰問への返事がわりにいった。「だが、あなたの言い分にも穴がある。第一に、バロンは彼に有利な証言をする証人を用意すればよい。目に傷を負った理由をでっちあげさせるのだよ。第二に、バロンが幌馬車隊の夫婦を殺すところを目撃したのは、ジェシカだけだった。彼女の日記によれば、ほかに目撃者はいない。夫婦が殺された状況を確かめようにも、いまさら幌馬車隊の同行者を捜し出すのは不可能にひとしい。事実を伝えてくれるものは、ジェシカの日記だけだ。だが、法廷では、日記だけでは充分な証拠と見なされない。第三、宝石はたしかに実在する。だが」と声をひそめる。「バロンが不当な手段で宝石を手に入れたと申し立てようにも、証拠はジェシカの日記だけだ。バロンが冷酷な独裁者だったという事実は、なんの証拠にもならない。あえて法廷で証拠に挙げても無駄だ。バロンはいくらでも証人を連れてきて、自分に都合のよいように証言させるだろう」

「わたしには罪を認めさせます」クリスティーナは小声でいいきった。

「バロンが認めようが認めまいが、ライアンとわたしはあなたのために正義を執行してみせる」

「クリスティーナ、父上がいらっしゃったぞ」ライアンは満面に笑みを浮かべてそういったが、クリスティーナを抱いた腕には力がこもった。

ついにこのときが来た。そう実感するとともに、新たな怒りが湧きあがった。クリスティーナは懸命に笑みを浮かべ、ライアンに背を向けると、戸口を入ったところで待っている男のほうへ足を踏み出した。

男の容姿のよさはひとめで見てとれた。バロン・スターリンスキーは、だれもが思わず注目するような男だ。きれいに年を取っている。髪は真っ白ではないが、白いものがまじっている。年を取っても、背筋はまっすぐで腹も出ていない。いまも背が高く槍のようにほっそりして、物腰は堂々としている。だが、もっとも目を惹くのは瞳の色だ。深く鮮やかなブルー。クリスティーナは、自分が父親とよく似ているのが悔しかった。

バロンがこちらを向いてほほえんでいる。いまにもあふれそうに涙を浮かべていた。左頬のえくぼは、その場の全員に見えるほどくっきりとしている。

クリスティーナは、バロンの右目の下の傷跡に目をこらした。

バロンのすぐ前で足をとめ、正式なお辞儀をした。ちゃんと声が出ますようにと祈りながら。

彼におとなしく抱きしめられなければならない。そう思うと、鳥肌が立った。室内の者はみな、ふたりの対面をじっと見守っている。クリスティーナは、だれもが感激の対面をほほえみながら見ていることに吐き気を覚えながらも、悪党から目を離さなかった。

なかなか言葉が出ず、ずいぶん長いあいだバロンと見つめ合っているような気がした。ライアンがとなりへ来たのがわかった。不意に手を握られ、平静さを取り戻した。

ライアンが励ましてくれている、とクリスティーナは思った。「ごきげんよう、お父さま。ようやくお会いできて幸せです」

バロン・スターリンスキーは、われに返ったそぶりを見せた。手を伸ばし、クリスティーナの肩をつかんだ。「ほんとうにうれしいよ、クリスティーナ。なんといってよいかわからない。これまで、貴重な時間が無駄に流れたね」バロンはささやいた。濃い睫毛《まつげ》から涙がひと粒落ちた。クリスティーナはライアンにきつく握られた手を引き抜き、バロンの頬の涙をぬぐった。

それを見ていた客たちの感動のため息が聞こえた。

バロンはクリスティーナを抱きしめた。「おまえは亡くなったものと思っていた。こうして会えて、わたしがどんなによろこんでいるかわかるかね?」

クリスティーナはずっと笑みを浮かべていた。そのせいか、胸がむかついていた。ゆっくりとバロンから体を離すと、ライアンのとなりへ戻った。「わたしには夫がいるのですよ、お父さま」手短にライアンを紹介した。彼がしばらく話をもたせてくれればよいけれど。そのあいだにひと息つきたい。

「わたしたちもバロンがご存命と知って大変驚いたのですよ」ライアンが会話を引き継いだ。少年のように熱のこもった口調だった。しばらく雑談をつづけていると、ポーター夫妻を筆頭に、客たちが祝いの言葉をかけに集まってきた。

クリスティーナはよろこんでいるふりをつづけた。笑みを絶やさず、適当なところで笑い声をあげた。

なんとか耐えられたのは、ライアンがそばについていてくれたからだ。一時間たち、二時間が過ぎると、クリスティーナとライアンはしばらくスターリンスキーと三人になることができた。

「お父さま、目の下の傷はどうなさったの?」クリスティーナはさりげなく尋ねた。

「子どものころの事故だよ」バロンはにこやかに答えた。「落馬してね」

「運がよかったのですね」ライアンが割りこんだ。「失明してもおかしくなかったのですから」

バロンはうなずいた。「ライアン、わたしもきみの傷が気になっていたのだよ。どうしたのかね？」

「酒場で喧嘩をしましてね。一人前の男として、初めて外出したときのことです」ライアンはにやりと笑ってつけくわえた。

嘘には嘘ね、とクリスティーナは思った。

ライアンがクリスティーナの肩を優しく握りしめた。その合図の意味はクリスティーナにもわかった。「お父さま、お尋ねしたいことがたくさんありますわ。きっと、お父さまもわたしに訊きたいことがたくさんおありでしょう。明日、お昼をご一緒していただけます？」

「もちろんだとも、娘よ」バロンは答えた。「娘！　なんとうれしい響きだ」

「しばらくロンドンにいらっしゃるのですか？」ライアンが尋ねた。

「とくに急ぎの用もないのでね」とバロン。

「うれしいわ」クリスティーナはいった。本気でいったように聞こえていますようにと祈った。「スコットランドにいる育ての父に便りを送っておきました。わたしの手紙を受け取ったらロンドンへ来るはずですから、会って安心させてあげてくださいね」

「育ての父？」バロンは訊き返した。「そんな人がいるとは、パトリシアはいっていなかったがね、クリスティーナ。彼女に聞いたのは……」咳払いをしてつづけた。「奇妙な話だったよ、だがおまえをひとめ見れば、彼女のいったことが嘘だとわかる……。育ての父上について話してくれないか。安心させてほしいとは、どういうことかね？」

「お父さま、その前に教えてくださいな」クリスティーナははしゃいだ声でいった。「あのいやなおばあさんは、どんな話をしたのですか？」

「うむ」バロンはため息をついた。「いやな女だ」うわの空でいった。

「わたしが恥じ入るような話ですか？」

「残念だが、そうなのだ。いや、わたしもたったいま、自分がなんというお人好しか思い知ったところだよ。パトリシアの話を本気にしていたのだからね」

「わたしもどんなお話か、ぜひ聞きたいですね」ライアンがいった。「あの方はクリスティーナに腹を立てているのですよ。彼女の相続する財産が問題で、わたしたちの結婚に反対してね。自分で管理したかったようです。それより、どんな作り話だったのか、教えてください」

「すっかりだまされたよ」バロンはかぶりを振りながらいった。「パトリシアは、クリスティーナが恐ろしい連中に育てられたといったのだ」

「恐ろしい連中？」クリスティーナは当惑したふりをして訊き返した。

「アメリカ・インディアンのことだよ」バロンがいった。

クリスティーナとライアンは顔を見合わせた。同時に向き直り、バロンをまじまじと見つめる。そして、そろって大笑いした。

バロンも笑いに加わった。「そんなばかげた話を鵜呑《うの》みにするとは、わたしもとんだ愚か者だ」くすくすと笑いながらいう。「だが、パトリシアから聞いていたのだよ——もう何年も前のことだが――ジェシカが生まれてまもない女の子を連れて、幌馬車で未開拓の地へ向かったとね」

「それはほんとうです」クリスティーナはいった。「道中で、お母さまはテレンス・マクフィンリーさんという方に出会いました。テレンスさんはお母さまに付き添ってくださった。それというのも」静かにほほえんでつけくわえる。「お母さまが独身だと思いこんでいたからなんです。お母さまは、夫を亡くしたといっていたそうですわ。ちょっと……おかしなところがあったから」怒りを押し隠して言葉を切ると、バロンがそのとおりだといわんばかりにうなずいた。「テレンスさんは親切な方でした。お母さまの話をしてくださったわ」

「おまえはさっき、育ての父上を安心させてくれといったが、どういう意味だね？」

「いえ、たいしたことではありません」クリスティーナははぐらかし、話をつづけた。「お母さまは、わたしがまだ赤ちゃんのときに亡くなりました。わたしはテレンスさんに育てていただきました。お母さまはときどき正気に戻っていたのですけど、そんなとき、わたしがイギリスへ帰れる年齢になるまで育ててほしいと、テレンスさんにお願いしたそうです」

「ジェシカはどうして亡くなったのかね？」バロンが尋ねた。その声は低く、悲しげだった。目にはまた涙がたまっていた。「わたしはおまえのお母さんを愛していた。ジェシカが死んだのはわたしのせいだ。徴候に気づいてやれなかった」

「徴候？」クリスティーナは訊き返した。

「心の病気の徴候だ。ジェシカはあらゆるものを怖がった。妊娠したと知ったのが、とどめの一撃になったようだ。わたしのもとから逃げてしまった」

「捜しにいかれなかったのですか、お父さま?」

「すぐには行かなかった。はずせない仕事があったのだ。一国の王だったのだからね。その三週間後に退位して、ふたたびイギリスへ来た。ジェシカはきっと父上のところにいると思ってね。だが、アクトン伯爵の屋敷に着くと、ジェシカはまた逃げたあとだった。アメリカをめざしていた。わたしはもちろん、ボストンの姉上を頼っていったのだろうと見当をつけて、アメリカ行きの船に乗った」

「お母さまは熱病で亡くなりました」クリスティーナはいった。

「あまり苦しまなかったのならよいが」

「愛する女性を捜したのに見つからなかったとは、さぞおつらかったでしょう」ライアンがいった。

「そう、あれはつらい時期だった」バロンは答えた。「だが、過ぎたことだ、クリスティーナ。そのマクフィンリー氏に会うのが楽しみだよ。ジェシカは亡くなるまで、彼とどのくらい一緒にいたのかね?」

「正確には存じませんの。ある晩、幌馬車隊がブラック・ヒルズの谷で休んでいたとき、お母さまは目を覚まして泥棒に気づいたそうです。一緒に旅していたご夫婦が殺されました。お母さまは、その泥棒がお父さまだと思いこんでいました。お父さまが追いかけてきたのだと」

クリスティーナは言葉を切り、かぶりを振った。「お母さまはわたしを連れて山に逃げました。テレンスさんが気づいて、むろん追いかけてきました。お母さまを真剣に愛していたからです。お父さまには正直にお話ししますね。わたし、なぜテレンスさんがお母さまをそんなに愛していたのか、理解できないんです。テレンスさんからお母さまの話を聞いていると、普通はせいぜい同情するくらいだろうにと思ってしまって」

「立派な方なのだろうね」バロンはいった。「ぜひ会ってお礼をいいたい。マクフィンリー氏のおかげで、ジェシカは安らかな最期を迎えられた。そうだろう?」

クリスティーナはうなずいた。「ええ、でも、お母さまはテレンスさんがそばにいるのもわかっていなかったそうなのです。テレンスさんはお母さまからわたしを守るのが精一杯だったとおっしゃっていました。お母さまは完全に正気を失っていて、自分に子どもがいることも忘れていたんですって。以前、どこかの壁から罪を盗んだと繰り返すばかりで」

もう一度、言葉を切って、バロンの反応をうかがった。バロンは当惑している様子を見せただけだった。

ずいぶんたって、バロンはいった。「わけのわからない話だ。壁から罪を盗んだとは?」

「テレンスさんにもわからなかったそうです。お母さまがなにをいっているのか突きとめようとしたけれど、お母さまは罪を盗んで埋めたとしかいわなかった。悲しい最期でしょう?」

「もうこの話はやめよう」ライアンが口を挟んだ。「せっかく父上と会えたのだから、楽しい夜にしなければ」

「ええ、そのとおりね、ライアン。お父さま、いままでどこでなにをしていらしたのか、お話ししてくださる――」

「いや!」バロンの声はとがっていた。バロンはすぐに口調をやわらげ、クリスティーナににっこりとほほえみかけた。「もうすこし話を聞かせてくれ。ジェシカは、その罪をどこに埋めたか、マクフィンリー氏に話したのかな?」

「おじいさまの屋敷の庭に植わっている血のように赤いバラの根元だそうです」クリスティーナはわざと肩をすくめた。「血のように赤いバラなんて。かわいそうなお母さま。わたしは毎晩、お母さまの魂のためにお祈りしているんです。安らかに眠ってくださるように」

「わたしもジェシカのために祈っているよ」バロンがいった。

「マクフィンリー氏は、彼女の馬車に忍び寄った男の顔を見たそうです」ライアンは出し抜けにいい、バロンの反応を待ちかまえた。

ほどなく反応があった。「泥棒のことかね?」

バロンはまばたきひとつしなかった。彼を動揺させることができず、クリスティーナはすこしがっかりした。「ええ。テレンスさんは、見張り番のひとりだと勘ちがいしてしまったと後悔していました。幌馬車隊に参加したばかりで、全員の顔を覚えていなかったのです。でも、あの顔は絶対に忘れないといっていました」クリスティーナは、ジェシカの日記に書いてあったとおりに泥棒の服装を簡単に語った。

それでも、バロンはなんの反応も見せなかった。「テレンスさんは、お母さまが正気ではなかったと確信していますけど、頭のどこかではずっと、あの泥棒がお父さまだったのではないかとひそかに思っていました。お父さまが会ってくだされば、テレンスさんが安心するというのは、つまりそういうことなのです」

「つづきは明日にしよう」ライアンはいった。クリスティーナが震えているのを感じ、早く彼女をバロンから引き離さねばならないと思った。

ライアンは、クリスティーナがほんとうに誇らしかった。今夜の彼女は役割をきちんと果たしてくれた。おびえをすこしも見せずに悪党と対面した。

「そろそろ、なにかいただきませんか?」ライアンは提案した。

「そうしよう」バロンも同意した。

クリスティーナは夫と父親に挟まれ、食堂へ入った。長いテーブルにふたりと並び、パンチをすこしずつ飲んだ。なにも口にしたくなかったが、バロンがじっとこちらを見ているので、ライアンが取ってくれた食べものを無理やり呑みこんだ。

「教育はどこで受けたのかね、クリスティーナ? 申し分のない作法を身につけている」とバロンがいった。「まさか、テレンス・マクフィンリー氏に教わったわけではあるまい」いたずらっぽい笑みを浮かべた。

「ほめてくださって、ありがとうございます」クリスティーナは返した。バロンにほほえみかえしたが、左手はテーブルの下でライアンの膝をきつく握っていた。

「七歳になるまで、テレンスさんと親しいお友達のデヴァンリュさんのふたりに育てていただきました。それから、南フランスの修道院に預けられて、そこのシスターたちに礼儀作法を教わりましたの」

「ということは、デヴァンリュという人物は実在したのだな」バロンがいった。「パトリシアが話していたのだ、デヴァンリュという宣教師が、おまえと一緒にインディアンの村にいたと」

「いっときは宣教師もしていましたけれど、デヴァンリュ先生は優秀な教師でもありました。ボストンのおばの家にいたとき、先生はしょっちゅう会いにきてくれました。でも、おばには嫌われていたわ。それで、おばをからかってやろうと、わたしがインディアンに育てられたと嘘をついたのかもしれません」クリスティーナは声をあげて笑った。「デヴァンリュ先生らしいわ。ほんとうに、変わったユーモアのセンスをお持ちですもの」

ライアンはクリスティーナの手に手を重ねた。膝に彼女の爪が食いこんでいた。彼女の手に指をからめ、励ますように握った。すぐにでもここから彼女を連れ出したかったが、最後の嘘をつくまで待たなければならないのはわかっていた。

クリスティーナは我慢の限界に来ていた。「お父さま、わたしは今夜の興奮で疲れてしまいました。申し訳ありませんけれど、そろそろ失礼させてください。明日、わたしたち三人だけのための特別料理をコックに用意させます。夜までゆっくりお話ししましょう。そうそう、テレンスさんも二、三日中にはロンドンへいらっしゃるわ。そうしたら、またお会いしましょうね」

「あと二日だね?」バロンは尋ねた。待ちきれないようだった。

「ええ」クリスティーナにかわってライアンが答えた。「マクフィンリー氏は、スコットランドに入ってすぐのところにお住まいなんですよ。きっと、もうクリスティーナの手紙を受け取っているはずです。いまこうして話しているあいだにも、ロンドンへ向かっていますよ」

「ライアンったら、テレンスさんだって夜は移動しないわ」クリスティーナはいった。「それより、家に連れて帰ってくださる？　ほんとうにくたびれてしまったの」わざとらしく目をしばたたいてつけ足した。

その後、三人は別れの挨拶をかわした。クリスティーナはもう一度、バロンの抱擁に耐えなければならなかった。

馬車に乗ると、ライアンはクリスティーナを膝に抱いた。今夜の彼女がとても勇敢だったとほめてやり、愛しているというつもりだったが、馬車が最初の角を曲がるか曲がらないうちに、クリスティーナはいきなり彼の膝を降り、馬車をとめてと懇願した。

クリスティーナが口を押さえたので、ようやくライアンは事態を呑みこんだ。馭者にとまれとどなり、すんでのところで馬車のドアをあけた。自分の無力さをひしひしと感じながら、クリスティーナの肩を抱いた。クリスティーナは食べたものを激しくもどしながら、こらえきれずにすすり泣いた。

クリスティーナが落ち着くと、ライアンはふたたび彼女を抱いた。ぴったりと寄り添い、優しい愛の言葉でなぐさめた。

父親の話はしなかった。ひと晩でこれだけいやな思いをすればたくさんだ。

だが、まだ終わりではない。

バロン・スターリンスキーがポーター邸を出たのは、夜が明けるすこし前だった。それから十五分とたたず、ライアンに知らせが届いた。リチャーズがポーター邸に見張りをつけていた。彼はライアンと同じく、バロンができるだけ早いうちにアクトン伯爵の屋敷へ宝石を掘り返しに向かうと踏んでいた。

クリスティーナの嘘は見事だった。ライアンは鼻が高かったが、ほめるだけではなく、この芝居が終わったら二度と嘘をつく必要がないように心から祈っているといいそえた。

バロン・スターリンスキーの芝居は完璧だった。マクフィンリーの話になったとき、ライアンもクリスティーナもバロンの表情にわずかな変化さえ見いだせなかった。バロンは、マクフィンリーがジェシカの友人を殺した犯人の顔を見たと聞いても、まばたきひとつしなかった。

もちろん、マクフィンリーなどという人物は存在しないが、クリスティーナのもっともらしい口調やよどみない話しぶりに、バロンが疑念を抱くはずがなかった。朝も早くから宝石を掘り返しに出かけるとは、やはりクリスティーナの話を信じたようだ。

ライアンはパーティの翌朝、クリスティーナの具合が悪くなったので、昼食の約束を三日後に延期してほしいとバロンに伝言を送った。バロンは、娘がすぐに元気になることを祈り、三日後にうかがうという返事をライアンの使いにことづけた。

その夜、リチャーズがライアンのタウンハウスへ来て、バロンが西インド諸島行きの船を予約束したと告げた。出発は二日後。

バロンはクリスティーナに二度と会うつもりがないのだ。父の愛が聞いてあきれる、とライアンは思った。

暗い部屋で、ライアンは手早く服を着た。眠っているクリスティーナをぎりぎりまで起こさないことにした。

これ以上待てないというときになって、ベッドの脇で身をかがめると、しぶしぶため息をついて、クリスティーナをそっと揺さぶった。

「クリスティーナ、目を覚まして、行ってらっしゃいのキスをしてくれ。もう行かなければならない」ひたいに短くキスを繰り返しながらささやいた。

クリスティーナは、はっと目を覚ました。「待って」起きたばかりで声がかすれていた。

さっと起きあがったものの、つらそうなうめき声をあげてまた倒れた。大波のような吐き気が襲ってきた。胃液がせりあがってくるのを感じた。「ああ、また吐き気がするの、ライアン」

「横になって。ゆうべもそれでよくなった」ライアンはいった。いたわりに満ちた声だった。

「深呼吸するんだ」といいながら、クリスティーナの背中をさすった。

「もうだいじょうぶ」しばらくして、クリスティーナは小さな声でいった。

ライアンはベッドの端に腰をおろした。「やっぱりだな」

「なにが？」クリスティーナは尋ねた。また吐き気がしてはいけないので、あえて声をひそめた。

「やっぱり、きみはここに残れ、クリスティーナ」ライアンはきっぱりといった。「気分が悪くなるのは、バロンに会ったせいだ。パーティ以来、日に二度は戻している」

「この柔らかすぎるベッドのせいよ」クリスティーナは嘘をついた。

ライアンはいらいらと天井をあおいだ。「木の板を敷いたらマットレスの具合がちょうどよくなったといったじゃないか。とにかく、出かけるのは許さない。休んでいろ」

「一緒に行ってもいいといってくれたでしょう」クリスティーナは哀願した。

「それは嘘だ」

「あなたを信じていたのに、ライアン」

クリスティーナが泣きながらそういうので、ライアンは思わずほほえんだ。彼女はいかにも哀れを誘う。「これからも信じてくれ。絶対にバロンに白状させてみせる」

「わたしの吐き気は口実なんでしょう、ライアン？　最初から一緒に連れていくつもりではなかったのね。そうなんでしょう？」

「そうだ」ライアンは認めた。「一緒に連れていく気などなかった」声がぶっきらぼうになった。「おれがきみを危険にさらすと思うか？　クリスティーナ、きみに万一のことがあったら、おれの人生も終わりだ。それほどきみが大事なんだ」

クリスティーナはしかめっつらを見られないように顔をそむけた。ライアンは、クリスティーナが愛の言葉にも動じなかったのを見てとり、作戦を変えることにした。「ダコタ族の戦士も、加勢してもらうために伴侶を戦いの場に連れていくのか？　ブラック・ウルフもメリーを連れていったか?」

「ええ」

「今度はそっちが嘘をついている」ライアンはクリスティーナを苦々しげににらんだ。

クリスティーナはほほえんだ。「もしメリーの家族に危害を加えられたら、ブラック・ウルフは彼女を連れていって、報復するのを見せてあげるはずよ。ライアン、わたしは両親に約束したの」

「ブラック・ウルフとメリーに、という意味か?」

クリスティーナはうなずいた。そろそろと体を起こすと、ありがたいことに胃袋も協力的だった。ライアンの反対を無視し、両足をベッドの脇におろして立ちあがった。

「だめだ、クリスティーナ、きみはおれの妻だ。結婚した瞬間に、その約束はおれのものになった。なぜなら、きみはおれのものだろう?」

挑むような口調は無視できなかった。クリスティーナはうなずいた。「なんだか、あなたはすこし戦士らしくなりすぎてきたわね」不満がましくいう。「出ていく前に、お茶を持ってきてください。それくらいはお願いします」

ライアンは、自分の勝ちだと思いこんで笑顔になった。「おれが淹《い》れてきてやる」

クリスティーナは彼が部屋を出ていくまで待った。吐き気を静めるために何度も深く息を吸いながら、急いで服を着た。

寝室へ戻ってきたライアンは、クリスティーナが黒い乗馬用の服を着ていることに気づいた。低く悪態をつき、あきらめのため息をついた。

「ジェシカのためなのよ、ライアン。お願いだからわかって」

ライアンはうなずいた。だが、その顔は厳しかった。「おれの指示どおりに動くこと、いいな?」

「わかりました」

「約束しろ!」

「約束します」

「くそっ!」

クリスティーナは悪態を無視した。「ナイフを持っていくわ。枕の下にあるの」といいながら、ベッドへ歩いていった。

「知っている」ライアンはまた長いため息をついた。「ほんとうに、ナイフを枕の下に置いて眠るのはやめてくれないか。テーブルがそばにあるだろう」

「考えておくわ」クリスティーナは答えた。「今度はあなたが約束して、ライアン。油断しないで。一秒たりとも、あの人に背中を向けてはだめ。それから、リチャーズさんに自分の運命をゆだねないで。彼のことは信頼しているけれど、あなたの直感のほうをもっと信じているの」

クリスティーナはさらに要求をつづけようとしたが、ライアンに抱き寄せられ、くちづけされた。「愛している、クリスティーナ」

「わたしも愛しているわ、ライアン。さあ、これを持って。あなたが持つほうがふさわしいわ。だって、これを作ったのは、わたしが愛するもうひとりの戦士なの。あなたが使ってくれれば、兄もよろこぶわ」

ライアンはナイフを受け取り、右のブーツに差しこんだ。クリスティーナは満足してうなずき、ドアへ向かった。「ライアン」と肩越しに呼びかける。

「今度はなんだ?」ライアンはぼやいた。

「あの人に、かならず白状させましょう」

「わかってる、クリスティーナ。かならずそうする」

玄関の前で、リチャーズがライアンを待っていた。もう馬にまたがり、ライアンの馬の手綱を握っている。クリスティーナの馬の用意ができるまで、しばらく待った。

そのあいだ、ライアンは歩道を行ったり来たりしていた。彼の不機嫌な顔に気づいて、リチャーズがいった。「時間はたっぷりある。いいか、彼が手伝いの者を連れてきたとしても、あそこには棘《とげ》のあるバラが何百もあるのだぞ」

ライアンは無理やり笑みを浮かべた。「スターリンスキーはひとりで行ったと思います」クリスティーナが馬に乗るのを手伝いながらいった。それから、流れるような動作で自分の馬にまたがった。「現地に何名を配置していますか?」

「最高の部下を四人」リチャーズが答えた。「ベンソンが指揮をとる。バロンには絶対に気づかれない。彼が逃げようとするまでは手出しをしないことになっている。クリスティーナ、ほんとうに覚悟はできているのかね？」

「ええ」

リチャーズは長いあいだクリスティーナを見つめていたが、うなずいた。「では、一緒に来なさい。さっさと片をつけよう。パーシー号の船長が乗客たちを待っている」

「乗客たち？」

「わたしも行くことにしたのだ。正義は守るとクリスティーナに保証したが、いわば裏口からそうするのだよ。確実を期するためにあちらへ行ってくる。わたしのいいたいことがわかるか？」

ライアンは短くうなずいた。「はい」

「わたしはわかりません」クリスティーナは正直にいった。

「あとで教えてあげよう」

それを最後に三人は黙り、四時間ほどのちにアクトン伯爵の屋敷に到着した。馬を降りると、先だってここを訪れたときに地面から掘り返した古い箱をリチャーズがライアンに渡した。

「本物の宝石のかわりに、ガラスのまがい物を入れておいた。バロンに立ち向かうのは、わたしが位置に着くまで待て」

ライアンはかぶりを振った。箱をクリスティーナに渡す。「立ち向かうのは彼女です」

リチャーズの部下のひとりが三人の馬を引き取りにきた。なにごとかをリチャーズに告げてから、そばの森へ馬を引いていった。「きみのいうとおりだった、ライアン。スターリンスキーはひとりだ」

それから、三人は分かれた。リチャーズは正面の小道から屋敷の右手へまわった。ライアンとクリスティーナは左へ行った。ライアンは角を曲がる前に立ち止まると、クリスティーナの持っている箱をあけ、ガラス玉二個をつまみあげた。一見したところ、いかにも本物らしい。これなら充分にバロンの目をごまかせる。ほんのしばらくのあいだごまかせればよいのだから。

ライアンはクリスティーナにこれからどうするかを説明した。

バロン・スターリンスキーは地面にひざまずき、背中を丸めて作業にいそしんでいた。悪態をつきながら、枝の多いバラの茎《くき》を引き抜こうと悪戦苦闘している。棘に引っかかれないよう黒い手袋をはめた手をせっせと動かしていた。細いシャベルがそばの地面にころがっている。

「なにかお探しですか、お父さま?」

バロンは膝をついたまままくるりと振り向き、クリスティーナを直視した。ひたいやこけた頬に、汗と混じった泥が縞《しま》を作っている。

その姿は、威厳などかけらもなかった。間違いなく悪党《ジャッカル》だ。あざわらっているような顔つきは、怒って歯をむき出した獣《けもの》を連想させた。クリスティーナは胸が悪くなった。いまスターリンスキーがうなりだしても不思議ではない。

クリスティーナはひとりで父親と向かい合っていた。ふたりのあいだの距離は、優に二十フイートはある。スターリンスキーはすっかりクリスティーナに気を取られている。彼が飛び出してくると思った瞬間、クリスティーナは箱を掲げ、偽の宝石をひとつかみ取り出した。涼しい顔で何個かを放り投げた。「探しているのはこれでしょう、お父さま?」

バロン・スターリンスキーはゆっくりと立ちあがった。左右に視線を走らせる。クリスティーナは、彼の無言の疑問に答えてやることにした。「ライアン、父はあなたを探しているみたいよ」

ライアンがクリスティーナのとなりへ歩いてきた。彼女の手から箱を取り、離れるように合図する。クリスティーナは即座にあとずさった。

「おれが戦いの相手になります、バロン」

「戦いだと? わたしは老人だ、ライアン。公平ではない。それに、きみともクリスティーナとも争うつもりはない。その宝石はわたしのものだ」箱のほうへ手を差し出す。「ジェシカに盗まれたのだ。わたしのものだと法廷で証明してみせる」

ライアンはバロンをじっと見据えていた。「わが国の法廷に出ていただくにはおよびませんよ、バロン。まずたったひとつ、クリスティーナの質問に答えていただき、それから二、三、こちらの知りたいことを教えてくださったら、あとはご自由にどうぞ。それ以上の手間は取らせません。妻を醜聞に巻きこみたくありませんので」それは嘘だった。

「醜聞? なんのことかわからないが」バロンは答えた。さもいかめしい口ぶりだった。

「人殺しの裁判に引っぱり出されては、クリスティーナも動揺してしまいます。おれも妻に恥をかかせたくない」ライアンは言葉を切り、真っ赤なルビーを肩越しに放った。「全部見つけるには何日もかかるでしょう。質問に答えていただけないなら、残りの宝石を崖から川に投げ捨てますよ、バロン。流れの速い川ですがね」

「やめろ!」バロンはどなった。「価値がわからないのか? それだけで莫大な値打ちがあるのだぞ!」と、ライアンをなだめすかすように、あせりをにじませていった。

ライアンは、バロンの右手がそろそろと背中へ動いていくのに気づいた。すかさずベストからピストルを抜いてねらいを定める。バロンが隠し持っていたピストルをかまえたと同時に発砲した。

弾丸はバロンの手に命中した。彼のピストルが地面に落ちた。ライアンは箱を放り出し、ブーツからクリスティーナのナイフを取り出すと、バロンが苦痛の声もあげないうちに喉をつかんだ。

「クリスティーナはおまえに真実を話してほしがっている。ジェシカが病気ではなかったのはわかっている、おまえの口からそれを聞きたい」ライアンはバロンの喉をじわじわと絞めつけながらすごむと、いきなり彼を地面にたたきつけた。獲物を見おろし、顔をあげるのを待った。「おれの質問に答えたら、宝石を持ってどこへなりと行くがいい。西インド諸島行きの船を予約したようだが、船長には今日じゅうに出発するように話をつけておいた。いまごろ、次の上げ潮とおまえを待っているぞ」

バロンの目がすっと細くなった。彼はしばらく箱を見つめていたが、ライアンの顔を見あげた。舌先で下唇を舐めた。「おまえの質問に答える必要はない。ジェシカが乱心していたのはだれでも知っている。警察へ行って——」

「ライアン」クリスティーナは声をあげた。「その人、まだ状況を呑みこんでいないようね」

「では、説明してやろう」ライアンはいった。「バロン、質問に答えなければここを出られないぞ。この手で喉を切ってやる。何人もの喉を切ったおまえにふさわしい最期だと思わないか？」

「なんのことだ？」バロンは当惑したふりをして尋ね返した。負傷した手を胸の前で握りしめている。

「とぼけるな。わかっているはずだ。おまえが人を殺したことは、いままでだれも気づかなかった。自分の賢さを自慢したくなったことはないか？　もっとも、自慢するわけにはいかなかっただろうが、いまなら許される。それとも、法廷でなければ罪を告白するのはばからしいと思うほど、うぬぼれているのか？」

　スターリンスキーは、よろめきながら立ちあがるふりをした。ライアンは、彼がブーツから女性が使うような小さなピストルを取り出すのを見た。スターリンスキーがピストルを突き出して襲いかかってくる。ライアンはその手からピストルを蹴《け》り落とし、負傷したほうの手にもブーツの側面をたたきつけた。

　苦悶の悲鳴がのどかな一帯に響きわたった。「これで最後だ、バロン。こっちの我慢も限界だ」ライアンはナイフをはじき、もう片方の手で受けとめた。「ジェシカは乱心していたのか？」

「クリスティーナ」スターリンスキーはどなった。「わたしがこんなにひどい目にあっているのに、なぜ彼をとめてくれないのだ？　わたしは父親だぞ。おまえに情けはないのか？　わたしが喉を切られてもほんとうにいいのか？」

「いいえ、お父さま」クリスティーナは答えた。「喉を切るより、心臓をえぐり出してほしいわ。でも、ライアンにも好みがあるから、おまかせします」

　スターリンスキーは娘をにらみつけて立ちあがった。目にかすかな光が宿り、声をあげて笑いだした。「そう、ジェシカは乱心してなどいなかった」ふたたび笑う。甲高い笑い声にクリスティーナはぞっとした。「だが、いまさらどうするというのだ、ライアン」

「テレンス・マクフィンリーは、幌馬車に忍びこもうとしていたのがおまえだったと覚えているかもしれない。ほんとうにおまえだったのか？」

「よくそこまで突きとめたものだ」バロンはくすくすと笑いながらいった。「そうだ、テレンスとやらに見られていたかもしれないな」

　ライアンはブーツのつま先で箱をスターリンスキーのほうへ押しやった。「最後の質問だ、これで解放してやる。ブリスベン事件の犯人はおまえか？」

　スターリンスキーは目を見ひらいた。「なぜそれを――」

「わが国の陸軍省をだましたわけだろう？」ライアンは憤りを隠し、感心しているように尋ねた。スターリンスキーが油断して真実を告白するように、わざと虚栄心を煽《あお》った。

「たしかにだましてやった。ブリスベンが機密を売って稼いだ金で、いままで生きてきたのだ。そうとも、ライアン、わたしのほうが彼らより利口だったということだ」

「ポーターも一枚嚙んでいたのか、それともおまえひとりでやってのけたのか？」

「ポーター？　あの男もほかの連中と同じ、愚か者だ。わたしはいつもひとりだよ、ライアン。だからこそ、いままで生き延びてきたし、これほどの富を得たのだ」

ライアンは、これ以上この男の姿を見ていたくなかった。箱を指し、数歩あとずさった。

「それを持って出ていけ。二度とおれの前に現れようものなら、命をもらうからな」

スターリンスキーは箱に飛びついた。蓋をあけて中身をちらりと確かめると、満足げに鼻を鳴らして蓋を閉めた。

「もういいかね、ライアン？」

リチャーズが部下を従えて、隠れ場所からのんびりと出てきた。

「お聞きになりましたか？」

「しっかりと」リチャーズは答えた。ライアンの肩をたたき、スターリンスキーに歩み寄った。

「よくもきさま……」スターリンスキーが大声をあげた。口をつぐみ、ライアンをねめつける。「クリスティーナに恥をかかせてやる。法廷で証言してやる、あれの母親が――」

「黙りなさい」リチャーズがどなった。「これから港へお連れします、バロン。わたしとベンソンがお国まで同行しましょう。歓迎されますよ。きっと、新しい政府の方々もあなたを裁判にかけることができてよろこぶでしょうな」

　スターリンスキーはイギリスで裁判を受けたいと要求したが、ライアンは聞いていなかった。クリスティーナの手を取ると、なにもいわずに馬のほうへ歩きだした。

　リチャーズはうまいことをいったものだ。裏口から正義を守るとは。バロン・スターリンスキーは祖国へ帰り、かつての臣民に裁かれる。死刑の宣告を受けるのはまちがいない。万一、新しい政府まで腐敗していたら、リチャーズとベンソンが処理に当たることになっている。

　ライアンとタウンハウスに帰ってきたクリスティーナは、ひどく青ざめていた。

　クリスティーナの抗議に耳も貸さず、ライアンは寝室へ彼女を抱いていった。「ベッドに戻らなければだめだ」そういいきかせながら、クリスティーナが服を脱ぐのを手伝った。

「すぐによくなるわ」クリスティーナはいいはった。「すべて終わったのだもの」

「そうだ。すべて終わった」

「ジェシカが病気だったなんて、信じていなかった」クリスティーナはシルクの寝巻を着て、ライアンの腰に腕をまわした。「絶対に信じていなかった」

　その声ににじんだ悲しみに、ライアンは胸を締めつけられた。「わかってる」優しくいった。

「ジェシカもこれで安らかに眠れる」

「ええ。安らかにね。ジェシカの魂は、いまでもダコタ族のそばにいると思いたい。あちらで、メリーが来るのを待っているかもしれないわ」

「ブラック・ウルフが聞いたら、気を悪くしそうだ」

「あら、彼もいずれはあちらに行くのよ」

クリスティーナはライアンの上着のなかに息を吐き、喉元にキスをした。「あの世でジェシカに会う運命なの」

「そう、運命」ライアンはいった。「さあ、朝晩の吐き気はきっとおさまる、それがきみの運命だ。きみは母上との約束を果たした。宝石は本来の持ち主のもとに返る。リチャーズ卿が宝石を売却して富が分配されるように取りはからう。おれたちはライアンウッドへ帰る。体重を増やして、また生意気なきみに戻るんだ。これは命令だぞ」

クリスティーナはその命令に従おうと努力した。何日かたつと、吐き気はしなくなった。体重も増えた――ずいぶん増えたので、クリスティーナは自分がアヒルのようによたよたと歩いているような気がした。だが、生意気な彼女には戻れなかった。妊娠期間中、心配しているライアンをなだめつづけなければならなかったからだ。

妊娠していることは、どうにも隠せなくなるまで否定した。かわいそうに、ライアンが出産を恐れていたからだ。彼の不安はクリスティーナにも理解できた。ライアンはレティがひどく苦しむのをそばで見ていた。レティは赤ん坊が産道に引っかかり、悲惨な死をとげた。

妊娠を否定できなくなると、クリスティーナはライアンを説得した。体力に問題はないし、産みの苦しみは女性にとってごく自然なことである、それに、心はダコタ族の自分はお産を楽にする方法を知っているといいきかせた。ダコタ族の女性が出産で死ぬことはめったにないのだ、と。

ライアンはいちいち反論した。そんな大仕事に耐えるには、きみは体が小さすぎるとか、かよわい女性があんなひどい苦しみに耐えなければならないとは、すこしも自然ではないとか、肝心な部分は——心はともかく、子宮は——ダコタ族ではなくイギリス人だとか。

皮肉にも、どういうわけかライアンの不安をやわらげたのは彼の母親だった。彼女はすこしずつ家族のなかに戻ってきた。自分もクリスティーナと同じくらい小柄だったけれど、泣き声ひとつあげずに三人の子どもを夫に産んであげたのだと、ライアンを諭した。

クリスティーナは姑《しゅうとめ》の協力がうれしかった。もう、この新しい相談相手を、森へ死に場所を探しにいこうと無理やり連れ出すことはない。ようやくまだ死ぬ気はないと認めたからだ。ジェイムズの話をしたがるのはあいかわらずだが、ライアンやダイアナの話も織り交ぜるようになった。

デヴァンリュがクリスティーナを訪ねてきた。ライアンウッドに一カ月滞在し、ライアンがダコタ族への贈り物に選んだ六頭の良馬とともにアメリカへ向かった。冒険に憧れる三人の男が、デヴァンリュの補佐として同行した。

ライアンはデヴァンリュのおかげでずいぶん不安を紛らしたが、彼が出発してしまうと、しかめっつらに戻り、だれかれかまわず当たりちらした。

一家のかかりつけ医、バロン・ウィンターズが屋敷に来てから二週間後、クリスティーナに陣痛が訪れた。クリスティーナはもちろん医師に手出しをしてほしくなかったが、賢明にも黙っていた。医師がいればライアンが落ち着くし、それはありがたい。

陣痛は夕食後に始まり、夜中までつづいた。クリスティーナはいよいよというときまでライアンを起こさなかった。ライアンは目を覚まし、クリスティーナのいうとおりにするのがやっとだった。数分後、彼は男の赤ちゃんを抱いていた。

クリスティーナは疲れきって涙も出なかったが、ライアンがふたり分泣き、小さいけれど立派な戦士も顔を真っ赤にして怒りを訴えていた。

ライアンは、息子にアレクサンダー・ダニエルという名前を用意していた。

クリスティーナは大反対した。スクリーミング・ブラック・イーグルという名前を考えていたからだ。

ライアンは大反対した。

結局、ふたりは妥協した。次のライアンウッド侯爵は、ダコタ・アレクサンダーと名付けられた。

訳者あとがき

お待たせいたしました。ジュリー・ガーウッドのヒストリカル・ロマンス邦訳第一弾『精霊が愛したプリンセス』をお届けします。

日本では『標的のミシェル』や『魔性の女がほほえむとき』（ともにヴィレッジブックス）などのコンテンポラリー・サスペンスが先に紹介され、いずれも大好評を得ていますが、本国アメリカでは、一九八五年にヒストリカル・ロマンスを発表して以来、長きにわたってこのジャンルの第一人者として数々のベストセラーをものしています。本作は一九八八年に発表されましたが、現在も人気が衰えることはありません。当然、日本のファンの方々も、旧作の翻訳を待ち望んでいらっしゃったことと思います。

本書の幕開けは、一七〇〇年代末のアメリカ中西部。先住民ダコタ族の女性メリーが、なにやらいわくありげなイギリス人の母子と出会います。母親は直後に亡くなり、メリーはクリスティーナという幼い女の子を村へ連れ帰りました。村のシャーマンは、クリスティーナの青い瞳とプラチナブロンドの髪をひとめ見るなり、この子を育てるのが村の定めと明言します。青い目をした銀色のマウンテン・ライオン（ピューマ）が、一族に取り囲まれて飛来する夢を見たからです。こうして、クリスティーナは一族に温かく迎え入れられ、故郷のイギリスに帰る日まで大切に育てられることになりました。

それから十五年あまりが過ぎ、舞台はロンドンへ。ライアンウッド侯爵アレクサンダー・マイケル・フィリップス、通称ライアンは、いまでいう工作員として国家の敵を何人も暗殺してきた過去があり、第一線を退いたいまも夜ごと悪夢にさいなまれています。また、妻が彼の兄と姦通して子を身ごもり、難産の末に死ぬというつらい経験もしたため、いまでは女性が信じられません。すっかり厭世家となり、他人を寄せつけずに暮らしていました。

そんなライアンが、あるパーティでクリスティーナに出会います。ライアンは、謎めいた雰囲気をまとったクリスティーナに興味をかきたてられますが、不思議なことに、彼女の生い立ちを知る人はいません。本人に尋ねてもはぐらかされるばかり。ライアンは、彼女を知りたい、彼女を自分のものにしたいという思いに駆り立てられます。

一方、クリスティーナも、育ての親であるダコタ族の戦士のように勇猛な姿のライアンに惹かれます。しかも、彼の名は Lyon（英語の発音では、動物のライオン“lion”と同じ）。ダコタ族の村で、シャーマンの見た銀色のマウンテン・ライオンの夢の話を何度も聞いていたクリスティーナは、深い縁を感じます。

けれど、彼に心を許すわけにはいきません。なぜなら、クリスティーナがイギリスへ帰ってきたのは、ある秘密を探り、大事な約束を果たすためだったから……。

著者ガーウッドがヒストリカル・ロマンスを書きはじめたのは、大学の歴史の授業がそもそものきっかけだそうです。当時、彼女は看護師をめざして勉強中だったのですが、歴史が必修科目でした。最初は興味を持てませんでしたが、授業に出るうちにおもしろさに目覚め、ついには歴史を専攻することになります。やがて、試験のレポートが教授の目にとまり、物語を書くようにすすめられ、作家としてデビュー。その後、たてつづけにヒストリカル・ロマンスを発表し、人気作家の地位を揺るぎないものにしました。

ガーウッドはこう述べています。「制限の多い社会という題材に、とても興味があったの——人は生まれてから死ぬまでひとつの社会に属し、そこから逸脱することはない。人間って、いまも昔もそう。わたしはずっと、なんとなくまわりから浮いているような気がしていた。丸い穴にどうしても合わない四角い栓《せん》のような人間を古い時代に放りこんだらどうなるかしら？　そこから、わたしの小説のキャラクターが生まれるの」

この言葉どおり、本書のヒロイン、クリスティーナは、ロンドンの上流社会という「丸い穴」になじめない「四角い栓」のような女性です。わけあってロンドンへ来たものの、ついとんちんかんなふるまいをしてしまいます。その彼女を、とことん守り、包みこむライアンは、ガーウッド作品のヒーロー像の原型といえます。このふたりが、生い立ちのちがいや秘めた過去など、さまざまな壁を乗り越え、絆を強めていきます。

また、ライアンの親友でプレイボーイのローン伯爵、ライアンの厳しくも優しいおばハリエットなど、愛すべき脇役にもこと欠きません。主人公たちと彼らのかわす軽妙な会話には、笑いを誘われます。

これまでに邦訳された三作同様、ロマンスとユーモアに満ちた世界にひたっていただければ幸いです。

ジュリー・ガーウッドの作品は、これからもヴィレッジブックスから邦訳される予定です。

どうぞ、楽しみにお待ちください。

二〇〇六年十二月

THE LION'S LADY by Julie Garwood
Copyright © 1988 by Julie Garwood
Japanese translation rights arranged with Julie Garwood
c/o Jane Rotrosen Agency, L.L.C., New York
through Tuttle-Mori Agency, Inc., Tokyo

精霊が愛したプリンセス

著者　ジュリー・ガーウッド

訳者　鈴《すず》木《き》美《み》朋《ほう》

2006年12月20日　初版第1刷発行

発行人　鈴木徹也

発行元　株式会社ヴィレッジブックス
〒102-0074 東京都千代田区九段南2-1-30
電話 03-3221-3131(代表) 03-3221-3134(編集内容に関するお問い合わせ)
http://www.villagebooks.co.jp

発売元　株式会社ソニー・マガジンズ
〒102-8679 東京都千代田区五番町5-1
電話 03-3234-5811 (販売に関するお問い合わせ)
03-3234-7375 (乱丁、落丁本に関するお問い合わせ)

印刷所　中央精版印刷株式会社

ブックデザイン　鈴木成一デザイン室

本書の無断複写・複製・転載を禁じます。乱丁、落丁本はお取り替えいたします。

定価はカバーに明記してあります。

©2006 villagebooks inc. ISBN4-7897-3025-5 Printed in Japan

ジュリー・ガーウッド好評既刊

標的のミシェル

ふたりだけの夜を銃弾が引き裂く。

美貌の女医ミシェルを追ってルイジアナを訪れた、エリート検事テオ。が、なぜかふたりは悪の頭脳集団に狙われはじめていた……。全米ベストセラーのロマンティック・サスペンス。

部谷真奈実＝訳

定価：924円（税込）
ISBN4-7897-2056-X

魔性の女がほほえむとき

明媚なリゾート地を狂気が彩り、熾烈な戦いが愛をはぐくむ

失踪した叔母を捜すFBIの美しい女性と、彼女を助ける元海兵隊員。その行く手にたちはだかるのは、凄腕の殺し屋と稀代の悪女だった！ 魅惑のラブ・サスペンス。

鈴木美朋＝訳

定価：924円（税込）
ISBN4-7897-2433-6